Gwasanaeth Llyfrgell a Gwybodaeth Pen-y-bont ar Ogwr

Please return/renew this item by the last date below

Dychwelwch/Adnewyddwch erbyn y dyddiad olaf y nodir yma

FFEITHIOL WRTH GEFN

NON-FICTION RESERVE

www.bridgend.gov.uk/libraries

Dyfi Jyncshiyn –
y dyn blin

Gareth F. Williams

Gwasg Gwynedd

Argraffiad cyntaf — Tachwedd 2007

© Gareth F. Williams 2007

ISBN 0 86074 241 5

Cedwir pob hawl. Ni chaniateir atgynhyrchu unrhyw ran o'r cyhoeddiad
hwn na'i gadw mewn cyfundrefn adferadwy na'i drosglwyddo mewn
unrhyw ddull na thrwy unrhyw gyfrwng, electronig, electrostatig,
tâp magnetig, mecanyddol, ffotogopïo, nac fel arall,
heb ganiatâd ymlaen llaw gan y cyhoeddwyr,
Gwasg Gwynedd, Caernarfon.

Mae'r cyhoeddwyr yn cydnabod cefnogaeth ariannol
Cyngor Llyfrau Cymru.

*Cyhoeddwyd ac argraffwyd
gan Wasg Gwynedd, Caernarfon*

Er cof
Am ddwy nain a dau daid:

Cassie a Fred Evans, Heol Newydd, Porthmadog
a
Kate a Sam Finley Williams, Stryd Victoria, Caernarfon

Diolch

Diolch i Kenneth Wyn Robinson am ganiatáu i mi ddefnyddio ychydig friwsion o'i wybodaeth anhygoel o hanes rheilffyrdd Cymru, ac i Rhiannon ac Arthur Rowlands am gael patrymu un o dai'r nofel ar eu cartref. Diolch hefyd i John Ogwen, a ysbrydolodd y cyfan yn ddiarwybod iddo ef ei hun.

Pa ryfedd, yn wir, fod y cnawd di-lun
Yn cael y fath sbort am ei ben ei hun?

        T. H. PARRY-WILLIAMS, 'CELWYDD'

There's not a woman turn her face
Upon a broken tree,
And yet the beauties that I loved
Are in my memory;
I spit into the face of Time
That has transfigured me.

  W. B. YEATS, 'THE LAMENTATION OF THE OLD PENSIONER'

Prolog
Medi 1965

Cyrhaeddodd y ddau yno ar yr un trên, pan oedd trenau disel yn dal i gael eu hystyried yn bethau ffasiwn newydd, a hwythau ill dau yn gweld colli'r hen drenau stêm.

Ychydig wedi wyth o'r gloch y nos oedd hi: nos Sadwrn, gyda'r gwynt yn chwythu o'r de-orllewin a'r llanw ym Mae Ceredigion yn uchel ac yn llawn ohono'i hun.

Ym Mhwllheli y daethai John Griffiths ar y trên, tua dwyawr ynghynt, ei dad a'i fam wedi mynnu dod â'u hunig blentyn yno yn eu car Wolseley mawr llwyd efo'r dashbord pren tywyll, gloyw a'i injan yn canu grwndi fel cath fodlon a thew.

Bu'n edrych ymlaen at gael gadael am Sir Benfro ers wythnosau lawer, byth oddi ar iddo gael ei benodi i'r swydd yng Nghrymych. Hyd yn oed neithiwr, ei noson olaf yn ei wely bach sengl gartref, ag adleisiau o'i blentyndod yn ochneidio drosto o bob cornel, dim ond cyffro a deimlai, a'r ysfa i gael *mynd* a dechrau bod yn ddyn – yn 'Mr Griffiths' yn hytrach nag yn 'hogyn Iorwerth a Beti Post Bach'.

Ond rŵan, ac yntau ym Mhwllheli o'r diwedd, teimlai'n rhyfedd o euog ei fod yn edrych ymlaen gymaint. Roedd ei fam yn siarad pymtheg-y-dwsin pan gychwynnon nhw o Dregarth, ond trodd yn fwy a mwy tawedog wrth iddynt nesáu at Bwllheli. Tarai'i dad ambell winc arno bob tro y byddai eu llygaid yn cwrdd yn nrych y car.

Doedd hyn ddim fel mynd i ffwrdd i'r coleg. Bryd hynny,

roedd adref yn dal yn adref – rhywle y byddai'n dychwelyd iddo.

Rŵan, adref oedd y lle yr oedd yn cychwyn ohono, nes iddo ddod o hyd i ryw adref newydd.

Diflannodd y machlud fel golau cannwyll wrth iddynt nesáu at ddrysau'r trên.

'Ma' hi'n hel am law,' meddai'i dad.

Gwenodd ei fam fel petai hi wrth ei bodd o glywed hyn. Gwrthodai gwrdd â llygaid John.

'Cym' di bwyll rŵan, 'ngwas i,' oedd y cwbwl a ddywedodd, ei gwefusau'n crafu'i foch.

'Paid ti â gadal i'r plant yna dy fwlio di,' meddai'i dad.

Ofnai John y byddai ei fam wedi codi cywilydd arno drwy grio ar y platfform. Ond rŵan, efo'i ben allan drwy ffenestr y trên fel ceffyl mewn stabl, y fo a deimlai'r chwydd yn ei wddf wrth wylio'r ddau ffigwr cyfarwydd yn tyfu'n llai ac yn llai, yna'n troi'u cefnau arno ac yn dechrau cerdded i ffwrdd.

Job done . . .

Sylweddolodd – â theimlad fel cic mul yn ei stumog – fod ei rieni'n hen, yn debycach i daid a nain iddo na mam a thad. Roeddynt yn hŷn o gryn dipyn na rhieni'i ffrindiau i gyd, gyda Beti bron iawn yn ddeugain oed yn esgor ar John, a'i dad ddeng mlynedd yn hŷn na hi. Dyna un rheswm pam y mynnodd John gael mynd i ffwrdd heddiw, ar y trên. Er bod Iorwerth wedi swnian a hefru, ni fuasai John wedi hoffi meddwl amdano'n gyrru'r holl ffordd i Grymych ac yn ôl mewn un diwrnod.

Teimlai'n gyfforddus efo'r rheswm yna: meddwl am ei dad yr oedd o. Ni theimlai mor gyfforddus â'r llall – sef aflonyddwch hunanol y cyw na fedrai aros am gael hedfan y nyth ar ei ben ei hun. Bu'r siwrnai gymharol fer i orsaf Pwllheli'n un ddigon anodd: ofnai y buasai wedi drysu petai ei dad a'i fam yn mynd ag ef bob cam i Grymych, a doedd arno ddim eisiau ei glywed ei hun yn siarad yn ddiamynedd hefo nhw.

'Newid yn Nyfi Jyncshiyn,' meddai'r giard.

Nodiodd. 'Wn i, diolch.'

Dechreuodd fwrw glaw yn Abererch, glaw mân a drodd yn law trwm erbyn iddynt gyrraedd Porthmadog. Tynnodd John nofel gan Stan Barstow o'i boced a straffaglu i ganolbwyntio arni cyn cyrraedd Harlech, ond caeodd y llyfr.

Chwipiai'r glaw ffenestri'r trên ond roedd y gorwel yn dal yn olau.

'Mi fydda i'n wlyb at 'y nghroen,' cwynodd dynes ganol-oed wrtho yn Nyffryn Ardudwy. 'Ma' hi'n dipyn o stepan o'r stesion 'ma i'r pentra.'

Gwenodd arni â chydymdeimlad.

'Sgynnoch chi ddim ymbarél?'

''Sa hwnnw'n dda i ddim yn y gwynt 'ma. Fel un o'r nanis rheiny yn *Mary Poppins* faswn i.'

Gwyliodd hi'n cerdded o'r orsaf â'i phen i lawr yn erbyn y glaw, gyda'r gwynt yn chwythu'i sgert yn erbyn ei chluniau, gan hanner disgwyl ei gweld yn cael ei phlwcio o'r ddaear a'i chwythu'n bendramwnwgl dros y twyni tywod brown ac allan i'r môr.

Roedd y trên bron yn wag pan gychwynnodd allan o'r Bermo. Edrychodd yn ei fag ar y brechdanau yr oedd Beti wedi'u paratoi ar ei gyfer. Brechdanau wy a letys: ei ffefrynnau, hefo digon o bupur. Ond teimlai'n gyndyn o'u bwyta, ac o yfed rhywfaint o'r te o'i fflasg. Efallai ymhellach ymlaen, yn hwyrach heno ar ôl iddo setlo rhywfaint yn ei lety yn nhŷ Mrs Evans yng Nghrymych, pan fyddai'n amhosibl iddo beidio â hel meddyliau am adref.

Daeth y giard ato ar ôl i'r trên gychwyn o stesion Tywyn.

'Go brin y medrwn ni fynd ymhellach na Dyfi Jyncshiyn heno,' meddai.

'Sori?'

'Cofiwch, ma'n dibynnu lle ma'r llanw arni. Ond dwi wedi'i gweld hi fel hyn o'r blaen.'

Nodiodd fel barnwr oedd newydd ddodi'r cap du ar ei ben.

'Be ddigwyddith, felly?' gofynnodd John.

'Mi fydd gofyn i chi gerddad i Landyfi. A cha'l tacsi o fanno. Pidiwch â phoeni, y lein fydd yn talu. Lle dach chi'n mynd?'

'I Grymych.'

'Lle?'

'Dwi i fod i ddal bỳs y tu allan i stesion Aberystwyth. I lawr i Abergwaun. Ac o fan'no wedyn i Grymych. I fod . . . '

Ni hoffai'r ffordd yr oedd y giard yn sugno'i ddannedd

'Mmmm, ia, wela i. Cofiwch, ella y byddan ni'n iawn, wyddoch chi byth. Ond fel ro'n i'n deud, dwi wedi'i gweld hi fel hyn o'r blaen.'

Drwy'r ffenestr, gwelodd John fod y goleuni oedd ar y gorwel bellach wedi diflannu.

Aeth y giard drwodd i rybuddio'r teithwyr yn adran arall y trên, ac meddai Marian: 'O, briliant!'

'Ma'n ddrwg gin i,' meddai'r giard. Nid arna i ma'r bai am y tywydd, meddai ei lygaid.

'Ydi'r lein am dalu i mi ga'l tacsi'r holl ffordd o Landyfi i'r Amwythig?'

Nodiodd y giard, ond â pheth ansicrwydd y tro hwn.

'Ac erbyn i mi gyrra'dd fanno, mi fydd fy nhrên i wedi hen fynd. Ydi'r lein am dalu am westy hefyd?' gofynnodd Marian.

'Sori, fedra i ddim deud,' meddai'r giard. 'Nid fy lle i . . . '

Ffycin Dyfi Jyncshiyn, meddyliodd Marian ar ôl i'r giard fynd, ma'n hen bryd i rwbath ga'l ei neud ynglŷn â'r lle.

Dwi ddim i fod i fynd, dyna be sy, meddyliodd wedyn. Mynd heb fendith neb ydw i.

'Ma' isio sbio dy ben di,' oedd geiriau ei thad, ond eto fe'i cofleidiodd yn dynn, dynn, ar y platfform ym Mhorthmadog, a phan estynnodd Marian ei sigaréts o boced ei chôt eiliadau ar ôl i'r trên gychwyn, daeth o hyd i bapur decpunt a dau bapur pumpunt wedi'u plygu i mewn i'w gilydd.

Teimlai'n flin tuag at ei thad. Dwi ddim isio bendith neb, dwi mo'i angan, meddyliodd. Roedd ei mam fel petai hi wedi synhwyro hynny ac wedi aros gartref. Ddo i ddim i'r stesion, meddai, ddim yn y tywydd yma. Ond mi ddaeth Maldwyn yno: er gwaetha'r holl bethau cas a ddywedodd hi wrtho dros wythnos ynghynt, daeth yno yn y glaw efo'i lygaid ci-bach-wedi-cael-cweir, yn ei gôt gabardîn ddu a chap stabal ei dad ar ei ben.

'Pam na fasach chi wedi gofyn i Fand yr Oakley ddŵad yma hefyd?' harthiodd ar ei thad pan welodd Maldwyn yn nesáu'n ansicr tuag ati ar hyd y platfform.

'Chwara teg iddo fo,' meddai ei thad. 'Ma'n amlwg fod gynno fo gryn dipyn o feddwl ohonot ti.'

Dyna pryd y cofleidiodd hi'n annisgwyl a dweud fod angen sbio'i phen hi.

Ceisiodd Maldwyn gymryd arno mai ond wedi dod am beint i'r 'Rooms' – bar y stesion – yr oedd o. Damwain a hap . . .

'Y *chdi*?' meddai Marian ar ei draws, ac edrychodd Maldwyn i lawr ar ei draed. 'Dwi *yn* mynd, 'sti,' meddai wrtho, a nodiodd yntau, ei lygaid wedi'u hoelio ar flaenau'i esgidiau.

Teimlai ei thymer yn breuo.

'Dach chi isio i mi fethu, tydach?' meddai wrthynt. 'Pob un ohonoch chi, isio i mi ddŵad yn ôl adra efo 'nghynffon rhwng 'y nghoesa.'

Ysgydwodd Maldwyn ei ben yn ddiamynedd.

'Does 'na neb isio i chdi *fethu*, Marian . . . '

'Na, dach chi jest ddim isio i mi drio, hyd yn oed.'

Aeth i mewn i'r 'Rooms' a phrynu paced o sigaréts a dwy botelaid o win coch. Allan ar y platfform, edrychodd yn herfeiddiol ar y ddau ddyn wrth iddi fynd i'w chwrcwd a gwthio'r poteli i mewn i'w bag.

Cyrhaeddodd ei thrên.

''Sgin ti ddigon o le iddyn nhw?' gofynnodd ei thad.

Nodiodd. Daliodd ei thad y drws yn agored iddi.

'Reit 'ta,' meddai wrtho.

'O, Marian . . . '

'Be?'

'Rw't ti mor . . . o, jest y chdi, yndê,' meddai.

Dringodd Marian i'r trên yn frysiog, rhag iddo weld yr amheuaeth fawr yn ei llygaid. Tasa Maldwyn ddim yno, tasa Maldwyn ddim yn bodoli, yna . . .

Na! Paid â hyd yn oed meddwl fel yna!

Dringodd ymlaen a'i phloncio'i hun ar sedd ger y ffenestr.

Diolchodd ei bod wedi mygu'r ysfa i ddweud wrth Maldwyn na fasa hi'n mynd yn ôl ato fo, hyd yn oed petai hi'n dod adref yfory nesaf. Nid yng ngŵydd ei thad. Roedd o eisoes yn ei llygadu fel petai hi'n berson dieithr iddo, a buasai ei chlywed yn cega felly ar Maldwyn wedi'i ddychryn. Beth bynnag, roedd hi wedi dweud hynny i gyd – a mwy – wrth Maldwyn yn barod, yr wythnos ddiwethaf, ond ei fod yn gwrthod yn lân â gwrando, a derbyn.

Diffoddodd ei sigarét ym Mhenrhyndeudraeth, a thaniodd un arall yn Nhŷ Gwyn Halt.

Maldwyn druan, meddyliodd bryd hynny, y nicotîn cryf o'r sigarét Ffrengig wedi'i meirioli rhyw gymaint. Dwi ddim isio rhywun fel y fo, cyw twrna bach di-antur, diogel, parchus.

'Mae o'n hogyn neis iawn,' meddai ei mam amdano'n aml.

Ydi, dwi'n gwbod – a dyna'n union pam dwi mo'i isio fo, a'r gwir amdani ydi, es i 'mond allan efo fo yn y lle cynta oherwydd fod gen i ddim byd gwell i'w wneud. Unwaith yr wythnos, ac mi fasa hynny wedi bod yn hen ddigon i mi.

Ond dechreuodd alw amdani ddwywaith, yna deirgwaith, gan wneud yn glir na fasa pob un noson o'r wythnos yn ddigon iddo fo. Roedd Maldwyn yn awyddus i gael perthynas *gyffredin* – carwriaeth gyffredin a thraddodiadol; dod i adnabod ei gilydd am ryw flwyddyn cyn dyweddïo, a phriodi ymhen blwyddyn arall a chael dau neu dri o blant a byw yn y Port am byth.

Dim diolch.

Gwrthodai Maldwyn wneud fawr mwy na'i chusanu a chyffwrdd yn swil â'i bronnau, a gofalodd ei thywys yn ddigon pell oddi wrth y seddau cefn bob tro yr aent i'r Coliseum. Mynd yno dros ei grogi a wnâi, hefyd: doedd o ddim yn un am ffilmiau, ac edrychai fwy ar wyneb y cloc uwchben toiledau'r merched nag ar y sgrin. Hoffai fynd â hi allan gyda chyplau eraill – pob un ohonynt, ym marn Marian, mor ddiflas â'i gilydd, ac i gyd un ai wedi dyweddïo neu dim ond newydd briodi. Un noson, yn lolfa'r Goat ym Meddgelert, meddyliodd: os bydd raid i mi wrando ar sgwrs seithug y criw uffernol yma am un munud arall, yna mi fydda i wedi rhuthro allan o'r lle 'ma er mwyn cael udo ar y lleuad.

Tybed be fasan nhw'n ei wneud taswn i'n codi a gollwng clamp o rech?

Tybed be fasa'r ddwy hogan fach barchus yma'n ei wneud taswn i'n gwyro dros y bwrdd a gafael yng nghocia'u cariadon, un ym mhob llaw, a dweud: 'Hmmm – go lew, go lew'?

Dechreuodd biffian chwerthin iddi'i hun wrth ddychmygu'r fath beth.

'Be sy?' holodd Maldwyn.

'Dim byd, dim byd. 'Mond meddwl am rwbath,' atebodd,

gan feddwl: tybed be fasa Maldwyn yn ei wneud taswn i'n gafael yn ei goc *o*?

Gwnaeth hynny'n ddiweddarach y noson honno pan ddanfonodd Maldwyn hi adref, yn ei gar y tu allan i'w chartref tra oeddynt yn cusanu. Symudodd ei llaw i fyny'i glun a byseddu'r caledwch cynnes a deimlai drwy'r brethyn. Rhedodd ei bysedd yn ysgafn i fyny ac i lawr, yna'i wasgu.

Teimlodd ei law yn cau am ei harddwrn ac yn symud ei llaw oddi wrtho. Rhythodd arni yn hanner gwyll y car.

'Be 'di'r matar efo chdi heno 'ma?'

'Be?'

'Roeddat ti'n gneud ati i fod yn surbwch drw'r gyda'r nos, a smocio un sigarét ar ôl y llall. Clecio gwin fel tasat ti'n marw o sychad.'

'Trio fy nghadw fy hun rhag sgrechian ro'n i, Maldwyn. Sud w't ti'n gallu diodda'r bobol boring yna?'

Cydiodd yn ei law a cheisio'i gwthio i fyny'i sgert, ond cipiodd Maldwyn hi'n ôl fel petai hi'n aflan.

'Marian, na!'

'Pam?' Edrychodd arno'n gwingo'r tu ôl i'r olwyn. 'Mi rw't ti isio, dwi'n gwbod. Mi deimlis i hynny gynna.'

'Dwi ddim isio *rŵan*. Ddim tan . . . '

Tawodd.

'Ddim tan bryd?'

Trodd oddi wrthi.

'Maldwyn . . . ?'

Ochneidiodd.

'Ddim tan y byddan ni . . . 'sti . . . '

'Be?'

Yna deallodd.

'O, Iesu, na . . .'

Trodd Marian am handlen y drws, a chydiodd Maldwyn yn ei phenelin.

'Ro'n i isio gofyn yn iawn i chdi. Ddim heno 'ma . . . a ddim fel hyn, yn sicr . . . '

'Anghofia fo, Maldwyn,' meddai ar ei draws. 'Dwi wedi deud wrthat ti be ydi fy nghynllunia i.'

'Do, wn i. Ond ro'n i'n meddwl, ella . . . '

'Be?'

'Taswn i'n dangos i chdi 'mod i o ddifri . . . '

'Wela i. Y baswn i'n penderfynu fod 'y nghynllunia i yn eitha dibwys o'u cymharu â'r anrhydedd fawr o ga'l bod yn gariad, yn wraig, i chdi . . . '

'Naci, naci . . . '

' . . . mai ond rhyw hen chwilan fach wirion sy gin i yn fy mhen ydi o i gyd, ia?'

'Dwi'n dy *garu* di, Marian!'

Chwarddodd yn ei wyneb, a gwyliodd ei wefusau'n tynhau.

'Nag w't, Maldwyn. Nid cariad ydi o. Ers tro rŵan, ma' dy ffrindia di i gyd un ai wedi dyweddïo ne' wedi priodi, ac mi rw't ti wedi bod yn meddwl ei bod yn hen bryd i chditha neud yr un peth. Ond roedd 'na un snag.'

'Marian . . . '

'Chydig iawn, iawn o ferchad o'r un oed â chdi sy'n dal ar ôl yma. Ma' nhw un ai wedi ca'l 'u cipio'n barod ne' wedi'i goleuo hi o'ma am 'u bywyda. Ac yna mi landis i'n ôl adra, a dyma chdi'n meddwl, Aha! ma' hon yn o lew, mi neith hi'r tro'n tshampion.'

'Dw't ti ddim yn bod yn deg iawn.'

'W't *ti*?'

Sylweddolodd Maldwyn fod ei law ar ei braich o hyd. Symudodd hi a'i gosod ar ei lin, yna ar olwyn lywio'r car, yna'n ôl ar ei lin.

'Sgynnon ni mo'r un diddordeba o gwbwl,' meddai wrtho.

'Dwi ddim hyd yn oed yn gallu gneud efo dy ffrindia di – diolch i Dduw. Ma' nhw fel y *living dead*.'

Agorodd y drws a mynd allan o'r car. Gwyrodd yn ei hôl i mewn.

'Ond dwi ddim wedi dechra byw eto, Maldwyn.'

* * *

Cafodd lonydd ganddo am ychydig ddyddiau, ond galwodd i'w gweld un gyda'r nos, gan eistedd yn y parlwr efo'i rhieni yn disgwyl iddi gyrraedd adref o'i gwaith. Pidiwch â 'ngada'l i yma ar fy mhen fy hun efo fo, sgrechiodd arnynt yn ei meddwl, ond allan â hwy wysg eu cefnau, bron, dan wenu o glust i glust.

''Dan ni wedi gorffan,' meddai wrtho. 'Ro'n i'n meddwl dy fod wedi dallt hynny'r noson o'r blaen.'

'Fedra i ddim, Marian.'

'Fedri di ddim be?'

'Gorffan efo chdi . . . jest felna. Rw't ti'n golygu llawar iawn mwy i mi . . . '

'Stopia rŵan, plîs.'

' . . . na hynna, mwy nag yr w't ti'n 'i feddwl. Yr hyn ddudist ti'r noson o'r blaen, wel, ella bod 'na ryw flewyn o wirionadd ynddo fo . . . '

'Paid.'

' . . . ond 'mond ar y dechra un, Marian. Mwya'n y byd ohonat ti'r o'n i'n 'i weld, mwya'n y byd yr o'n i'n dŵad i dy nabod di . . . '

Yn blentynnaidd, gwasgodd hi ei dwylo dros ei chlustiau a chanu 'La la-la la la, dwi ddim isio cly-wad hyn', a gwylio'i wefusau'n peidio â symud.

Eisteddai'r ddau o boptu'r lle tân yn syllu ar ei gilydd nes o'r diwedd tynnodd Marian ei dwylo i lawr a'u dodi ar ei glin. Yna cododd Maldwyn o'i gadair a meddyliodd hi ei fod am fynd, nes iddo, er mawr fraw iddi, fynd ar ei liniau o'i blaen a thynnu bocs bach sgwâr o boced ei siwt.

Caeodd ei llygaid ac ysgwyd ei phen.

'Marian . . . '

'Na, Maldwyn, paid â gneud hyn. Dwi ddim ish . . . '

'Marian – plîs! Edrycha arni hi, o leia.'

Agorodd ei llygaid, ac ia, modrwy oedd ganddo, yn wincian arni o'i gwely bach melfed, a gwyddai fod yn rhaid iddi wneud iddo ddeall, unwaith ac am byth.

'Ffyc off, Maldwyn,' meddai, a gwylio'i wyneb yn troi'n wyn.

Safodd Maldwyn yn drwsgl a chau'r bocs gyda chlep fechan. Edrychodd arno am eiliad neu ddau, yn ansicr ynglŷn â beth i'w wneud, yna cadwodd ef yn ei boced.

'Iawn,' meddai. 'Iawn . . . '

Aeth allan o'r parlwr. Clywodd Marian y drws ffrynt yn agor a chau. Cododd a mynd trwodd i'r parlwr cefn. Gwelodd y siom ar wynebau'i rhieni.

'Lle ma' Maldwyn?'

'Mae o 'di mynd.'

Nodiodd ei thad yn araf. Gwthiodd ei mam heibio iddi a diflannu i'r gegin.

'Do'n i ddim isio, Dad.'

Ochneidiodd ei thad.

'Nag oeddat, decini.'

Eisteddodd yn ei gadair ac agor y *Daily Post*.

* * *

Welodd hi mo Maldwyn wedyn tan heno, pan ddaeth i'r orsaf. Gwrthododd edrych arno wrth i'r trên ddechrau symud, a chadwodd ei llygaid ar wyneb ei thad. Tybed beth a ddywedwyd ganddyn nhw unwaith yr oedd hi wedi llithro o'u golwg? Oeddan nhw wedi mynd am ddiodyn bach efo'i gilydd, wedi cael eu rhwystro rhag dod yn berthnasau ganddi hi ond am aros yn ffrindiau o ryw fath? Go brin fod Maldwyn wedi camu dros riniog y 'Rooms' am beint o M&B: un wisgi wedi'i foddi mewn lemonêd oedd ei ddiod arferol ef, a hynny mewn lolfa gwesty.

Gadawodd Marian ei bag ar ei sedd pan aeth i'r tŷ bach. Doedd yna bron neb ar ôl ar y trên a fuasai'n debygol o roi 'i bump arno: dim ond cwpwl yn eu chwedegau oedd yn ei hadran hi, a rhyw dri neu bedwar yn yr adran arall.

Sylwodd ar ei ffordd allan o'r toiled fod yna un dyn ifanc yn eistedd ar ei ben ei hun ym mhen pella'r adran arall, a llyfr Penguin oren yn agored ar ei lin. Craffodd mewn ymdrech i ddarllen y teitl, ond roedd yn rhy bell oddi wrthi. Pan gododd ei llygaid, gwelodd fod y dyn ifanc yn ei gwylio.

Daeth y giard heibio am dro eto, gan eu rhybuddio eu bod yn nesáu at Ddyfi Jyncshiyn. Hercian i mewn i'r orsaf fesul dipyn a wnaeth y trên, a phan ddisgynnon nhw i gyd ar y platfform gwelsant pam: roedd y cledrau dan ddŵr, ac wrth iddynt gamu oddi arno crynodd y trên drwyddo fel rhywun yn padlo mewn dŵr oer gefn gaeaf.

'Eith o ddim pellach heno,' sylwodd rhywun – y giard, hwyrach, oherwydd roedd rhyw foddhad yn y llais, boddhad dyn sydd newydd weld ei broffwydoliaeth yn cael ei gwireddu.

Aeth Marian ar ei hunion i'r ystafell aros a dilynodd y lleill hi fel defaid. Dim ond ychydig o lathenni oedd rhwng y trên a'r ystafell, ond llanwyd yr aer yn syth bìn ag arogl cotiau gwlybion. Yng ngoleuni'r orsaf gallai weld y glaw yn sgubo fel llen ar draws llwyfan gwag.

Grwgnachai ei chyd-deithwyr ymysg ei gilydd – pawb ond y dyn ifanc, a eisteddai mewn cornel o'r fainc yn sychu'r glaw oddi ar ei wyneb â hances fawr wen. Yna tynnodd fflasg o'i fag a thywallt paned iddo'i hun, cyn setlo i wylio'r pump arall yn tin-droi'n wlyb ger y drws.

Cododd Marian. Drwy'r ffenestr gallai weld cryn drafod yn digwydd rhwng y giard, y gyrrwr a'r signalwr i fyny yn y bocs, y tri'n sefyll yn agos at ei gilydd mewn un ffrâm felen o oleuni.

* * *

Waeth i chi heb â chwyno, meddyliodd John am ei gyd-deithwyr, fedar neb neud unrhyw beth ynglŷn â'r tywydd. Ei bryder mwyaf oedd y byddai'r bws yr oedd i fod i'w ddal yn Aberystwyth am Sir Benfro wedi ymadael ymhell cyn ei fod o'n cyrraedd Aber.

Gwyliodd y ferch dal, yr un a welsai'n dod ar y trên ym Mhorthmadog, yn codi o'i chornel hi i syllu drwy'r ffenestr. Roedd ganddi wallt hir, brown golau, a gwisgai jîns duon, tyn, a chôt law ddu, loyw, weddol gwta a gyrhaeddai at ei chluniau.

Roedd ei chefn, sylwodd, yn hollol syth, ac roedd rhywbeth – be oedd o? – rhywbeth ynglŷn â'i hosgo a fynnai lusgo'i lygaid i'w chyfeiriad bob gafael. Roedd hi wedi llamu o'r trên i gyfeiriad yr ystafell aros fel petai neb arall ar gyfyl y lle, ei chôt law yn swishian a'i phen yn y gwynt, yn hidio'r un iot am y glaw, tra oedd pawb arall wedi sgrialu ar ei hôl yn eu cwman, bron, â'u pennau i lawr.

Fel petai hi wedi ei synhwyro'n syllu arni, troes yn sydyn gan edrych arno dros ei hysgwydd chwith. Gwenodd arno'n annisgwyl, a chyn iddo fedru ymateb roedd wedi troi'i chefn arno eto er mwyn syllu drwy'r ffenestr.

Gwyliodd Marian yr orymdaith ofalus yn dod i lawr grisiau pren, llithrig y caban signalau – y gyrrwr, y giard a'r signalwr mewn cotiau trymion, llaes at eu traed – ac am ryw reswm roedd y criw yn gwneud iddi feddwl am ddienyddiwr, ei gynorthwywr a warden y carchar yn nesáu at gell y condemniedig.

Troes o'r ffenestr a dychwelyd i'w chornel, ei llygaid ar y drws ond yn ymwybodol fod y dyn ifanc yn dal i'w llygadu o'r gornel bellaf. Roedd o wedi cochi at ei glustiau pan drodd yn ddirybudd yn gynharach a'i ddal yn syllu arni; hogyn tua'r un oed â hi, tybiodd, gyda gwallt tywyll, cwta, ychydig yn gyrliog, mewn trowsus a siaced dan ei anorac a chês dillad anferth ar y fainc wrth ei ochr.

'Newyddion drwg, ma' gen i ofn,' cyhoeddodd gyrrwr y trên, cyn meddwl gofyn a oedd pawb yn deall Cymraeg. Nac oeddynt, wrth gwrs, ac ochneidiodd a gwgu ar y rhai anffodus cyn cyfieithu bob brawddeg air-am-air. Dywedodd – ddwywaith – fod y gwynt yn chwythu o'r de-orllewin, a'r llanw'n anghyffredin o uchel, a bod y ffactorau hynny yn ogystal â'r glaw trwm yn golygu . . .

'Ei bod yn amen arnon ni,' meddai'r giard siriol mewn tôn a wnaeth i John feddwl am lais o'r bedd. 'Aiff yna'r un trên i mewn nac allan o Ddyfi Jyncshiyn heno 'ma.'

Gwgodd y gyrrwr arno – am dorri ar ei draws yn hytrach nag am ddweud unrhyw anwiredd, tybiodd Marian – a dechreuodd ei gyd-deithwyr gwyno eto, pawb ond y ferch dal, er eu bod wedi hen sylweddoli fod hyn yn anochel ac yn gwybod yn iawn nad dyma'r tro cyntaf, o bell ffordd, iddo ddigwydd yn Nyfi Jyncshiyn.

Roedd ganddynt ddewis, dywedodd y signalwr. Un ai cerdded rhyw hanner milltir i Landyfi a chael tacsi (ma'n ol-reit – y lein fydd yn talu, o fewn rheswm) neu, wel, aros yma dros nos yn y gobaith y byddai gwell trefn ar bethau erbyn y bore.

Myrdd o gwestiynau a ddaeth yn sgil hyn – ebychiadau yn fwy na chwestiynau. *Yn y glaw yma? Cerdded? Cysgu yma? Hanner milltir – yn y tywydd yma?* ac yn y blaen. Sylwodd

John ar y ferch dal yn eu gwylio â hanner-gwen ar ei hwyneb a mwg go ddrewllyd yn codi o'r sigarét a ddaliai rhwng ei bysedd. Symudodd ei llygaid i'w gyfeiriad a rowliodd John ei lygaid yntau.

Edrychodd y ferch yn ôl ar y criw ger y drws heb ei gydnabod.

'Dwi'n cymryd y cawn ni ddefnyddio'r teliffon gynnoch chi?' meddai. Er nad oedd wedi siarad yn arbennig o uchel, roedd ei llais wedi cario'n glir ar draws yr ystafell a thawodd pawb arall am eiliad.

'Dwn i'm am neb arall, ond ma' gen i bobol sy'n aros amdana i,' ychwanegodd. 'Dwi ddim isio iddyn nhw ddechra poeni.'

Cytunodd nifer â hi – gan gynnwys John.

'Ar fin sôn am hynny ro'n i,' meddai'r signalwr. Edrychodd o wyneb i wyneb fel petai'n eu herio i ddadlau yn ei erbyn. 'Ond plîs – byddwch yn ofalus wrth ddringo i fyny i'r bocs. Ma'r grisia'n llithrig gythreulig.'

Dringodd pedwar ohonynt i fyny'r stepiau dan lygaid nerfus y signalwr, y ferch dal yn gyntaf a John y gŵr bonheddig yn olaf. Roedd y caban yn gynnes a chlyd gydag ambell dinc bach cerddorol yn dod o rai o'r clychau pres, a sylwodd John ar un o nofelau Ian Fleming yn gorwedd â'i wyneb i lawr ar sedd cadair y signalwr – *From Russia With Love*.

Gwrthododd pawb edrych ar ei gilydd tra siaradai'r ferch ar y ffôn, yr un ohonynt yn hapus â'r syniad eu bod yn gorfod gwrando ar ei hochr hi o'r sgwrs.

'Haia, fi sy 'ma. Na, dwi'n iawn, dwi'n iawn . . . *yndw*, onest. Gwrandwch – fedra i ddim siarad yn hir, ma' 'na bobol eraill yn disgwl am y teliffon. Yn Nyfi Jyncshiyn ydw i – llifogydd. Fydd 'na ddim trên arall tan y bora. Wnewch chi ffonio Mrs McGregor a deud wrthi hi na fydda i'n cyrra'dd tan fory . . . ? Ma'r rhif gynnoch chi, yn dydi? Be? Na, dwi am aros yma, wneith o ddim drwg i mi. Sori . . . ? Na, na – ma' 'na bobol eraill yma efo fi, mi fydda i'n tshampion. Ylwch, ma'n rhaid i mi fynd . . . Mi wna i, siŵr – cyn gyntad ag y bydda i wedi cyrra'dd yno fory . . . Ocê. Ta-ra.'

Rhoddodd y ffôn i lawr. Wrth droi, edrychodd ar y lleill â mymryn o syndod am ennyd, fel petai wedi anghofio'n llwyr eu bod nhw yno.

'Dach chi'n siŵr y byddwch chi'n ol-reit yma?' gofynnodd y signalwr. 'Dwi ddim yn leicio meddwl amdanoch chi yma ar ych pen ych hun.' A meddyliodd John Griffiths, ddylwn i neidio i mewn rŵan a deud na fydd hi ar 'i phen 'i hun, y bydda i yma hefyd? Ond ar ôl diolch i'r signalwr, aeth y ferch allan tra oedd John yn dal i chwilio am eiriau na fyddai'n gwneud iddo swnio fel rhyw hen sglyfath oedd yn ffansïo'r syniad o dreulio'r noson yng nghanol nunlle yng nghwmni hogan ifanc, ddeniadol.

Ef oedd yr olaf i ffonio – *mi fydd y bỳs wedi hen fynd, Dad . . . digonadd o lefydd gwely-a-brecwast yn Aberystwyth . . . wnewch chi ffonio Mrs Ifas Crymych?* – a phan ddychwelodd i'r ystafell aros, roedd y ferch yn ôl yn ei chornel ac wedi tanio sigarét arall.

Rhywsut, cafodd John yr argraff ei bod yn disgwyl i bawb fynd, er mwyn iddi gael y lle i gyd iddi hi'i hun.

Cafodd ei dymuniad ymhen ychydig funudau. Wedi edrych o gwmpas yr ystafell aros yn y gobaith y buasai rhyw ddewin wedi ymddangos a throi'r meinciau pren yn welyau moethus, penderfynodd y fintai rwgnachlyd ddilyn y tri dyn lein i Landyfi.

Cadwodd John ei fflasg a chau'i gês dillad. Safodd a chau'i anorac i fyny at ei wddf. Wrth y drws, trodd a thaflu un edrychiad olaf i gyfeiriad y ferch. Doedd hi ddim wedi symud o'i chornel. Teimlai ei wefusau'n symud fel petai yna eiriau'n ymdrechu i ddod allan rhyngddynt, ond ddaeth 'na'r un. Yn hytrach, gwenodd arni cyn troi a dilyn y lleill allan i'r noson flêr.

* * *

'Ac wedi elwch, tawelwch fu,' meddyliodd Marian.

Yna gwthiodd y dyfyniad o'i meddwl. Newidiodd ef am linell o un o'i hoff gerddi Saesneg:

And how the silence surged softly backward,
When the plunging hoofs were gone.

Roedd yr olaf i adael – y dyn ifanc hwnnw a gochodd eto cyn mynd – wedi gadael y drws ar agor. Cododd Marian a sefyll yno'n gwylio'r glaw, ac yn brwydro rhag meddwl am ei gwely gartref.

'Ma' isio sbio dy ben di.' Dyna oedd geiriau ei thad.

Taflodd ei sigarét allan. Chafodd y stwmp mo'r cyfle i hisian, hyd yn oed, cyn i'r glaw ei foddi.

Ni fedrai gofio pryd oedd y tro diwethaf iddi fod yn llythrennol ar ei phen ei hun.

Caeodd y drws, a chynyddodd sŵn y glaw ar y to. Sŵn annifyr, penderfynodd, felly agorodd y drws unwaith eto. Doedd hi ddim yn noson oer, a theimlai'r ystafell yn glòs. Roedd un bwrdd mawr yng nghanol y llawr a blwch llwch metel, crwn yn ei ganol. Dim cadeiriau, dim ond y meinciau pren a redai ar hyd ochrau'r ystafell.

Dwi ddim am gael noson gyfforddus, meddyliodd Marian. Roedd y meinciau fel seddau capel, yn gul ac yn galed. To fflat oedd i'r ystafell aros, felly doedd dim simdde nac ychwaith, felly, dân glo, dim ond tân trydan llychlyd oedd â'i blwg wedi'i dynnu oddi ar y wifren.

Edrychodd ar ei horiawr. Doedd hi ddim yn naw o'r gloch eto. Agorodd ei chês dillad. Cyn cychwyn roedd wedi treulio rhai munudau'n dewis tri llyfr i fynd hefo hi – *Wuthering Heights;* nofel Jean Rhys, *Voyage in the Dark,* a detholiad o luniau Edward Hopper dan y teitl *Portraits of America*.

Ond y pethau cyntaf a welodd pan agorodd ei chês oedd, wrth gwrs, y ddwy botel win a brynodd yn y 'Rooms'. Buasai un o'r rhain yn ei helpu i gysgu, heb os nac oni bai; ni fuasai'n sylwi ar galedwch y fainc neu'r llawr ar ôl rhoi clec i un ohonynt.

Ond – Jîniys! meddai wrthi'i hun – doedd dim byd ganddi i'w hagor.

Tynnodd *Voyage in the Dark* o'i bag. Roedd hi wedi'i ddarllen ddwywaith yn barod, ac er bod y llyfr wedi'i sgwennu yn 1934 a'r stori wedi'i gosod yn 1914, cafodd syniad yn ei phen ei bod yn gallu uniaethu ag arwres Rhys, Anna – merch ddeunaw oed a aeth i Loegr o India'r Gorllewin i fod yn gôr-ferch.

Darllenodd y ddwy frawddeg gyntaf, er ei bod yn gyfarwydd â phob un gair ohonynt. *'It was as if a curtain had fallen, hiding everything I had ever known. It was almost like being born again.'*

Cododd Marian ei phen a syllu trwy'r drws agored ar y glaw.

Ma' isio sbio dy ben di . . .

Nag oedd, doedd o ddim fel ailenedigaeth. Ddim eto.

Ni wyddai am faint o amser y bu'n eistedd yno'n syllu allan i'r nos. Meddyliai weithiau ei bod yn gallu clywed sŵn y môr, yn chwyrnu'n wlyb yn rhywle y tu ôl i'r glaw fel rhywun â fflemsan yn ei wddf yn ceisio sibrwd. Meddyliodd am Gantre'r Gwaelod, ac am furmur cysurus y *shipping forecast* ar y radio, a'r ddelwedd a gâi bob tro y byddai'n gwrando arno yn nhywyllwch clyd a chynnes ei hystafell gartref am gychod bychain a bregus yn cael eu gwthio gan foliau tonnau anferth, yn ôl ac ymlaen, o un bol i'r llall.

Daliai'r glaw i ddisgyn.

Cododd, o'r diwedd, a chau'r drws. Daeth o hyd i switsh y golau, a cheisiodd orwedd ar ei hochr ar y fainc, ei chôt drosti fel cynfas a dwy siwmper o'i chês yn obennydd i'w phen. Gobeithiai gysgu cyn dechrau teimlo'n anghyffordus. Gwrthododd ag edrych ar ei horiawr. Buasai'r wybodaeth ei bod yn rhy fuan iddi gysgu yn sicr o'i chadw'n effro.

Ond gwnaeth y glaw hynny, drwy gadw reiat ar y to. Hefyd roedd rhyw hen bigyn annifyr yng ngwaelod ei stumog, a lwmpyn a fynnai chwyddo bob hyn a hyn yn ei gwddf, a llais ei thad yn ei phen a'r cof am wyneb pryderus ei mam a'r atgofion a ymosodai arni o bob cyfeiriad o'i bywyd cyn iddi fynd i ffwrdd i'r coleg, pan oedd popeth yn iawn ac fel y dylen nhw fod, a meddyliodd drosodd a throsodd, *Dwi ddim yn cofio pryd oedd y tro diwetha i mi fod ar fy mhen fy hun.*

Eisteddodd i fyny'n ei hôl a'i gwasgu'i hun i mewn i'w chornel. Cododd ei thraed i fyny ar y fainc a lapio'i chôt drostynt. Yn yr hanner tywyllwch daeth o hyd i'w sigaréts a thaniodd un arall.

Dwi am fynd adra.

Yndw, dwi am fynd yn ôl. 'Sgen i ddim cymwysterau, ches i ddim hyfforddiant o unrhyw werth; does gen i ddim profiad, dim talent hyd y gwn i, dim gobaith a dim syniad be dwi'n ei neud na pham dwi'n meddwl fy mod i'n gallu'i neud o.

Clywodd sŵn traed yn nesáu, yn sgweltshian dros y ddaear, a rhywun yn pesychu. Cyn iddi fedru dechrau ofni, agorwyd y drws a chamodd y dyn ifanc o'r trên i mewn. Camu i dywyllwch o hanner gwyll yr oedd o, a safai yn y drws efo'i law'n sgubo'r mur wrth iddo chwilio am switsh y golau.

'Yr ochor arall,' meddai Marian o'i chornel yn y tywyllwch,

a neidiodd y dyn ifanc fel sioncyn-y-gwair. Rhoes floedd uchel a bu bron iddo faglu'n ei ôl allan i'r glaw.

'Sori . . . '

'Helô?'

Craffodd i'w chyfeiriad a chwifiodd Marian ei sigarét yn ôl ac ymlaen er mwyn iddo fedru gweld y llygad bach coch.

'Ar yr ochor *dde* mae'r switsh.'

Yn y goleuni sydyn gwelodd hi, fel cath, yn cau'i llygaid yn ei erbyn am eiliad. Eisteddai ar y fainc â'i chôt dros ei choesau a'i chefn wedi'i wasgu i gornel y mur. Ymddiheurodd iddi – am y golau, am adael y nos i mewn, am dorri ar ei hunigedd – a derbyn herc fechan o'i phen yn ôl, y math ar osgo sydd y peth nesaf at rowlio llygaid yn ddiamynedd.

'Doeddach chi ddim yn cysgu, gobeithio?' gofynnodd, a phan edrychodd y ferch ar ei sigarét sylweddolodd mor hurt oedd ei gwestiwn.

'Nag oeddach, decini. Dydi pobol ddim yn smocio yn eu cwsg.'

Roedd o'n dal i sefyll yn y drws, sylweddolodd, pan deimlodd y glaw yn crafu yn erbyn ei gefn. Caeodd y drws a dodi'i gês dillad ar y llawr.

'Sglyfath o noson . . . '

Tynnodd ei gôt a mynd i'w gwrcwd o flaen y tân trydan.

'Waeth i ti heb,' meddai'r ferch. 'Does 'na ddim plwg arno fo.'

Ymsythodd John, ei drowsus yn glynu'n wlyb i'w gluniau. Roedd sawl pâr sych ganddo yn ei gês . . .

'Wna i ddim sbecian os w't ti isio newid,' meddai Marian. 'Ne' ma' croeso i ti ddiffodd y gola eto.'

Tynnodd John bâr glân o'i gês cyn diffodd y golau. O'r tywyllwch, clywodd ei llais yn gofyn: 'Pam ddoist ti yn d'ôl yma?'

Swniai braidd yn ddig i John, fel petai wedi gofyn, *Oedd yn rhaid i ti ddŵad yn ôl yma?* yn hytrach na'r hyn a ddywedodd go iawn. Rhwbiodd ei goesau â thywel wrth ateb.

'Roedd pawb isio mynd i wahanol lefydd. Mi fasa wedi cymryd oes i ni i gyd ga'l tacsis.'

'Tacsi i ble?'

'Aberystwyth . . . ond i lawr i Grymych dwi'n mynd. Ne' mi o'n i, yndê.'

'Lle?'

'Ddim yn bell o Abergwaun.'

Tynnodd ei sanau a sychu'i draed, yn ymwybodol iawn ei fod yn ei drôns mewn ystafell dywyll efo merch ddieithr. Er, doedd hi ddim mor dywyll â hynny yn yr ystafell wedi'r cwbl, unwaith yr oedd ei lygaid wedi dygymod â'r lle. Brysiodd i guddio'i goesau gwynion.

'Ro'n i i fod i ddal bỳs yno o Aber, ond ma' hwnnw wedi hen fynd erbyn rŵan. Ma' nhw'n lwcus fod cyn lleiad o bobol ar y trên, yn lwcus uffernol os ga i ddeud. Ella y basa 'na ddwsina isio mynd yn 'u blaena i Shriwsbyri. Be amdanoch chi?'

Teimlai'n well o beth myrdd mewn trowsus a sanau sychion.

'Fi?'

'Lle'r oeddach chi wedi gobithio cyrra'dd heno 'ma?'

Petrusodd y ferch cyn ateb.

'Llundain,' meddai o'r diwedd. Swniai'n ansicr, rywsut. 'W't ti wedi gorffan newid?' gofynnodd.

'Do . . .'

Daeth fflach sydyn o'r gornel wrth iddi danio sigarét arall. Pethau drewllyd oedden nhw, hefyd, gyda phob parch.

'Ma'n siŵr y basa'ch trên chitha wedi gada'l,' meddai wrthi. 'Ych conecshiyn chi.'

'Mmm . . .'

Gwyliodd olau coch ei sigarét yn goleuo gwaelod ei hwyneb am eiliad. Clywodd hi'n symud a chodi, a chafodd awgrym chwim o'i phersawr wrth iddi gerdded at y drws a'i agor. Lluchiodd ei sigarét allan. Safodd yno am ychydig yn syllu ar y trên.

'Mi fasan ni'n fwy cyfforddus ar honna,' meddai.

'Mi *fasan* ni . . . tasa'r blwming giard 'na ddim wedi'i chloi hi.'

Trodd Marian ac edrych i'w gyfeiriad.

'Mi welis i'r bwbach yn gneud,' eglurodd John. 'Y peth dwytha wna'th o cyn i ni gychwyn cerddad. Fel tasa 'na rywun isio'i dwyn hi – a lle fasan nhw'n mynd â hi, beth bynnag, ar y ffasiwn noson? Ond dwi ddim yn siŵr os basa hi mor gyfforddus â hynny, chwaith. Roedd 'na fwy o le i rywun orwadd ar 'i hyd ar seti'r hen drena stêm. Ma'r rhei newydd 'ma'n fwy fel soffas anghyfforddus.'

Tawodd. Roedd rhywbeth ynglŷn â'i hosgo a llonyddwch ei siâp yn erbyn y golau a ddeuai i mewn drwy'r drws a wnâi iddo sylweddoli ei fod efallai'n siarad gormod, yn paldaruo. Hynny a'r ffaith nad oedd i'w gweld yn ymateb i'w eiriau, dim ond yn sefyll yno'n amyneddgar – yn or-amyneddgar – fel petai'n disgwyl iddo gau'i geg.

Dychwelodd i'w chornel, gan eistedd unwaith eto â'i thraed i fyny a'i chôt dros ei choesau. Gadawodd y drws ar agor – er mwyn cael gwared ar ddrewdod fy nillad gwlyb i, meddyliodd John. Neu, gwaeth fyth, efallai ar oglau fy sana? Na, doedd bosib. Rhai glân oedden nhw cyn iddynt gael eu gwlychu, ac mi ges i fath cyn cychwyn am y trên.

Bu tawelwch rhyngddynt am ychydig. Clywodd ei chôt yn siffrwd bob hyn a hyn wrth iddi symud. Deuai rhywfaint o bersawr hallt y môr i mewn drwy'r drws. Arafai'r glaw o bryd i'w gilydd, ond bob un tro dychwelai'n drymach nag erioed, gan wneud iddo feddwl am fabi'n cymryd ei anadl wrth gael sterics, dim ond i floeddio'n uwch yn syth wedyn.

Meddyliodd am rywbeth a ddylai fod wedi'i daro ynghynt. Cliriodd ei wddf.

'Ma'n ddrwg gin i, meddai, 'ond dwi'n gobithio nad ydw i'n gneud i chi deimlo'n annifyr.'

Pwysleisiodd wrthi mai'r tywydd a'i danfonodd yn ôl yma, er y gwyddai yn ei galon nad dyna oedd yr holl wir. Pan drodd yn ei ôl ar hyd y llwybr mwdlyd am yr orsaf, ceisiodd ei berswadio'i hun mai dim ond chwilio am gysgod yr oedd o, ac os oedd yna ferch ifanc ddeniadol yn digwydd bod ar ei phen ei hun yn yr ystafell aros, yna onid oedd yn ddyletswydd arno i fynd yn ei ôl a chadw cwmni iddi? Roedd yr holl sefyllfa'n debyg iawn i ryw ffilm arswyd, meddyliodd: merch ifanc ar ei phen ei hun yng nghanol nunlle ar noson stormus, a be ddiawl oedd ar ben y dynion lein melltigedig rheiny am beidio â mynnu ei bod yn mynd hefo nhw? Doedd wybod pwy oedd o gwmpas, hyd yn oed ar noson mor uffernol â hon.

Dim ond rŵan y meddyliodd efallai fod ei bresenoldeb ef yn gwneud iddi deimlo'n fwy anghyfforddus nag y buasai petai hi yma ar ei phen ei hun.

'Cyn bellad nad Norman Bates ydi d'enw di,' meddai wrtho.

'Naci,' meddai. 'John – John Griffiths.'

Yna sylweddolodd. Roedd yr enw wedi canu cloch, ond ei fod wedi rhuthro i'w gyflwyno'i hun cyn meddwl amdano.

'O – Alfred Hitchcock, ia? *Psycho*.'

'Marian ydw i, ti'n gweld.'

'O.'

'*Marian*,' pwysleisiodd. Yna ochneidiodd. 'Be oedd enw Janet Leigh yn y ffilm?'

'Marian?'

'Wel, Mar*ion*, beth bynnag. Marion Crane. Ti'n cofio?'

''Mond un waith welis i'r ffilm, sori. Ond pidiwch â phoeni, dwi ddim byd tebyg i Norman. Er 'mod i'n meddwl y byd o Mam.'

Cofiodd am ei fflasg a'i frechdanau. Cynigiodd eu rhannu.

'Wy a letys,' meddai wrthi. 'Gawn ni roi'r gola ymlaen am chydig?'

Y tro hwn rhoes ei llaw dros ei llygaid i'w cysgodi wrth i'r golau ddod ymlaen. Llygaid brown, sylwodd, pan symudodd ei llaw.

Roedd y te wedi oeri rhywfaint.

'Ma' rhwbath gwell gin i,' meddai wrtho, 'ond 'sgin i ddim byd i'w hagor nhw.'

Plygodd dros ei chês ac ymsythu gyda dwy botel o win coch yn ei dwylo.

'Côtes du Rhone,' meddai.

Estynnodd John ei gyllell boced a gwelodd hi'n gwenu.

'Paid â deud bod . . . ?'

'Ma' 'na bob dim ar hon – hyd yn oed un o'r petha 'na ar gyfar tynnu cerrig mân o bedol ceffyl.'

Llwyddodd i wneud ychydig o lanast o'r corcyn, ond o leiaf roedd y botel wedi'i hagor. Yfed yn syth o'r botel a wnaeth Marian, gan fynnu ei fod o'n defnyddio cwpan ei fflasg, ac roedd blas bendigedig ar y brechdanau wy a letys.

Daliai i fwrw'n drwm.

Dywedodd wrtho mai actores oedd hi am fod. Erbyn hynny, roeddynt yn 'chdi a chditha'.

'Ma' gin ti blwc aruthrol,' meddai wrthi. 'A hyder.'

''Sgin i ddim llawar iawn o ddewis. Ma'n anodd gneud bywoliaeth ohono fo yma yng Nghymru.'

'Fydd hi'n haws yn Lloegr?'

Cododd ei hysgwyddau a throi'r stori; meddyliodd yntau, efallai nad oes cymaint â hynny o hyder ganddi, wedi'r cwbwl. Gwenodd Marian pan ddywedodd wrthi mai ar ei ffordd i gychwyn gyrfa fel athro yr oedd o.

'Be sy?'

''Mond meddwl be ddudodd Napoleon am y Saeson: "*A nation of shopkeepers*". Cenedl o athrawon ydan ni'r Cymry.'

Gwenodd arno a thywallt rhagor o win i mewn i'w gwpan.

'Rw't ti'n edrach fel athro.'

'O – ydi hynna'n beth da?'

''Mond beiro goch ym mhocad dy siaced sydd 'i angan arnat ti. Pâr o Hush Puppies am dy draed, a phatsh lledar ar bob penelin. Ydw i'n edrach fel actores?'

''Swn i'n meddwl fod actoras dda'n edrach yn wahanol bob tro, wrth iddi newid cymeriada.'

Doedd o ddim wedi ateb ei chwestiwn. Edrychai braidd yn siomedig.

'Ond ma' 'na rwbath amdanat ti sy'n denu sylw rhywun,' brysiodd i ychwanegu.

Gwenodd yn swta, cystal â dweud ei fod wedi'i gadael hi'n rhy hwyr.

'Na, wir yr rŵan,' meddai. 'Mi feddylis i hynny gynna, pan oeddan ni i gyd yma yn gwrando ar y dynion lein rheiny. Ac yn gynharach hefyd, pan ges i gip arnat ti'n dŵad allan o'r lle chwech ar y trên. Rhwbath am y ffordd rw't ti'n dy ddal dy hun, dy osgo di.'

Gwthiodd ei gwallt o'i hwyneb a chodi'r botel win at ei gwefusau. Crwydrodd ei lygaid i lawr dros ei bronnau, a chododd o hwy'n ôl i fyny i'w hwyneb cyn iddi ei ddal yn ei llygadu.

'Fel . . . hynna,' meddai. 'Y ffordd rw't ti'n yfad o'r botal 'na. Rhyw . . . dwn i'm be.'

'*Je ne sais quoi*?'

'Ia . . . '

''Swn i'n leicio taswn i'n edrach fel Ingrid Thulin. Ne' Bibi

Andersson. *Wild Strawberries*, John Griffiths. Ingmar Bergman?'

'Os w't ti'n deud. Mi setla i am Ingrid.'

'*Intermezzo. Notorious.*'

'*Casablanca*,' meddai yntau. Ychwanegodd mewn llais Bogart-aidd. '*Here'sh lookin' at you, kid.*'

'Plîs paid.'

'*We'll always have Dyfi Jyncshiyn.*'

'Digon, digon. Ynda . . .'

Rhagor o win. Rhoes hithau glec i'r botel, gan wneud mwy o sioe y tro hwn, meddyliodd, wrth ddal ei phen yn ôl i'w yfed a gwthio'i bronnau allan. Ond hwyrach mai y fi sy wedi yfad gormod, yn enwedig a minna ddim wedi arfar efo stwff fel hwn.

'Dwi wastad wedi'i chael hi'n anodd,' meddai. 'Taswn i'n ddigon lwcus, felly, i ga'l y dewis.'

Edrychodd arno, ar goll. Sylweddolodd ei fod yn mwydro. Ia, y gwin.

'Sori. Taswn i'n gorfod dewis rhwng Ingrid Bergman a Grace Kelly, pa un y baswn i'n ei dewis.'

'Pa un, felly?'

'Dyna dwi'n 'i ddeud – dwi'm yn gwbod. Ma'n ddewis anodd. Amhosib.'

'Mi allasa fo fod yn waeth – gorfod dewis rhwng Ingrid Thulin a Bibi Andersson. Be oeddat ti'n 'i ddarllan ar y trên?'

'Be? O . . .'

Cododd am ei gôt. Teimlai'r ystafell yn bygwth troi.

'Stan Barstow,' meddai. Dangosodd y llyfr iddi. *A Kind of Loving*. 'Sori, ma'n rhaid i mi ga'l chydig o awyr iach.'

Roedd hi'n gwenu arno, sylwodd, efo'i phen wedi'i ddal ychydig ar un ochr. Aeth trwy'r drws a dal ei wyneb i fyny i'r awyr gan adael i'r nos boeri dros ei wyneb. Teimlai'n well bron yn syth bìn.

Gwyliodd Marian ef yn troi a diflannu heibio i ochr yr adeilad. Ymhen llai na munud clywodd sŵn drws yn cael ei ysgwyd.

Roedd y gwin wedi'i effeithio'n rhyfeddol o sydyn arno: bron yr oedd wedi medru gweld ei fochau'n gwrido. Buasent wedi gwrido fwyfwy petai hi wedi dweud rhywbeth ar ôl iddi'i weld yn llygadu'i bronnau'n slei bach. Daeth hi o fewn dim i wneud: doedd hi ddim yn sobor iawn ei hun, wedi'r cwbwl. Roeddynt wedi clecio'r botel gyntaf yn sydyn iawn.

Athro ysgol. Ia, wel – be arall? Roedd o *yn* edrych fel un, er nad oedd o wedi dechrau gweithio eto. Fel petai'r fydwraig, pan gafodd ei eni, wedi llongyfarch ei fam drwy ddweud fod ganddi'r athro bach delaf welodd neb erioed.

Fe'i daliodd ei hun yn giglan yn uchel. Y gwin, y gwin . . . Hwyrach na fuasai ychydig o awyr iach yn ddrwg o beth. Aeth at y drws a gweld fod y glaw wedi arafu ychydig. Llanwyd ei ffroenau ag arogl chwys y môr. Anadlodd yn ddwfn. Roedd Llundain ymhellach i ffwrdd nag erioed.

Clywodd ef yn dychwelyd tuag ati.

'Ma'r brych wedi cloi'r lle chwech, hyd yn oed,' cwynodd. 'A rhei'r merchad hefyd, ma'n ddrwg gin i.'

Roedd yr awyr iach wedi gwneud byd o les iddo, meddai wrthi; teimlai'n rêl boi rŵan. Llyncodd ychydig o de oer, ac agorodd Marian yr ail botel.

'Pam lai?' gofynnodd pan welodd ef yn sbio arni'n gam.

Rywbryd yn ystod yr awr nesaf aeth hithau allan i'r cefn gyda llond dwrn o hancesi papur, a theimlo blaenau'r glaswellt yn cosi cefnau ei chluniau noethion. Y fo a'i frechdanau letys ac wy, meddyliodd, ar frys i fynd yn ôl ato am ryw reswm. Sychodd ei hun yn simsan, ac ailddechreuodd fwrw glaw yn hegar wrth iddi ddychwelyd.

'Dwi am ddiffodd y gola rŵan,' cyhoeddodd, 'a chau'r drws. Iawn, John Griffiths?'

Eisteddodd y ddau ochr yn ochr ar y fainc. Gwyddent fod rhywbeth wedi newid yn ystod yr awr ddiwethaf: rhywbeth bach, rhywbeth pwysig. Roedd ei chlun chwith hi'n gorffwys yn erbyn ei un dde fo: gallai deimlo cryndod bach bywiog yn rhedeg drwy'i goes. Gorffwysodd ei phen ar ei ysgwydd. Cododd ei fraich a chlosiodd yn nes ato gan adael iddo roi'i fraich yn ôl i lawr drosti ac amdani.

'Ma' hyn yn neis,' meddai.

'Yndi,' cytunodd.

Gallai deimlo'i wefusau'n symud yn ei gwallt.

'Gwranda ar y glaw 'na,' meddai un ohonynt.

Teimlai ei law'n anwesu'i hystlys, a blaenau'i fysedd yn cyffwrdd fel glöyn byw â'r darn o gnawd noeth rhwng ei jîns a gwaelod ei siwmper, a gallai glywed ei galon yn carlamu yn erbyn ei chlust. Ceisiodd ewyllysio'i fysedd i symud, i grwydro, i archwilio. Roedd ei wefusau'n awr yn anwesu'i gwallt a blaenau'i fysedd yn symud i fyny ac i lawr ei hystlys dan waelod ei siwmper, yn agos iawn at fod yn ei goglais.

Cododd ei hwyneb ato, a'i chael ei hun yn cusanu'i ên tra cusanai ef flaen ei thrwyn. Dechreuodd y ddau biffian chwerthin cyn dod o hyd i wefusau'i gilydd. Teimlai John flaen ei thafod yn pwnio'n ysgafn yn erbyn ei dafod ef, ac wrth iddi droi'n nes i mewn ato roedd ei law ar waelod ei chefn noeth a gallai deimlo'i bronnau yn erbyn ei frest ef a'i llaw'n symud drwy'i wallt.

Pan orffennodd y gusan gyntaf, hir, mentrodd symud ei wefusau i lawr dros ei gwddf. Cydiodd Marian yn ei law, ei chodi a'i gosod ar ei bron. Ochneidiodd yn ddwfn wrth deimlo'i fysedd yn cau amdani a chusanodd ef eto, yn ffyrnicach y tro hwn. Gwthiodd ei bron yn erbyn ei law, llaw a grwydrodd i lawr dim ond i ddychwelyd at ei bron o dan ei siwmper, ei fysedd yn chwilio am y deth drwy ddefnydd caled ei bra. Mentrodd hithau ollwng ei llaw at ei gluniau, yna i fyny rhyngddynt at y chwydd cynnes a deimlai dan ei chledr. Gwingodd yn ei herbyn gan ochneidio i mewn i'w cheg ond parhaodd Marian i agor a chau'i bysedd, i'w wasgu, i'w anwesu nes o'r diwedd gollyngodd ei bron a chydio yn ei garddwrn i'w hatal.

'Paid. Dwi jest iawn . . . '

Safodd Marian.

'Ty'd . . . '

Taenodd ei chôt ar y llawr a thynnu'i hesgidiau, ei jîns a'i nicyrs. Safodd John ychydig yn ansicr a dechrau dilyn ei hesiampl, ei lygaid arni hi, ar ei chluniau, yn melltithio'r hanner-tywyllwch am guddio cymaint oddi wrtho ond hefyd yn ddiolchgar amdano wrth iddo dynnu'i drôns. Doedd o erioed wedi sefyll fel hyn o flaen yr un ddynes o'r blaen, a theimlai braidd yn hurt efo rhyw bastwn bach yn ymwthio ohono fel creadur tanddaearol, dall yn synhwyro'r awyr iach am y tro cyntaf yn ei fywyd.

'Ty'd,' meddai hithau eto.

Penliniodd y ddau ar ei chôt, yn cusanu eto. Teimlai Marian ef yn gynnes ac yn llaith yn erbyn ei bol. Ymwrthododd â'r demtasiwn i gydio ynddo eto; yn hytrach, agorodd ei grys a chodi'i breichiau'n uchel er mwyn iddo wthio'i siwmper i fyny dros ei phen. Helpodd ef i agor y bachau ystyfnig ar gefn ei bronglwm, a theimlodd John ei bronnau'n byrlymu i mewn i'w ddwylo. Ochneidiodd yng nghefn ei gwddf wrth iddo redeg ei wefusau dros ei thethi bach caled, ac yna roedd ei fysedd yno, rhwng ei chluniau, ychydig yn betrusgar a swil ar y cychwyn ond yn magu mwy a mwy o hyder wrth iddi hi anadlu'n ddwfn ac ymwthio'n ei erbyn.

Nid oedd wedi disgwyl y fath leithder poeth, fel melfed dan y blew bach garw, nac ychwaith, pan dynnodd ef i lawr drosti a chydio ynddo a'i dywys i mewn iddi, y cynhesrwydd a wasgai'n feddal amdano. *Dwi'n 'i neud o!* meddyliodd. *O'r diwedd, ar ôl yr holl ddychmygu, ffantasïo a breuddwydio, dyma fo o'r diwedd, a dydi o ddim byd tebyg i fel y dychmygais, fel y ffantasïais, fel y breuddwydiais, ddim o gwbwl. Mae o gan mil yn well.*

Ond roedd y ffordd yr oedd hi'n gwingo oddi tano, yn griddfan ac yn ochneidio yn ei glust, yn ormod. Teimlodd ei hun yn chwyddo fwyfwy y tu mewn iddi, os oedd yn bosib iddo chwyddo mwy . . .

'Ma'n rhaid i chdi dynnu allan,' meddai yn ei glust. Ond wrth gychwyn ufuddhau iddi, dechreuodd ffrwydro. Gwthiodd Marian ef yn galed oddi arni a theimlo'i weddillion yn glawio'n boeth dros ei bol a'i bronnau, wrth iddo riddfan ei henw yn ei chlust dde, drosodd a throsodd, nes i'r cryndod olaf ysgwyd ei gorff.

Doedd hi ddim wedi gorffen, er iddi ddod mor agos. Cydiodd yn ei law a gwthio'i fysedd yn ei herbyn, gan ddangos iddo ble i gyffwrdd, i anwesu, i rwbio nes iddi hithau hefyd deimlo'r gwres bendigedig yn llifo trwyddi. Daeth ati'i hun i'w weld yn syllu i lawr arni. Roedd ei ruddiau'n wlyb o ddagrau.

'Diolch . . .'

'Paid, John Griffiths.'

'Ond dwi rioed wedi . . .'

'Naddo, wn i.'

Cusanodd ei wyneb hallt. Gorffwysodd ei ben ar ei bronnau ac aeth i gysgu. Gorweddodd Marian yno'n teimlo'u cyrff yn oeri ac yn gwrando ar y glaw yn arafu, yna'n peidio, cyn iddi hithau, hefyd, gysgu.

* * *

Deffrodd ychydig yn ffwndrus, gyda'r argraff fod rhywun wedi bod yn sefyll uwch ei phen yn pesychu. Adlais breuddwyd, penderfynodd, ac efallai'n wir mai hi'i hun a besychodd, oherwydd gorweddai braich John Griffiths rhwng ei bron a'i gwddf ac roedd ei wallt yn cosi'i hwyneb.

Sylweddolodd wrth glustfeinio fod y glaw wedi peidio, a dyna pryd y sylweddolodd hefyd fod yr haul yn sbecian yn ymddiheurol i mewn drwy'r ffenestri. Cydiodd ym mraich John Griffiths a'i symud oddi ar ei gwddf cyn llithro oddi wrtho a chodi ar ei phedwar ac yna ar ei thraed.

Roedd hi'n boenau drosti i gyd: cur yn ei phen, ei cheg yn sych grimp, cyhyrau'i gwddf ac esgyrn ei chorff am y gorau'n protestio ynghylch y llawr caled. Safai'n noeth yn ystwyrian yng nghynhesrwydd petrusgar yr haul gan deimlo popeth yn dechrau gwella, hyd yn oed ei phen. Gwenodd o weld, wrth iddi redeg ei dwylo dros ei chorff, fod rhywfaint o had John wedi sychu'n galed ar ei bol.

Trodd yn sydyn a'i ddal yn syllu arni. Ceisiodd gau'i lygaid yn gyflym ond roedd yn rhy hwyr.

'Haia, John Griffiths.'

'Faint o'r gloch ydi hi?'

"Sgen i'm syniad. Ben bora.'

Gwyliodd ei lygaid yn gwneud eu gorau i aros ar ei hwyneb, ond yn raddol dechreuasant grwydro i lawr ei chorff. Wrthi'n meddwl am ddychwelyd ato o dan y cotiau a'r dillad yr oedd hi pan glywodd besychiad arall yn dod o'r tu allan.

Edrychodd y ddau ar ei gilydd mewn braw.

Plygodd Marian a sgrialu am ei dillad isaf. Tynnodd nhw amdani'n frysiog a mynd at y ffenestr.

'Ffyc!' meddai wrth John.

Trodd a dechrau gwisgo amdani'n gyflym.

'Brysia,' meddai wrtho.

Cododd yntau ar ei eistedd, ei ben yn bowndian.

'Pwy sy 'na?'

'Jest gwisga amdanat, 'nei di?'

Daeth o hyd i'w sigaréts a thanio un. Llyncodd y mwg yn farus.

'Ydyn nhw'n eu hola'n barod?' gofynnodd John.

'Pwy?'

"Sti – pobol y lein.'

Ysgydwodd ei phen yn ddiamynedd. 'Maldwyn sy 'na.' Sugnodd eto ar ei sigarét. 'Mi a' i allan tra w't ti'n gwisgo.'

'Marian – w't ti'n iawn? Be sy?'

Anwybyddodd ef. Gan gydio'n dynn yn ei sigaréts, agorodd y drws gan fynd allan a'i gau'n dawel ar ei hôl.

Safai Maldwyn ar ochr y platfform â'i gefn ati, yn syllu ar y trên fel petai'n disgwyl i'r drysau agor yn awtomatig o'i flaen fel drysau trên tanddaearol.

Gollyngodd Marian weddillion ei sigarét i mewn i bwll dŵr a thanio un arall cyn cerdded yn araf ato.

'Be w't *ti*'n dda yma?'

Trodd ei ben yn gyflym i'w chyfeiriad a gwelodd Marian yn syth nad oedd yna unrhyw ddiben mewn ceisio cuddio y tu ôl i gelwydd. Edrychai arni â chymysgedd o gasineb a phoen. Sylwodd nad oedd o wedi shafio, y tro cyntaf erioed iddi'i weld felly.

Ochneidiodd a throi oddi wrtho. Gallai ei gweld ei hun yn ffenestri'r trên o'i blaen, a Maldwyn yn sefyll wrth ei hochr yn dal i rythu arni – ill dau, meddyliodd, fel ffigurau mewn darlun gan Edward Hopper. Teimlai bron fel petai hi ar y trên yn edrych allan a chael cip drwy'r ffenestr ar ddau ffigwr wedi'u rhewi am ennyd mewn ffrâm o oleuni.

'Ers pryd w't ti yma?' meddai wrtho.

Ddywedodd Maldwyn 'run gair. Pan drodd Marian ac edrych arno eto, gwelodd ei fod yn crio. Ag ebychiad diamynedd, cerddodd oddi wrtho ar hyd y platfform at ran ôl y trên. Safodd yno'n ysmygu ac yn syllu ar yr afon a'r môr.

O gornel ei llygaid gwelodd Maldwyn yn troi ac edrych ar yr ystafell aros, petruso, ac yna'n dechrau symud tuag ati.

'Pwy ydi o, felly?' gofynnodd iddi.

'John ydi'i enw fo,' atebodd heb edrych arno.

'Ond pwy ydi o?'

Cododd ei hysgwyddau.

'Arglwydd mawr, Marian!'

Ymdrechodd Marian i beidio â gwingo, ac i rewi'i llygaid cyn troi ac edrych arno.

'Mi ofynna i eto, Maldwyn. Be w't ti'n 'i neud yma?'

Rhythodd yn ôl arni am rai eiliadau, anghrediniaeth rŵan yn gymysg â'r emosiynau eraill ar ei wyneb. Yna ysgydwodd ei ben ac edrych i ffwrdd.

'Wedi dŵad yma i dy nôl di yr o'n i, yndê. Do'n i ddim yn leicio meddwl amdanat ti, yn styc yn fa'ma . . . '

'Sut oeddat ti'n gwbod, beth bynnag?' Yna ochneidiodd. 'Y *nhw* ddudodd wrthat ti, ia?'

'Doedd dim rhaid i dy rieni ddeud 'run gair. Ro'n i . . . ro'n i yno efo nhw pan alwist ti nhw nithiwr.'

'Be oeddat ti'n dda yn . . . na, dim ots, dwi'm isio gwbod.'

'Dy dad wna'th fy ngwadd i adra efo fo am swpar. Aethon ni am beint efo'n gilydd ar ôl i chdi fynd, a . . . wel, ro'n i yno pan wnest ti ffonio.'

'A mi wnest ti yrru yma'r holl ffordd? Pam?'

'Be ti'n feddwl – pam? Ro'n i am fynd â chdi ymlaen i'r Amwythig – i Lunda'n, hyd yn oed.'

'Pam na fedri di jest ada'l llonydd i mi!'

Symudodd oddi wrtho, ymhellach ar hyd y platfform. Gwyliodd haid o wylanod yn codi o'r llaid wrth geg yr afon dan flagardio'n goman. Yna trodd yn ei hôl ato.

'Mynd i ddwyn perswâd arna i fynd yn ôl adra efo chdi yr oeddat ti, yndê?'

Trodd Maldwyn oddi wrthi'n wyllt fel petai'n chwilio am

rywle i ffoi, ond pan drodd yn ôl a'i hwynebu teimlai Marian mai brwydro yn erbyn yr ysfa i'w tharo yr oedd o. Ia, y fo, Maldwyn.

Be ydw i wedi'i neud iddo fo? meddyliodd er ei gwaethaf.

'Ia!' meddai wrthi. 'Dyna oedd gen i ar 'y meddwl. Rhyw obaith bach hurt, pathetig. Mi fydd hi mor falch o 'ngweld i, medda fi wrtha fi fy hun drosodd a throsodd, dwn i'm faint o weithia tra o'n i'n dreifio yma, a mi faswn i wedi rhoi'r byd am ffeindio bod hynny'n wir. Ond ar ôl i mi gyrra'dd yma, a gweld . . . dy weld di . . . gweld yr hyn welis i nithiwr, bora 'ma . . . Dw't ti ddim hyd yn oed yn 'i 'nabod o, Marian! Yn nag w't?'

Ysgydwodd ei phen. Daeth y slasan o nunlle, reit ar draws ei hwyneb. Baglodd ychydig yn ei hôl, ei boch yn llosgi a sŵn ei law yn erbyn ei hwyneb yn clecian drwy'i phen.

'Y ffycin hŵr!'

Cododd ei law efo'r bwriad o'i tharo eilwaith. A hwyrach – meddyliodd wedyn am weddill ei hoes – y buasai hynny wedi bod yn well na'r olwg ddirmygus yn ei lygaid. Yna trodd oddi wrthi a brysio i ffwrdd, heb hyd yn oed edrych i gyfeiriad yr ystafell aros, a diflannu i gyfeiriad y llwybr a arweiniai at Landyfi.

Pan ddychwelodd hi i'r ystafell aros ymhen hir a hwyr, roedd John Griffiths wedi gwisgo amdano ac yn eistedd ar y fainc gyda'i fflasg yn ei law. Amneidiodd i gyfeiriad y bwrdd.

'Ma' 'na banad i ti yn fan'na. Ma' hi'n oer, ond os ydi dy geg a dy wddw di mor sych â'm rhai i . . . '

Roedd yr ystafell yn drewi o win, o fwg ac o ryw. Gadawodd y drws ar agor a chodi'r gwpan blastig.

'Diolch.'

Oedd Maldwyn wedi gweld y cyfan, tybed? Wrth iddi yfed y te, teimlai'r dagrau'n rhuthro i'w llygaid a throdd ei chefn ar John. Sylwodd fod ei dwylo'n crynu ac aeth a sefyll yn y drws. Cafodd ennyd Hopper-aidd arall pan welodd ei hun wedi'i hadlewyrchu yn ffenestr y trên, ffigwr unig yn sefyll mewn drws gyda thywyllwch y tu ôl iddi . . .

'W't ti'n iawn?' gofynnodd John Griffiths.

Nodiodd.

'Mae o wedi mynd,' fe'i clywodd ei hun yn dweud. 'Wedi mynd yn ôl adra, hebdda i.'

Cliriodd John Griffiths ei wddf.

'Ydi . . . ydi hynny'n beth da?'

Arhosodd am ychydig cyn ei ateb.

'O, ydi,' meddai.

Llyncodd weddill y te cyn troi.

'Diolch i ti am nithiwr. Ro'n i . . . 'i angan o.'

Gwyliodd ef yn gwrido ac astudio'i esgidiau. 'Y fi ddyla ddiolch i ti,' mwmiodd. 'Ma'n ddrwg gen i os wnes i . . . 'sti . . . '

'Ma'n iawn. Roedd o'n neis.'

Edrychodd i fyny'n swil. 'Oedd o?'

Daeth yr ysfa drosti i gydio yn ei ben a chusanu'i gorun, ond chwalwyd hyn gan ei eiriau nesaf.

'Dwi ddim wedi arfar,' meddai. ''sti . . . fel y dudis i nithiwr, dwi'n meddwl . . . y tro cynta erioed i mi . . . '

Rŵan, teimlai fel ei waldio efo'i fflasg ef ei hun.

'John,' meddai, 'ddyla fod dim ots gynna i, ond dwi ddim isio i chdi feddwl 'mod i'n ymddwyn fel hyn drw'r amsar. Dwi jest isio i chdi wbod hynny. Doedd o ddim yn dro cynta i mi, nag oedd,' – a doedd arni ddim eisiau cofio'r ddau dro arall, diolch yn fawr, camgymeriadau meddw iawn pan oedd hi yn y coleg – 'ond dwi ddim wedi ca'l llawar iawn mwy o brofiad fy hun. Ocê?'

'Na, wnes i ddim meddwl. Wir.'

'Jest cyn bellad â dy fod ti'n gwbod, dyna'r cwbwl.'

Nodiodd, yna edrychodd i fyny eto wrth iddi glywed sŵn

chwibanu. Drwy'r ffenestr gwelodd Marian y signalwr yn cyrraedd ar gefn beic.

'Ma'n siŵr na welwn ni'n gilydd eto?' meddai John Griffiths.

Edrychodd Marian arno a dechrau ysgwyd ei phen. Yna stopiodd yn sydyn.

'Wyddost ti fyth. Falla, yma yn Nyfi Jyncshiyn, pan fyddan ni'n dau'n digwydd mynd adra'r un pryd – pwy a ŵyr?'

'Y Dolig, ella?' cynigiodd.

'Do's wbod lle fydda i erbyn hynny.' Gosododd ei chwpan wag ar y bwrdd. 'Mi dduda i wrthat ti be. Ddeugain mlynadd o neithiwr, ocê? Pan fydd gynnon ni'n dau lond gwlad o straeon i'w hadrodd wrth ein gilydd.'

Gwenodd arni'n anfodlon.

'A hei – mi gei *di* ddŵad â'r gwin efo chdi'r tro hwnnw.'

1

Ar ddiwedd prynhawn Gwener gwlyb yn nechrau mis Medi, safai dyn yn ei chwedegau cynnar mewn archfarchnad ym Machynlleth, yn rhythu ar silffoedd llawn poteli gwin.

Roedd y dyn hwn eisoes wedi denu sylw nifer o bobol, yn staff ac yn gwsmeriaid. Yn ôl yr olwg oedd arno, dylai fod yn drewi: petai'n gymeriad mewn cartŵn, byddai rhywun yn disgwyl gweld cwmwl o bryfaid budron yn ei ddilyn o gwmpas y lle. Roedd o wedi hen ganu'n iach â'r rhan fwyaf o'i wallt, ond roedd yr ychydig oedd ganddo ar ôl yn ymwthio'n wyllt i bob cyfeiriad, ac os oedd angen crib neu frwsh ar ei ben, yna'n sicr roedd angen rasal ar ei wyneb. Gwisgai bâr o jîns glas tywyll a'r rheiny'n hongian yn llac amdano, ac er bod y jîns yn edrych fel rhai cymharol newydd, roedd eu gwaelodion yn wlyb socian gyda chymysgedd o fwd a dŵr, ac roedd rhwyg yn y ben-glin dde. Roedd gwaelodion ei grys siec glas a gwyn wedi cropian allan o'i jîns, a thros ei grys gwisgai anorac ysgafn, dywyll o ddefnydd neilon rhad, a oedd cyn wlyped – ac mor fwdlyd a charpiog – â'r jîns.

Ni theimlai'r dyn yn gyfforddus iawn yn ei ddillad, roedd hynny'n amlwg o edrych arno. Hen bethau chwyslyd ac annifyr yw'r anoracs neilon rhad rheiny, yn enwedig ar ddiwrnod clòs fel heddiw, diwrnod oedd wedi cau â glaw man, milain. Rhoes y dyn yr argraff fod hanner uchaf ei gorff yn cosi drwy'r amser, oherwydd – bron heb iddo sylweddoli ei fod o'n gwneud hynny – tynnai flaen ei grys allan oddi wrth ei gnawd yn aml, a rhedai ei fys o dan gefn ei goler fel petai yno chwannen ystyfnig oedd yn cael hwyl aruthrol ar ei bigo. Roedd ei esgidiau, hefyd, yn amlwg yn ei boeni: codai ei draed oddi ar y llawr bob hyn a hyn a'u hysgwyd, a gwgu wrth wneud, gan beri i'r rhai a'i gwyliai'n slei ddychmygu fod yna bethau bach byw, blewog a bywiog yn berwi y tu mewn i bob esgid.

Ond yr hyn a ddenodd sylw cyntaf sawl cwsmer, a mwy nag un aelod o staff yr archfarchnad, oedd wyneb y dyn. Roedd o'n amlwg wedi bod yn cwffio'n ddiweddar, neu o leiaf wedi cael ei guro gan rywun, oherwydd roedd ei lygad chwith wedi chwyddo'n goch a dyfrllyd, gydag ôl dwrn i'w weld yn blaen ar ran uchaf y foch oddi tani, ôl oedd yn brysur droi'n glais godidog. Coch iawn hefyd oedd ei drwyn, a thyner yr olwg, gydag ychydig o waed browngoch wedi cremstio o dan ei ffroenau.

Hawdd iawn oedd dychmygu bod hwn yn ddyn i'w osgoi ar bob cyfrif, yn hunllef o ddyn a godai ofn ar unrhyw un a ddigwyddai ddod wyneb yn wyneb ag ef mewn stryd gefn dywyll. Roedd yna olwg wyllt, ryfedd yn ei lygad dde, a phan ddaeth i mewn i'r siop, aeth ar ei union i'r adran ddiodydd fel ffurat i lawr twll cwningod. Disgwyliai'r ferch ifanc a weithiai wrth y til agosaf ei weld yn cydio'n syth mewn potel o fodca neu o wisgi – yn wir, disgwyliai ei weld yn gwthio'r botel i mewn i'r sach deithio gynfas a gariai ar ei ysgwydd a throi'n ei ôl am y drysau heb feddwl am dalu; doedd *hi* yn sicr ddim am fentro a cheisio'i rwystro, nag oedd hi wir, yn enwedig pan oedd yna fwbach tew a diog o ddyn diogelwch yn cael ei dalu mwy na hi o gryn dipyn am ddelio gyda sbesimens fel y dyn gwyllt hwn.

Ond mynd at y gwinoedd wnaeth y dyn, ac yno y bu'n sefyll am dros bum munud arall yn rhythu ar y poteli. Oedd o'n mwmblian wrtho'i hun? Doedd y ferch ifanc ddim yn siŵr iawn. Taflai olwg nerfus i'w gyfeiriad bob hyn a hyn wrth lusgo nwyddau'i chwsmeriaid dros y sganiwr, ac ni fu'n hir cyn i'w nerfusrwydd hi ddechrau cael effaith ar ei chwsmeriaid. Dechreuasant hwythau droi'u pennau ar eu gyddfau fel elyrch er mwyn sbecian i gyfeiriad y dyn gwyllt, a hyn a ddenodd sylw'r dyn diogelwch. Bustachodd hwnnw draw at y til er mwyn gweld beth oedd mor ddifyr, ac wedi gweld, teimlodd ei galon yn suddo i lawr i'w stumog. Doedd hwn, y creadur, yn fawr mwy nag addurn anghynnes o gwmpas y lle, yn treulio'i ddyddiau'n cwyno am ei draed ac yn ffantasïo'n hamddenol am y merched deniadol a hwyliai heibio iddo'n feunyddiol heb hyd yn oed sylwi arno. Ond er nad oedd y dyn gwyllt yn dal nac yn gyhyrog, ac yn bell o fod yn iob ifanc, *roedd* yna olwg go amheus arno. Nodiodd y gwarchodwr ar y ferch wrth y til, cystal â dweud: Ma'n ol-reit, dwi yma, a dwi'n cadw golwg arno fo. Rholiodd hithau'i llygaid.

Roedd John Griffiths – oherwydd dyna pwy oedd y dyn dieithr – yn ddall i hyn i gyd, a heb eto sylweddoli'r effaith a gâi ar y bobol yn y siop. Chwilio yr oedd o am win arbennig. Gwin na fedrai yn ei fyw â chofio'i enw.

Gwin a brofodd ddiwethaf ddeugain mlynedd yn ôl.

Gwin coch oedd o, gallai gofio hynny o leiaf, a chofiai hefyd fel yr oedd eu tafodau'n biws ar ei ôl y bore wedyn, a'u cegau'n sych grimp. Cofiai ei flas, hyd yn oed – neu felly roedd John wedi dod i gredu'n ddiweddar. Deuai'n ôl iddo pan fyddai'n pendwmpian yn ei gadair, neu wrth wrando a'i lygaid ynghau ar law trwm yn syrthio ar y to, droeon eraill yn ystod yr eiliadau olaf rheiny cyn iddo gysgu yn y nos: blas miniog a melys, blas ffrwythau'r goedwig, blas direidi a dagrau diniweidrwydd – a dyna pryd yr agorai ei lygaid ac ysgwyd ei ben, weithiau gyda gwên, ond gan amlaf â gwg diamynedd am iddo or-ramanteiddio pethau eto fyth.

Ei gwin hi oedd o, ac roedden nhw wedi yfed dwy botelaid

ohono, y cyfan oedd ganddi. Cofiai John hi'n dweud enw'r gwin, ond cofio'r digwyddiad yr oedd o yn hytrach na'r geiriau, ei hwyneb yn llwydaidd yn y gwyll, cynhesrwydd ei chlun chwith yn erbyn ei un dde ef, ei bysedd yn dal ei law yn llonydd wrth iddi dollti'r gwin i mewn i gwpan blastig ei fflasg, ei llygaid arno wrth iddo ddechrau sipian.

'Wel?'

'Y . . . yndi, mae o'n . . . mae o'n neis.'

'Yn neis. Dyna'r cwbwl?'

'A cheeky little number, invasive and ever so subtly provocative, redolent of verdant vineyards slumbering beneath an azure sky . . . Aw! Paid. Wel, mae o'n neis, yn rhy neis i ga'l 'i golli dros y llawr. Be ydi'i enw fo?'

Ond roedd y deugain mlynedd wedi dileu'i hateb o'i feddwl. Doedd o ddim yn un am win, dyna'r drafferth. Cwrw mwyn neu chwerw, a hwnnw gan amlaf yn beth digon llipa wedi cael ei boeri allan o dap trydan, oedd diod yr hogia. Dim ond mewn ambell barti yr oeddynt yn yfed gwin, ar ôl i bopeth arall gael ei yfed a chan dynnu'r ystumiau mwyaf ofnadwy. Iddynt hwy, dim ond pobol orchestlyd oedd yn yfed gwin yn rheolaidd – dynion gyda barfau-bwch-gafr truenus a fynnai wrando ar *jazz* ac a wfftiai'n gableddus at Elvis, a merched dwys, di-wên a ddarllenai weithiau Camus a Simone de Beauvoir.

'Duw, Duw – mi wneith unrhyw beth y tro. Fydd hi ddim yno, beth bynnag . . . '

Sylweddolodd ei fod wedi siarad yn uchel. Edrychodd o'i gwmpas a gweld fod cynulleidfa ganddo: y ferch wrth y til, dau gwsmer a rhyw flomonj pinc o ddyn seciwriti, y pedwar yn ei lygadu'n ofnus, yn enwedig yr olaf. Gwenodd yn wylaidd arnynt, heb sylweddoli eu bod i gyd yn gweld rhywbeth sinistr iawn yn ei wên. Cydiodd mewn dwy botel o Duw-a-ŵyr-be, a chychwyn am y tiliau; roedd yr un drws nesaf i'w gynulleidfa yn wag, heblaw am y ddynes welw ei gwedd a grebachai ar ei stôl wrth ei wylio'n dod amdani. Wrth iddi sganio'i boteli yn frysiog, gallai John weld y blomonj yn hofran fel cwmwl gerllaw; ymlaciodd hwnnw ychydig o weld fod digon o arian gan John i dalu, ond ailddechreuodd chwysu pan agorodd John ei sach deithio, fel petai'n disgwyl gweld haid o ystlumod ysglyfaethus yn ffrwydro ohoni. Symudodd i'r ochr â symudiad bach destlus, bron yn faletig, wrth i John gerdded heibio iddo, allan o'r siop ac i'r glaw, efo'i ddwy botel win yn taro'n gerddorol yn erbyn ei gilydd y tu mewn i'w sach deithio.

* * *

Un go fawr oedd y sach deithio hon, a chyrhaeddodd dŷ John fis yn ôl, ymhen llai nag wythnos wedi iddo gyhoeddi ei fod yn bwriadu ysgrifennu llyfr.

Manon a fynnodd ei fod yn mynd â'r sach hefo fo. Ei gwrthod oedd ymateb cyntaf John: doedd arno fo ddim eisiau edrych fel un o'r fusutors felltith rheiny sy'n bla ar y wlad bob haf.

'Ond dyna be fyddwch chi, Dad.'

'Be haru ti?'

Ochneidiodd Manon. 'Yn Llanrug dach chi'n byw, yndê? Dach chi'm yn byw yn nunlla sy rhwng Pwllheli ac Aberystwyth. *Ymweld* â'r llefydd rheiny fyddwch chi. A be ydi'r gair am bobol sy'n ymweld â llefydd?'

'Mi fydda i wedi ymlâdd ar ôl y dwrnod cynta efo un o'r rheina ar 'y nghefn.' Swniai'i lais iddo fel llais cwynfanllyd rhyw hen hogyn bach oedd wedi cael ei ddifetha ar hyd ei oes.

'Na fyddwch, siŵr. Mi fydd hi'n haws o lawar i chi na chludo rhyw gês mawr i bob man. Doeddach chi ddim wedi meddwl am hynny, yn nag oeddach? Dwi'n gallu gweld ar ych gwynab chi.'

Roedd hyn yn wir, a theimlai John ei hun yn suddo'n ddyfnach, eisoes yn difaru ei fod wedi agor ei geg ynglŷn â'r blydi llyfr yna yn y lle cyntaf.

'Bagia felna sy gin y rhan fwya o bobol y dyddia yma,' meddai Manon. 'Argol, dach chi wedi deud ych cwyn ddigon amdanyn nhw.'

Oedd, roedd o *yn* troi'n biwis. Nid efo'i ferch am fynnu siarad y gwir drwy'r amser – chwarae teg, roedd John wedi traethu'n aml ar ôl cael waldan gan sach rhywun a safai o'i flaen mewn rhes ac a oedd wedi troi'n ddirybudd – ond ag ef ei hun, yn bennaf *oherwydd* ei fod yn biwis, ac roedd eisiau llonydd arno er mwyn cael strancio efo fo'i hun am fod mor fyrbwyll a dwl.

Ac roedd Manon yn mynnu hefru ynglŷn â'r bali rycsac yma, go damia'r hogan, ond un felna oedd hi – unwaith roedd hi wedi cael rhywbeth yn ei phen, doedd dim tewi arni, nes i be-bynnag-oedd-o gael ei setlo fel y dymunai hi, a gwyddai John o'r cychwyn mai ofer oedd iddo geisio dadlau. Roedd ei gwefusau eisoes wedi bygwth troi'n fain fel gorwel gaeaf.

Ildiodd, felly. 'Faint ma'r petha 'ma yn 'i gostio?'

'Dim, i chi. Mi gewch chi fenthyg un Gerwyn, yn cewch, yn rhad ac am ddim.'

'Fydd o mo'i hangan hi?'

'Ma' gynno fo ddwy, Dad. Ma' honno mae o'n 'i defnyddio bob dydd yn llai na'r un gewch chi. Mi ddo i â hi draw yma fory.'

'Do's 'na ddim brys, dwi ddim yn pasa mynd tan tua dechra mis nesa.'

Ond cyrhaeddodd y sach drannoeth. Gwelodd John yn syth fod sawl mantais iddi: roedd mwy o le ynddi nag y buasai rhywun wedi'i ddisgwyl – bron cymaint â'r hen fag rhacslyd hwnnw oedd ganddo ers blynyddoedd lawer – a theimlai'n solet a chyfforddus ar ei gefn. Ei unig gŵyn oedd na wyddai beth i'w wneud â'i ddwylo.

'Tynnu llunia, Dad. Dyna un rheswm pam dach chi'n mynd, yndê? Ac er mwyn gneud ymchwil ar gyfer ych llyfr.'

Craffodd John arni, ond roedd wyneb Manon yn hollol syth. Yn *rhy* syth? Anodd oedd dweud. Ni fedrai gael gwared ar y teimlad – na, y sicrwydd – fod Gerwyn, ei fab-yng-nghyfraith, yn cael ffitiau o chwerthin wrth feddwl am John yn defnyddio'r sach deithio. Doedd y dyn a'r sach ddim yn gweddu i'w gilydd o gwbwl, gallai weld hynny ei hun. Cafodd weledigaeth sydyn ohono'i hun yn crwbanu ar hyd rhyw balmant neu'i gilydd, yn ei gwman, ac yn bowndian fel marblan oddi ar bobol eraill cyn baglu'n bendramwnwgl i gofleidiad pigog rac o gardiau post, ac yna'n dychwelyd adref i dreulio'r misoedd nesaf yn ei wely ar ôl gwneud rhywbeth difrifol i'w gefn.

Anwybyddodd y sach nes bod Manon wedi mynd yn ei hôl adref. Llygadodd hi am ychydig, cyn ei chodi ar y gadair freichiau, eistedd ar flaen y gadair a gwingo'i freichiau i mewn drwy'r strapiau. Safodd. Trodd. Cerddodd drwy'r drws i'r pasej gan ddisgwyl y byddai un ai'n gwingo rhwng y pyst neu'n cael ei ddal yn sownd rhyngddynt oherwydd lled y sach, hefo'i goesau'n padlo ffwl-sbîd ond yn mynd ag ef i nunlle, fel babi bach wynepgoch a chwyslyd y tu mewn i un o'r pethau *Baby Bouncer* rheiny. Ond na, aeth trwy'r drws yn ddigon didrafferth, i fyny'r grisiau, rownd y llofftydd ac i lawr eto'n ei ôl, efo *The Happy Wanderer* yn chwarae y tu mewn i'w ben.

Wrth gwrs, roedd y sach yn wag ar y foment, a gwyddai na fyddai hi'r un mor gyfforddus a hawdd ei thrin pan oedd yn llawn. Ond oedd hi'n gweddu iddo? Nag oedd, ddim o gwbwl, yn ôl yr hyn a welai John yn gwgu'n ôl arno o'r drych. A bod yn deg â'r sach, doedd hi ddim wedi'i bwriadu i gyd-fynd â throswus brown parchus a chrys haf llewys-byr o Marks Llandudno: crefu'r oedd hi am bâr o jîns, crys siec, esgidiau trymion a chadarn, ac efallai anorac. Yn ddelfrydol, dylai'r darpar sach-gludwr ystyried tyfu locsyn hefyd . . . Ond na, penderfynodd, mynd dros ben llestri fuasai gwneud rhywbeth mor erchyll ac anfaddeuol â hynny.

Diolch, Manon, mi gymera i fenthyg y sach 'ma, meddyliodd; mi fyddan ni i gyd yn hapus wedyn. Mi fydda i'n gallu symud o gwmpas y lle'n rhwyddach, ac mi fydd gen ti a'r coc oen dihafal Gerwyn hwnnw rywbeth ychwanegol i chwerthin amdano, y tu ôl i'm cefn bach llwythog i.

Ac mi fasach chi'n chwerthin mwy fyth tasach chi'n gwbod pam dwi am fynd i ffwrdd go iawn. Na – dwi'n bod yn annheg rŵan, dwi ddim yn meddwl y basa Manon yn gweld y peth yn ddigri o gwbwl. Mi fasa hi'n 'i ystyriad o'n beth trist ofnadwy. A Gerwyn hefyd – ond mi fasa hwnnw'n dal i chwerthin, m'wn.

A ma' arna i ofn y baswn i fy hun yn ei ystyried fel peth truenus ar y diawl, taswn i ond yn caniatáu i mi fy hun feddwl amdano o ddifri ac mewn gwaed oer.

Ond roedd yn rhyfedd o beth, hefyd, sut yr oedd ambell i gelwydd yn gallu bygwth troi'n wirionedd. Roedd yn benderfynol yn awr o fynd ati i geisio ysgrifennu'r llyfr, er gwaetha'r wên ddilornus a ymddangosai ar wyneb Gerwyn bob tro y crybwyllid y peth (gan Gerwyn ei hun, gan amlaf). Neu *oherwydd* y wên: ni fedrai John ddychmygu teimlad llawer gwell na medru gwthio'r llyfr gorffenedig dan drwyn ei fab-yng-nghyfraith. Difyr iawn fyddai gwylio Gerwyn yn ceisio sbio i lawr ei hen drwyn main, a llyfr (trwchus, gobeithio, wedi'i ddarlunio â lluniau a dynnwyd gan yr awdur) wedi cael ei sodro i mewn i'w wefus uchaf. Yna sobrodd wrth iddo gofio mai celwydd oedd y darpar-lyfr o hyd, celwydd oedd efallai – *efallai* – wedi'i ddyrchafu i swyddogaeth esgus, a dim ots pa mor ardderchog oedd ei fwriad, ni fyddai'n troi'n wirionedd nes y byddai John wedi gorffen ei ysgrifennu.

Bu'n holi ei hun droeon, yn enwedig yn ystod y flwyddyn ddiwethaf, pam ei fod wedi trafferthu chwilio am esgus o gwbl. Dim ond un noson yr oedd ei hangen arno: haws o lawer fyddai gyrru i ffwrdd i Aberdyfi gyda dim mwy na chôt gynnes, ychydig o fwyd a dwy botelaid o win, a dychwelyd y bore wedyn heb i neb sylwi ar ei absenoldeb. Nid oedd ganddo wraig y dyddiau yma i'w holi a'i rwystro, a doedd o ddim yn bwriadu gwneud unrhyw beth y buasai ganddo gywilydd ohono, fel diflannu i Bangkok neu Amsterdam, dyweder, gyda chriw o ddynion canol-oed glafoerllyd eraill efo'r bwriad o sblasio'n hapus braf mewn budreddi am wythnos neu ddwy. Ond na – roedd yn rhaid iddo fo gael cymhlethu pethau drwy greu rhyw esgus hurt a dianghenraid, brawddeg fach ddigon diniwed a oedd mewn perygl erbyn hyn o droi yn fath ar Anghenfil Frankenstein, dim ond oherwydd bod yn well ganddo 'chwarae'n saff'.

Ceisiodd, i ddechrau, feio Manon am hyn. Roedd hi'n byw'n rhy agos, yn Nhregarth, ac yn tueddu un ai i'w ffonio neu i alw i'w weld yn feunyddiol, bron, ac ers iddi hi a Gerwyn ei wneud yn daid, llwyddai i wneud iddo deimlo mai taid *iddi hi* ydoedd. Nefi wen, dim ond chwe deg dau oed oedd o, ond teimlai'n aml pan fyddai yng nghwmni Manon – ac roedd y teimlad yn gryfach o lawer pan oedd Gerwyn yno hefyd – fel petai ymhell yn ei wythdegau, ac ar fin troi'n greadur di-lun a diymadferth unrhyw ddiwrnod. Roedd Clint Eastwood ddeuddeng mlynedd yn hŷn na fo, yn enw'r tad. Ond roedd Manon fel petai hi'n benderfynol o droi'n gyfuniad o'i mam ei hun a'i fam yntau. Ni fedrai fynd yn ei hôl adref heb yn gyntaf agor ei gwpwrdd bwyd a'r rhewgell, a busnesu'n feirniadol drwy'u cynnwys. Ofer oedd disgwyl iddi beidio â chrwydro drwy'r llofftydd yn chwilio am flerwch a llwch, ac amhosib oedd iddo ef, ei thad, dreulio mwy na chwarter awr yn ei chwmni heb deimlo fel petai'n haeddu andros o row am rywbeth neu'i gilydd.

'Wnei di plîs ada'l llonydd i mi, hogan!'

Gwaeddai'r frawddeg hon dros y lle yn fwy a mwy aml yn ddiweddar. Drwy drugaredd, nid oedd Manon yno o'i flaen pan weryrai fel hyn: roedd hi un ai'n cyrraedd y tu allan i'r tŷ yn y blydi *People Carrier* hwnnw roedd Gerwyn wedi mynnu ei brynu, neu'n gyrru i ffwrdd ynddo, yn fodlon efo hi'i hun am roi trefn ar fywyd yr hen ddyn unwaith eto.

Tynnodd y sach oddi amdano a'i gollwng i mewn drwy ddrws y twll-dan-grisiau. Yn y gegin, golchodd y mygiau budron y bu Manon ac yntau'n eu defnyddio'n gynharach, a rhoes y teciall ymlaen ar gyfer paned arall.

Be gythral oedd yn bod arno? meddyliodd. Roedd ganddo hen bigyn annifyr yn ei stumog bron drwy'r amser y dyddiau yma, pigyn dyn blin, a'r un hen wyneb piwis a welai'n gwgu'n ôl arno dim ots pryd y digwyddai edrych arno'i hun yn y drych. Petai'n dewach ei gorff a phetai ei ben yn fwy blewog, ni fuasai'n rhy annhebyg i Beethoven. Gwgai wrth shafio, wrth ymolchi, wrth lanhau'i ddannedd ac wrth wisgo amdano; ni fedrai ganolbwyntio'n hir iawn ar unrhyw beth – hyd yn oed ar ddarllen neu wylio ffilm – heb golli'i amynedd, a gwyddai ei fod yn rhy barod o beth wmbrath i feirniadu pawb am bopeth.

Roedd eraill wedi dechrau sylwi ar hyn. 'Be uffarn ydi'r matar efo chdi heno 'ma, John Gruff?' oedd y cwestiwn a ofynnwyd iddo fwy nag unwaith yn y Snowdon Arms. Y drafferth oedd, gwyddai'n iawn beth oedd yr ateb i'r cwestiwn hwn. Ond ni fedrai ei ddweud – ac roedd hynny, wrth gwrs, yn ei wneud yn fwy blin nag yr oedd o'n barod.

'Be? Dim byd. Be haru ti?' cyfarthodd yn ôl ar Gwynfor Preis, neithiwr ddiwethaf.

'Rw't ti'n flin fel tincar ers wsnosa. Do's wiw i neb basio barn am gythral o ddim byd, heb dy ga'l di'n arthio arnyn nhw. Dwi'n iawn, yn dydw, Idw?' meddai Gwynfor wrth berchennog y dafarn.

Nodiodd Idw'n ddwys, gan edrych ar John gyda pheth tosturi. 'Dw't ti ddim wedi bod fel y chdi dy hun, was. Rw't ti'n cadw'n iawn, gobithio?'

Roedd Idw'n byw mewn ofn o weld ei gwsmeriaid ffyddlon, prin yn marw fesul un, er mai hawdd fuasai maddau i rywun dieithr am gredu fod Idw'i hun o fewn dim o 'lithro i'r llonyddwch mawr yn ôl'. Un tal, tenau, eiddil a llwydaidd ei olwg y bu o erioed: y math o ddyn sy'n rhoi'r argaff eu bod nhw'n claddu pobol yn aneffeithiol iawn yn y gornel arbennig hon o Gymru, ond eto'r union fath o ddyn sydd yn aml yn byw nes cyrraedd gwth o oedran.

'Ydw, siŵr Dduw,' atebodd John.

''Na chdi yli, dyna'n union be sy gin i,' meddai Gwynfor. 'Yr hen arthio 'ma ar bobol. Meddwl am dy les di ydan ni.'

'Poeni am 'i fywolia'th ma' hwn,' meddai John am Idw.

'Ia, wel, 'swn i ddim yn mynd yn bell iawn ar dy gyfraniad di tuag ato fo,' cwynodd Idw, gan syllu'n arwyddocaol ar wydryn John.

'O ddifri rŵan, rw't ti *yn* iawn, yn dw't?' gofynnodd Gwynfor, wedi i Idw ail-lenwi'u gwydrau a mynd i weini ar rywun yn y lolfa.

'*Yndw!*' ochneidiodd John. 'Sori, sori. Ond ma' rhywun yn siŵr o fynd yn flin, yn dydi, os ydi pobol yn 'i gyhuddo fo o *fod* yn flin drw'r amser. Ro'n i'n meddwl 'mod i'n tshampion,' gorffennodd yn gelwyddog.

'A does 'na ddim byd yn dy boeni di?'

Ysgwyd ei ben a wnaeth John. Dim ond un ai rhywun dieithr neu rywun meddw iawn fuasai'n rhannu unrhyw gyfrinach gyda Gwynfor Preis, a oedd â chorff a thueddiadau crïwr cyhoeddus. Ond doedd yna ddim byd yn ei boeni, meddyliodd yn awr: nid yn ei *boeni*, fel y cyfryw. Teimlai cyn iached ag unrhyw gneuen; nid oedd problemau ariannol mawr iawn ganddo (er mor braf fuasai gallu rowlio mewn pres, wrth gwrs), ac yn wir, fe wnaeth gryn dipyn yn fwy na'i siâr o boeni saith mlynedd yn ôl i wybod beth oedd poeni go iawn.

'Go damia hi!' meddai'n uchel yn awr, gan ychwanegu yn ei feddwl: a go damia finna am fethu ag anghofio . . .

'Mewn deugain mlynedd, John. Dim cynt, a dim hwyrach. Deugain mlynedd i neithiwr.'

'I'r dyddiad, ynta'r diwrnod?'

'Dw't ti ddim yn meddwl fy mod i o ddifri, yn nag w't? Mi ydw i, 'sti. I'r dyddiad – Medi'r pedwerydd, dwy fil a phump. Os byddan ni'n dau yn fyw ac yn iach.'

'Ella y byddan ni'n fyw, ond go brin y bydd yr un ohonan ni'n cofio.'

'W't ti'n meddwl?'

'Chwara teg, Marian – deugain mlynadd?'

'Wnei di ddim anghofio, mi gei di weld.' Gwenodd arno. *'Does 'na neb byth yn anghofio'i ffwc gynta.'*

Meddyliodd yn awr am y swildod oedd wedi lliwio'i gwên, wedi'i achosi fwy na thebyg gan oleuni llachar y bore – goleuni didrugaredd a oedd yn benderfynol o ddangos popeth yn glir – a chofiai fel yr oedd y swildod annisgwyl hwn wedi'i gynhesu trwyddo, rhywbeth roedd haul y bore wedi methu â'i wneud. Doedd dim rhaid iddi ddefnyddio'r gair yna, buasai'n hytrach wedi gallu dweud 'ei dro cyntaf' a buasai yntau wedi deall i'r dim, ond roedd y rhegi'n rhan o'r *persona* roedd hi wedi'i fagu, rhyw soffistigedigrwydd gwirion, fel y gwin a'r sigaréts a'r cyfeiriadau mynych tuag at Osborne a Bergman, Godard, Truffaut, Resnais a Becket. Dywedodd y gair fwy nag unwaith yn ystod y noson flaenorol, weithiau fel rheg ond droeon eraill fel enw neu ferf, ac o fewn y cyd-destun cywir, gan gynhyrfu John bob un tro. Roedd rhywbeth anwadadwy o erotig mewn clywed merch ddeniadol yn trafod y weithred rywiol gyda'r fath ddifrawder, a doedd John Griffiths, hyd yn oed ar ôl pedair blynedd o goleg, erioed wedi profi hynny o'r blaen.

Wrth gwrs (sylweddolodd yn ddiweddarach), roedd hi'n ymwybodol iawn o'r effaith a gafodd hyn arno, wedi synhwyro'i gyffro wrth iddo wingo'n anghyffordddus ar y fainc ychydig fodfeddi'n unig oddi wrthi. Roedd y gair a ddefnyddiodd wedi gweithio fel yr oedd hi wedi bwriadu iddo wneud, wedi clecian drwy'r aer mor fyw â'r storm y tu allan. Dyna pam, y bore canlynol wrth iddynt ffarwelio ar y platfform, na fedrai hi guddio'r swildod bach rhyfedd a hoffus hwnnw wrth ei ddweud am y tro olaf. Dyfynnu'r oedd hi, yno yng ngoleuni gwlyb yr haul; roedd eu drama wedi dod i ben, a swniai ei dyfyniad yn anaddas y tu allan i'r theatr wag yng ngolau dydd.

* * *

Ac, wrth gwrs, roedd hi yn llygad ei lle. *Doedd* o ddim wedi anghofio, dim peryg, a go brin fod cŵn drain mwya'r byd yn anghofio'u tro cyntaf: mae gan bob Casanova o leiaf un atgof bach hoffus ac annwyl. Ar y pryd, wrth gwrs, credai na fyddai hi fyth yn symud o flaen ei feddwl, ond gyda threigl amser symudodd yn ôl rhyw fymryn bob blwyddyn, bob mis, bob wythnos, nes setlo fwy neu lai o'r golwg yng nghefn ei feddwl, gan fentro allan weithiau i wenu'n swil arno cyn llithro'n ôl i'r diogelwch llychlyd drachefn.

Ond yn ddiweddar – a hawdd fuasai iddo ddyddio hyn o'r amser y penderfynodd Olwen ei bod am ei adael, ond roedd John yn rhyw amau ei fod wedi dechrau digwydd hyd yn oed cyn hynny – roedd hi fel petai hi wedi ysgwyd y llwch a'r gwe pryf cop oddi arni, a chamu'n ei hôl i flaen ei feddwl. Gyda pheth o'r un hen swildod hwnnw i gychwyn, mae'n wir – rhyw ansicrwydd ynglŷn â sut groeso a fyddai yno iddi, ond ni fu'n hir cyn setlo'n gartrefol yn ei hôl.

Ni ddaeth yn waglaw. Daeth â'r gwahanol atgofion gyda hi, gan eu gwthio arno fesul un fel hen anrhegion yr oedd John wedi credu ei fod wedi gorffen chwarae â nhw ers blynyddoedd, a phob un yn dal â'r pŵer i'w oglais a throi'r deugain mlynedd yn ddeugain awr. Arogl glendid ei gwallt, ac fel yr oedd hwnnw'n cosi'i wddf pan glosion nhw gyntaf at ei gilydd, a gwlân garw'i siwmper yn diflannu'n ddirybudd wrth i flaenau ei fysedd grwydro oddi arno a chyffwrdd â chnawd cynnes ei hystlys; y ffordd yr ochneidiodd hi a chlosio'n nes ato pan ddigwyddodd hyn, a sŵn y glaw fel bysedd rhyw gawr yn drymio'n ddiamynedd ar y to.

Yn ei gegin yn awr, yn sipian ei de allan o fŷg efo 'Taid' wedi'i ysgrifennu arno dan gartŵn o hen greadur penwyn yn ei slipas a'i gadair siglo o flaen tanllwyth o dân, meddyliodd eto tybed a oedd hi'n cofio amdano o gwbwl, ac yn cofio'r dyddiad a'r oed y mynnodd ei drefnu cyn dringo i mewn i'w thrên.

'Os byddan ni'n dau yn fyw ac yn iach.'

Ie, wrth gwrs, dyna gwestiwn arall, a debyg iawn ei fod wedi meddwl am hynny hefyd, droeon. Ond nid yn ormodol: doedd arno ddim eisiau meddwl amdani fel rhywun oedd eisoes wedi marw. Roedd perygl wedyn iddo ddechrau credu hynny a'i ddefnyddio fel esgus dros beidio â mynd, a thrin Medi'r pedwerydd fel unrhyw ddiwrnod dibwys arall.

'Duw, Duw – fydd hi ddim yno, siŵr!' meddai'n uchel am

y – be oedd o? Y canfed tro? – ac yna ychwanegu eto fyth: 'Ond eto, pam lai?'

Wedi'r cwbwl, roedd o am gadw'r oed. Doedd ganddo fawr o ddewis erbyn hyn, beth bynnag: roedd ei gelwydd wedi gofalu am hynny, y noswaith hafaidd honno yn niwedd Gorffennaf. Efallai mai'r ffaith fod Manon a Gerwyn a'r plant wedi galw amdano'n annisgwyl a danlinellodd iddo mor amhosib fyddai sleifio i ffwrdd am un noson, hynny a'r ffaith ei fod yn teimlo'n fwy blinedig – a blin – nag arfer, diolch i'r tywydd. Noswaith drymaidd ac annifyr oedd hi, ar ddiwedd diwrnod a fu bron yn annioddefol o boeth – 'mae hi'n hel am storm' oedd barn pawb, ac roedd hyd yn oed rhywbeth mor fychan â'r syniad o law trwm wedi bod yn ddigon iddo feddwl am Marian a'r wybodaeth mai ond rhyw bump wythnos oedd ganddo tan y pedwerydd o Fedi. Roedd hi wedi ei ddilyn o gwmpas y tŷ, o un ystafell boeth i'r llall. Pump wythnos i feddwl am esgus, sibrydai wrtho, dim ond pump wythnos. Llai na hynny, os wyt ti am i'r esgus swnio fel rheswm dilys.

Ceisiodd ffoi oddi wrth ei swnian – oedd, roedd y gwres yn ddigon llethol i droi'i sibrwd yn swnian – drwy fynd ac eistedd ar riniog ei ddrws ffrynt, er bod gardd gefn llawer iawn brafiach a mwy cyfforddus ganddo. Roedd wedi dechrau gwneud hyn yn aml yn ddiweddar, heb wybod yn iawn pam. Er mwyn gwylio'r byd yn mynd heibio? Ychydig iawn o'r byd a âi drwy'r stryd gefn fach dawel hon. Na, rhywbeth i'w wneud efo'i blentyndod oedd o i gyd, ofnai, a'i ddyhead ef ei hun am ailbrofi rhyw rith bregus o'r blynyddoedd diniwed a didrafferth rheiny, pan dreuliai oriau yn eistedd ar y rhiniog, ymhell cyn iddo droi'n hen ddyn blin. Roedd mwy o gysgod yma nag yn y cefn, beth bynnag, yr adeg yma o'r dydd, ac awgrym o awel fechan. Eisteddodd yno yn ei grys gwyn a'i drowsus du yn gwrando ar Willie

Nelson yn canu yn yr ystafell fyw. O bell, clywai lais Olwen yn gweiddi arno, 'Hei! Meddylia amdana i!', ac ysgydwodd ei ben yn ddiamynedd.

Dwi wedi gwneud mwy na fy siâr o feddwl amdanat ti.

A gwenodd Marian yn fuddugoliaethus cyn setlo i'w oglais unwaith eto.

Diolch i ti am nithiwr. Ro'n i 'i angan o. Roedd o'n neis.

Ni sylwodd John ei fod yn gwenu nes iddo deimlo'r wên yn ffoi: deuai sŵn a siâp cyfarwydd i fyny'r stryd.

O, blydi *hel* . . .

'Meddwl 'sa chi'n leicio dŵad am swpar efo ni. Lle dach chi'n 'i chychwyn hi?' holodd Manon, i gyfeiliant deuawd o 'Haia, Taid!' o sedd gefn y *People Carrier* (ac am uffarn o enw diawledig ar gar!) gan Robin a Mei.

'I'r Snowdon Arms, m'wn,' atebodd Gerwyn drosto.

'Dwi'n mynd i nunlla, fel ma'n digwydd. 'Mond ista yma'n trio mwynhau rhyw bum munud bach o dawelwch.'

Tarodd winc ar ei wyrion er mwyn tynnu'r gwenwyn o'i eiriau, ond roedd Gerwyn, damia fo, yn iawn: roedd o wedi meddwl piciad draw i'r Snowdon Arms. Doedd hynny ddim am ddigwydd rŵan; chwalwyd ei gynlluniau'n yfflon rhacs ers yr eiliad y penderfynodd Manon eu bod am fynd ag ef allan hefo nhw.

''Na chi felly. Doswch i newid, rŵan.'

'Newid? Ma'r crys 'ma'n lân – a'r trowsus.'

Craffodd Manon arno. 'Hmmm – ocê. Dowch 'ta.'

Aeth i'r tŷ i nôl ei siaced ac i gloi. Ag ochenaid fud, dringodd i gefn y *People Carrier* at yr hogia.

Chwarddodd Gerwyn. 'Dydan ni ddim yn mynd â chi i ga'l ych crogi, John.'

Anwybyddodd John ef a chychwyn sgwrs efo'i wyrion. Robin, yr hynaf ac yn saith oed, oedd yr un tawel, tra oedd Mei wastad fel wimblad bach ac yn atgoffa John o'r hogyn y bu ef ei hun hannar cant a saith – Arglwydd mawr! – o flynyddoedd yn ôl, a'r ddau, diolch i'r nefoedd, yn tynnu fwy ar ôl eu mam na'u tad, gyda'r un gwallt du, trwchus a'r llygaid brown.

'Lle dach chi am fynd â fi, 'ta, hogia?' gofynnodd. 'Mi fasa Criciath yn braf heno 'ma; ista ar y ffrynt yn byta tships, ac eis-crîm Cadwaladers i bwdin.' *Cyn bellad na fydd yn rhaid i ni alw i weld ych nain*, meddyliodd.

Ond aethant yn hytrach i uffern erchyll yn Llanberis, tafarn a fu ar un adeg yn hen dafarn iawn ond a ddioddefai bellach o'r afiechyd hwnnw sydd wedi treiddio drwy'r wlad gan droi tafarndai gwych yn feysydd chwarae. Roedd gan hon, er enghraifft, arwydd anferth ac amryliw y tu allan yn sgrechian yn bowld mai 'Fun Pub' ydoedd y dyddiau hyn, tafarn a estynnai groeso hynod o gynnes i blant a theuluoedd, ac wfft i'r trueiniaid rheiny oedd 'mond eisiau peint tawel ar noswaith o haf. Amhosib oedd cynnal unrhyw fath o sgwrs yn y bar oherwydd bod sŵn aflafar yr hyn a elwir heddiw yn gerddoriaeth bop yn bytheirio'n undonog dros y lle. Mwy amhosib fyth oedd eistedd i lawr yno gyda pheint am y rheswm syml nad oedd bwrdd ar gael os nad oeddech wedi mynd yno i fwyta: roedd pob un bwrdd wedi'i osod â chyllyll a ffyrc mewn syrfiéts papur coch, halen a phupur, finag a mwstad, a matiau bach plastig gyda lluniau o gestyll Cymru arnynt. Lle gynt y bu'r bwrdd dartiau, yn awr roedd bwrdd du anferth gyda bwydlen y dydd wedi'i gamsillafu arno mewn sialc bob lliw. Buasai gofyn am flwch llwch yn gyfystyr â rhegi'n uchel mewn capel, a Duw a ŵyr beth oedd yn aros rhywun yn y lolfa.

Ceisiodd John ddal llygad Manon wrth iddo ddringo allan o'r car ond gwrthodai hi edrych arno. Arweiniodd Gerwyn hwy i'r ardd, a oedd yn berwi â phlant a lle y teyrnasai un o'r cestyll bownsi rheiny. Roedd pob un plentyn, credai John, yn gweiddi nerth ei ben, neu ei phen, wrth wibio'n hollol wyllt rhwng y byrddau pren fel marblis mewn peiriant *pinball*. Nid oedd eu rhieni, wrth gwrs, yn hidio'r un tamaid os oedd eu hepil yn amharu ar bobol eraill; eisteddan yn stwffio *lasagne* a chyrris a *pizzas* digon-mawr-i-weiddi-'chi'-arnynt i mewn i'w safnau, fel gwartheg dwl a bodlon yn cnoi cil.

'Am be dach chi'n chwilio, Dad?'

'Am y cymorth hawdd hwnnw sydd i fod i'w ga'l mewn cyfyngder.'

Roedd Robin a Mei wedi rhuthro'n syth bìn am y castell bownsi tra aeth Gerwyn i'r bar, gan adael i John a Manon chwilio am fwrdd gwag. Daethant o hyd i un mewn cornel o'r ardd, ei wyneb yn anialwch o lestri budron a gwydrau gweigion, stici.

'Plîs, Dad.'

'Sori, Manon, ond o ddifri calon, fedri di ddim galw lle fel hwn yn bỳb. Ddim efo'r holl blant 'ma. Ti'n gwbod 'y nheimlada i ynglŷn â phlant mewn tafarna.'

'Yndw. Duw a ŵyr, yndw.'

'Ond dydi o ddim yn iawn, Mans, chwara teg. Aethon ni rioed â chdi ar gyfyl tafarn pan oeddat ti'n fach. Mynd ar ben fy hun bach o'n i os oedd ffansi peint arna i, ac yn aros adra efo chdi os oedd dy fam allan efo'i ffrindia hi. A cha'l rhywun i dy warchod di os oeddan ni'n dau yn mynd allan. Nid llefydd i blant oedd tafarna.'

'Ma'r oes wedi newid.'

'Ti'n deud wrtha i, myn diawl. Newid, ond wedi altro dim.'

'Wel, dwi'n reit falch ych bod chi wedi 'ngada'l i adra; 'swn i ddim wedi diolch i chi am fynd â fi i rwla fel y Snowdon Arms sglyfaethus 'na.'

'A be ydi hyn – glendid, decini?' Gwgodd John ar y llanast oedd dros wyneb y bwrdd. 'Fasa'n wa'th i ni fod wedi mynd i blydi McDonalds ddim. Dwi'n deud wrthat ti . . . '

'*Plîs*, Dad. Pidiwch. Pidiwch â deud wrtha i. Ydi'ch cetyn chi gynnoch chi?'

'Be? Yndi . . .'

'Llenwch o. Taniwch o. Mi fyddwch chi'n teimlo'n well wedyn. A pidiwch â gwgu ar y plant 'ma drw'r amser. Mi fydd pawb yn meddwl 'y mod i allan efo Herod Fawr.'

'Mi fydda i'n teimlo withia fod gan hwnnw syniada go lew.'

Llanwodd ei getyn wrth wylio Gerwyn yn dod amdanynt gyda hambwrdd yn cynnwys peint o gwrw chwerw, gwin gwyn a soda, a thri Coca-Cola. Gwisgai Gerwyn siorts, wrth gwrs, rhywbeth na ddylai ei wneud petai ganddo owns o hunan-barch, a'r rheiny'n rhai cwta a thyn, go damia fo, ac yn ddigon i godi pwys ar unrhyw un.

'Be ydi Cwyn y Noson heno 'ma, 'ta?'

'O – bywyd yn gyffredinol, a'r lle yma'n arbennig,' atebodd Manon.

Chwarddodd Gerwyn. 'Be gewch chi sy'n well na hyn ar noson braf o ha', John? Awyr iach, tincian cerddorol plant yn chwerthin ac yn mwynhau'n ddiniwad, cwrw da. Ydi o, gyda llaw?'

'Be? O . . . ' Cymerodd John lwnc o'i beint. 'Mae o'n o lew.'

'A chwmni dipyn mwy difyr na'ch cyd-yfwyr arferol, mi fentra i ddeud. Ne' felly 'sa rhywun yn gobithio, myn uffarn i.'

Taniodd John ei getyn.

'Dwi newydd fod yn 'i deud hi am y Snowdon Arms,' meddai Manon, ond bwriodd Gerwyn yn ei flaen yr un fath.

'Mae o fel rhwbath allan o waith Hogarth,' meddai, nid am y tro cyntaf. 'A dwi'n gwbod y basa Phizz yn rhoi min ar 'i bensal tasa fo'n digwydd taro ar y lle.'

'Ma'n gneud i mi feddwl am y bar ofnadwy hwnnw yn *Star*

Wars,' cyfrannodd Manon. ''Y chi, lle'r oedd yr êliyns od yna i gyd yn mynd i yfad.'

Edrychodd John ar y ddau dros ei beint a thrwy gwmwl o fwg glas, a'u gwylio'n trafod y gwahanol eitemau ar y fwydlen. Gwyddai y dylai fod yn ddiolchgar fod priodas ei unig ferch yn un hapus: pa ots, wedi'r cwbl, os nad oedd o'n gallu deall beth yn union oedd apêl Gerwyn, er iddo drio'i orau dros y blynyddoedd. Ni allai wadu fod Gerwyn yn ŵr gwych i Manon ac yn dad ardderchog i'r hogia, ond er gwaetha'i holl ymdrechion, ni allai John ychwaith wadu bod ei fab-yng-nghyfraith yn mynd dan ei groen, i fyny'i ffroenau, ar ei nerfau ac ar ei dits yn y modd mwyaf ofnadwy. Un tal a thenau oedd o, efo nyth brân o wallt brown a locsyn bach bwch-gafr yn hongian yn sgraglyd oddi ar ei ên (rhyw flewiach a atgoffai John o'r brychod hunanbwysig rheiny yn y coleg erstalwm a wrandawai ar jazz), ac oherwydd ei debygrwydd i Gerwyn, ni fedrai John ychwaith wylio'r comedïwr teledu David Baddiel am fwy na phum eiliad heb fod eisiau sodro'i droed dde drwy'r sgrin. Gyda'i sbectol drwchus, dylai Gerwyn fod yn llechu mewn llyfrgell lychlyd efo'i drwyn main mewn cyfrol hynafol a llychlyd: yn sicr doedd o ddim yn edrych yn iawn yn eistedd yn gyfoglyd o gyfforddus mewn gardd tafarn swnllyd, yn gwisgo siorts anghynnes a chrys-T gyda darlun o Bryn Terfel ar ei flaen.

Doedd John ddim yn ei ddeall o gwbwl. Doedd Gerwyn ddim i'w weld fel petai'n dal yr un gronyn o ddig am yr holl sylwadau coeglyd a wnaethpwyd amdano dros y blynyddoedd – yn ei ŵydd, hefyd, yn amlach na pheidio – gan ei dad-yng-nghyfraith. Os rhywbeth rhoes Gerwyn yr argraff ei fod, os nad yn ffynnu arnynt, o leiaf yn cael rhyw bleser rhyfedd o'u clywed. Bron nad oedd yn mwynhau bod yng nghwmni John, a mwy na thebyg ei syniad ef oedd galw amdano heno a mynnu ei fod yn mynd allan efo nhw, er bod

John fwy nag unwaith wedi'i glywed yn cyfeirio ato fel Y Dyn Blin.

Roedd hyn, wrth gwrs, yn tueddu i wneud John yn waeth, ac er iddo addunedu bob tro nad oedd am blesio Gerwyn drwy fod yn hen granc pigog, a'i fod yn hytrach am dreulio'r amser tra oedd yn ei gwmni yn siriol ac yn addfwyn, yn hwyr neu'n hwyrach byddai'n rhaid iddo ildio i'r ffaith anochel fod Gerwyn yn ei *wneud* yn hen granc pigog, a hynny heb iddo orfod ymdrechu'n rhy galed.

Gwyddai John fod hyn wedi poeni cryn dipyn ar Manon i gychwyn, ond bellach yr oedd wedi dod i dderbyn mai fel hyn y byddai ei gŵr a'i thad efo'i gilydd am weddill eu bywydau. Gwyliodd hi'n awr wrth iddi dwtio wyneb y bwrdd. Roedd hi wedi etifeddu tlysni tywyll Olwen; gwisgai ei gwallt yn gwta'r dyddiau hyn, ond hiraethai John am y dyddiau pan arferai fyrlymu fel rhaeadr du dros ei hysgwyddau – fel, yn wir, y gwnâi gwallt ei gyn-wraig o hyd (er iddo bellach gael help llaw gan ryw hylif hud). Pan ddechreuon nhw ganlyn, roedd John yn hoff o ddweud wrth Olwen ei bod yn ei atgoffa o'r merched sipsi rheiny sy'n ymladd fel dwy gath yn y ffilm *From Russia With Love* . . .

'Dad . . . '

Ymysgydwodd John. 'Sori – be?'

'Roeddach chi'n bell i ffwrdd yn rhwla rŵan.'

'O'n, decini. Sori, oeddat ti'n deud rhwbath?'

'Gofyn be dach chi'i isio i'w fyta o'n i.'

Cymerodd John y fwydlen enfawr, liwgar oddi arni. 'Ydyn nhw'n meddwl yn bod ni i gyd yn ddwl yn y lle 'ma, dudwch?'

'Be?'

'Dwi ddim angan llun wrth bob pryd bwyd i egluro be ydi o.' Heb edrych i fyny, gwyddai'n iawn fod Manon a Gerwyn yn rowlio'i llygaid ar ei gilydd. 'Ac ma'r dewis ar gyfar plant yn gallach o beth uffarn na'r hyn y ma' oedolion yn ca'l 'i gynnig. Fedran nhw'm gneud tships ac wy cyffredin, ne' rwbath? Hwn – gamon a tships – ma' arna i ormod o ofn mentro efo dim byd arall, do's wbod be fasa rhywun yn 'i ga'l ar 'i blât.' Edrychodd i fyny'n sydyn, ac meddai wrth Gerwyn: ''Na chdi, yli, ma'r Dyn Blin newydd fynd drw'i betha.' Tarodd winc ar Manon, ond er ei bod yn gwenu, roedd hi hefyd yn ysgwyd ei phen, yn amlwg yn deall i'r dim mai siarad ei feddwl roedd ei thad.

Chwerthin wnaeth Gerwyn. Cododd i fynd i'r bar i archebu'r prydau. 'Unrhyw beth arall?'

'Mi fasa ca'l gafa'l ar rywun i glirio'r bwrdd yma'n neis, hefyd.'

'Dwi'n cytuno efo hynny, o leia.' Gwenodd Manon ar ei thad. 'Lle oeddach chi gynna, felly?'

'Mmmm? O, nunlla arbennig. Synfyfyrio. W't ti 'di gweld rhywfaint ar dy fam yn ddiweddar?'

Trodd Manon ac edrych ar Robin a Mei yn bowndian y tu mewn i'r castell. 'Ydach chi wedi siarad efo hi?'

'Fi? Naddo, ddim ers . . . o, wsnosa lawar. Pam?'

Ysgydwodd ei phen. 'Dim byd.' Chwifiodd ei llaw dros wenyn oedd yn pori ymysg y llestri budron. Dechreuodd sôn am yr Eisteddfod yn y Faenol yr wythnos ganlynol, ac aeth tua munud reit dda heibio cyn iddi edrych arno'n llawn, sylwodd John. Yna dychwelodd Gerwyn gan groesi'i goesau fflamingo wrth eistedd, hefo merch ifanc ddigon surbwch ei golwg yn ei sgil; cliriodd honno'r bwrdd heb gydnabod yr un ohonynt, hyd yn oed pan ddiolchodd Manon iddi.

'Am rêl hen fwch o hogan,' oedd sylw John, a chytunodd Manon. Ciledrychodd ar ei thad yn procio'r tu mewn i'w getyn ac yna'n ei aildanio. Gwyddai ei fod wedi gweld trwyddi'n gynharach. Hoffai roi'r argraff weithiau – yn enwedig pan oedd Gerwyn o gwmpas – fod rhan ohono ymhell i ffwrdd mewn rhyw fyd arall, ond pur anaml y byddai'n colli dim ac roedd yn hynod o sensitif i unrhyw beth yn ymwneud ag Olwen. Damia, meddyliodd Manon, a damiodd eilwaith pan welodd hi John yn tynhau trwyddo wrth i griw o hogia ifanc swnllyd ddod allan i'r ardd o'r dafarn. Gwyliodd ei lygaid yn neidio'n wyllt o un wyneb i'r llall, ei getyn yn mygu'n ddisylw yn ei law – ei dad, ei harwr mawr pan oedd hi'n blentyn a'r dyn gorau drwy'r byd i gyd yn grwn, rŵan yn edrych fel dryw bach ofnus, yn edrych yn *hen*, a theimlai fel codi a sgrechian ar yr hogia, fel mynd at ei thad a'i wasgu'n dynn i'w bron, fel melltithio ei mam, i gyd ar yr un pryd. Edrychodd ar Gerwyn a gweld ei fod yntau hefyd wedi sylwi ar ymateb John i'r hogia, a oedd, chwarae teg iddynt, yn ddigon pell i ffwrdd ac yn ddim bygythiad i neb.

Nodiodd Gerwyn arni cyn clirio'i wddf a gofyn: 'Dach chi am y Steddfod o gwbwl, 'ta, John?'

Trodd John atynt yn sydyn, bron yn euog, ei lygaid rŵan yn dawnsio'n ôl ac ymlaen rhwng Manon a Gerwyn. Edrychodd i lawr ar ei getyn, a gwyliodd Manon ei gorff yn ymlacio ychydig, diolch byth, wrth iddo droi'i ben-ôl ar y fainc a'u hwynebu'n llawn.

'Yndw, dwi'm yn ama y gwna i biciad draw yno rhyw fora. Gawn ni weld sut siâp fydd ar y tywydd.'

'Dach chi *am* fynd, go iawn?'

'Wel yndw – dyna be ddudis i, yndê? Mi fasa'n bechod pidio, a hitha reit ar garrag drws rhywun, fwy ne' lai.'

Welist ti, Manon? Dwi'n gallu troi fy nghefn arnyn nhw, meddyliodd John. Dwi ddim isio gada'l fy mheint ar y bwrdd a sleifio allan ac adra.

'Argol . . . ' Cymerodd Gerwyn arno ffanio'i hun fel dyn oedd newydd gael sioc. 'Dudwch wrtha i pryd dach chi am fynd, i mi ga'l tynnu'ch llun chi. Ne' fydd neb yn 'y nghoelio i.'

Peth arall a achosai firi di-ben-draw i Gerwyn oedd cyndynrwydd John i fynd i ffwrdd i unman – ac, wrth gwrs, roedd hyn yn rheswm arall go fawr pam yr oedd John yn ei chael yn anodd meddwl am esgus ar gyfer y pedwerydd o Fedi. Ni fu erioed yn un am fynd i ffwrdd am wyliau, ac oni bai fod Olwen – ac, wrth iddi dyfu, Manon – wedi swnian arno, ni fuasent hwythau wedi cael mynd i unman ychwaith. Myn rhai bod y teithio'i hun yn llawn cystal, os nad yn well, na'r cyrraedd, ond ni chytunai John â hyn; iddo ef, roedd y teithio'n lladd unrhyw bleser posib. Roedd y syniad o orfod ymlwybro i faes awyr, o sefyll mewn rhes biwis, o aros am oriau cyn cael cychwyn, o gyrraedd ei gyrchfan a chrwydro o gwmpas y lle hwnnw wedyn fel dafad golledig, yn wrthun llwyr iddo, a phob tro y byddai'n cael llond bol ar adref, roedd piciad i Gwm Pennant neu i Gricieth neu Ddinas Dinlle'n gwneud y tro iddo'n tshampion.

Ond oedd yna rhyw hen dinc ffals, rywsut, i gellwair Gerwyn y tro yma? Teimlai'n siŵr nad oedd ond wedi dechrau ei holi am yr eisteddfod er mwyn mynd â'i sylw oddi wrth yr iobs yna oedd yn gweryru rŵan ym mhen pella'r ardd – fel rhywun yn gwneud lol er mwyn mynd â sylw plentyn oddi ar y codwm yr oedd newydd ei gael, a dychwelodd ei dymer-dyn-blin unwaith eto wrth iddo edrych ar grechwen lydan (a ffug) Gerwyn.

'Yndw, dwi *am* fynd i'r 'Steddfod,' meddai'n dawel. 'Ac wedyn, yn nes at ddiwadd yr ha' . . . wel, mi gei di weld.'

Llithrodd gwên Gerwyn am eiliad, cyn dychwelyd yn lletach nag erioed.

'Dach chi rioed yn bwriadu mynd i *ffwrdd* i rwla? Y chi?'
'Pam lai?'
'Lle?'

'Dach chi am fynd yno, Dad? Go iawn?'

Trodd John ac edrych ychydig yn ffwndrus ar Manon. Ei dro ef oedd hi'n awr i ddweud: 'Lle?'

'Tennessee.'

Deallodd. 'O. Reit, wela i. Nac 'dw . . . wel, ddim leni, beth bynnag.'

Cyfeirio roedd Manon at syniad amwys oedd gan John ar un adeg o fynd ar fath ar bererindod i ymweld â Graceland, cartref Elvis, y tu allan i ddinas Memphis, ac yna draw i Nashville. Bu'n sôn am hyn ers blynyddoedd lawer, er pan oedd Manon yn blentyn: bob tro y byddai hi ac Olwen yn dechrau swnian am gael mynd i ffwrdd am wyliau, arferai yntau dynnu arnynt drwy fygwth mynd â hwy i Tennessee (a chodi cywilydd enfawr arnynt drwy wisgo het gowboi a chrys *rhinestone*).

Ond ni fu hyn erioed yn freuddwyd ganddo, hyd yn oed, heb sôn am fwriad, a synnai fod Manon yn dal i gofio amdano. Yna cofiodd John fel y bu iddo ryw hanner-sôn am y peth flynyddoedd yn ôl, wrth ddechrau dod ato'i hun ar ôl i Olwen ei adael. Un o'r pethau cyntaf a wnaeth Olwen ar ôl i'w hysgariad ddod trwodd oedd diflannu am fis i wlad Groeg, lle y bu hi a thair o ferched eraill tebyg iddi yn teithio o un ynys heulog i'r llall. Oedd Manon wedi edrych arno'n amheus ac yn bryderus pan grybwyllodd John fynd draw i America? Roedd brith gof ganddo ohoni'n gwneud rhyw synau i'r perwyl na fuasai hynny efallai yn syniad da iawn – nid tra oedd ei ddolur yn dal yn weddol amrwd – ac na fuasai hi'n gwneud dim ond poeni amdano, ac efallai y dylai hi a Gerwyn ystyried mynd hefo fo, rhywbeth a wnaeth i John ddychryn am ei fywyd.

Aros gartref fu ei hanes yn y pen draw, yn pwdu o flaen ei deledu wrth frwydro yn erbyn y delweddau pornograffig a wibiai drwy'i feddwl bob tro y meddyliai am yr hyn yr oedd ei wraig – ei *gyn*-wraig, bellach – yn ei wneud, a chyda phwy, wrth ddathlu ei rhyddid oddi wrtho ef. Felly arhosodd gartref efo'i ddolur – a pharhau i aros gartref am saith mlynedd arall, ymhell ar ôl i'r dolur wella rhyw gymaint, ac Olwen ac yntau wedi dod yn . . . Na, fe'i cywirodd ei hun, dydan ni ddim yn ffrindiau. A fyddan ni ddim chwaith.

Gydag ef yn hytrach na gyda'i mam afradlon yr oedd cydymdeimlad Manon, er y gwyddai'n iawn mor uffernol oedd cyd-fyw efo John ar ôl y busnes cas hwnnw yn yr ysgol. Dyma pryd y dechreuodd ei gor-ofal ohono, gofal a gynyddodd yn hytrach na lleihau, a dylai fod wedi dweud wrthi ei fod yn hynod ddiolchgar iddi am fod yn gefn iddo drwy'r hen gyfnod anodd hwnnw, ond roedd o'n well yn awr a doedd dim angen iddi boeni'r un iot amdano. Roedd yn hen ddigon tebol o fedru edrych ar ei ôl ei hun, diolch yn fawr iawn, a gwyddai lle'r oedd hi a Gerwyn pe bai eu hangen arno. Wedi'r cwbwl, nid Olwen oedd yr unig un oedd yn rhydd y dyddiau yma: rhoes yr ysgariad annibyniaeth iddo yntau hefyd, ac, a dweud y gwir, edrychai ymlaen at gael manteisio ar y rhyddid newydd hwn i fynd a dod fel y dymunai – fel sipsi Eifion Wyn, i grwydro am oes lle y mynno ei hun.

Ia – sipsi o ddiawl. Sipsi gachu iâr, meddyliodd yn ffyrnig yn awr, yn gorfod meddwl am ryw esgus mawr, gwirion er mwyn cael un noson oddi cartref, oherwydd ei fod wedi gadael i eraill reoli'i fywyd, dim ots pa mor wych eu bwriadau. Oherwydd meddyliau fel hyn – a'r gwres llethol, a'r dafarn ddiawledig hon gyda'i gardd swnllyd, goman, a chrechwen dilornus Gerwyn – fe'i clywodd John Griffiths ei hun yn dweud:

'Dwi'n mynd i sgwennu llyfr teithio.'

Drannoeth, gallai chwerthin wrth gofio'r olwg ar wynebau'r ddau gyferbyn ag ef, ac yn ei feddwl yr oedd fel petai'r ardd gyfan wedi ymdawelu'n sydyn, fel tafarn yn Nhransylfania pan fo'r teithiwr naïf yn cyhoeddi'n uchel ei fod wedi derbyn gwahoddiad i aros dros nos yn y Castell.

'*Y chi?*'

'Pam lai?' meddai John eto.

'Dach chi rioed wedi sgwennu unrhyw beth o'r blaen,' meddai Gerwyn, a throdd John arno.

'Doeddat titha ddim chwaith, tan i ti roi dy gatalog cynta at 'i gilydd.'

Caeodd Gerwyn ei geg. Er mai Mathemateg oedd ei bwnc fel darlithydd ym Mangor, yr oedd yn ei ffansïo'i hun fel dipyn o hanesydd lleol, a chyhoeddai gyfres fechan o lyfrau hanes ar gyfer plant a phobol ifanc a oedd, yn nhyb John, fawr mwy na chasgliad o hen luniau o'r archifdy gyda chapsiynau cwta oddi tanynt.

'Llyfr teithio? Teithio . . . i ble?' gofynnodd Manon.

'O, nunlla pell.'

'Tewch â deud.' Trodd Gerwyn ac edrych ar y castell bownsi.

'Lle yn union, felly?'

'Dwi am fynd ar y trên rhwng Pwllheli ac Aberystwyth. Arfordir y Cambrian.' Cafodd John ei ysbrydoli i raffu rhagor o gelwyddau. 'Mi fydd o 'run fath â dyddiadur, y llyfr 'ma. Dwi am alw ym mhob man ma'r trên yn stopio, a sgwennu rhyw bennod fer am bob un. Dipyn o hanas y lle, rhyw bwt am ba bynnag enwogion sy'n gysylltiedig â fo.' Ia, celwydd noeth, ond eto mewn ffordd ryfedd gallai John ei deimlo'i hun yn cynhesu rhywfaint tuag at y syniad. 'Sgwennu am bob dim fydd yn digwydd i mi yn y llefydd yma'r diwrnod hwnnw, y bobol y bydda i'n dŵad ar 'u traws nhw a ballu. Cychwyn ym Mhwllheli, wedyn Abererch . . . '

'Dwi ddim yn meddwl fod y trên yn aros yn Abererch,' torrodd Gerwyn ar ei draws. 'Penychain ydi'r stop nesa ar ôl

Pwllheli. Lle roedd Bytlins erstalwm. Mi gewch chi sgwennu am Billy, ylwch.'

'Gerwyn . . . ' Ond roedd gwên ar wyneb Manon, y gyntaf o lawer. 'Pam, Dad?'

'Dwn i'm, Duw. Rhyw chwilan sy gen i. Dydi o ddim wedi ca'l 'i neud o'r blaen, hyd y gwn i. Ddim yn ddiweddar, beth bynnag. A wyddost ti byth be ddaw o rwbath felna. Ella y bydd o'n troi yn gyfres gen i, dros Brydain i gyd.'

'Argol! Wel . . . ia. Fel dach chi'n deud, dydi rhywun byth yn gwbod. Llyfr Cymraeg fydd o?' Nodiodd John, wedi dechrau mwynhau'i hun yn awr. 'Fath â'r llyfra *Crwydro* gwyn rheiny sy gynnoch chi yn y parlwr?'

'Wel – ddim cweit mor henffasiwn â'r rheiny, gobithio. Ond ia, yn y bôn.'

'Cyn bellad na fyddwch chi'n trio efelychu Bill Bryson. Camgymeriad mawr fasa hynny,' cynghorodd Gerwyn ef. 'Defnyddiwch hiwmor ar bob cyfrif, ond ma'n rhaid i'r hiwmor hwnnw lifo'n naturiol ohonoch chi, pa bynnag sefyllfaoedd y dowch chi ar eu traws nhw, a'ch ymatebion chi i'r sefyllfaoedd rheiny. Pidiwch â thrio bod yn ddoniol bob yn ail frawddeg ddim ond er mwyn hynny.'

'Faswn i byth yn meiddio.'

'Dwi'n credu y dylai bob llenor ddarganfod ei lais ei hun cyn mynd ati i gyhoeddi. Er ei bod yn bwysig i chi bori yn y maes eang hwn, yng ngwaith meistri megis Thomas Pennant, George Borrow, Theroux, Morris, Newby, Chatwin, Raban a Dalrymple, er enghraifft, y perygl yw i'r darparlenor ei gael ei hun yn adleisio arddull yr awduron rheiny, neu ba bynnag un y mae'n digwydd bod yn darllen ei waith ar y pryd.'

'Dwi'n teimlo,' meddai John, 'fel teithiwr enwog arall yn barod. Yr Apostol Paul, yn ista wrth draed Gamaliel.'

Cododd Gerwyn a mynd draw at y castell bownsi. Roedd Manon yn gwingo ar ei mainc mewn ffordd ryfedd iawn.

'Be s'arnat ti?'

'Trio'ch cicio chi ydw i, ond 'mod i ddim cweit yn gallu'ch cyrra'dd chi. 'Mond trio'ch helpu chi ma' Gerwyn, ych rhoi chi ar ben ffordd.'

'Ia, yn 'i ddull unigryw o'i hun.' Ochneidiodd John. 'Chwara teg, Mans, glywist ti fo? Ac erbyn meddwl, naci – nid trio fy helpu i oedd o, ond 'y nghymryd i'n ysgafn eto fyth.'

'Sut felly?'

'Wel, 'sti, traethu fel'na, fel 'sa fo'n darllan yn uchal o lyfr, a rhestru enwa'r bobol yna i gyd gan wbod yn iawn 'mod i ddim yn gyfarwydd â gwaith yr un ohonyn nhw.'

'Falla dylach chi fod yn gyfarwydd â nhw, os dach chi o ddifri ynglŷn â'r llyfr yma. Ydach chi?'

Edrychodd John draw at lle roedd Gerwyn yn ei gwrcwd, yn ymdrechu i resymu efo Mei a Robin ynglŷn â pham na ddylent wthio pob plentyn arall oddi ar y castell.

'Yndw,' fe'i clywodd ei hun yn dweud. 'Yndw, myn diawl, mi ydw i.'

'Go dda chi.'

'Ia?'

'Ia, wir. Dwi o blaid unrhyw beth sy am ych ca'l chi allan o'r tŷ 'na'n amlach,' meddai Manon.

Gallai John synhwyro bod cynffon fud i frawddeg olaf ei ferch – rhywbeth fel, *hyd yn oed os daw yna ddim byd ohono fo yn y pen draw*. A hwyrach yn wir ei bod hi'n iawn – na, mwy na thebyg ei *bod* hi'n iawn. Roedd o'n hen ffŵl gwirion iawn os oedd o'n credu o ddifrif y byddai rhywun yn aros amdano ar y pedwerydd o Fedi yn Nyfi Jyncshiyn, ar ôl deugain mlynedd. Teimlai'n sicr mai siwrnai seithug fyddai ei siwrnai, yn naw-deg-naw-y-cant sicr.

Ond teimlai hefyd y byddai'r un-y-cant bychan hwnnw'n ei boenydio am weddill ei oes, os nad âi yno a chael gweld drosto'i hun.

2

Pan oedd yn blentyn bach ac yn arfer edrych ymlaen at y Nadolig neu at ei ben-blwydd, ac yn cwyno fod yr amser tan y dyddiau hynny'n llusgo, dysgodd Beti, ei fam, dric iddo. 'Yn lle meddwl am y diwrnod ei hun,' meddai, 'meddylia am y diwrnod *wedyn*. Mi fyddi di'n deffro gan wybod fod y diwrnod wedi bod, a bod gen ti bron iawn, iawn i flwyddyn arall nes y daw o eto.'

Darganfyddai fod hyn yn gweithio, unwaith yr oedd wedi meistroli'r grefft o anwybyddu'r diwrnod mawr ei hun, o neidio drosto fel rhedwr mewn ras hyrdls. Dysgodd yntau'r un tric i Manon ac yna i'r hogia, a defnyddiodd ef ei hun eleni wrth edrych ymlaen at ddechrau mis Medi.

Os edrych ymlaen, hefyd. Tueddai i fflamio'r dyddiad fwyfwy wrth i'r haf garlamu heibio, a'i fflamio'i hun am greu'r ffasiwn gelwydd 'mond er mwyn cadw rhyw oed gwirion. Ceisiodd ei berswadio'i hun nad oedd o'n edrych ymlaen o gwbl, bod yr holl beth yn niwsans glân am amharu ar ei fywyd fel hyn a'i wneud yn fyr ei dymer, ond ni allai anwybyddu'r cosi bach rhyfedd hwnnw yng ngwaelod ei stumog – nac ychwaith, ar yr un pryd, anwybyddu'r llais bach sbeitlyd hwnnw a sibrydai wrtho ei fod yn edrych ymlaen at rywbeth oedd eisoes wedi hen ddigwydd.

* * *

Aeth i'r Eisteddfod deirgwaith, un waith ar ei ben ei hun, un waith hefo Gwynfor Preis, a'r tro olaf yng nghwmni Manon a Gerwyn a'r hogia.

Gwyddai ei fod yn mentro, hyd yn oed yn ystod oriau'r dydd (doedd o ddim mor ddwl â mynd ar gyfyl y cyffiniau gyda'r nos); cafodd gip ar ambell un o'i hen gyd-athrawon, ond digon hawdd oedd anwybyddu'r rhan fwyaf o'r rheiny, yn bennaf oherwydd eu bod hwythau'n cymryd arnynt peidio â'i nabod ef, un ai trwy edrych reit trwyddo fel pe na bai yno o gwbl, neu trwy rythu ar y llawr wrth fynd heibio fel petaent yn teimlo cywilydd mawr. Erbyn ei drydydd ymweliad â'r maes, teimlai'n ddigon dewr i rythu i mewn i lygaid ambell un o'r rhain a chael pleser masocistaidd, bron, o'u gwylio'n gwingo, ac o fwy neu lai eu gorfodi i aros am y sgyrsiau byrraf a mwyaf cwrtais a gafodd gyda hwy erioed.

Ar ei ymweliad cyntaf, treuliodd awr chwyslyd yn ceisio dod o hyd i'w gar, ac yntau wedi dechrau chwilio amdano ychydig wedi tri efo'r bwriad o gyrraedd adref ymhell cyn fod pawb arall yn heidio am y clwydi. Fel yr oedd hi, bu'n sownd am bron i awr arall yn gwneud dim ond rhegi rhwng ei ddannedd wrth hercian ychydig fodfeddi yn ei flaen bob hanner munud, ac yn ymwybodol iawn o'r nodwydd fechan honno'n cropian yn nes ac yn nes at y lliw coch wrth i dymheredd ei gar godi bob yn gam â'i dempar.

'Dwi'n rhyfeddu nad oeddach chi wedi neidio allan a dechra brathu rhyw stiward bach druan yn 'i goes,' chwarddodd Gerwyn, pan glywodd am hyn. Bu John yn ddigon doeth, fodd bynnag, i beidio â sôn yr un gair ynglŷn â cholli'i gar yn y lle cyntaf, a mawr oedd ei fwynhad, felly, pan fethodd Gerwyn â chael hyd i'r *People Carrier* dridiau'n ddiweddarach. Hwnnw oedd y diwrnod gwlypaf o'r wythnos, ac arhosodd John efo Manon a'r hogia yn ymochel mewn lloches fysys ger yr allanfa tra oedd Gerwyn yn sgweltshian o un rhesaid ceir i'r llall.

'Ddylat ti fod wedi clymu rhwbath i'r erial,' meddai John

o'r sedd gefn, pan oeddynt ar eu ffordd adref o'r diwedd. 'Bag Tesco, er enghraifft.'

'Ma' *pawb* wedi clymu bag Tesco i'w herials,' chwyrnodd Gerwyn. 'Fedrwch chi ddim gweld, ddyn?'

'Ydyn nhw? Duw, ma' nhw hefyd.' Roedd John eisoes wedi sylwi ar hynny, wrth gwrs. 'Ches i ddim traffarth y dwrnod o'r blaen, fy hun. Ond 'na fo, yli – ro'n i wedi gofalu sylwi ar goedan arbennig pan gyrhaeddis i, ac roedd honno'n pwyntio at lle'r o'n i wedi parcio'r car.' Canolbwyntiodd Gerwyn yn ffyrnig iawn ar y ffordd. 'Dwi'n synnu na wnest ti mo hynny, a chditha'n Steddfodwr mor brofiadol.'

Edrychai'n hynod ddiniwed pan drodd Manon a gwgu arno. 'Wna'thoch chi ddim meddwl gneud hynny heddiw, decini.'

'Wel naddo, wrth reswm, a finna 'di cymryd y basa'r Gerwyn 'ma wedi gofalu am betha elfennol felly.' Celwydd arall: roedd John wedi nodi'n union lle'r oedd y car, ond Gerwyn a fynnodd eu bod nhw'n aros amdano wrth geg yr allanfa, a chyda phob hanner awr ddi-Erwyn a aeth heibio, tyfodd mwynhad plentynnaidd John o feddwl am ei fab-yng-nghyfraith yn crwydro drwy'r glaw a'r mwd. Rywsut, teimlai mai ffolineb fuasai cyfaddef hynny wrth Manon.

Roedd o mewn hwyliau da'r diwrnod hwnnw, er gwaetha'r glaw, wedi'i synnu'i hun drwy fwynhau'r Eisteddfod eleni, rhywbeth yr oedd wedi methu â'i wneud ers iddo ymddeol o'r ysgol. Cofiai, gyda phigyn annifyr yng ngwaelodion ei stumog bob tro y meddyliai am y peth, fel yr oedd o, chwe blynedd yn ôl, wedi dianc am ei gar a gyrru i ffwrdd pan welodd griw cyfarwydd o wynebau ifainc yn dod i'w gyfeiriad, a hynny ond munudau ar ôl iddo gamu ar y maes. Roedd o wedi crynu fel deilen am oriau wedyn, a'r noson honno wedi meddwi'n gaib efo Gwynfor Preis mewn ymdrech i deimlo'n ddewr am ychydig cyn cysgu, dim ond i ddiweddu'r noson yn crio fel babi mewn môr o hunandosturi. Ond eleni, roedd o wedi crwydro'n hamddenol o stondin i stondin, wedi prynu llwyth o lyfrau, ac wedi mwynhau sawl paned ddrudfawr wrth eistedd ar feinciau'n gwylio pawb yn crwydro heibio iddo. Welodd o'r un o'r wynebau ifainc rheiny: yn wir, prin yr oedd o wedi meddwl amdanynt, a chan nad oedd y Snowdon Arms, oherwydd ei phellter o bob cyngerdd roc, mewn unrhyw berygl o orfod estyn croeso i finteioedd haerllug, chwil a di-droi'n-ôl, sylweddolodd ei fod o *yn* gallu meddwl amdanynt, a'i fod fel petai wedi pasio rhyw brawf rhyfedd.

Dwi'n well, Manon, bu bron â dweud sawl gwaith, *dwi'n well o lawar.* Ond o nabod Manon, roedd hi wedi gallu gweld hynny drosti'i hun.

Efallai mai rŵan oedd yr amser *i* edrych yn ôl a chofio'r wynebau ifainc rheiny: wedi'r cwbwl, roeddynt yn rhan o'r deugain mlynedd diwethaf.

Ond nid eto, ychwaith: mi wna i pan fydda i'n barod i neud, penderfynodd, ac mi ddigwyddith hynny pan fydda i, un dwrnod, yn sylweddoli'n sydyn fy mod i *wedi* bod yn meddwl amdanyn nhw ers rhai munudau, a hynny heb grynu a theimlo'n sâl a rhuthro i'r gegin i wneud panad er mwyn ymguddio y tu ôl i'r weithred o wneud rhywbeth, gan siarad yn uchel â mi fy hun drwy'r amser.

Ac ymestyn am y botel wisgi wrth ddisgwyl i'r teciall ferwi.

Y dyddiau yma, diolch i'r nefoedd, doedd honno ond yn dod allan pan fyddai Gwynfor Preis yn galw yno am sgwrs a sawl gêm o *Trivial Pursuits*, fel y digwyddodd un noswaith wlyb rhyw wythnos ar ôl y Steddfod. Cyn i'r wisgi ddechrau cael effaith arno a'i hudo i ddweud gormod, meddai wrth Gwynfor:

'Gyda llaw, dwi'n rhyw basa mynd i ffwrdd am chydig o ddyddia ddechra'r mis nesa.'

Roedd Gwynfor yn dal i bwdu ar ôl gorfod derbyn mai Tex Rutter oedd yn canu'r gân ar ddechrau *High Noon*, nid Frankie Lane fel y taerai ef.

'W't ti.' Gwthiodd ei sbectol i fyny'i drwyn a syllu o gwmpas yr ystafell fyw. 'Ma'n hen bryd i chdi fynd i'r afa'l â'r lle 'ma.'

'Be?'

'Dwi'n cymryd mai i Dregarth yr ei di, at dy ferch, tra byddan nhw wrthi?'

'Pwy?'

'Y peintiwrs, yndê.'

'Pa blydi peintiwrs?'

'Y buldars, 'ta. Ma' croeso i chdi ddŵad acw, cofia. Fasa dim ots gin Mair.'

'Gwyn, does 'na neb yn dŵad yma i neud affliw o ddim byd.' Edrychodd John ar hynny o'r muriau oedd i'w weld y tu ôl i'r silffoedd a'r tomennydd o lyfrau. 'Ma'r lle yma'n tshampion, be haru ti?'

'Pam w't ti'n mynd i ffwrdd, 'ta?'

'Ffansi mynd sy gin i.'

Taniodd John ei getyn. Bu'n poeni ychydig ynglŷn â beth yn union i'w ddweud wrth Gwynfor Preis, a faint. Rhaid oedd dweud rhywbeth wrtho – ar ôl Manon, Gwynfor fuasai'r cyntaf i sylwi ar ei absenoldeb – ond yn sicr nid oedd am rannu'r cyfan hefo fo. Penderfynodd beidio â sôn yr un gair am 'y llyfr' ychwaith, gan fod Gwynfor – yn wahanol i Gerwyn – yn hanesydd lleol o gryn fri, wastad yn darlithio mewn dosbarthiadau nos ac i gymdeithasau hanes drwy'r gogledd. Cyn-athro oedd yntau hefyd, wedi ymddeol ers dwy flynedd. Gwyddoniaeth oedd ei bwnc, ond hanes oedd ei gariad mawr. 'Dw't ti ddim yn dysgu'r pwnc rw't ti'n 'i garu,' meddai'n aml. 'Rw't ti'n cadw hwnnw i gyd i chdi dy hun, a'i rannu o amball waith efo'r rheiny sy'n 'i werthfawrogi.'

A'r union gariad hwn a ddywedodd wrth John mai doethach fyddai peidio â chrybwyll 'y llyfr' wrth ei gyfaill. Roedd Gwynfor wedi cyhoeddi sawl llyfr ei hun, am chwareli a hen reilffyrdd diwydiannol, ac er nad oedd o'n ddigon mursennaidd i gredu nad oedd unrhyw hawl gan amatur fel John i dresmasu ar faes oedd yn o debyg i'w faes ef, ofnai John y buasai ei frwdfrydedd a'i ddiddordeb yn mynnu gorfodaeth ar rywbeth oedd, ar ei orau, ond yn esgus gwirion dros fynd i Ddyfi Jyncshiyn.

'Lle s'gin ti mewn golwg?' oedd y cwestiwn rhagweladwy nesaf.

'Ma' gin i awydd mynd i Ben Llŷn, am ryw reswm.'

'Duw, Duw – mi fedri di biciad i fan'no yn y car, achan. Pam nad ei di i ffwrdd go iawn?'

Ysbrydolwyd John i ddweud, 'Am yr union reswm yr w't ti newydd 'i ddeud. Os ydi'r tywydd yn troi'n giami, mi fedra i neidio i mewn i'r car a bod yn ôl adra o fewn chwinciad. Ma' Pen Llŷn reit ar garrag ddrws rhywun, fwy ne' lai, ac ma' gin i g'wilydd 'mod i rioed wedi bod yno go iawn – ar wahân i Abersoch a Morfa Nefyn. A dwi isio gweld rhyfeddod y machlud dros Benrhyn . . . Be sy? Pam w't ti'n gwenu?'

'Ma' gin ti ddynas yno, yn does?'

Daeth John yn agos at frathu drwy goes ei getyn.

'Paid â bod mor blydi hurt. Nag oes, siŵr Dduw.'

'Oes, ma' gin ti – rw't ti wedi troi'n flin fel tincar unwaith eto.'

'Pam fasa hynny'n fy ngneud i'n flin?'

'Be ydi hi – duforsî? Gwraig weddw?'

'*Sgin i* ddim dynas – ddim ym Mhen Llŷn nac yn unlla arall.'

'Ma'n hen bryd i chdi ffeindio un, 'ta. Rw't ti 'di bod ar dy ben dy hun yn rhy hir, was.'

'Arglwydd, be ydi hyn? Does 'na ddim cymint â hynny ers i chdi ddeud 'mod i'n ddyn lwcus yn ca'l mynd a dŵad fel dwi isio, yn ca'l llenwi'r lle 'ma efo llyfra, yn ca'l smocio 'nghetyn heb orfod mynd allan i'r ardd i fferru.'

'Trio codi dy galon di'r o'n i, yndê? Dw't ti ddim yn cofio fel roeddat ti am hydoedd ar ôl i Olwen dy ada'l di? Yn enwedig yn dy ddiod.'

Cofiai John yn iawn. *Fel yr ydw i o hyd, Gwynfor, tasat ti ond yn gwbod,* meddyliodd.

'Nag oes, Gwyn, 'sgin i ddim dynas, yn nunlla,' meddai.

'Ma' ar bawb angan 'i bwdin bob hyn a hyn . . . '

'Hei!'

'Faint sy 'na ers i Olwen fynd, rŵan? Blynyddoedd maith . . . '

''Nei di roi'r gora iddi? Dwi'n difaru sôn wrthat ti rŵan. Yli – ma' gin i ffansi crwydro o gwmpas Pen Llŷn am chydig o ddyddia, dyna'r cwbwl. Be sy mor rhyfeddol am hynny?'

Roedd Gwynfor yn ei lygadu'n ofalus. 'Mi ddo i efo chdi, os leici di.'

'Be?'

'Dwi ddim 'di bod yno ers tro. Mi gawn ni hwyl yno, ni'n dau.'

'Y . . . ia, ol-reit, ty'd. Cofia, dydi o ddim yn bendant o bell ffordd, 'mond rhyw chwiw ydi o ar y fomant. Fwy na thebyg nad a'i i nunlla, mi fydd yr awydd wedi pasio . . . '

'Pryd w't ti'n pasa mynd, ddudist ti?'

'Dwn i'm, dwi ddim wedi penderfynu eto . . . '

'Dechra'r mis nesa ddudist ti gynna, dwi ddim yn ama.'

'Y . . . ia . . . Ella diwadd y mis yma hefyd, ga i weld.'

'Fedra i ddim dwad radag honno. Ma' gin i ddwy ddarlith yr wsnos reit trw' fis Medi.'

'O . . .'

'Hen dro, yndê?'

'Wel, ia . . .'

'Ma'n siŵr fod hynna wedi'i neud o'n fwy pendant i chdi – y ffaith 'mod i'n methu dŵad efo chdi.'

'Nac 'di, nac 'di. Yli . . .'

Chwarddodd Gwynfor. 'Paid â phoeni, doedd gin i'r un bwriad o ddŵad efo chdi yn y lle cynta. Isio gweld dy ymatab di ro'n i. Dos di, a mwynha dy bwdin mewn heddwch.'

Mewn ffordd ryfedd, sylweddolodd John yn ddiweddarach y noson honno, roedd Gwynfor wedi llwyddo i roi rhywfaint o orfodaeth arno i geisio ysgrifennu'i lyfr wedi'r cwbwl: roedd o'n amlwg wedi penderfynu mai mynd draw i Ben Llŷn i gwna yr oedd John, ac o adnabod Gwynfor, ni fyddai'n hir cyn y byddai ffyddloniaid y Snowdon Arms, heb sôn am ffrindiau Mair, ei wraig, i gyd yn dyfalu ymysg ei gilydd sut un oedd y ddynes anfodol honno. Buasai llyfr – neu o leiaf ychydig o nodiadau a lluniau – yn profi i Gwynfor (ac felly i bawb arall) fod John wedi bod yn dweud y gwir drwy'r amser.

Yn bendant, nid oedd yr un ddynes yn aros amdano ym Mhen Llŷn – a mwy na thebyg na fyddai 'run yn aros amdano yn Nyfi Jyncshiyn ychwaith.

Gwaetha'r modd, ia? sibrydai'r llais bach pryfoclyd hwnnw yn ei glust. Clywai hwn fwyfwy yn ddiweddar, yn rhannol o ganlyniad i'w atgofion am y noson anhygoel honno ddeugain mlynedd yn ôl, ond hefyd ers iddo ddechrau dygymod â'r wybodaeth nad oedd Olwen am ddychwelyd ato.

Breuddwydiai John amdani'n aml ar ôl iddi ei adael, breuddwydion oedd fwy neu lai'n atgofion tanbaid, a bu'n rhaid iddo godi droeon o'i wely er mwyn newid ei byjamas. Bu ganddynt berthynas dda a bywiog, Olwen ac ef, cyn i bethau ddechrau mynd yn flêr rhyngddynt. Roeddynt ill dau'n cael hwyl go iawn wrth garu, yn chwerthin ac yn giglan ac yn gwbl gyfforddus gyda'i gilydd, a phan ddeallodd Olwen ar ôl iddi eni Manon na fuasai'n bosib iddi esgor ar blentyn arall, roedd hi fel petai'r wybodaeth hon wedi'i gwneud yn fwy cnawdol nag erioed. Roedd cryn amrywiaeth i'w caru, a daeth John yn giamstar ar ei reoli'i hun nes bod Olwen yn barod iddo fwynhau'r rhyddhad hapus hwnnw o'r diwedd.

Mor wahanol i'w gnychu gwyllt a hunanol yn Nyfi Jyncshiyn. Ond roedd o'n ifanc ac yn hollol ddibrofiad bryd hynny, tra oedd Marian mor hyderus, mor amyneddgar, mor gyfforddus gyda phopeth, gyda'r holl sefyllfa (nes i'r boi hwnnw ymddangos ar y platfform). Roedd John, ar y llaw arall, fel dyn wedi'i ffwndro'n lân, yn methu'n lân â gwybod lle i edrych a'i lygaid yn dawnsio i bobman ond ati hi, yno yng ngolau'r dydd. Gallai gofio'n fanwl iawn ei blas, ei harogl, ei synau a'r ffordd yr oedd hi'n teimlo oddi tano ac amdano, ond methai'n lân â chofio sut yr oedd hi wedi edrych – ar wahân i ambell gip meddyliol, ac roedd yn ansicr pa un oedd wedi creu'r rheiny: y cof ynteu'r dychymyg.

Fel y cof oedd ganddo o'i chorff yn llwydaidd yn yr hanner gwyll, o'i bronnau mewn silwét sydyn pan symudodd rhyngddo ef a'r ffenestr, eu blaenau'n troi i fyny fel esgidiau tylwyth teg, ac o'r cysgod blewog, hudol hwnnw rhwng ei chluniau. Na, doedd hi ddim mor dywyll â hynny yn Nyfi Jyncshiyn, meddai wrtho'i hun; deuai rhywfaint o oleuni i mewn o'r lampau a safai yma ag acw ar hyd y platfform, felly doedd hi ddim yn fol buwch-aidd o bell ffordd. Hoffai petai'r hyder wedi bod ganddo ar y pryd i danio matsien a symud y goleuni'n ôl ac ymlaen dros ei chorff, ond wrth gwrs nid oedd o wedi hyd yn oed meddwl am wneud hynny: roedd o mor swil, cofiai edrych i ffwrdd oddi wrthi'r bore wedyn pan gafodd y cyfle i edrych arni'n llawn yng ngolau'r dydd.

Roedd hi wedi codi'n noeth o'i freichiau a sefyll am rai munudau yng ngoleuni'r haul isel a lifai i mewn drwy'r ffenestr, cyn troi'n sydyn a'i ddal yn sbecian arni. Er ei fod wedi gwneud ei orau i gadw'i lygaid ar ei hwyneb, ni fedrai heddiw gofio dim ond ei chorff, a thros y blynyddoedd roedd ei gof pryfoclyd wedi paentio'r corff hwnnw â brwsh medrus a charedig iawn nes erbyn hyn gwelai ddynes yn ei feddwl a fuasai'n edrych yn gartrefol ar dudalennau canol *Playboy*.

Ond yna daeth y sŵn pesychu o'r tu allan gan chwalu'r hedd cyfforddus, fel rhech uchel ar ganol gweddi.

Wedi iddi wisgo a mynd allan at y Maldwyn a besychodd, sgrialodd John i'w draed a thynnu'i drôns amdano â chymaint o frys nes iddo faglu, dal ei droed yn ei falog a thorri'r lastig y tu mewn iddynt, a chofiai feddwl wrth dynnu'i sanau amdano: Diolch i Dduw ei bod hi mor dywyll neithiwr, chafodd hi mo'r cyfle i sylwi ar ewinedd fy nhraed, ro'n i wedi meddwl 'u torri nhw cyn cychwyn o adra ond mi anghofis i, mi fasa'r graduras yn meddwl mai cudyll coch ydw i, ond o leia ma' hi'n fis Medi ac yn dal yn ddigon cynnes i mi beidio â gorfod gwisgo fest, ma' merchad yn casáu dynion mewn festia', dwi'n siŵr fy mod i wedi darllan am hynny'n rhwla, a damia'r trowsus yma am fod mor henffasiwn, mor dwt a pharchus, jîns sy ganddi hi amdani, jîns a siwmper wlân yn ogleuo o Gitanes a phowdwr golchi a'i phersawr hi, a go damia fi am edrach fel athro parchus a minna eto i gyrraedd f'ysgol gynta, dwi'n gobithio na wnaiff hi droi'i thrwyn a difaru pan welith hi fi yng ngola'r dydd fel hyn, ac ma'n rhaid i mi ffeindio tap dŵr oer yn rhwla i mi ga'l llnau fy nannadd cyn mynd yn agos ati eto a phwy gythral ydi'r blydi Maldwyn yma, beth bynnag?

Sbeciodd drwy'r ffenestr mewn pryd i weld dyn ifanc, main a thal yn rhoddi andros o slasan i Marian ar draws ei hwyneb, cyn troi oddi wrthi a brasgamu allan o'r orsaf heb edrych o gwbl i gyfeiriad yr ystafell aros. Ddylwn i ruthro ar ei ôl o, meddyliodd John, a rhoi coblyn o gweir iddo fo am neud y ffasiwn beth.

Yn hytrach, trodd yn ei ôl at ei ddillad a gorffen gwisgo amdano, a phan edrychodd i fyny roedd hi'n sefyll yn y drws yn gwenu arno.

'*Haia, John Griffiths.*'

* * *

Yn dilyn ei noswaith efo Gwynfor Preis, roedd John wedi deffro yn oriau mân y bore gyda naid annifyr, yn union fel petai rhywun wedi'i ysgwyd o'i gwsg wrth floeddio yn ei glust yr un pryd – bloeddio fel y dylai fod wedi siarsio Manon a Gerwyn i beidio â sôn yr un gair wrth neb am Y Llyfr, a hynny ymhell cyn rŵan.

Penderfynodd alw i'w gweld ar ei ffordd yn ôl adref o Tesco's; felly, gallai godi'r peth yn naturiol wrth sgwrsio heb swnio fel dyn paranoid. Doedd dim golwg o'r *People Carrier* pan gyrhaeddodd Llwydiarth, tŷ Manon, ac ofnai ei fod wedi'i cholli nes iddo ddod allan o'i gar i wthio nodyn drwy'r drws a chlywed llais Hywel Gwynfryn yn dod o gyfeiriad y llofftydd. Daeth o hyd i'w ferch i fyny yn yr atig, ar ei gliniau yng nghanol pentyrrau llychlyd o lyfrau a ddringai'n feddw tua'r nenfwd. Edrychai'n o bryderus ar John wrth iddo godi'n araf drwy'r trap-dôr fel rhyw ddrychiolaeth mewn trasiedi Jacobeaidd.

'Be sy?'

'Dim byd. Newydd fod yn gneud chydig o negas ydw i, a chan fy mod yn pasio, fwy ne' lai . . . Nefi, ma' hi'n glòs yma!' Dim ond un ffenestr fechan yn y to oedd i'r atig, ac eisoes gallai deimlo'i grys yn glynu i'w gnawd.

'Dach chi'n iawn?'

'Mi o'n i, tan i mi ddringo i fyny i'r ffwrn yma. Dw't ti ddim yn meddwl ca'l 'madal â'r llyfra 'ma, w't ti?'

'Nac 'dw, nac 'dw – 'mond trio ca'l rhyw fath o drefn arnyn nhw.'

Tra oedd Manon wedi etifeddu harddwch Olwen, oddi wrth ei thad y cafodd y cariad – obsesiwn, chwedl Olwen – tuag at lyfrau; breuddwydiai am gael rhoi'r gorau i'w swydd ddysgu rhyw ddiwrnod ac agor ei siop ail-law ei hun, rhywbeth yr oedd John ei hun wastad wedi ffansïo'i wneud, ond rhywbeth arall eto a berthynai bellach i'w restr faith o bethau-y-dylai-fod-wedi'u-gwneud-yn-lle-hel-llwch-fel-hyn-am-flynyddoedd. Roedd angen tŷ mwy arni, cyhoeddodd wrth ei thad: ar silffoedd yng ngŵydd pawb y mae llyfrau i fod, nid wedi'u stwffio i mewn i focsys a'r rheiny wedyn o'r golwg mewn atig. *Books do furnish a room* . . .

'Dach chi *yn* iawn, Dad, yn dydach?' gofynnodd eto.

Roedd wedi sylwi'n syth bin fod Manon yn teimlo ychydig yn anghyfforddus yma hefo fo fel hyn. Gwyddai pam hefyd – yn union fel yr oedd hithau'n gwybod pam ei fod o wedi galw yma go iawn. Serch hynny, fe ffeindiodd y ddau ohonynt ei gilydd yn dawnsio o gwmpas y peth, fel yr oeddynt wedi'i wneud byth oddi ar y noswaith honno yn y dafarn yn Llanberis.

'Yndw, yndw. Wedi meddwl sôn wrthat ti ynghynt yr o'n i . . . '

'Be?'

'Am y llyfr 'ma . . . 'sti, f'un i . . . '

'O . . . ' Ymlaciodd Manon. 'Be amdano fo?'

'Dw't ti na Gerwyn ddim wedi sôn wrth neb amdano fo, gobithio?'

'Pam?'

'Pam? Wel – mi faswn i'n edrach yn rêl tebot os na ddaw yna unrhyw beth ohono fo, yn baswn?'

'Ydi hynny'n debygol o ddigwydd?'

'Pwy a ŵyr, yndê? Ella na fydd yna neb isio'i gyhoeddi fo, na fydd yna fawr o alw am lyfr o'r fath.'

'O, go brin. Nid dyna'r agwedd, beth bynnag, os ga i ddeud. Mi ddylach chi drio, Dad, o leia.'

'Dwi *am* drio. 'Mond . . . '

'Be?'

'Ma'n dipyn o hen gamp, Manon, chwara teg, yn enwedig i rywun sy rioed wedi sgwennu fawr o ddim er pan oedd o yn y coleg.'

'Dwi ddim yn deud fel arall. Debyg iawn 'i fod o. *Her* ydi'r gair, Dad.'

'Ond dw't ti ddim yn meddwl ella 'mod i braidd yn rhy uchelgeisiol?'

'Nac 'dw i. Dwi'n digwydd meddwl y gwneith o fyd o les i chi. Dach chi 'di bod yn rhyw bydru byw yn y tŷ 'na ers blynyddoedd, 'mond yn mynd allan i brynu tships ne' i yfad yn y dafarn uffernol 'na.'

'Dydi hynna ddim cweit yn wir.'

'Fwy ne' lai, yndi, a dach chitha'n gwbod 'i fod o. Ylwch – be 'di'r ots os fydd 'na neb isio'i gyhoeddi fo? Mi fydd o wedi rhoid rhwbath i chi 'i neud, ac o leia mi fedrwch chi ddeud wedyn ych bod chi wedi trio.'

'Wel . . . fel ma'n digwydd, dwi wedi rhyw ddechra darllan yn y maes.'

Craffodd Manon arno, fel petai hi'n ansicr a oedd yn ei goelio ai peidio. 'Ydach chi?'

'*Crwydro'r Cyfandir*, Ambrose Bebb; Paul Theroux, Jan Morris – ac mi ges i afa'l ar un o rai Bryson yn y siop ail-law 'na yng Ngh'narfon.'

Gwenodd Manon. 'Wela i. Dyna o le da'th y busnas bod yn rhy uchelgeisiol 'na, decini?'

'Synnwn i ddim. Ma' nhw *yn* gwbod be ma' nhw'n 'i neud,

Mans, tra dw i . . . wel . . . rhyw dipyn o adyn ar gyfeiliorn ydw i ar y gora, yndê?'

'Ia, *rŵan*, ella. Argol, dydach chi ddim wedi dechra eto. Pidiwch â gada'l i'r rheina dorri'ch calon chi, yn na newch? Ma' nhw i gyd yn sgwennu ers blynyddoedd lawar, cofiwch. Dysgu wrth fynd yn 'u blaena wna'thon nhw'tha hefyd, ma'n siŵr.'

'Ia . . .'

'Cofiwch hefyd be ddudodd Gerwyn am awduron dibrofiad yn tueddu i gopïo arddull awduron erill.'

'O, mi wna i, Miss. Dwi'n trysori pob un gair.'

Pwniodd Manon ei ysgwydd yn chwareus. 'Ia, ocê!'

Aethant i lawr am baned, ac allan i'r ardd gefn. Roedd Gerwyn, deallodd John, wedi mynd â'r hogia am dro i Sir Fôn.

'Yn 'i siorts?'

'Yn 'i siorts.'

'Y cr'aduria'd bach.'

Gwisgai Manon siorts heddiw, hefyd, rhai llac at ei phengliniau. 'Ylwch. Dwi'n mynd yn hen.' Pwyntiodd at wythïen las ar gefn ei choes. 'A ma' ngwallt i'n dechra troi'n arian.'

'Mi fedri di wastad ddilyn esiampl dy fam, a'i liwio fo.'

'Mmmm . . .'

A dyna fo rŵan, yn gwingo ar y glaswellt rhyngddyn nhw fel neidr.

'Sut ma' hi, Mans?'

'Mam? O – iawn, tshampion.'

'Manon . . .'

'Yndi, ma' hi. Wir yr.' Edrychodd ar John â'i llygaid yn llydan ac yn fawr fel soseri, ond roedd o'n ei hadnabod yn ddigon da i wybod fod hynny cyn waethed â phetai hi wedi methu ag edrych arno o gwbwl. Gwelodd fod ei thad yn dal i ddisgwyl, ac ochneidiodd. 'O, damia. Dad – pan fyddwch chi ar ych trafyls, dwi'n cymryd ych bod chi'n pasa galw yng Nghriciath i edrach amdani?'

'Yndw. Os bydd hi gartra, yndê. Pam?' Teimlai rhyw anifail bach pigog yn troi'n ddiog yng ngwaelod ei stumog a cheisiodd ei anfon yn ôl i'w gwsg drwy fynd i gyfeiriad arall. 'Paid â deud wrtha i – mi fydd hi i ffwrdd yn Ibiza ne' rhwla efo'r *good time girls* 'na ma' hi'n ffrindia efo nhw.'

'Na, na – mi fydd hi gartra. Jest – wel, ella na fydd hi yno ar 'i phen 'i hun.'

Roedd o'n hollol effro'n awr, yr hen anifail bach annifyr hwnnw, ac yn crafu fel cythraul â chrafangau oer.

'Wela i. Mae o wedi digwydd o'r diwadd, felly? Ma' hi wedi ffeindio rhywun arall.' Gwelodd Manon yn gwingo, a sylweddolodd ei fod wedi gwyro ymlaen tuag ati ac yn rhythu arni fel petai'n ei chroesholi. Eisteddodd yn ôl rhyw fymryn, gan edrych yn hytrach ar forgrugyn yn crwydro dros ben-glin ei drowsus. 'Dwi wedi bod yn rhyw led ama, 'sti . . . '

'Ella na pharith o . . . '

'Ond ma'n rhaid bod yna rywfaint o sylwedd iddo fo, ne' 'sa chdi ddim wedi teimlo'r dylat ti fy rhybuddio i amdano fo.'

Codi'i hysgwyddau a wnaeth Manon, a bu tawelwch rhyngddynt am ychydig tra oedd John yn cnoi cil. Nid oedd yn ddigon naïf i gredu y buasai Olwen, o bawb, yn byw fel lleian ar ôl iddynt ysgaru, ond ar yr un pryd ymdrechodd i beidio â meddwl amdani hefo dynion eraill, ac yn hynny o beth bu'n eithaf llwyddiannus. Fel pob dyn, i raddau, roedd ganddo'r gallu i wthio gwahanol feddyliau ac emosiynau i mewn i flychau bach yn ei feddwl, pob blwch â chaead a chlo arno: weithiau, fodd bynnag, byddai ambell glo yn rhydu neu'n pydru a'r caead uwch ei ben yn neidio'n agored yn ddirybudd gan adael i'r meddyliau hynny ruthro allan yn wyllt – gan amlaf yn ystod oriau mân y bore, gan chwalu cwsg yn llwyr nes i ddigwyddiadau'r dydd eu stwffio'n ôl i mewn i'r blwch a'u cloi dan glo newydd.

Neu byddai rhywun arall yn datgloi'r blwch – yn union fel roedd Manon newydd ei wneud yn awr.

Y tu mewn i flwch Olwen roedd yr wybodaeth na fuasai'n hir iawn cyn bod rhyw fwbach yn dechrau sniffian o'i chwmpas, a hefyd na fuasai Olwen yn debygol o wrthod y cyfle pe bai'r bwbach hwnnw yn apelio ati: roedd hi'n ddynes ddeniadol iawn, ac yn nwydus ar ben hynny. Gallai ymdopi â'r delweddau pornograffig ohoni a neidiai i'w feddwl yn ddirybudd bob tro y clywai oddi wrthi hi, neu oddi wrth Manon, ei bod yn mynd i ffwrdd i ryw ynys boeth am wyliau: roedd pellter daearyddol y llefydd hynny'n ei gwneud yn haws, rywsut, iddo'u derbyn a'u sodro dan gategori ffantasi. Ond bob tro y meddyliai amdani gartref, yna delwedd ohoni'n eistedd – fel y fo – o flaen ei theledu gyda'r nos oedd yr un yr oedd o wedi'i greu, a'r un y glynai ati braidd fel nofiwr blinedig wrth wregys achub. Delwedd hollol ffug, gwyddai'n iawn, ond delwedd ddiogel.

Tan heddiw.

'Do'n i ddim isio deud wrthoch chi, Dad,' meddai Manon.

'Nag oeddat, wn i. Mi welis i hynny'n glir pan aethon ni i Lanberis.'

Gwyrodd Manon ato a gwasgu cefn ei law. 'Lle Mam fasa deud, pan oedd hi'n teimlo bod yna rwbath i'w ddeud.'

'Ac rw't ti'n amlwg yn meddwl bod – hyd yn oed os nad ydi hi. 'Chos dwi ddim wedi clywad yr un gair oddi wrthi hi.'

'Ma hwn wedi . . . ' Edrychodd Manon i ffwrdd eto.

'Wedi be?'

'Mae o 'di para'n hirach na'r un o'r lleill.'

Gwingodd John.

'Sori, Dad – ond dach chi'n gwbod bod yna rai erill wedi bod, siawns.'

'Yndw, siŵr Dduw, dwi ddim mor ddiniwad â hynny. Do'n i jest ddim isio meddwl . . . 'sti . . . bod 'na rai.'

Roedd ei lygaid yn llosgi ac edrychodd i ffwrdd oddi wrthi.

'Nag oeddach, decini,' clywodd Manon yn dweud yn dawel . . .

Siaradodd gan hoelio'i lygaid ar ddillad glân y bobol drws nesaf yn siglo'n ddiog ar y lein ddillad. Ceisiodd lonyddu rhywfaint ar yr anifail yn ei stumog drwy ymdrechu i siarad mor naturiol ag y medrai.

'Ddylwn i. Ddylwn i fod wedi hen feddwl am hynny, a dŵad i ddygymod efo fo – ddylwn i fod wedi ymgaledu. Arglwydd mawr, ma' 'na dros bum mlynadd ers i bob dim ddŵad i ben, yn does? Be goblyn ydw i wedi bod yn 'i neud, dywad? Byw fel rhyw blydi ostritsh . . . Pwy ydi o, felly?'

'Gŵr gweddw ydi o, neb dach chi'n 'i nabod. Tri o blant gynno fo, wedi tyfu a gada'l cartra.'

'Ydi o'n hŷn na hi?'

'Yr un oed â chi, dwi'n meddwl.' Roedd Olwen yn bum deg saith mlwydd oed, bum mlynedd yn iau na John. 'Twrna ydi o.'

'Digonadd o bres, felly, m'wn.'

'Wel, ma' gynno fo gwch . . . '

'Be?'

'Sori, Dad . . . '

'Na, na – dwi'n falch. Dwi'n falch 'i bod hi wedi ffeindio rhywun sy ddim yn debygol o fod ar ôl hynny o bres sy gynni hi. Er, wedi deud hynny, os mai twrna ydi o . . . '

'Stopiwch rŵan.'

'Ydi o'n Gymro?' Nodiodd Manon. 'O, wel – ma' hynny'n un peth o'i blaid o.'

'Dad . . .'

'W't ti wedi'i gyfarfod o?'

'Roedd o yno pan alwis i hibio . . . o, pryd oedd hi, dudwch? Y dydd Sadwrn, newydd i'r ysgol gau.'

'Ia, ma'n siŵr 'i fod o'n rhy brysur yn ystod yr wsnos yn pluo rhyw gr'aduriaid fath â fi.'

'Dad, plîs . . .'

'Sut un ydi o, Mans?'

'Dwi ddim am ddeud wrthoch chi, newch chi 'mond gneud rhyw hen sylwada plentynnaidd . . .' Ochneidiodd Manon, gan wybod yn iawn nad oedd John am symud yr un fodfedd nes iddo gael gwybod y cyfan. 'Ol-reit. Ond dach chi ddim yn mynd i leicio hyn rhyw lawar. Mae o'n dipyn o hync, Dad – 'sa neb byth yn meddwl 'i fod o dros 'i drigain. Meddyliwch am Harrison Ford. Pan alwis i yno, roedd o wrthi'n adeiladu consyrfatori i Mam.'

Roedd John Griffiths eisoes wedi teimlo'i hun yn sigo gyda phob un brawddeg. Teimlai'n awr fel hen fatres wynt oedd wedi cael ei stwffio i gornel mewn atig, yn y gobaith y buasai o ryw werth i rywun ryw ddydd.

'Sori, Dad, ond y chi fynnodd ga'l gwbod.'

'Ia . . .' Roedd ei baned, sylwodd, wedi hen oeri, a gorweddai dau bryfyn bychan ar ei hwyneb. Rhoddai'r byd am smôc, ond ofnai y buasai'n taflu i fyny yn y fan a'r lle petai'n tanio'i getyn. 'Ia, siŵr. Wel – roedd o'n anochal, yn doedd? Dwi 'mond yn synnu nad ydi o wedi digwydd cyn rŵan. Ma' dy fam yn haeddu rhywun gwerth chweil, chwara teg. Ma' hi'n ddynas smart . . . a dwi'n ista yma yn siarad mewn ystrydeba, yn tydw? W't ti'n meddwl fod hyn yn . . . 'sti, yn rhwbath o ddifri?'

'Alla i ddim deud, Dad. Ond ma' Mam i'w gweld yn reit cîn arno fo . . .'

'A fynta arni hi?'

'Dwi'm yn 'i nabod o, yn nac 'dw, felly fedra i ddim deud.'
'Ond?'

Cododd Manon ei hysgwyddau eto. 'Siaradwch chi efo hi, dyna fasa ora.'

'Ia. Mi wna i . . . Ddudodd hi rwbath wrthat ti, Mans, pan est ti yno? Amdana i, rŵan – a fo?'

'Mi wna'th hi ofyn i mi bidio â deud dim byd wrthoch chi, am y tro. Dwi'n meddwl 'i bod hi isio gweld yn gynta pa ffordd roedd y gwynt am chw'thu.'

'Ond roedd hynny – faint yn ôl? Tua mis? Diawl, ella nad oes yna unrhyw beth i'w ddeud, fod yr holl beth wedi . . . '

Ond roedd Manon eisoes yn ysgwyd ei phen. 'Roedd o'n dal ymlaen yr wsnos dwytha, beth bynnag. Dad – sbiwch arna i. Oes 'na unrhyw bwynt i mi ddeud wrthoch chi am drio'i anghofio fo?'

'Mi faswn i'n gneud fel shot taswn i'n gallu.' Cododd ar ei draed. 'Rho ryw ddwrnod ne' ddau i mi, Mans. Ro'n i'n gwbod y basa hyn yn digwydd yn hwyr ne'n hwyrach, 'sti. Fuis i rioed yn ddigon o ffŵl i feddwl y basa hi isio dŵad yn ôl ata i. Ond, wrth i'r blynyddoedd fynd hibio . . . '

Cododd Manon a'i wasgu'n sydyn. 'Wn i. Ond gwrandwch – ma'n rhaid i chi neud y llyfr 'ma rŵan, dach chi'n clywad? Ac un arall ar 'i ôl o, ac un arall wedyn. A naddo, dwi ddim wedi sôn amdano fo wrth neb. Dydi Gerwyn ddim chwaith. A deud y gwir, prin y ma' Gerwyn wedi'i grybwyll o. Dwi'n rhyw ama 'i fod o'n teimlo dipyn bach yn genfigennus.'

'Be?'

'Mi fasa fo 'di bod wrth 'i fodd yn gneud rhwbath tebyg, tasa'r amsar gynno fo. Ond dach chi am achub y blaen arno fo. Yn tydach, Dad?'

* * *

Ni ddylai John fod wedi gyrru'n ei ôl adref, a cheisiodd

Manon bob ffordd i'w gael i gymryd paned arall, ac o leiaf i aros nes bod ei stumog wedi rhoi'r gorau i droi fel buddai. Ond roedd o'n rhy aflonydd, ac ofnai mai canlyniad rhagor o oedi fyddai iddi boeni fwy fyth amdano: fel yr oedd hi, roedd o'n agos ar y naw at udo fel ci gwallgof dros y lle. Ar ben hynny, ni fyddai'n hir cyn i Gerwyn, Robin a Mei ddychwelyd adref, a gwyddai John nad oedd o mewn unrhyw gyflwr i gyfnewid sylwadau coeglyd efo'i fab-yng-nghyfraith heb wneud rhyw niwed ofnadwy iddo.

Cyrhaeddodd adref yn ddiogel, fodd bynnag, er nad oedd ganddo unrhyw gof o'r daith. Safodd o flaen y drych yn y cyntedd am funud cyfan cyn iddo sylweddoli ei fod yn gwneud hynny, a rhyw nofio i fyny i'w ymwybyddiaeth a wnaeth ei wyneb ei hun, fel y gwna llun ffotograffydd mewn baddon datblygu. Gwelodd ddyn byr, bron yn foel, a oedd yn brysur yn canu'n iach i'w flynyddoedd canol-oed; ceisiodd ymsythu a gwthio'i ên allan, ond arhosai ei ysgwyddau'n grwm a gwrthodai ei dagell â lleihau'r un tamaid. Gwelodd wyneb oedd â'i gnawd yn hongian oddi arno'n llac, fel wyneb rhyw hen waedgi digalon a llaith ei lygaid, ac ers pryd oedd ei glustiau wedi tyfu i'r fath raddau?

'Ffwcin Indiana Jones!' gwaeddodd.

Anochel wedyn oedd i'r botel wisgi gael ei thynnu allan o'r cwpwrdd. Sylwodd nad oedd ei law yn crynu o gwbwl wrth iddo godi'r gwydryn i'w geg ond, erbyn meddwl, roedd y cryndod i gyd y tu mewn iddo.

'Dydi hyn ddim yn beth call iawn i'w neud,' meddai, a thollti gwydraid arall. Wrth yfed hwnnw, teimlodd yr anifail yn ei fol yn troi'n ddwrn esgyrnog fel petai'n ceisio'i warchod ei hun rhag effaith esmwythaol yr hylif – dwrn a ddechreuodd ei golbio o'r tu mewn.

Tywalltodd wydraid arall.

Ia – ystrydeba, meddyliodd, ro'n i'n siarad mewn

ystrydeba efo Manon gynna, ond fel'na ma' rhywun ar adega felly, yndê? Dyna be sy mor wych am ystrydeba, ma' nhw mor gyfleus ac ma' 'na gymaint o wirionedd yn perthyn iddyn nhw. Ma'n hollol wir fod Olwen yn haeddu rhywun gwerth chweil, rhywun gwell na fi, o leia, nid fod ca'l hyd i rywun felly'n beth mor anodd, ac ma'n wir hefyd 'i bod hi'n ddynas smart – ma' hi'n smashar, a deud y gwir, yn stynar ac yn beth handi uffernol o'i hoed. Ac ma'n wir fy mod i 'di bod yn disgwl am hyn ers iddi fynd a 'ngada'l i, ond pam ddiawl na ffeindiodd hi ryw hen fastard cas fasa'n 'i cham-drin hi . . . ? Na, dwi ddim yn meddwl hynna . . . o damia, *yndw*, dwi *yn* 'i feddwl o, ella wedyn y basa hi'n cofio na chodais i rioed yr un bys yn 'i herbyn hi.

Sawl gwydraid? Gormod o beth uffarn, ond eto ymhell o fod yn ddigon; roedd y dwrn yn dal i boenydio'i fol. Dylai fwyta rhywbeth. Agorodd baced o greision a'u stwffio i'w geg, er bod blas yr halen-a'r-finag yn codi cyfog arno. Edrychodd o gwmpas y gegin fel petai'n ei chasáu. Dydi'r tŷ 'ma ddim yn *gartra*, meddyliodd; nid fa'ma ydi *adra*, 'mond rhwla lle dwi 'di digwydd landio.

Ni fu'n hir cyn dechrau beichio crio, yno wrth fwrdd ei gegin fach dywyll mewn tŷ a fu'n ddau dŷ teras ar un adag, yn gartrefi i chwarelwyr a'u teuluoedd, ac a oedd eisoes wedi gweld mwy na'i siâr o ddagrau. Hanner-clywodd y ffôn yn canu fwy nag unwaith . . .

'Gadwch *lonydd* i mi!'

. . . ond erbyn iddo gael y syniad o dynnu'r plwg o'r wal, nid oedd y nerth na'r cydbwysedd ganddo i godi a gwneud hynny. Ond eto, rhywbryd, rywsut, mi lwyddodd i gofio bod ganddo botel arall yn rhywle, i ddod o hyd iddi ac i'w hagor. Do, m'wn. Ceffyl da yw ewyllys. Daeth ato'i hun i raddau ar ei liniau yn y lle chwech yn hercian yn boenus ac â'i stumog yn wag o bopeth ond y dwrn, y ffycin dwrn creulon hwnnw, ac oddi yno aeth rhywsut i'w lofft a syrthio ar ei wely, yn ei ddillad, yn crynu fel deilen fel petai'r niwmonia arno.

Deffrodd, wedyn, am' ychydig wedi dau y bore gyda bwyell wedi'i phlannu yng nghanol ei ben, a'i geg a'i wddf yn sych fel blawd. Roedd ei gegin yn drewi. Llyncodd ddwy barasetamol a sawl gwydraid o ddŵr cyn llenwi'r teciall a'i ferwi. Teimlai'n oer o hyd, a chrynai'n o hegar o bryd i'w gilydd; serch hynny, gwisgodd ei siaced a mynd allan i'r ardd. Buasai ychydig o law mân ar ei wyneb wedi gwneud byd o les iddo, ond roedd yn noson glir, sych a chynnes.

Bellach, roedd y dwrn y tu mewn i'w fol wedi cael hyd i frawd. Teimlai gywilydd mawr, bron cymaint â phetai pawb a'i adnabu erioed wedi bod yn sefyll yno'n ei gegin yn ei wylio'n ddilornus. Roedd o wedi ymddwyn fel cymeriad o un o'r caneuon gwlad rheiny roedd o mor hoff ohonynt – ond na, erbyn meddwl, go brin y buasai Waylon neu Kristofferson yn trafferthu canu am ffŵl fel John Griffiths. Nid oedd meddwi ar ei ben ei hun fel hyn yn gweddu iddo, rhyw hen feddwi hyll a blêr fyddai'n debygol o ysbrydoli ffieidd-dod yn hytrach nag unrhyw dosturi.

Dychwelodd i'r tŷ a chlirio'r bwrdd. Gwthiodd y botel wag i ganol y bagiau yn y bin sbwriel, ei chladdu dan blisg wyau a phlicion tatws, reit o'r golwg. Eisteddodd wrth fwrdd y gegin efo'i goffi du â'r drws cefn ar agor; gallai glywed llwynog yn cyfarth ymhell i fyny yn y creigiau, drosodd a throsodd, fel petai'n galw am rywun.

Gadawodd i'r coffi ei gynhesu. Nid oedd Olwen erioed wedi gweld y tŷ hwn, meddyliodd, erioed wedi camu dros ei riniog, na hyd yn oed – hyd y gwyddai ef – erioed wedi rhythu ar ei du allan ychwaith. Yn Nhregarth yr oeddynt hwythau'n byw cyn gwahanu: yno y cafodd John ei fagu, yno oedd adra, ond roedd Olwen, hogan o Fethesda, wedi ysgwyd llwch yr ardal oddi ar ei dillad mor bendant ag y gwnaeth yr Apostol Paul â llwch dinas Effesus. Cafodd ei siomi yn John, ac ni wnaeth unrhyw ymdrech i guddio hynny rhagddo. Bu'n gefn iddo yn ystod ei drybini yn yr ysgol ond wedyn, pan suddodd John yn is ac yn is i'r hunandosturi felltith hwnnw, ni fu Olwen yn hir cyn colli ei hamynedd ag ef.

Meddyliodd yn aml tybed a oedd Olwen wedi defnyddio hynny fel esgus, a oedd hi wedi bod yn anfodlon â'i phriodas ers tro ac mai'r hoelen olaf oedd ei ymddygiad ar ôl iddo orfod ymddeol yn gynnar. Ofynnodd o mo hynny iddi ar y pryd: fel arfer, roedd yn ormod o fabi, yn ofni gorfod derbyn gwirionedd cas arall.

Eto, hoffai feddwl bod mwy i Olwen na hynny. Y drafferth oedd, sylweddolodd yn rhy hwyr eto, nad oedd o erioed wedi trafferthu i ddod i'w hadnabod yn iawn, dim ond ei chymryd yn ganiataol fwyfwy wrth i'r blynyddoedd wibio heibio. Os oedd hi'n anfodlon – ac felly'n anniddig ac aflonydd – dylai John fod wedi gweld hynny, a gwneud amser i drafod pethau efo hi.

Ar y llaw arall, hwyrach na fuasai hynny wedi gwneud unrhyw les; roedd o *yn* adnabod Olwen yn ddigon da i wybod mai unwaith yr oedd hi wedi penderfynu rhywbeth, amhosib oedd newid ei meddwl.

Fedri di ddim gweld bai arni hi, meddai wrtho'i hun. Pam ddylai hi ei chondemnio'i hun i ryw hanner-bywyd gyda dyn a oedd yn ymddwyn ac yn edrych fel petai, i bob pwrpas, wedi gorffen? Dyn a wrthodai godi o'i wely rai dyddiau – ac *am* ddyddiau, yn reit aml. Dyn a arferai gilio i mewn iddo'i hun, fel crwban yn diflannu i mewn i'w gragen, bob tro y gwelai griw o bobol ifanc swnllyd ar y stryd, ac a oedd erbyn y diwedd ond yn mynd allan dan gysgod y nos i'r Snowdon Arms ac yn dychwelyd ymhen oriau'n llawn dagrau ac ymffrost gwag a rheglyd.

Rhyw sbesimen tebyg ar y diawl i'r hwn oedd yn aflonyddu ar y lle 'ma heno 'ma, meddyliodd. Basa dy fam a dy dad mor falch o'u hunig blentyn: roedd yn drugaredd na chafodd yr un o'r ddau fyw i weld y dyn a ddaeth ohono.

A dyn a ŵyr beth y buasai Olwen wedi'i feddwl. Fwy na thebyg, ni fuasai wedi cael ei synnu ganddo o gwbwl, ac wedi troi i ffwrdd oddi wrtho gan ddweud nad oedd o wedi newid yr un gronyn ac mai'r peth callaf a wnaeth hi erioed oedd ffoi oddi wrtho.

Buasai yn llygad ei lle hefyd.

'Ffwcin Indiana Jones,' meddai eto, ond â thristwch yn ei lais y tro hwn yn lle'r dicter cynharach. Swniai'r twrna fel coc oen dihafal, rhyw Fistar Perffaith o ddyn; pa siawns oedd gan greadur fel John Griffiths yn erbyn rhywun felly?

Sylweddolodd ei fod wedi eistedd wrth y bwrdd am funudau hirion yn meddwl am Olwen: rhaid ei fod wedi chwydu'r hen anifail bach pigog hwnnw allan o'i berfedd am y tro. Meddyliodd yn ôl dros y sgwrs a gafodd efo Manon, ac fel y dywedodd wrtho am drio siarad efo Olwen. Swniai hynny fel cyngor doeth, o dan yr amgylchiadau. Roedd o wedi bwriadu galw i weld Olwen tra oedd ar ei daith i Ddyfi Jyncshiyn: wedi'r cwbl, byddai yng Nghricieth. Ond roedd hynny'n amhosib yn awr; nid oedd arno eisiau canu cloch ei drws, 'mond i'w weld yn agor a Harrison Ford yn sefyll yno'n holi beth allai ei wneud iddo. Ar y llaw arall, roedd Manon yn iawn: roedd yn rhaid iddyn nhw siarad, Olwen ac yntau.

Mi ffonia i hi, penderfynodd, mi wna i ei ffonio hi cyn cychwyn, a thrio trefnu rhywbeth.

Wrth ferwi'r teciall eto, cofiodd fel y bu iddo glywed ei ffôn yn canu. Un o'r rheiny â pheiriant ateb yn sownd iddo oedd ganddo, a phan aeth trwodd i'r ystafell fyw dyna lle roedd y golau coch yn wincian arno'n ddiamynedd.

'Haia, fi sy 'ma. 'Mond edrach os dach chi'n iawn. Ma'n

siŵr mai yn y Snowdon Arms felltith 'na'r ydach chi. Rhowch ganiad pan ddowch chi adra, os byddwch yn ddigon sobor.'

'Dad, fi sy 'ma eto. Dwi 'di trio droeon. Plis ffoniwch peth cynta yn y bora, newch chi? *Ddim* heno 'ma bellach, 'dan ni ar fin mynd i'n gwelyau – ar ôl gwitshiad tan rŵan rhag ofn y basach chi'n digwydd, drwy ryw wyrth, meddwl am bobol erill am unwaith, ac wedi ffonio. Nos da!'

'Nos da, pwt,' meddai'n uchel.

Caeodd y drws cefn a dychwelyd efo'i goffi ffres i'w gadair yn yr ystafell fyw, ei gur pen wedi cilio efo'r drewdod oedd yn y gegin yn gynharach. Gorweddai *Notes From a Small Island,* Bill Bryson, yn agored ar fraich ei gadair. Er bod Bryson wedi codi sawl gwên, gwyddai John nad oedd o mewn unrhyw berygl o efelychu'i arddull, er gwaethaf proffwydoliaethau Gerwyn am duedd darpar-lenorion i wneud hynny. Teimlai fod Bryson yn ffinio ar fod yn nawddoglyd ar brydiau (yn enwedig felly yn ei ddisgrifiad swta o'i ymweliad â Chymru), ac yn rhy barod i geisio bod yn ffraeth. Roedd John hefyd yn ei amau o ddweud ambell i gelwydd. Mae prawf o hynny yn ei ddisgrifiad ohono'i hun ym Mhorthmadog ar nos Sul wlyb, yn gwylio *Pobol y Cwm* ar y set deledu yn ei ystafell westy: yn ôl Bryson, doedd o ddim wedi deall yr un gair (ar wahân i'r ymadrodd 'dirty weekend'), ond gŵyr pob Cymro mai'r omnibws gydag is-deitlau sy'n cael ei ddarlledu ar nosweithiau Sul. Ac os oedd o'n gallu dweud *un* celwydd, dim ots pa mor fychan, wel . . .

Wna i mo hynny, os fedra i beidio, meddyliodd. Rhoes Bryson i lawr a chodi *The Kingdom by the Sea* gan Paul Theroux oddi ar y pentwr bychan ar y llawr wrth ei gadair. Roedd Theroux wedi gwneud rhywbeth tebyg i'r hyn oedd gan John mewn golwg, ond ei fod ef wedi teithio o gwmpas arfordir Prydain i gyd. Daethai o hyd i gymeriadau difyr i siarad efo nhw mewn sawl lle – gwyrth y rhyfeddai Bryson ati, gan ei fod ef, meddai, fel petai wedi'i felltithio i gwrdd â phobol ddiflas ar y naw.

Na, wna i ddim creu pobol er mwyn trio gwneud y peth yn ddiddorol, meddai wrtho'i hun. Dylai awdur o unrhyw werth allu troi pob sefyllfa sych yn un ddifyr, a dwi'n siŵr o weld llwythi o bethau yn ystod f'egwyl fechan wrth lan y môr, fydd dim rhaid defnyddio ffantasi; mi fydd mwy na digon o ddefnyddiau crai o'm cwmpas ym mhobman, does ond isio i mi edrych, a gwrando.

Cododd ei ben yn sydyn, a phe bai'r gwylwyr anweledig rheiny'n bresennol, buasent wedi gweld John Griffiths yn gwenu. Brysiodd at ei ffôn, ac roedd o wedi dechrau deialu rhif Manon cyn sylweddoli ei bod yn tynnu at dri o'r gloch y bore. Cofiodd am ei chyhuddiad nad oedd o byth yn ystyried pobol eraill: fuasai ei ffonio'r adeg yma o'r nos ond yn cadarnhau hynny, a rhoi haenen arall o fêl ar fysedd Gerwyn.

Gafaelodd mewn beiro ac ysgrifennu rhywbeth ar gefn amlen bil trydan a orweddai ar y seidbord. Edrychodd arno a gwenu eto. Cofiodd am stori a glywsai flynyddoedd yn ôl am y nofelydd Thackeray, ac fel yr oedd llawysgrif *Vanity Fair* wedi bod yn gorwedd yn nrôr ei ddesg am fisoedd lawer cyn iddo feddwl am deitl addas. Wel, fel arall ma' hi arna i, meddyliodd: ma' gen i deitl, a'r unig beth dwi'i angan rŵan ydi'r llyfr i fynd efo fo.

Edrychodd eto ar yr amlen yn ei law. Arni, yr oedd wedi ysgrifennu: *Egwyl Wrth Lan y Môr*.

3

Mae'n siŵr, meddyliodd, y dylwn i obeithio y bydd hi'n stido bwrw glaw at ddiwedd yr wythnos: felly'r oedd hi ddeugain mlynedd yn ôl, yn tresio fel y glaw trwm hwnnw sydd ond i'w weld mewn ffilmiau cowboi, gyda phob un diferyn unigol yn bowndian fel bwled oddi ar y cledrau a choncrit y platfform. Fydd hi ddim yr un fath, rywsut, os na fydd hi'n bwrw.

'Gobithio y deil hi i chi, Dad, yndê?'

'Yndê hefyd.'

'Mi ddylach chi fod yn ol-reit, yn ôl y proffwydi tywydd – yn enwedig gan nad ydach chi am gynnwys 'Stiniog yn ych llyfr, John. Hei – hogia? Wyddoch chi pam fod pobol 'Stiniog yn gorfod cario ymbaréls?' holodd Gerwyn.

'Am 'i bod hi'n bwrw yno'n amal?' cynigiodd Mei.

'Naci. Am fod ymbaréls yn methu cerddad.'

Eistedd yr oedd John yn sedd gefn y *People Carrier* ac oeddynt, roeddynt i gyd yn bresennol – Manon, Gerwyn, Robin a Mei. Petasai Gwynfor Preis wedi cael ei ffordd ei hun, buasai yntau yno hefyd, ar y bore bendigedig hwn efo'r un cwmwl i'w weld yn yr awyr.

Dim ond neithiwr y deallodd John nad oedd am gael gyrru ar ei ben ei hun i Bwllheli, fel y bwriadai ei wneud, a gadael ei gar yno nes iddo sylweddoli ei fod yn gwneud rhywbeth dwl a thruenus uffernol a dychwelyd adref. Newydd orffen pacio'r sach deithio yr oedd o; gorffwysai honno'n llond ei chroen ar soffa'r parlwr tra eisteddai John ar flaen caled y gadair freichiau'n syllu arni, efo'r glöynnod byw gythraul rheiny'n chwarae mig â'i gilydd yn ei fol, eu hanner yn bethau bach bywiog ac yn llawn cyffro a'r gweddill yn nerfus ac aflonydd. Fe'i hatgoffodd ei hun ddwsinau o weithiau, a hynny'n uchel, nad paratoi ar gyfer crwydro coedwigoedd yr Amazon yr oedd o, na chroesi'r Sahara ychwaith, a'i fod droeon yn ystod ei oes wedi ymweld â bron bobman rhwng Pwllheli ac Aberystwyth. Ei anwybyddu'n llwyr a wnâi'r glöynnod byw, fodd bynnag, gan ei gosi cymaint nes ei droi yntau'n greadur aflonydd a grwydrai o un ystafell i'r llall yn ddibwrpas, ond i ddychwelyd bob un tro i'r parlwr lle'r arhosai'r sach deithio amdano fel rhywun tew oedd yn methu â chwythu ar ôl bwyta pryd anferth.

Buasai mynd draw i'r Snowdon Arms wedi datrys nifer o broblemau. Dim ond wimblad o ddyn sy'n aflonydd gyda pheint o'i flaen a mwg glas yn codi'n ddiog o bowlen ei getyn, a buasai'r sach deithio, os nad allan o'i feddwl yn gyfan gwbl, yna'n ddigon pell o'i olwg. A thueddai'r oriau i garlamu heibio unwaith y camai John i mewn dros riniog y dafarn. Ar ben popeth, buasai peint neu ddau'n sicr o'i hebrwng i gwsg trwm, gogoneddus – rhywbeth nad oedd wedi'i brofi rhyw lawer wrth i'r daith ddod yn nes ac yn nes.

Yn erbyn hyn i gyd oedd yr wybodaeth y byddai Gwynfor Preis yno, a bod Gerwyn wedi achwyn wrtho am gynlluniau llenyddol John. Gwnaeth hynny'n gwbl fwriadol yn nhyb John, er iddo wisgo mwgwd dyn diniwed pan aeth John i'r afael ag ef ynglŷn â'r brad hwn.

'Argol fawr, ro'n i'n cymryd y basach chi wedi hen ddeud wrth *Gwynfor*,' protestiodd. 'Gwynfor Preis o bawb . . .'

'Ia, dyna'r peth! *Gwynfor Preis o bawb.*'

' . . . ac ynta'n ffrind gora i chi. Ac yn awdur 'i hun. Awdur o fri hefyd, yn 'i faes.'

'Ro'n i 'di pwyso ar Manon i sôn 'run gair wrth neb! Ac mi

wna'th hitha dy siarsio di, mi wna'th hi'n sicrhau i o hynny. *Neb*. W't ti'n dallt be ydi ystyr y gair? Ma'n ddowt gin i.'

'Dwi'n methu dallt pam dach chi mor flin am y peth. Be ydi'r ots?' Craffodd Gerwyn arno, ei wyneb yn bictiwr o benbleth diniwed.

'Yr ots ydi . . . ' Tynnodd John anadl. Yr ots, wrth gwrs, oedd bod Gwynfor yn awr yn sicr o roi pwysau ychwanegol ac aruthrol ar John i fwrw ymlaen efo'r llyfr. I droi'r esgus yn wirionedd. 'Yr ots ydi, mi fydd o fel barn ar f'ôl i rŵan – bob dydd, o nabod Gwynfor – isio busnesu a beirniadu a ballu.'

'Ma'n rhaid i bob awdur ddysgu sut i dderbyn beirniadaeth,' ebe Gerwyn. 'Dwi wedi gorfod magu croen fel croen rhinoseros, fy hun.'

Dawnsiai'r geiriau 'Dwi ddim yn synnu' ar flaen tafod John; rhywsut neu'i gilydd llwyddodd i'w mygu. Trodd at Manon, a daeth hi i'r adwy.

'Dw inna wedi gwylltio efo fo hefyd, Dad, am agor 'i hen geg fawr. Mi wnes i drio egluro wrtho fo, ella bod Gwynfor Preis yr Awdur a Gwynfor Preis y Ffrind yn greaduriaid go wahanol.'

'Yn hollol!' cytunodd John, er nad oedd o wedi meddwl am hyn.

'Roedd o wrth 'i fodd pan wnes i ddigwydd sôn wrtho fo,' meddai Gerwyn. 'Yn wên o glust i glust. Ma'n hen bryd i chi ddefnyddio rhywfaint ar yr ymennydd 'na sy gynnoch chi, medda fo. Pam – ddudodd o unrhyw beth gwahanol wrthoch chi?'

'Wel – naddo, ond . . . '

'Dyna chi, felly. Pam dach chi'n strancio cymaint?'

Digwyddodd y sgwrs yma ychydig dros wythnos yn gynharach, ac roedd John wedi neidio i mewn i'w gar a gyrru i Dregarth yn sgil galwad ffôn a dderbyniodd funudau ynghynt oddi wrth Gwynfor, a oedd wedi taro ar Gerwyn y tu allan i'r archifdy yng Nghaernarfon. Chwarae teg i Gwynfor, yn hytrach nag awgrymu nad oedd unrhyw hawl gan ryw greadur fel John Griffiths i hyd yn oed feddwl am ysgrifennu llyfr, bu'n hynod gefnogol, a gorffennodd drwy ddweud fod croeso i'r cyw-awdur ddangos ambell bennod iddo os oedd yn ansicr ynglŷn â'i hansawdd, neu ynglŷn â pha gyfeiriad i fynd nesaf. Diolchodd John iddo'n gwrtais cyn rhoi'r ffôn i lawr. Yna rhegodd dros y tŷ, a phetai rhywun wedi'i glywed buasent yn credu fod y cythraul anghymdeithasol hwnnw o'r ffilm *The Exorcist* wedi ymgartrefu yno.

Wrth iddo ddychwelyd at ei gar, roedd Manon – a gredai ei bod yn deall beth oedd yn poeni'i thad – wedi dweud wrtho'n dawel: 'Pidiwch â phoeni, go brin y gwnaiff Gwynfor feddwl un gronyn yn llai ohonoch chi os na fyddwch chi'n gallu sgwennu'r llyfr 'ma yn y diwadd . . .' Gyrrodd John adref yn brwydro i'w berswadio'i hun mai 'os' yr oedd Manon yn ei feddwl, hefyd, ac nid 'pan'.

Aeth ar ei union wedyn i'r Snowdon Arms. Tybed a oedd Manon yn iawn, a'i fod am weld ochr arall, galetach a mwy proffesiynol o gymeriad Gwynfor? Meddyliodd am yr amser pan fynnodd geisio codi silffoedd llyfrau yn ystafell wely Manon pan oedd hi'n fach. Roedd ei dad-yng-nghyfraith, mecanydd a pherchen garej, yn dipyn o ddewin gyda chrefftau cartref a cheisiodd Olwen bob ffordd i berswadio John mai gwell fuasai gadael tasgau o'r fath i rywun fel y fo, a oedd yn gwybod beth roedd o'n ei wneud: roedd dilunwch John yn y maes yma'n ffinio ar fod yn chwedlonol. Ond erbyn hynny roedd John, ar ôl dioddef yn dawel am flynyddoedd, wedi cael llond bol ar sylwadau coeglyd Dei Parri ac yn benderfynol o godi'r silffoedd ei hun. Llwyddodd i ffiwsio'r tŷ cyfan – a dod yn agos hefyd at ei ladd ei hun – pan ddriliodd i mewn i'r mur a thrwy wifrau trydan, ac yn hytrach na chael hwyl iawn am ei ben, bu Dei Parri'n flin iawn hefo fo: doedd dim hawl gan lwdwn fel John i gydio mewn dril yn y lle cyntaf oedd ei agwedd, a hefrodd am y peth wedyn hyd ddiwedd ei oes. Diflannodd y pryfocio, ac yn ei le daeth sylwadau surbwch a chas, fel petai John wedi pechu yn ei erbyn yn y modd mwyaf ofnadwy drwy geisio gwneud rhywbeth ei hun, yn ei dŷ ef ei hun, yn hytrach na gofyn i Dei.

Dod ymlaen â'i gilydd ar lefel arwynebol iawn a wnâi John a'i dad-yng-nghyfraith erioed, felly ni theimlai iddo golli ffrind mynwesol pan ddigwyddodd hyn. Serch hynny, gadawodd yr holl fusnes flas drwg yn y geg, gyda John yn difaru hyd heddiw ei fod wedi mynd i'r afael â'r silffoedd rheiny. Oedd hanes yn awr am ei ailadrodd ei hun, efo Gwynfor? Efallai hefyd fod Gerwyn, damia fo, yn iawn i raddau, ac y byddai croen John yn weddol sensitif pan âi Gwynfor ati i ddarllen a beirniadu ei waith – a hwyrach mai Gwynfor fyddai'n llyncu mul pe bai John yn anwybyddu'i gyngor gan deimlo mai llyfr gan yr awdur newydd John Griffiths oedd *Egwyl Wrth Lan y Môr* i fod, nid llyfr arall gan y Doctor Gwynfor Preis.

Paid rŵan, meddai wrtho'i hun wrth gyrraedd y dafarn; rw't ti'n cyfarth cyn gweld y gath, a mwy na thebyg na ddaw hi i hynny. Ond daliai i boeni am hyn pan adawodd y dafarn ddwyawr yn ddiweddarach: roedd Gwynfor wedi troi'i drwyn ar y teitl.

'Hmmm . . . ' meddai.

'Be sy'n bod efo fo?'

'Na, dwi'n deud dim, dy lyfr di ydi o . . . fydd o. Nid fy lle i ydi busnesu.'

'Ond ma'n amlwg fod 'na rwbath sy ddim yn dy blesio di. Be?'

'W't ti'n siŵr, rŵan? Dy fod am i mi ddeud?'

'Yndw, ne' faswn i ddim yn gofyn, yn na 'swn?'

'Na – rw't ti'n mynd yn bigog yn barod. Mae o'n deitl tshampion.'

'Yli – rw't ti 'di hwthio'r cwch i'r dŵr rŵan. Deud be sy ar dy feddwl di.'

'Paid â chymryd hyn fel beirniada'th, ol-reit? Awgrym ydi o.'

'*Be?*'

'Y gair "egwyl" 'na . . . '

'Be amdano fo?'

'Egwyl o be, John Griff?'

'Be ti'n feddwl?'

'Ma' "egwyl" yn golygu hoe fach, yn tydi? Rhyw seibiant, fel tasa rhywun yn cymryd pum munud o'i lafur.'

'Wel – yndi, ond . . . '

'Mae o hefyd yn rhoid yr argraff fod rhywun yn ista ar 'i din mewn un lle. *Un* lle. Fyddi di ddim yn gneud hynny, yn na fyddi? Yr hyn dwi'n 'i ddeud ydi, ma'r teitl yna'n mynd yn groes i thema'r llyfr. Basa rhwbath fel . . . o, dwn i'm . . . *Ar Hyd y Lein* yn fwy addas.'

'Be!'

''Mond rhwbath o dop 'y mhen oedd hwnna, siŵr Dduw. Ond eto . . . dwn i'm chwaith, meddylia amdano fo. Mae o'n deud y cwbwl, yn dydi? Mynd ar hyd y lein y byddi di, yndê? Fel Johnny Cash.'

'*Cerddad* ar hyd y lein roedd o. Dyna'r dywediad oedd gynnyn nhw erstalwm am bidio â mynd i hel merchad, am aros yn ffyddlon i Betty Lou ne' Kitty Sue gartra. Am fod 'na buteinia'd yn hel i'r gwersylloedd 'ma lle roedd y gweithwyr yn aros wrth adeiladu'r lein ar draws America, ac os oeddat ti'n aros ar y lein yna doeddat ti ddim am gamfihafio. Hyd y gwn i, does 'na nunlla rhwng Pwllheli ac Aberystwyth sy'n enwog am ddenu hwrod o bob lliw a llun.'

Roedd Gwynfor eisoes yn ysgwyd ei ben yn ddiamynedd.

'Wn i, wn i hynny i gyd; w't ti'n meddwl mai siarad efo dyn dwl yr w't ti? Yli – trio dy helpu di ydw i. Ro'n i'n ofni ella y basat ti'n ymatab fel hyn.'

'Fel be?'

'Yn or-sensitif ac yn bigog am y peth lleia.'

'Arglwydd, dwi ddim wedi sgwennu'r un gair eto! 'Mond y teitl ar gefn amlen, a dyma chdi'n troi dy drwyn ar y gair cynta un hyd yn oed.'

'Debyg iawn 'y mod i. Mae o'n deitl diawledig, os ga i ddeud.'

'Mae o'n deitl sy'n mynd i brocio'r chwilfrydedd, be haru ti? Yn gryno ac i'r pwynt. Blydi hel, Gwyn – be am hwnna sy gen ti? Be ydi o – *Chwyth Ef i'r Synagog* neu *Chwyth Ef i'r Dafarn: y Chwarelwyr a'u Hamdden ym Methesda a'r Cylch, 1830–1905*. Ma' rhywun isio gorwadd mewn stafall dywyll efo clwtyn gwlyb ar 'i dalcan 'mond ar ôl darllan y teitl.'

Edrychodd Gwynfor yn bwdlyd. 'O leia ma'r darllenwr yn gwbod be sy'n aros amdano fo rhwng cloria'r llyfr. Ma'r tipyn teitl 'na sgin ti yn gamarweiniol – ac ma' hynny, dallta, yn beth peryg uffernol mewn llyfr teithio. Ma' rhywun am sbio arno fo, sylweddoli be ydi o a dechra ama os byddi di'n 'u camarwain nhw ar hyd y daith.'

'Paid â siarad drw' dwll dy din!'

'Mi fydd o fel agor tun o fîns a ffeindio mai pys slwj sydd y tu mewn iddo fo.'

'Pys slwj!'

Gorffennodd Gwynfor ei beint. 'Ond 'na fo, os w't ti'n rhy benstiff i wrando ar lef ddistaw fain rheswm . . . ' Safodd ac estyn am ei siaced.

'Dw't ti ddim am fynd rŵan, w't ti?'

'Yndw, achan. Mi ges i gip ar deitl un o'm llyfra i wrth ddŵad allan, a dwi 'di blino'n lân ar ôl 'i ddarllan o.'

Arhosodd John am ddau beint arall, ond ni ddaeth

Gwynfor yn ei ôl. 'Ma'n edrach felly,' meddai wrth Idw pan holodd hwnnw os oedden nhw wedi ffraeo. 'Twll 'i din o, os mai fel'na mae o isio bod,' meddai wrth adael. 'Mae o'n gwbod lle rydw i os ydi o isio ymddiheuro.'

Welodd o mo Gwynfor, na chlywed yr un smic oddi wrtho drwy'r wythnos, ac erbyn y nos Sul roedd piciad draw i'r dafarn wedi mynd yn fwy ac yn fwy anodd. Faint ydi d'oed di, was? fe'i holodd ei hun yn aml dros y dyddiau a ddilynai'r ffrae, a sawl gwaith fe'i cafodd ei hun eto fyth yn difaru'i enaid ei fod wedi meddwl am esgus mor gythreulig dros fynd i ffwrdd am ychydig o ddyddiau.

A gorau po gyntaf y câi fynd, hefyd: roedd yr holl fusnes yma wedi'i wneud – eto fyth – yn ddyn blin oedd yn arthio ar bawb am y peth lleiaf, ac os na fyddai'n ofalus, byddai wedi gelyniaethu nid yn unig ei ffrindiau ond ei deulu hefyd.

Doedd o ond newydd ddweud wrtho'i hun ei fod yn methu ag aros tan y câi gloi'r drws, dringo i mewn i'r car a gyrru i ffwrdd fore trannoeth pan glywodd sŵn cyfarwydd y *People Carrier* yn cyrraedd y tu allan i ffenestr y parlwr.

'O'r arglwydd, be rŵan eto fyth?' bytheiriodd dros y lle. Roedd fel petai rhyw ffawd greulon yn chwarae triciau arno: cyn wired ag y byddai'n cyfaddef ei fod yn troi'n hen granc annymunol ac yn addunedu gwneud ymdrech i wella, digwyddai rhywbeth arall i'w wneud yn fwy blin ac yn fwy o gingron nag erioed.

'Dy ferch dy hun ydi hi, y bastad annifyr!' meddai wrth agor y drws a gwenu fel giât ar Manon, gwên na lithrodd ond y mymryn lleiaf pan welodd fod Gerwyn yno hefyd. Yn yr ystafell fyw, sylwodd John arno'n sefyll ag osgo didaro wrth y bwrdd, yn ceisio ymddangos yn ddi-hid ond â'i lygaid yn cropian dros y llyfrau a'r papurau fel pryfaid cop chwilfrydig.

'Wa'th i chdi heb.'

'Sori?'

'Yn y llofft gefn ma'r sgwennu'n ca'l 'i neud, ar y cyfrifiadur.'

'Dach chi wedi dechra, felly?' gofynnodd Manon.

''Mond chydig o nodiada ymchwil am betha dwi isio'u gweld mewn gwahanol lefydd, ac ma'r rheiny wedi'u pacio.'

'Dach chi ddim wedi paratoi cyflwyniad, John?'

'Wel naddo, wrth reswm – a finna heb ddim byd i'w gyflwyno hyd eto. Y petha ola un fydd y cyflwyniad a'r rhagair.'

'Ia. Ia, siŵr – sori, be sy arna i, dudwch?'

Rhythodd John arno. Doedd y gwyleidd-dra hwn ddim fel Gerwyn.

'Gymrwch chi banad?'

'Na, 'dan ni ddim am aros,' meddai Manon. 'Ar 'yn ffordd i nôl yr hogia o Lys Awel ydan ni.' Llys Awel oedd enw cartref rhieni Gerwyn ym Mhenisarwaun. 'Meddwl roeddan ni, i be ewch chi â'r car 'ma i Bwllheli fory? Mi biciwn ni â chi draw yno.'

Na!

'Na, wir – mi fydda i'n tshampion . . .'

'Dad, dwi'n ych nabod chi, wnewch chi ddim byd ond poeni amdano fo. Dach chi ar biga hyd yn oed pan fydd y car y tu allan i'r tŷ 'ma gynnoch chi, rhag ofn i rywun roid 'i bump arno fo. Ac os bydd o'n ca'l 'i ada'l am bron i wsnos mewn maes parcio ym Mhwllheli . . . Mi fydd o'n un peth yn llai i chi boeni amdano fo, yn bydd?'

'Ond be tasa 'na rhwbath yn digwydd i mi?'

'Y? Fel be?'

'Wel . . . 'sti . . . taswn i'n ca'l y ffliw ne' rwbath, ac isio dŵad adra. Does 'na ddim lein rhwng y Cambrian Coast a Ch'narfon, cofia, diolch i'r bwbach Beeching hwnnw erstalwm.'

'Ffliw?'

'Dw't ti ddim yn cofio fel yr o'n i, pan o'n i'n dysgu? Bob mis Medi, fel cloc – adra'n chwsu chwartia ac yn crynu fel deilan.'

'Mi ddown ni i'ch nôl chi, yn down? 'Mond codi'r ffôn fydd raid ichi.'

'Ta-raa!' Tynnodd Gerwyn ffôn symudol o boced ei siorts (ia, hyd yn oed ar y Sabboth, go damia fo) a'i daflu i John. 'Un sbâr ydi o – fy hen un i. Pidiwch â phoeni, dwi wedi llnau'r cof, ond ma' rhif ffôn y tŷ 'cw arno fo'n barod i chi, a rhifau ysgol Manon a fy rhif personol i. 'Mond gwasgu dau fotwm fydd isio i chi'i neud.'

'Ro'n i wedi gobithio ca'l mynd trw' f'oes heb fod yn berchen ar un o'r tacla yma.'

'O – croeso, John, pidiwch â sôn. Plîs, rŵan, ma'r holl ddiolch yma'n llethu rhywun.'

'Deud ydw i, dwi'm yn ama na fydd y car yn saffach yn y lle parcio 'na ym Mhwllheli nag y bydd o'r tu allan i'r tŷ 'ma am wsnos, a neb yma i gadw llygad arno fo.'

'Fydd o ddim y tu allan i'r tŷ 'ma,' meddai Manon efo'r tinc diamynedd hwnnw yn ei llais. 'Dowch chi â fo acw bora fory, ac mi awn ni â chi i Bwllheli. Mi fydd o'n saff acw. Yn y garej, hyd yn oed.' Roedd ei gwefusau wedi troi'n fain, sylwodd John, gan feddwl: dwi amdani rŵan. 'Roedd Gerwyn yn iawn i fod yn goeglyd efo chi gynna. Dach chi mor anniolchgar, wa'th be ma' rhywun yn trio'i neud i'ch helpu chi. 'Dan ni 'di mynd, ma' arnon ni ofn agor yn cega. Wnewch chi plîs ddeud wrthon ni be ydi'r matar, Dad?'

'Dim byd . . . '

'Oes, ma' 'na!' Gyda braw, sylweddolodd John fod llygaid duon Manon yn llawn dagrau a bod ei llais ar fin torri. 'Dwi ddim yn ych coelio chi, *ma' 'na* rwbath yn bod arnoch chi, 'chos dach chi ddim wedi bod yn chi'ch hun ers wsnosa bellach – ers cyn i mi ddeud wrthach chi am Mam – felly pidiwch â'i defnyddio hi fel esgus. Ma' 'na rwbath dach chi ddim yn 'i ddeud wrthon ni . . . '

'Nag oes, Mans, wir yr . . . '

'O!'

Trodd Manon oddi wrtho, bron â chrio, a daeth Gerwyn ati a rhoi'i law yn ysgafn ar ei hysgwydd. Roedd yntau hefyd o ddifrif wrth iddo syllu ar John, a oedd wedi'i ddychryn yn o arw erbyn hyn.

'Mi aethon ni â'r hogia i Lys Awel er mwyn ca'l y cyfla yma i siarad yn iawn efo chi, John,' meddai. 'Ma' Manon wedi bod yn swp sâl yn poeni amdanoch chi ers hydoedd – 'dan ni'n *dau* wedi bod yn poeni, bod 'na rwbath nad ydach chi isio'i rannu efo ni.'

'Fel be, felly?'

'Rhwbath . . . meddygol . . . '

Safai Manon â'i chefn ato, ond gwelodd John ei hysgwyddau'n codi rhyw fymryn a thynhau trwyddynt, fel petai hi'n disgwyl am ddwrn i'w tharo'n gïaidd rhwng ei phalfeisiau, a theimlai yntau fod amser wedi aros yn stond ac mai fo oedd yr unig berson ar y blaned a fedrai symud o gwmpas; pe bai'n dewis gwneud hynny, gallai gerdded allan o'r ystafell ac i'r stryd ac i mewn ac allan o dai a llofftydd ei gymdogion i gyd, a phan ddychwelai byddai Manon a Gerwyn yn dal wedi'u rhewi yng nghanol carped llychlyd a di-liw ei ystafell fyw, yn aros am iddo'u rhyddhau o'u petreiddiad.

'Nag oes,' meddai.

Disgwyliai weld ysgwyddau Manon yn ymlacio rhywfaint, ond wnaethon nhw ddim: doedd hi ddim wedi'i goelio, er ei bod bron â marw o eisiau gwneud hynny.

'Nag oes – wir,' meddai. 'Ar fy marw, rŵan . . . '

'O – *Dad*!'

Trodd Manon ato'n gandryll, y llygaid duon rheiny'n fflachio'n awr a'i dyrnau wedi'u gwasgu'n dynn, a sylweddolodd John ei fod wedi dweud y geiriau hurtiaf bosib o dan yr amgylchiadau.

'Sori, do'n i ddim yn meddwl . . . Ylwch, plîs coeliwch fi. Does 'na ddim byd fel'na yn bod arna i. Dwi'n hollol iach . . . am wn i, yndê. Cyn iachad ag unrhyw gneuan.' Ceisiodd wenu, ond teimlai'r wên yn simsan ddifrifol.

'*Be sy, 'ta?*'

'Nid y ni ydi'r unig rai i sylwi, chwaith,' meddai Gerwyn. 'Iawn, ocê – dwi'n gwbod 'mod i 'di bod yn tynnu'ch coes chi ers blynyddoedd, ych galw chi "Y Dyn Blin" a ballu, ond yn ddiweddar . . . wel, ma' pawb wedi sylwi, John. Gwynfor Preis, yn un.'

'Argol, ma' hwnnw'n ddigon i neud unrhyw sant yn flin . . . '

'Dad, mi rydach chi 'di bod yn debyg iawn i fel yr oeddach chi newydd i chi ada'l ych gwaith! Ac mi wna'thoch chi *addo* i mi – dach chi'n cofio? Mi wna'thoch chi addo i mi na fasach chi byth yn bod fel'na eto. A rŵan . . . rŵan, 'ma chi . . . *Plîs*, Dad. Be ydi'r matar efo chi?'

Syllai Manon a Gerwyn arno a chafodd John fflach sydyn yn ôl i'w laslencyndod, pan gyrhaeddodd adref un gyda'r nos i weld ei rieni'n sefyll yn y gegin yn aros amdano fel dau farnwr: roedd rhyw frych busneslyd – hyd heddiw ni wyddai John pwy – wedi'i weld yn cael smôc slei efo'r hogia ac wedi achwyn amdano. Ceisiodd yntau wadu, wrth gwrs, ond roedd yn amlwg nad oedd ei rieni'n ei goelio a safodd y ddau yno'n syllu arno, yn disgwyl iddo gyfaddef y cyfan. Felly y teimlai'n awr, a daeth yn agos iawn at ddweud yr holl wir wrth Manon, am Ddyfi Jyncshiyn ac am Marian a'r teimlad a gorddai y tu mewn iddo fod yn rhaid iddo fynd yno a chadw rhyw oed gwirion a wnaethpwyd fel jôc ddeugain mlynedd yn ôl, ac mai hynny oedd yn ei wneud yn flin drwy'r amser: hynny – a'r ofn y byddai Marian yno, yr ofn *na* fyddai hi yno, a'r cywilydd a deimlai bob tro y sylweddolai fod hyn wedi chwyddo'n beth mor aruthrol o bwysig yn ei fywyd bach gwag a digalon.

Ond gwyddai na fedrai fyth ddweud hynny wrthynt: unrhyw beth ond hynny. Eisteddodd wrth y bwrdd a throdd y ddau arall eu cyrff tuag ato'n ddisgwylgar: ni allai weld wyneb Manon oherwydd bod y ffenestr gefn y tu ôl iddi, dim ond ei siâp yn erbyn goleuni olaf y dydd, ac am hynny roedd o'n ddiolchgar.

'Yndw,' meddai. 'Dwi *wedi* bod yn flin ers tro rŵan, dwi'n ymwybodol o hynny. Ac ma' gwbod hynny, rwsut, yn fy ngneud i'n waeth, yn fwy blin hefo mi fy hun ac felly efo pawb arall. Ac ma'n wir ddrwg gin i – y peth dwytha dwi isio'i neud ydi dy boeni di, Mans. Does 'na ddim byd meddygol yn bod arna i, mi fedra i dy sicrhau di o hynny, beth bynnag. 'Mond . . . ' Dechreuodd binshio cornel clawr llyfr Bill Bryson rhwng ei fys a'i fawd. Roedd ei ewinedd, sylwodd, yn fudur, a phenderfynodd ei fod am gael bath cyn noswylio. 'Ma'n siŵr gin i mai'r hen fusnas 'na yn yr ysgol sy y tu ôl iddo fo, yn y bôn – y ffaith 'mod i wedi gorfod mynd o'no o flaen f'amsar. Ac wedyn, pan a'th dy fam . . . wel, clwydda fasa deud 'mod i wedi dŵad dros hynny, dwi ddim yn meddwl y do' i drosto fo'n iawn tra bydda i fyw. Ond dwi wedi dygymod â fo i radda. Y peth ydi, rŵan . . . '

Estynnodd am ei getyn a'i leitar: roedd rhywfaint o faco ar ôl yn y bowlen a gwthiodd ef i lawr â blaen ei fawd – *dim rhyfedd bod fy ngwinadd i'n sglyfaethus* – cyn ei danio. Drwy gydol y seremoni fechan hon safai Manon a Gerwyn yn hollol llonydd.

'Dwi'n dal i deimlo'n ifanc, ti'n gweld. Dwi ddim yn teimlo fel dyn ar 'i bensiwn. W't ti'n cofio, chydig yn ôl, fel y dudis i 'mod i'n teimlo fel adyn ar gyfeiliorn? Do'n i ddim yn cyfeirio at y llyfr 'ma yn unig. Fel'na dwi 'di bod yn teimlo trw' gydol y flwyddyn 'ma. Roedd yr hen Barri-Wilias yn llygad 'i le – ddim yn gwbod yn iawn be i'w neud efo fi fy hun, lle i droi. 'Sgin i ddim uchelgais ar ôl – ne' *doedd* gin i ddim, tan yn ddiweddar, tan i mi ga'l y syniad o drio sgwennu'r llyfr 'ma. A rŵan – wel, ma' arna i ofn 'i ddechra fo, rhag ofn i mi ffeindio 'mod i ddim yn gallu.'

Dim ond pan deimlodd y mwg o'i getyn yn llosgi'i lygad y sylweddolodd ei fod yn syllu ers dyn a ŵyr pryd ar y pentwr llyfrau ar ei ddesg, fod ei lygaid yn wlyb cyn bod y mwg wedi creu mwy o ddagrau, fod Gerwyn wedi diflannu i rywle a bod Manon bellach ar ei gliniau wrth ei gadair efo'i phen wedi'i wasgu'n dynn yn erbyn ei fraich. Cododd ei law a'i gorffwys yn dyner ar ei gwallt.

'Mi ddychrynoch chi fi, Dad,' mwmbliodd i mewn i'w fraich. 'Am 'y mywyd.'

O'r gegin clywodd sŵn mygiau'n taro yn erbyn ei gilydd a'i deciall yn dechrau ochneidio.

'Ro'n i wedi dechra dychmygu . . . ' Edrychodd i fyny ato. 'Dach chi ddim isio gwbod be ro'n i wedi dechra'i ddychmygu.'

'Nag oes, decini.' Gwasgodd flaen ei thrwyn rhwng dau fys cyntaf ei law chwith. 'Mi fydda i'n well ar ôl ca'l bod i ffwrdd, 'sti. Gei di weld, Mans – fydda i ddim yr un un.'

* * *

Yn awr, eisteddai'n bur dawedog yn sedd gefn y *People Carrier*. Doedd neb wedi crybwyll neithiwr o gwbl, ond gwyddai fod hynny oherwydd presenoldeb Robin a Mei: gyda'i llygaid, roedd Manon wedi gofyn iddo droeon a oedd o'n teimlo'n iawn. Atebai hi bob tro hefo winc. Roedd o hefyd wedi dal Gerwyn fwy nag unwaith yn sbecian arno yn y drych, fel y gwnâi tad John dros hanner can mlynedd ynghynt bob tro yr aent yn y car i rywle: amhosib oedd mynd i nunlle heb iddo fo, John, yn hwyr neu'n hwyrach, deimlo'n swp sâl, a threuliai ei rieni'r rhan fwyaf o bob siwrnai yn ei lygadu fel petai'n ryw fath o bistyll poeth, fel Old Faithful, a oedd yn debygol o ffrwydro chwd dros y car unrhyw funud.

Er bod y dyddiau hynny wedi hen fynd heibio, ni allai wadu bod ei stumog yn troi bron cyn waethed eto heddiw, ond mewn ffordd ychydig yn wahanol. Nid pwys oedd arno'r tro hwn, ond cymysgedd rhyfedd o emosiynau: cyffro, ie, oherwydd bod heddiw wedi gwawrio o'r diwedd a'i fod yntau, i bob pwrpas, yn mynd i ffwrdd am wyliau; edifeirwch, hefyd, am iddo fod mor hurt â meddwl am y fath esgus gwallgof yn y lle cyntaf, a thrwy hynny greu trafferth fawr iddo ef ei hun ac i eraill; a chywilydd. Cywilydd am nifer o bethau: am achosi poen i Manon, am fod yn hen gythral blin drwy'r amser, am wneud fawr mwy na hel diod a llwch ers iddo orfod ymddeol, am adael i'w fywyd wagio i'r fath raddau nes ei fod o'n cychwyn ar ryw bererindod druenus fel hon . . .

Dechreuodd deimlo'n flin.

Go damia . . .

Trodd ac edrych allan drwy'r ffenestr. Rwyt ti angen egwyl fach wrth lan y môr, John Griff, meddai wrtho'i hun; synnwn i ddim na wnaiff y dyddiau nesaf 'ma fyd o les iti – hyd yn oed y noson olaf, oer ac unig, ar orsaf anial Dyfi Jyncshiyn.

Ond o leiaf dwi wedi claddu'r hen asgwrn hwnnw oedd rhwng Gwynfor Preis a minna, meddyliodd. Wedi i Manon a Gerwyn fynd adref y noson cynt roedd John wedi codi'r ffôn a galw'r Snowdon Arms.

'W't ti am biciad draw?' gofynnodd Gwynfor ar ôl derbyn ymddiheuriad John, ond penderfynodd John mai doethach fuasai iddo aros gartref a gorweddian yn y bath cyn cael noson gynnar yn y gobaith y medrai gysgu (ac mi wnaeth, fel top). Roedd Gwynfor wedi gofyn iddo'n blwmp ac yn blaen a oedd awydd cwmpeini arno am ddiwrnod neu ddau, ond drwy drugaredd nid oedd wedi hefru am y peth ar ôl i John wrthod. 'Dw't ti mo f'isio i o dan draed pan fyddi di'n paratoi llyfr, yn nag w't?' meddai wrtho, ac ennyn 'Hmmm . . . nag oes, 'ran 'ny,' cyndyn allan o'r Doctor Preis.

Dyn cawod oedd John gan amlaf, ond neithiwr roedd y syniad o gael bath wedi apelio'n fawr am ryw reswm. Ynddo, roedd wedi teimlo'r tyndra'n llifo allan ohono wrth orwedd ar y ffin denau, fregus honno rhwng cwsg ac effro. Teimlai awydd crio, ond wir, doedd ganddo mo'r nerth i wneud dim byd mwy na chwysu a phendwmpian, ac erbyn iddo orffen ei sychu'i hun a gwisgo'i byjamas, sylweddolodd gyda pheth syndod ei fod wedi dechrau edrych ymlaen at ei antur, teimlad a oedd, os rhywbeth, wedi tyfu erbyn iddo gyrraedd tŷ Manon fore heddiw.

Ar y llawr rhwng ei draed swatiai'r sach deithio fel broga tew. Roedd Manon wedi'i llygadu'n bur chwantus pan lusgodd John hi allan o'i gar yn Nhregarth, yn amlwg ar dân eisiau mynd trwyddi. 'Dydi hi ddim cyn drymad ag y ma' hi'n edrach,' meddai wrthi, a bu'n rhaid i Manon fodloni ar hynny; nid oedd arno eisiau iddi chwilota ynddi a holi pam ei fod yn mynd â siwmper drwchus efo fo a hithau am fod yn wythnos mor gynnes a braf.

Byddai'n falch o'r siwmper, gwyddai, yn Nyfi Jyncshiyn. Heno, fodd bynnag, yng ngwesty'r Wylan ym Mhwllheli y byddai'n cysgu. Gwenodd wrth gofio'r sgwrs deliffon a gafodd gyda'r ddynes oedd piau'r lle tua phythefnos yn ôl.

'O, helô . . . ydach chi'n siarad Cymraeg?'

'Yndw, tad.'

'Ffonio i weld os ydi hi'n bosib bwcio stafall am un noson ydw i. Nos Ferchar, y cynta?'

'Y cynta o fis nesa?'

'Wel . . . ia . . . '

'Dach chi *yn* sylweddoli 'i bod hi'n wsnos Gŵyl y Banc?'

Nag oedd, doedd John ddim wedi ystyried hynny o gwbwl.

'Wel – ma'r dydd Llun yn Ŵyl y Banc, yndi . . . ' meddai.

'Dach chi wedi gada'l petha'n hwyr ar y naw, os ga i ddeud.'

'Do, yn dydw hefyd?' ochneidiodd. 'O, wel, ma'n ddrwg gin i'ch poeni chi . . . '

'Dach chi mo'i hisio hi, felly?'

'Sori?'

'Y stafall.'

'Be – sgynnoch chi un?'

'Oes, tad.'

Oedd, roedd o wedi gadael pethau'n hwyr, sylweddolodd, mor ddi-lun ag erioed, oherwydd iddo fethu â gweld dim byd ond y nos Sul olaf honno ar y pedwerydd o Fedi. Pan eisteddodd i lawr wrth ei fwrdd gyda phapur a beiro, sylweddolodd mor fyr yw wythnos mewn gwirionedd. Yn wreiddiol, bu ganddo ryw syniad amwys o dreulio un noson ym Mhwllheli, un arall ym Mhorthmadog, un yn Harlech, un yn y Bermo, un yn Nhywyn, un ym Machynlleth, a'r olaf, wrth gwrs . . . Ond i be? Gallai fynd i fyny ac i lawr y lein o leiaf ddwywaith bob diwrnod gyda'r tocyn wythnos *Runabout* a brynodd ym Mangor, a gallai ragweld y byddai sawl ymweliad arall â'r gwahanol lefydd cyn bod digon o ddeunydd ganddo. Yn wir, byddai fel io-io i fyny ac i lawr y lein nes y byddai'n hwyr glas ganddo orffen y bali llyfr. Yn y diwedd, penderfynodd dreulio'r tair noson ym Mhwllheli.

Ond beth am y bedwaredd – nos Sadwrn, y pedwerydd o Fedi? Hyd y cofiai, nid oedd Marian wedi sôn am unrhyw amser penodol, ac roedd yntau wedi cymryd mai cyrraedd

Dyfi Jyncshiyn ar y trên olaf oedd y bwriad. Os felly, mae'n siŵr y buasent yn taro ar ei gilydd *ar* y trên.

Ond be wedyn? fe'i holodd ei hun. Sylweddolodd fod ganddo rhyw syniad rhamantus yn ei ben dwl o'r ddau ohonynt yn treulio'r noson gyfan yn yr orsaf, yn ail-fyw'r noson a gawsant ddeugain mlynedd yn ôl.

'Arglwydd mawr, ddyn, callia wir Dduw!' gwaeddodd dros y tŷ.

Cododd a gwgu arno'i hun yn nrych y cyntedd. Ma'r ddau ohonom yn ein chwedegau rŵan, meddai wrth ei adlewyrchiad, ac yn rhy hen o beth uffarn i dreulio mwy na ryw hannar awr ar blatfform stesion oer yng nghanol nunlla. Mi fyddan ni fel dau bensiwnîar yn rhannu plancad mewn bỳs-sheltar ar y prom yn Blackpool ne' rhyw le melltigedig tebyg. Ac am rowlio ar hyd y llawr llychlyd yn cnychu fel geifr . . .

Chwerthinllyd, meddyliodd. Bron mor hurt â'r syniad y byddai Marian yno o gwbl, a hithau fwy na thebyg wedi anghofio popeth am yr oed cyn i'w thrên gyrraedd gorsaf Amwythig, hyd yn oed. Yno ar ei ben ei hun bach y byddai, yn fferru . . . ac yna cofiodd fod yr ystafell aros yn Nyfi Jyncshiyn wedi hen fynd, ac mai dim ond rhywbeth tebyg i gysgodfa bws oedd yno erbyn hyn.

'Blydi hel!'

Ailgododd y ffôn. Y tro hwn gallai clywed ci cynddeiriog ei sŵn yn coethi yn y cefndir.

'Helô, fi sy 'ma eto . . . '

'Pwy?'

'Y . . . John Griffiths . . . mi alwis i gynna, i fwcio stafall?'

'A rŵan mi dach chi wedi newid ych meddwl.'

'Nac 'dw, nac 'dw . . . wel, yndw, mewn ffordd. Dwi'n dal isio'r stafall, ond ydi'n bosib 'i cha'l hi am dair noson?'

'Nos Ferchar, nos Iau *a* Nos Wenar?'

'Fydd hynny'n iawn?'

'Bydd, tad.'

Ac os na fyddai Marian wedi cyrraedd erbyn y trên olaf, yna câi ddychwelyd i'w wely cynnes ym Mhwllheli.

Os na fyddai hi . . .

'Ac ella nos Sadwrn hefyd.'

'Ella? Be dach chi'n feddwl?'

Teimlai'n flinedig iawn mwyaf sydyn, yn rhy flinedig i ddechrau esbonio.

'A nos Sadwrn hefyd, os ga i, ma'n ddrwg gin i.'

'Iawn – pedair noson, felly. 'Na ni – mi wela i chi ar y cynta o Fedi.'

Argol, tydw i'n creu trafferthion i mi fy hun? meddyliodd John wrth roi'r ffôn yn ei ôl i lawr. Diolch i'r drefn nad ydw i'n pasa sgwennu llyfr am y Rheilffordd Trans-Siberian.

* * *

'Dach chi am fynd ar y trên heddiw, Taid?' gofynnodd Robin yn awr.

'Dwi'm yn meddwl, achan. Rhyw gerddad o gwmpas Pwllheli wna i heddiw.'

Roedd y ddau eisiau gwybod pryd roedd John am ymweld â gwersyll Butlin's – er bod hwnnw wedi newid ei enw ers blynyddoedd lawer.

'Mi fydd yn rhaid i chi'i gynnwys o,' mentrodd Gerwyn. 'Er cymaint y ma' rhywun isio cymryd arno nad ydi'r blwming lle yn bodoli.'

'Bydd, m'wn. Ond dwi'n ryw ragweld mai ar Benychain 'i hun y bydd y pwyslais yn y bennod arbennig honno.'

'Wel am ddau snob!' ebychodd Manon. 'Ro'n i wrth 'y modd ca'l mynd yno ar drip Ysgol Sul pan o'n i'n fach.'

'Ma'r lle wedi newid ers hynny, Manon. Wedi dirywio.'

Trodd hitha ar Gerwyn. 'A sut fasat *ti*'n gwbod? Pryd oedd y tro dwytha i chdi fynd yno?'

'Ma' pawb yn deud – pawb sy 'di bod yno. Mae o 'di mynd yn hen le coman ofnadwy. Rhyw faes carafana anfarth ydi o erbyn hyn, fwy ne' lai. Ond os leici di, mi awn ni'n pedwar yno am wsnos yr ha nesa, yn lle mynd i'r Steddfod.' Ddywedodd Manon ddim am hyn. 'Ia – yn hollol. Pwy ydi'r snob rŵan?'

'Nid troi 'nhrwyn ar y lle ydw i . . . '

'O?'

'Naci! 'Mond . . . wel, ma'n rhaid i ni fynd i'r Steddfod, siŵr.'

'Pam? Wyddost ti be, erbyn meddwl, ma'r syniad o ista yn y bar mawr 'na yn yfad cwrw fflat wrth wrando ar fy nghyd-wersyllwyr yn canu *karaoke* yn feddw dwll yn dechra apelio . . . dipyn mwy nag ista dan adlen y garafán yn sipian gwin tra bod yr haul yn mynd i lawr a'r famiaith yn un bwrlwm o'm cwmpas.'

'Ol-reit, Gerwyn, rw't ti wedi gneud dy bwynt. Ond pawb at y peth y bo, dyna'r cwbwl dwi'n 'i ddeud. Pwy sydd i ddeud mai ein dewis ni o sut ma' treulio wsnos o wylia ydi'r un mwya gwaraidd, ne'r mwya diwylliedig? Ma'r *karaoke* a ballu'n rhan o'u diwylliant nhw.' Trodd i wynebu'i thad. 'Dyna i chi thema'r bennod honno ar blât, Dad. Ma'n bechod na fydd y Steddfod ym Mhenychain, i chi fedru gwrth-gyferbynu.'

'Ond mi *oedd* yna un yno erstalwm, dw't ti ddim yn cofio?' meddai John, ei feddwl ar wib. Ai fel hyn y ma' awduron go iawn yn teimlo o glywad rhwbath difyr, tybad? meddyliodd. 'Roedd Steddfod Bytlins yn dipyn o steddfod . . . ac roedd dy daid yn arfar mynd yno efo'r côr erstalwm, i ganu mewn gwasanaetha ar ôl capal ar fora Sul yn yr ha'. Ond dach chi'ch dau yn iawn, yn 'y marn i. Mi rydan ni'r Cymry yn gallu bod yn rêl snobs efo rhei petha.'

Gwelodd Manon a Gerwyn yn ciledrych ar ei gilydd ac yn gwenu'n dawel. Cyn neithiwr, buasai hyn wedi'i wneud yn flin. Heddiw, gwenodd.

'W't ti'n cofio'r mwncïod rheiny, Mans?'

'Yn anffodus, yndw.'

'Pa fwncïod?' holodd yr hogia.

'Gofynnwch i'ch mam,' meddai John wrthynt yn ddireidus.

'Mam?'

''Mond rhyw hen fwncïod digon rhacslyd oedd ganddyn nhw yn y sw yno erstalwm.' Gwgodd ar John, a chwarddodd yntau.

'W't ti 'di deud wrth y Gerwyn 'ma amdanyn nhw?'

'Do, do – nid fod yna unrhyw beth *i'w* ddeud. *Yn nag oes*, Dad?'

''Y marn i oedd y basa'r mwncïod 'na wedi ffitio i mewn i'r dim yn y Cyngor Sir,' meddai Gerwyn. 'Llwyth o . . . be-'dach-chi'n-'u-galw-nhw . . . '

'Gerwyn!'

'*Be*, Dad?' mynnodd Mei gael gwybod. 'Be dach chi'n 'u galw nhw?'

'Mwncïod, yndê?'

'Gawn ni fynd i'w gweld nhw, Mam?'

'Roedd hynny flynyddoedd maith yn ôl, Mei. Ma' nhw 'di hen farw. Does 'na ddim sw yno erbyn hyn, dwi ddim yn meddwl.'

'Ia, yr hen Jini Cet, yndê. Heddwch i'w llwch,' meddai John.

'Pwy?' holodd Robin.

'Ma' hitha 'di marw ers blynyddoedd hefyd, Robin.' Gwgodd Manon eto ar ei thad ac edrychodd y ddau hogyn ar ei gilydd, yn rhy gall i beidio â theimlo fod yna rywbeth go flasus yn y gwynt nad oedden nhw i gael gwybod amdano.

Cyfeirio roedd John at y tro diwethaf iddo ef ac Olwen fynd â Manon ar un o'r tripiau Ysgol Sul i Bytlins. Roedd sw fechan yno erstalwm, gyda chriw iobaidd o fwncïod yn byw ar graig y tu mewn i gawell gron, wydr, fawr, ac roedd Manon, a oedd yn bedair ar ddeg ar y pryd, yn sefyll efo un o'i ffrindiau ger bron y gawell pan ddechreuodd un o'r mwnciod ei halio'i hun ffwl sbîd. Safai John ac Olwen nid nepell oddi wrth Manon, yn gwrando ar y ddwy eneth yn giglan, yn ansicr a ddylen nhw alw'r ddwy i ffwrdd neu adael llonydd iddyn nhw. Yna clywodd lais cyfarwydd yn cyfarch y genod.

'Wedi dŵad i ddeud helô wrth y mwncwns ydach chi, genod?'

Troes John a gweld hen ferch o'r capel yn dod a sefyll wrth ochr Manon a'i ffrind – Jini Cêt, a oedd yn hynod o sych-dduwiol ac a oedd wedi gwrthwynebu'n ffyrnig i'r capel ymweld â rhyw gehena fel Bytlins yn y lle cyntaf (ei dewis hi oedd ymweld â bedd rhyw hen bregethwr i fyny yn nhopiau Nebo). Gwyliodd John wynebau Manon a'i ffrind yn troi'n fflamgoch: bron y gallai eu gweld yn troi'n dalpiau o chwys.

'Tydyn nhw'n betha bach digri, dudwch?' meddai Jini. 'Yr hen fwncwns 'ma. Mi fydda i wrth fy modd yn 'u gwylio nhw'n mynd trw'u petha, ma' nhw mor debyg i ni . . .' Yna tawodd yn sydyn. Pan edrychodd John ar y mwncïod, gwelodd fod sawl un arall erbyn hyn wedi dechrau efelychu'r haliwr bach prysur cyntaf: bron nad oeddynt i gyd yn crechwenu'n hapus braf wrth i'w pawennau wibio i fyny ac i lawr, yn ôl ac ymlaen.

'Argol fawr, be ma' nhw'n *neud*?'

Wrth i Jini Cêt siarad, dechreuodd yr haliwr cyntaf ddŵad, wrth ei fodd, ac eiliadau wedyn daeth sawl sbyrt wrth i'r lleill hefyd saethu'u sudd i'w chyfeiriad. Erbyn hyn, roedd Manon a'i ffrind yn biws.

'O, na. Na na na . . . tydi hyn ddim yn iawn,' sibrydodd Jini Cet. 'Ro'n i'n gwbod mai fel hyn y basa hi yma. Dwi ddim yn dŵad eto, wir!'

Roedd hynny'n ormod i'r genod, a ffrwydrodd bloeddiadau o chwerthin ohonynt wrth iddynt gydio yn ei gilydd, neu fel arall buasai'r ddwy wedi rowlio fel pethau gwallgof ar y ddaear. Roedd Olwen hefyd yn siglo'n dawel yn ei hunfan a gwyddai John fod ganddo yntau wên fawr lydan wedi'i phlastro ar draws ei wyneb.

Treuliodd Jini Cêt weddill y diwrnod yn eistedd yn y bws, ar ei phen ei hun. Hwnnw, fel yr addunedodd, oedd y tro olaf iddi fynd ar drip Ysgol Sul.

Chwarddodd John iddo'i hun wrth gofio am hyn. Go brin y medra i roi *hynna* yn y llyfr, meddyliodd.

Ond eto – pam lai? Mae yna ffordd o ddweud y pethau 'ma heb fanylu'n ormodol, dwi'n siŵr. A digon hawdd fyddai ei dynnu allan pe digwyddai ailfeddwl. Onid Kinglesy Amis a ddywedodd rywbryd fod llawer iawn mwy o'i waith yn diweddu'i oes yn y bin sbwriel na rhwng cloriau'i lyfrau i gyd? Buasai Gwynfor Preis, yn sicr, yn mynnu'i fod yn adrodd y stori, ac yn dotio ei bod i'w chael yn yr un bennod â rhywfaint o hanes capel Brynbachau ym Mhenychain: ni chredai John iddo erioed gwrdd â neb oedd â chymysgedd mor gryf o'r cwrs a'r coeth ynddo â Gwynfor.

Roeddynt ar gyrion Pwllheli pan ofynnodd Manon y cwestiwn a fu'n amlwg yn pwyso ar ei meddwl – ac ar feddwl John hefyd – sef, oedd o am alw i weld Olwen o gwbl?

Ateb gonest John oedd: 'Dwn i'm, Mans. Os gwna i, yna ar fyr rybudd y bydd o.' *Yn y gobaith y bydd hi allan efo Indiana Jones yn rhywle.* 'Dw't ti ddim wedi sôn wrthi 'y mod i o gwmpas, yn nag w't?'

Ysgydwodd Manon ei phen. 'Do'n i ddim yn siŵr be oedd ych cynllunia chi. Ond 'dan ni'n meddwl mynd yn ôl adra trw' Griciath. Mi fydd yn rhaid i ni alw.'

'Bydd . . .' Meddyliodd John am ychydig. 'O, Duw, hitia befo. Deuda wrthi hi os w't ti isio. Ella wna i alw, ella ddim. Fedra i ddim gweld dy fam yn aros i mewn yn un swydd jest rhag ofn i mi ddigwydd galw, rhywsut.' *A ma' Olwen wedi bod yn Nhregarth ddigonedd o weithia heb feddwl am biciad draw i Lanrug i'm gweld i.*

'Ella na fydd hi adra heddiw, beth bynnag. A hitha mor braf, ac yn wsnos Gŵyl y Banc.' Edrychodd Manon dros ei hysgwydd ar John: oedd, roedd o wedi deall. Go brin fod y twrna'n gweithio ar wythnos wyliau.

Tarodd winc arall arni wrth i Gerwyn droi i lawr stryd o dai nepell o'r môr.

'"Yr Wylan" ddudsoch chi oedd enw'r lle, yndê John?'

* * *

Aethant o'r diwedd, gan adael John ar y palmant, ac er iddo'i geryddu'i hun am fod yn debot gwirion, ni fedrai lai na theimlo rhyw hen bigyn bach annifyr yn ei wddf wrth wylio'r *People Carrier* yn diflannu heibio i gornel bellaf y stryd.

Trodd gan godi'r sach deithio. Nid oedd yr Wylan yn adeilad mawr iawn – tŷ wedi'i droi'n westy bychan, gyda waliau claerwyn a chlawdd isel, gwyn rhwng y palmant a ffenestri bae'r ddwy ystafell flaen, a'r drws rhyngddyn nhw gyda chynfas glas uwch ei ben a basgedi o flodau lliwgar yn hongian naill ochr iddo. Llanwyd ei ffroenau ag arogl coffi pan gamodd i mewn. O'i flaen, grisiau cyffredin a charped trwchus, glas tywyll arnynt; dau barlwr, un bob ochor iddo, ac un parlwr cefn a dybiai oedd yn ystafell frecwast (doedd yr Wylan ddim yn cynnig prydau gyda'r nos). Brathodd ei ben i mewn i'r parlwr ar ei dde a gweld . . . parlwr: soffa, dwy gadair freichiau, set deledu, bwrdd coffi â chylchgronau arno, a dau o ddarluniau Rob Piercy ar y muriau. Yn yr ystafell ar y chwith roedd bar bychan, dwy gadair freichiau o boptu'r lle tân a dau fwrdd pren, crwn. Sylwodd fod yna flychau llwch ar y bar a'r byrddau ac ochneidiodd gyda rhyddhad.

Dychwelodd i'r cyntedd. 'Helô?'

Gallai glywed cerddoriaeth yn dod o gefn y tŷ – Al Martino'n canu *Spanish Eyes*. Boddwyd Al i raddau gan lais dynes yn cyd-ganu.

'Helô!' galwodd eto, yn uwch y tro hwn.

Parhaodd y ddeuawd o'r gegin, ond ymddangosodd cysgod yn y drws ym mhen pella'r cyntedd ac eiliad wedyn daeth Labrador du i'r golwg. Safodd yn ei unfan am rai eiliadau yn llygadu John a gwneud iddo feddwl am Clint Eastwood yn llygadu Lee Van Cleef. Yna dechreuodd chwyrnu, hen chwyrnu cas o waelod ei wddf.

'Helô, boi . . . '

Dyfnhaodd y chwyrnu a chymerodd y ci sawl cam tawel tuag ato. Annhegwch yr holl beth a darodd John. Roedd o fel arfer yn hoff iawn o gŵn, ond roedd y bwystfil annymunol hwn yn amlwg wedi'i feirniadu heb wybod y peth cyntaf amdano.

Camodd yn ei ôl allan trwy'r drws agored a gwasgu'i fys ar y gloch. Cododd ei fys ond daliai'r gloch i ganu fel larwm tân. Dechreuodd y ci gyfarth – llond llyfr o regfeydd coman – a llamu yn ei flaen gan chwyddo mewn maint â phob un cam nes ei fod yn sefyll rhwng John a'r grisiau, glafoer creadur cynddeiriog yn gwynnu'i fron a'i wynt yn boeth fel y gwynt a ddaw allan drwy ffan ym mur cegin brysur.

Rhegi wnaeth John hefyd pan dorrodd ei ewin i'r byw wrth geisio codi botwm y gloch o'r fan lle roedd wedi glynu fel gelen i'r crud plastig. Gollyngodd ei sach deithio i'r llawr a chwilio'n wyllt drwy'i bocedi am rywbeth main y gallai ei ddefnyddio i ryddhau'r botwm. Torrodd dannedd ei grib fesul un, fel dannedd Tom ar ôl i Jerry guddio bricsen galed y tu mewn i'w frechdan, ffrwydrodd ei feiro dros ei law gan ei golchi mewn inc glas, a phan dynnodd ei hances o'i boced byrlymodd cawod o newid mân dros y garreg ddrws.

A thrwy'r amser, daliai'r gloch i ganu.

A'r ci i goethi.

Yn chwys drosto a'i wyneb yn fflamgoch, ymgodymodd John â'r gloch faleisus. Gan feddwl am yr ail dro yn nhermau cartwnau, ofnai i'r gloch gyfan sboncio'n rhydd yn ddirybudd gyda chynffon hir o wifrau amryliw a pheri iddo faglu'n ei ôl wysg ei gefn i ochr arall y stryd.

'*What the bloody hell are you trying to do?*'

'*Sorry . . . it's stuck . . .* '

'*Doctor!*'

Tawodd y ci, ond daliai i lygadu John yn ddrwgdybus. Dynes oedd wedi bloeddio yn ei glust, a chan wthio John o'i ffordd aeth honno i'r afael â'r gloch. Peidiodd y canu'n syth bìn, a theimlai John mai dim ond edrych ar y gloch a wnaeth hi a bu hynny'n ddigon i'r blydi peth ddistewi'n ufudd fel plentyn drwg wedi'i ddal gan brifathrawes ddi-lol yn cadw reiat mewn dosbarth.

Troes y ddynes ato a'i haeliau'n codi'n ymholgar. Ceisiodd John wenu arni ac ymddangosodd crych diamynedd rhwng ei haeliau.

'*Well?*'

Ai hon oedd y ddynes y bu'n siarad â hi dros y ffôn? Am ryw reswm, roedd o wedi dychmygu hen wreigan fach hen-ffasiwn, gwraig weddw efallai, gyda gwallt claerwyn a chyrliog a bochau cochion. Ond dynes fawr, dal yn ei phumdegau a safai yno'n gwgu arno, gyda gwallt golau hir wedi'i glymu ar dop ei phen, ac yn gwisgo jîns gleision a chrys siec a hongiai'n agored dros grys-T Bruce Springsteen.

'Ym . . . dach chi'n siarad Cymraeg?' Nodiodd y ddynes yn swta. 'John Griffiths . . . dwi wedi bwcio stafall . . . ? Ar gyfar heno . . . tan ddydd Iau?'

Gwibiodd llygaid y ddynes i lawr ei gorff ac i fyny'n ôl. Os oedd John yn disgwyl i'w hwyneb oleuo drosto ac i ymddiheuriadau fyrdd am y camddealltwriaeth gwirion lifo o'i genau, yna cafodd ei siomi.

'O.'

Chwyrnodd y ci hefyd, un waith.

Troes y ddynes a mynd i mewn i'r tŷ gan fynd i mewn i'r parlwr chwith, lle roedd y bar. Gwyrodd John a chodi'i bres oddi ar y garreg ddrws â'i fysedd gleision. Gorweddai'r ci yn awr – a be gythral oedd hi wedi'i alw fo gynna? *Doctor*? – ar ei fol ar y mat wrth droed y grisiau, ei lygaid yn fwy Eastwood-aidd nag erioed ac wedi'u hoelio ar John.

"Na chdi, hogyn da . . . ' mentrodd John. Camodd yn ei ôl dros y rhiniog gan ddisgwyl i'r anifail godi fel roced ddu oddi ar y llawr ac am ei wddf, ond heblaw am ei ddilyn gyda'i lygaid beirniadol, ni symudodd y ci yr un fodfedd.

Arhosai'r ddynes amdano y tu ôl i'r bar gyda llyfr cofrestru'n agored o'i blaen.

'Ma'n ddrwg gin i am y gloch 'na,' meddai wrthi. Ceisiodd leddfu ychydig ar bethau. 'Er, dydach chi ddim angan un efo'r ci – yn llawn gwell nag unrhyw gloch, 'swn i'n deud.'

Edrychodd y ddynes arno eto.

'Sŵn y gloch sy'n gneud iddo fo gyfarth.'

'Ia. Ia, decini . . . '

Ysgydwodd y ddynes ei beiro'n ddiamynedd dan drwyn John. Arwyddodd y llyfr, a llwyddo i adael dau farc glas golau, blêr ar y dudalen ac i drosglwyddo peth o'r inc ar ei fysedd i gorff ei beiro hi.

'Sori . . . ' meddai eto.

'Dach chi'n gynnar iawn. Dydi'r rhan fwya o bobol ddim yn arfar cyrra'dd tan tua chanol y pnawn.'

'O, ma'n ddrwg gin i. Cofiwch, os nad ydi'r stafall ar ga'l eto . . . '

'Yndi, tad.'

Ia, hon oedd perchen y llais ar y ffôn, yn bendant.

'Wel . . . dwi ddim wedi dŵad o bell, dach chi'n gweld, 'mond o Lanrug.'

Edrychodd y ddynes ar gyfeiriad John yn y llyfr. 'O,' meddai eto. Yna edrychodd ar ei sach deithio fel petai'n ei holi'i hun a oedd yn gwneud peth doeth yn gadael i ryw sbesimen fel John aros dan ei tho. Dwi wedi blino'n lân yn barod, meddyliodd John, felly plîs paid â gneud i mi egluro bob dim, ddim rŵan.

Ond yr hyn a ddywedodd y ddynes oedd, 'Iawn – tshampion. Stafall tri.' Estynnodd allwedd gyda darn anferth o blastig coch yn hongian oddi arno, a'r rhif 3 arno'n fawr. 'Mi a' i â chi i fyny. Doctor – symud, 'nei di!' meddai, allan yn y pasej, a chododd yr anghenfil a dychwelyd i'w ffau yng nghefn y tŷ, gan edrych un waith dros ei ysgwydd ar John wrth fynd.

Mae yna chwedl sy'n honni bod ci o'r fath – rhyw gefnder i Gŵn Annwn – i'w weld o bryd i'w gilydd ar Bont Aberglaslyn, ger Beddgelert, ac am eiliad buasai John wedi taeru iddo gael cip ar ryw oleuni coch tywyll yn fflachio'n sydyn yn nyfnderoedd tywyll y ddau lygad milain a wgai arno.

Dim ond am eiliad.

Dilynodd John jîns tyn y ddynes i fyny'r grisiau, yn ddigon agos i fedru defnyddio bochau ei phen-ôl fel drymiau bongos petai wedi dewis gwneud hynny – sef yn rhy agos, wrth gwrs – felly arhosodd iddi fynd ychydig yn uwch nag ef: doedd arno ddim eisiau iddi droi'n sydyn i ddweud rhywbeth a'i ddal efo'i wyneb ond fodfedd neu ddwy oddi wrthi. Dyn a ŵyr, roedd o wedi gwneud argraff uffernol ar y greadures yn barod, felly pan welodd ei ystafell aeth dros ben llestri, braidd, wrth fynegi'i fodlonrwydd ag ystafell a oedd, ar y gorau, yn un go gyffredin.

'Ma'r bathrwm trw'r drws yma,' dangosodd y ddynes iddo wedi iddo dewi, gan giledrych ar ei ddwylo budron. 'Brecwast rhwng saith a naw. Ma' 'na fwydlen fach ar ben y teledu, ac os g'newch chi'i llenwi hi erbyn y bora . . . '

'Gwnaf yn llawen.'

Ciledrychodd y ddynes arno eto cyn troi at y ffenestr a'i hagor, gan wneud iddo amau 'i fod o'n drewi: roedd o wedi chwysu digon, wedi'r cwbl. Sylwodd yn awr nad oedd hi'n ddynes dew, ychwaith: ffrâm fawr oedd ganddi, dynes Amasonaidd ei chorff, a rhywbeth hynod ddeniadol amdani hefyd . . .

Be gythral sy'n bod efo chdi'r dyddia dwytha 'ma? fe'i ceryddodd ei hun. *Fel rhyw hen fwch gafr lloerig . . .*

'Ma'n ddrwg gin i eto am y busnas 'na efo'r gloch,' ymdrechodd, a'r tro hwn cafodd ei wobrwyo â gwên fechan, chwim.

'Ma'n iawn. Reit 'ta . . . ' Trodd y ddynes am y drws.

'Dach chi wedi ca'l ha' go lew?' gofynnodd yn frysiog.

'Do, tad.'

'Ma' hi mor rhad i fynd dros y môr y dyddia yma, yn tydi, ma'n siŵr bod hynny wedi ca'l effaith go ddrwg ar fusnesa bach fel hwn?'

'Ddim i mi sylwi, yndê.'

'Na, ma' 'na ddigonadd o'r fusutors 'ma yn bla o gwmpas y lle hefyd, yn does? Wnaiff na thân na dŵr gadw'r tacla draw.' Gwgodd y ddynes a sylweddolodd John ei fod yn dweud pethau cas am ei bara menyn hi. 'Ond ma'n dda ca'l 'u pres nhw, decini,' ychwanegodd ar wib. 'Ma'n bechod na fedran nhw'i bostio fo, yn tydi, ac aros adra.'

Chwarddodd yn uchel, a chamodd y ddynes yn ôl rhyw fymryn. Sylweddolodd ei fod yn sefyll rhyngddi hi a'r drws, i bob pwrpas yn ei rhwystro rhag mynd o'r ystafell. Doedd hi ddim yn ystafell fawr iawn, a thueddai'r gwely i'w llenwi, braidd. Daliodd y ddynes yn llygadu'r gwely'n nerfus. Nefi bliw, oedd hi'n amau ei fod ar fin ei thaflu ar y gwely ac ymosod arni? Symudodd i'r ochr yn gyflym.

'Sori . . . dwi'n ych mwydro chi, a chitha â chant a mil o betha isio'u gneud, ma'n siŵr . . . '

Llithrodd heibio iddo'n o sydyn, fel rhywun yn dianc o ystafell y deintydd.

'Diolch yn fawr,' galwodd ar ei hôl wrth i'r drws gau.

'John – cŵl 'ed, rŵan,' meddai wrtho'i hun yn y drych wrth olchi'i ddwylo. Buasai unrhyw un yn credu na ddylai gael bod allan ar ei ben ei hun: roedd ofn, yn bendant, yn llygaid y ddynes druan yna, teimlai'n siŵr (er iddi edrych yn ddigon tebol i'w blygu ef yn ei hanner petai wedi dodi'i fys arni), ac os mai fel hyn yr oedd am ymddwyn dros y dyddiau nesaf, yna byddai'r awdurdodau wedi'i sodro dan glo yn rhywle ymhell cyn diwedd yr wythnos.

Tynnodd ei esgidiau a gorwedd ar y gwely – gwely cyfforddus ar y naw, hefyd, rhaid oedd dweud. Deuai awel fechan, braf i mewn drwy'r ffenestr, a synau gwylanod yn cega'n bowld am rywbeth neu'i gilydd. Roedd arogl afalau ar y gobennydd a'r cynfasau, a'r peth olaf a feddyliodd cyn cysgu oedd, Wel, dwi yma rŵan . . . dwi wedi cychwyn . . .

4

Deffrodd wedi i'r gwylanod ddistewi a sylweddolodd ei bod bellach yn ddiwedd y prynhawn. Roedd ganddo flas sur yn ei geg fel petai wedi cyfogi yn ei gwsg. Rinsiodd ei ddannedd dan y tap dŵr oer wrth olchi'i geg gyda *Listerine*; defnyddiodd ei fochau i wthio'r hylif gwyrdd yn ôl ac ymlaen dros ei dafod a'i donsiliau a chig moel ei ddannedd, a sgwriodd y rhai plastig yn ei law â brwsh a phast. Sgwrio, rinsio, poeri, a thair streipen o bast pinc ar gefn y plastig pincach fyth i'w cadw'n gymharol solet yn ei geg am ychydig o oriau eto, cyn eu gwasgu'n ôl i mewn a cheisio peidio â meddwl mor debyg yr edrychai, am eiliad neu ddau, i Albert Steptoe.

Yna tynnodd amdano, dringodd i mewn i'r bath a sefyll dan y gawod. Roedd tymheredd y dŵr yn berffaith a theimlai'n hollol effro pan gamodd allan yn ei ôl. Dadbaciodd tra oedd yn dal yn noethlymun, gan ryfeddu ato'i hun: gartref, er ei fod yno ar ei ben ei hun bob tro y câi fath neu gawod, ni fyddai byth yn parêdio o gwmpas y tŷ heb wisgo rhywbeth yn gyntaf. Ond yma, mewn ystafell ddieithr, nid oedd ei fol bach crwn, meddal a gwyn yn troi arno hanner cymaint. Yn wir, bu'n rhaid iddo ymladd yn erbyn yr ysfa i rowlio ar y gwely fel ceffyl yn rowlio mewn cae gwyrddlas.

Ai peth fel hyn oedd y teimlad rhyfedd o ryddid a ddeuai dros rhywun oedd ar ei wyliau? Ceisiodd gofio a brofodd erioed yr un teimlad pan arferai fynd i ffwrdd gyda Manon ac Olwen erstalwm. Mae'n siŵr ei fod o, ond efallai nid i'r un graddau: y tro hwn – y tro cyntaf iddo fod i ffwrdd ar ei ben ei hun ers iddo adael am ei swydd ddysgu gynta yng Nghrymych – doedd ganddo neb i boeni amdanynt ond y fo'i hun. Hwyrach nad oedd o cweit mor ddilyffethair â sipsi Eifion Wyn, meddyliodd – roedd rhithiau Olwen ac Indiana Jones yn hofran yng nghefn ei feddwl, a'r wybodaeth na fedrai fod yn yr ardal hon heb o leiaf ddarganfod rhywbeth amdani hi a fo, yn ychwanegol i'r briwsion yr oedd Manon wedi eu gwasgaru o'i flaen – ond roedd ychydig yn nes at yr enaid rhydd hwnnw'n awr nag y bu ers blynyddoedd lawer.

Gwisgodd amdano, cydio yn ei siaced a mynd i lawr y grisiau dan chwibanu rhwng ei ddannedd, ei esgidiau'n teimlo fel pâr o bymps am ei draed. Yna cofiodd am y ci. Sbeciodd yn nerfus dros ganllaw'r grisiau, gan hanner disgwyl gweld y Doctor yn gorwedd yno ar ei fol, fel panther, yn aros amdano, ond roedd y llawr yn ddi-gi.

Nid felly'r parlwr, fodd bynnag. Yno'r oedd o dan un o'r byrddau, ei ben ar bwys ei balfau blin a'i lygaid yn syllu'n llonydd ar John. Safai ei berchennog y tu ôl i'r bar, wedi newid yn awr o'i jîns a chrys-T. Llifai'r haul i mewn drwy ochr un o'r ffenestri; gwisgai'r ddynes ffrog haf flodeuog, ac roedd wedi datod ei gwallt gan adael iddo fyrlymu dros ei hysgwyddau – ac ai gwên oedd honna ar ei hwyneb? Gwenodd John fel giât yn ôl arni, er gwaetha'r perygl ysgythrog a lechai o dan y bwrdd, yn teimlo'n afresymol o hapus am nad oedd o wedi pechu'n ei herbyn wedi'r cwbl.

'Neith o'm byd i chi. Hen fabi moethus ydi o,' meddai'r ddynes.

'Ma'n siŵr mai y fi na'th 'i ddychryn o efo'r gloch gynna,' atebodd John, er iddo dybio y buasai rhoi mwytha i'r Doctor fel gwthio'i law i mewn i injan ddyrnu. 'Be fasach chi'n leicio i mi 'i neud efo hwn?' gofynnodd, gan ddangos iddi'r allwedd i'w ystafell gyda'i chynffon fawr blastig.

Lledodd ei gwên ac estynnodd ei llaw. 'Mae o braidd yn fawr i chi 'i gludo fo o gwmpas y lle efo chi, yn dydi? Ma' gin i oriad arall ar gyfar y drws ffrynt os byddwch chi 'i angan o. Mi fydda i'n cloi am hannar nos. Ydach chi'n debygol o fod allan yn hwyr heno?'

'Go brin. 'Mond piciad allan am dro bach ac i chwilio am rwbath i swpar. Oes 'na rwla go lew yn weddol agos? Dwi ddim 'di dŵad â'r car efo fi.'

'Ma' 'na rac o oriada wrth ddrws y gegin, helpwch ych hun os na fydda i o gwmpas pan ddowch chi i mewn.'

Sylwodd fod gan y ddynes ddiod mewn gwydryn ar y bar wrth ei llaw chwith, a sigarét yn mygu ar wefus blwch llwch. Sylwodd hefyd nad oedd modrwy ar ei bys priodas wrth iddi enwi tri lle gwahanol – gwesty, bistro a bwyty Tsieineaidd. 'A ma' 'na siopa tships hefyd, a ma'r rhan fwya o'r tafarna yn paratoi bwydydd.'

'Dydyn nhw i gyd, y dyddia yma? A Duw a helpo'r sawl a feiddia smocio ynddyn nhw. Ma'n gas gin i'r ffordd ma' nhw'n gneud i rywun deimlo fel gwahanglwyf,' ychwanegodd yn frysiog: roedd y ddynes wedi dechrau gwgu arno wrth iddi dynnu ar ei sigarét, yn amlwg yn credu fod John yn ei beirniadu. Argol, ma' siarad efo hon fel cerddad ar wya, meddyliodd. 'Dyn cetyn ydw i, ers blynyddoedd bellach.'

Ymlaciodd y ddynes ychydig, ond arhosodd ei llygaid yn llonydd ar ei wyneb – fel llygaid ei chi – fel petai hi'n pwyso a mesur rhywbeth yn ei meddwl ac yn methu'n lân â dod i unrhyw gasgliad pendant. Meddyliodd John amdani wrth gerdded am ganol y dref. Beth oedd ei hanes, tybed? Faint oedd ei hoed? Er ei bod yn edrych yn well, yn ei farn ef, mewn ffrog a chyda'i gwallt yn rhydd, roedd hi hefyd yn edrych yn hŷn nag yr oedd hi mewn jîns a chrys-T Bruce Springsteen . . .

Yn ei phumdegau cynnar. Rhyw ddeng mlynedd yn iau nag ef, felly.

O'r argol, be ydi'r ots, beth bynnag, John bach? fe'i holodd ei hun. Ychydig o oriau ar ei ben ei hun ym Mhwllheli, a dyma fo'n ymddwyn fel mynach oedd newydd ganu'n iach â'r fynachlog, neu fel dyn oedd wedi'i ryddhau ar ôl sbelan go hir mewn carchar.

'Callia'r clown,' meddai wrtho'i hun, a gwthiodd y ddynes i gefn ei feddwl cyn iddo ddechrau creu ffantasïau amdani, a dychwelyd i'r gwesty gyda rhyw oleuni cynddeiriog, rhyfedd yn ei lygaid a fuasai'n dychryn y greadures druan fwy nag yr oedd o wedi'i hysgwyd yn barod.

Wrth iddo nesáu at ganol y dref, câi hi'n anos i gerdded ar ei phalmentydd culion. Pam bod Cymro fel y fi'n gorfod ymlwybro drwy'r cwteri, meddyliodd yn afresymol, tra bod y Saeson felltith yma'n hawlio bob modfedd o'r pafin? Ond roedd yn haws symud drwy'r gwter, yn fwy effeithiol o beth myrdd na cheisio gwau heibio i'r preiddiau bychain, trwsgl a wingai'n boenus o araf a dibwrpas y tu allan i ffenestr bob un siop.

Gwyddai y dylai chwilio am siop llyfrau ail-law, lle câi bori mewn corneli llychlyd, a lle, gyda lwc, y deuai o hyd i lyfr a adroddai rywfaint o hanes y dref. Ni wyddai'r peth cyntaf am Bwllheli, sylweddolodd, tref a haeddai bennod iddi hi ei hun o leiaf; gwyddai y dylai hefyd wneud yr ymdrech i holi ei phobol, ei haneswyr lleol, ei gweinidogion, ei chynghorwyr, ei phrifathrawon, ei thafarnwyr, ei siopwyr . . .

Argol fawr, lle gythral ma' rhywun yn cychwyn? meddyliodd, ac aruthredd ei dasg yn taflu cwmwl anferth drosto mwyaf sydyn. A dim ond un dref oedd Pwllheli. O'i flaen roedd Cricieth, Porthmadog, Harlech, y Bermo, Tywyn a Machynlleth, heb sôn am yr holl bentrefi a threfi llai oedd yn britho'i daith rhwng pob un o'r rhai uchod.

A'r cyfan er mwyn un noson a fyddai'n oer, yn wlyb ac, yn ôl pob tebygrwydd a rheswm, yn uffernol o unig yn Nyfi Jyncshiyn.

Ac efallai . . .

Na, John! Does 'na'r un 'efallai' amdani. Ma' 'fwy na thebyg' yn nes at y gwir.

Fwy na thebyg, ar ôl y noson honno, ni fyddai ganddo'r un mymryn o awydd hyd yn oed i feddwl am y llyfr.

Celwydd oedd o i gyd, wedi'r cwbl.

'Ma' isio sbio dy ben di, achan,' meddai'n uchel.

Daeth at geg stryd gefn fechan gydag arwydd tafarn tua hanner ffordd i lawr. Tafarn gyffredin, henffasiwn, gobeithio, lle câi eistedd mewn hedd efo'i beint a'i getyn. Anelodd amdani, cyn sylweddoli bod yna siop hen lyfrau ddeuddrws oddi wrthi.

Halen yn y briw.

Ac, wrth gwrs, i mewn ag ef ar ei ben.

Os oes gan amser ei bersawr arbennig ei hun, yna arogl hen lyfrau yw hwnnw. Nid am y tro cyntaf wrth gamu i mewn i siop o'r fath, meddyliodd John am linell Williams Parry sy'n sôn am gyrraedd rhyw baradwys sydyn heb orfod croesi'r Iorddonen yn gyntaf. Roedd y siop fel Tardis Dr Who: yn ymddangos yn fychan a disylw o'r tu allan, ond â'i thu mewn yn hirfaith ac uchel – ac yn llawn llyfrau. Caeodd y drws y tu ôl iddo, a safodd yno'n synhwyro'r aer â phleser un yn gaeth i'r cyffur yn sefyll ar riniog ogof opiwm.

'*Evenin*'.'

Gwenodd a nodio'n gyfeillgar ar y sant a eisteddai y tu ôl i ddesg fechan ger y drws – oherwydd sant oedd o am agor y fath siop, er gwaetha'i locsyn a'i dei-bo a'r wasgod gyda chadwyn wats yn hongian rhwng ei phoced a thwll ei botwm gwaelod – y tri pheth wedi'u dewis yn ofalus er mwyn gwneud iddo edrych fel ystrydeb o ddyn-siop-lyfrau-ail-law.

Yn y Snowdon Arms, buasai dyn fel hwn yn haeddu slap iawn, ond yma, roedd o i'w barchu a'i drysori.

'*Please don't tell me you're about to close,*' meddai John.

Tynnodd y dyn ei oriawr o'i boced a chraffu arni cyn ysgwyd ei ben.

'*You've got another hour. Anything in particular I can help you with?*'

A chan flasu'r ddau air fel petaen nhw'n ddarnau o gyffugmenyn cartref, dywedodd John un o'r ymadroddion hyfrytaf yn yr iaith fain, '*Just browsing*' – a chamu i mewn i gofleidiad godidog y silffoedd llyfrau.

* * *

Awr yn ddiweddarach, eisteddai yn y dafarn drws nesaf gyda phlataid o facwn, wy, tships a phys a pheint o gwrw drafft o'i flaen, mwg baco'n niwl bendigedig yn yr aer a llais Emmylou Harris yn nofio'n hudolus drosto o'r chwaraeydd CD y tu ôl i'r bar.

Teg yw dweud fod y dwymyn o brynu'r llyfrau wedi'i feddiannu'n llwyr. Roedd dwsin ohonynt i gyd, mewn dau fag, pob un yn galed ei glawr a nifer ohonynt yn argraffiadau cyntaf gan gynnwys *Culloden*, John Prebble; copi a oedd fel newydd o *Un Nos Ola Leuad* gyda'r siaced lwch yn ddi-rwyg a di-grych, a fyddai'n cymryd lle ei gopi carpiog a noeth ef ar ei silffoedd; dau Wodehouse; llyfr am longddrylliadau oddi ar arfordir gogledd Cymru; *Chwareli a Chwarelwyr*, W. J. Parry, a chopi di-siaced o'r nofel a fu'n dyst i'r noson honno yn Nyfi Jyncshiyn, *A Kind of Loving*.

Roedd o wedi cipio'r llyfr oddi ar y silff yn syth bìn, gyda'r syniad yn ei ben o fynd ag ef hefo fo ar ei daith. Er mor hyfryd y ddelwedd, gwyddai ym mêr ei esgyrn na fyddai'n eistedd ar y trên gyda'i lyfr nodiadau ar ei lin, yn edrych i fyny bob hyn a hyn ac yna'n ysgrifennu ffwl sbîd. Go brin fod bois fel Theroux a Bryson, ychwaith, yn mynd o gwmpas y llefydd yma i gyd yn nodi popeth ar bapur yn y fan a'r lle: onid oedd rheswm rhywun yn dweud y buasent yn rhy brysur yn sgwennu â'u pennau i lawr i weld pethau newydd ac i siarad â phobol? Wedyn, ar ôl mynd adref i'w stydis, yr oeddynt yn mynd i'r afael â'r sgwennu, mae'n siŵr. Teithio o gwmpas yn *sylwi* ar bethau yr oeddynt – sbynjis, neu bapurau blotio dynol oeddynt, yn sugno popeth i mewn, a dim ond yn gadael iddo lifo allan ar ôl cyrraedd yn ôl adref.

Mi fedra i ganmol y siop lyfrau o leia, meddyliodd, pan a' i ati i sgwennu am Bwllheli, ac mi fedra i rwgnach rhyw fymryn am y strydoedd culion, llawn. A dwi hefyd yn teimlo fel cynnwys gair bach o glod i'r dafarn yma am fod yn ddigon chwaethus i chwarae Emmylou, ac am baratoi pryd o fwyd di-lol. Ond wedi dweud hynny, dwi ddim wedi clywed yr un gair o Gymraeg yn cael ei siarad yma – ac ol-reit, ella 'mod i'n wirion, ond dwi'n dal i deimlo'n siomedig nad ydi'r lle yn berwi efo hen gymeriadau hynod y dref, pob un ar dân am gael eistedd gyferbyn â mi yn adrodd hanesion difyr am y lle.

A dwi'n ofni y bydd tudalen gyntaf fy llyfr nodiadau yn aros yn sbeitlyd o lân wedi i mi fynd yn ôl i'r gwesty.

Ag ochenaid, tynnodd lyfr Ivor Wynne Jones am y llongddrylliadau allan o'r bag agosaf ato. Cafodd dipyn o fraw wrth sylweddoli cynifer o longau oedd wedi suddo o'r golwg dan y tonnau lleol – ymhell dros hanner cant ohonynt rhwng Pwllheli a Phorthmadog yn unig.

Yna sylwodd hefyd mai *John* oedd enw un ohonynt, a bod un arall o'r enw *Marion* wedi mynd i lawr heb fod nepell o Gricieth. Nid 'Marian', efallai, ond yn ddigon agos – fel y cofiai hi'n dweud y noson honno wrth sôn am y ffilm *Psycho*. O'r holl ffilmiau y soniodd hi amdanynt y noson honno, synfyfyriodd gyda gwên fach dawel, honno oedd yr unig un iddo'i gwylio droeon a'i mwynhau bob tro. Roedd o wedi brwydro am gyfnod gyda gwaith Ingmar Bergman, cyn rhoi'r ffidil yn y to rhag ofn iddo'i grogi'i hun. A doedd tlysni yr un o'r merched y cyfeiriodd Marian atynt wedi dod yn agos, yn ei farn ef, at harddwch Grace Kelly ac Ingrid Bergman.

Gorffennodd ei bryd bwyd a chwarae â'r syniad o gael peint arall, ond roedd byseddu drwy'r llyfr wedi codi'r awydd arno i fynd i lawr at yr harbwr a'r marina.

Roedd y llanw i mewn, yn las ac yn llonydd dan yr awyr glir, ac wrth iddo syllu dros y mastiau allan i'r bae, anodd oedd credu fod môr heddychlon a hawddgar fel hwn wedi dinistrio cymaint o longau a bywydau.

Ac yna, digwyddodd rhywbeth i John Griffiths.

Efallai . . . efallai . . . efallai mai *dyma*'i fan cychwyn efo'r llyfr, meddyliodd. Pwllheli – ia, ei fan cychwyn llythrennol – a hefyd, y môr. Y môr oedd yr un peth cyson, mawr, bob un cam o'i daith: cyn ei diwedd, byddai wedi gweld mwy o fôr drwy ffenestr y trên nag o ddim byd arall. Beth, felly, am adael i dymer y môr o ddydd i ddydd liwio cynnwys ei benodau? Doedd dim ots os mai wythnos braf, fendigedig oedd ganddo o'i flaen, a'r môr yn aros mor addfwyn ag yr oedd o'n awr: onid oedd angen sawl taith arall arno dros y misoedd nesaf? Dim ond math o reci oedd yr wythnos gyntaf hon.

Teimlodd rhyw gyffro rhyfedd ac anghyfarwydd yn cyniwair yng ngwaelodion ei stumog. Ddwyawr yn ôl, roedd o ar fin torri'i galon ac yn barod i sodro'r ffidil yn y to unwaith ac am byth efo'r bali llyfr yma, ond rŵan dyma fo'n ysu am gael *sgwennu rhywbeth*.

Ai peth fel hyn oedd ysbrydoliaeth, tybed?

Syllodd ar y môr a cheisio meddwl am gymariaethau a throsiadau gwreiddiol. Roedd o fel . . . fel cynfas las? Arglwydd, na! Yn llonydd fel llyn? Fel dŵr mewn pwll nofio? Fel lliain bwrdd?

Ysgydwodd ei ben yn ddiamynedd, a dyna – wrth i'w lygaid grwydro dros y cychod yn y marina – pryd y gwelodd *Olwen*. Roedd hi wedi bod yno drwy'r adeg, yn pori'n dawel ar wyneb y dŵr rhwng *Chantale* a *Domino*, ac i John Griffiths roedd dim ond gweld ei henw'n ddigon i ddeffro'r hen anifail pigog hwnnw; wrth gwrs, y peth cyntaf a wnaeth y diawl bach milain oedd llarpio cyffro'r ysbrydoliaeth a chymryd ei le yn ei fol.

Ochneidiodd. Roedd o wedi profi'r math yma o beth yn y gorffennol, cofiai. Am wythnosau ar ôl i'w ysgariad ddod trwodd, pan oedd ar ei ben ei hun gyntaf ac yn wironeddol unig yn ei dŷ newydd yn Llanrug, deuai ar draws un ai enw Olwen neu rywbeth a'i hatgoffai'n gryf ohoni hi ac o'u hamser gyda'i gilydd, dim ots lle'r âi na beth a wnâi. Mewn llyfrau, ar y radio, ar y teledu – ni allai ddianc rhag hon oedd hi. Fel petai ffawd yn gwneud ati i rwbio'i drwyn yn ei lanast ef ei hun.

A rŵan dyma'r un ffawd wrthi eto fyth. Ond wrth iddo wgu i gyfeiriad y cwch, gwelodd y môr o gwmpas ei waelodion yn dechrau byrlymu fel petai *Olwen* yn rhechu yn y dŵr. Roedd rhywun yn y caban, sylweddolodd, ac ar ôl rhyw hanner munud o rechu dechreuodd *Olwen* wau ei ffordd rhwng y cychod eraill ac allan o'r marina.

Sylweddolodd John fod rhyw dwrw wedi bod yn pwnio yn erbyn ei isymwybod ers rhai munudau, twrw oedd bellach yn bygwth troi'n niwsans.

Trodd.

Gwelodd fod criw o bobol ifainc yn nesáu amdano ar hyd ochr y cei. Pump ohonynt i gyd, dwy ferch a thri bachgen, i gyd yn eu harddegau hwyr. Cerddai un bachgen law yn llaw ag un o'r merched, ac wrth i John droi tuag atynt, neidiodd un arall o'r bechgyn am wddf y trydydd a'i ddal mewn *headlock*. Rhegodd hwnnw'n uchel – bwrlwm o regfeydd a fuasai wedi peri i hyd yn oed Robert De Niro godi'i aeliau. Arhosodd y criw ychydig lathenni oddi wrth y fan lle safai John, a dechreuodd y bachgen a'r ferch oedd yn gafael yn nwylo'i gilydd gusanu'n frwd, fel petaent yn ceisio'u bwyta'i gilydd yn fyw. Gwisgai'r ferch bâr o jîns a ddangosai'r rhan fwyaf o'i phen-ôl i'r byd; oddi tanynt, gwisgai rhyw edau denau o nicer ac wrth i John edrych arnynt, lapiodd y bachgen ei fysedd am y cerpyn di-ddim hwn a'i dynnu i fyny ac i lawr. Yn hytrach na phrotestio, gwasgodd y ferch ei breichiau'n dynnach nag erioed am wddf y bachgen gan ei rhwbio'i hun yn ei erbyn.

Roedd y ferch arall yn bwyta sglodion, a dechreuodd daflu rhai i mewn i'r dŵr gan ddenu mintai o wylanod swnllyd. Amhosib oedd dweud a oedd hyn yn rhoi unrhyw bleser iddi, oherwydd roedd ei hwyneb – wyneb eithriadol o galed, henffasiwn bron, wyneb oedd flynyddoedd yn hŷn na'r gweddill ohoni – yn hollol ddifynegiant wrth iddi wylio'r gwylanod yn cwffio dros bob un slafren seimllyd.

Llwyddodd y trydydd bachgen i wingo'n rhydd o'r *headlock*. Ymsythodd gan rwbio'i war a'i wyneb yn biws, ond eto roedd o'n gwenu. Cwrddodd ei lygaid â rhai John, a dechreuodd John wenu hefyd, dim ond i weld gwên y bachgen yn diflannu oddi ar ei wyneb.

'*What you lookin' at, cunt?*'

Teimlodd John ei gyhyrau'n tynhau drwyddynt yr un eiliad ag y trodd rhywbeth yng ngwaelodion ei stumog.

Na, plîs . . . ddim eto . . .

Rhoes y cwpwl y gorau i'w cusanu a throi tuag ato gyda diddordeb annifyr, a'r unig un i beidio ag edrych i'w gyfeiriad oedd y ferch a fwydai'r gwylanod.

'*He was watchin' Mark an' Geena snoggin,*' meddai'r bachgen a roddodd yr *headlock* i'r llall.

Gwenodd y ferch – Geena – wên lydan, hardd.

'*Fuckin' old perve,*' meddai, ei gwên a'i thlysni naturiol yn llwyddo i wneud i'w geiriau swnio'n fwy ffiaidd nag yr oeddynt yn barod.

Camodd y bachgen a gychwynnodd yr holl dwrw yn nes at John – hogyn main, gweddol fyr oedd o, ond â'i gorff fel gwifren biano. Gwisgai jîns llac a chrys haf yn hanner-agored drosto'n flêr.

'Look . . .' ceisiodd John ddweud. '*I wasn't . . .*'

'*You fuckin' were. Fuckin' old perve,*' adleisiodd y llanc.

Llamodd yn ei flaen yn ddirybudd a rhoi pwniad i John yn ei ysgwydd. Doedd hi ddim yn ergyd galed iawn, ond roedd yn hen bwniad esgyrnog, poenus, a baglodd John yn ei ôl ar goesau o glai simsan, ei wyneb yn wyn. Gwenodd y bachgen – gwên bwli a oedd yn ffynnu ar yr ofn a deimlai'n llifo oddi wrth ei ysglyfaeth crynedig – a chamodd tuag at John eilwaith, ond y tro hwn cipiodd un o'i fagiau llyfrau oddi arno, troes ar ei sawdl a rhoi cic hegar i'r bag fel petai'n cicio pêl rygbi. Ei fwriad, mae'n debyg, oedd cicio'r bag i mewn i'r môr ond roedd yn drymach nag yr edrychai. Taith gymharol fer oedd un y bag, gan daro'n erbyn coesau'r ferch a fwydai'r gwylanod. Ar ben hynny, brifodd y llanc ei droed gan achosi rhagor o firi i'w ffrindiau – pawb ond y ferch wynebgaled a drodd yn flin tuag at y llanc a gweiddi arno.

'*Cut it out, Colin, you wanker!*'

Ymateb greddfol John Griffiths oedd rhuthro ar ôl ei lyfrau; roedd ei lygaid, damia nhw, go damia'r blydi pethau, yn llawn dagrau a'i ddwylo a'i gorff cyfan yn crynu trwyddynt, a doedd o'n hidio dim fod y llwch gwyn ar ochr y cei yn baeddu pengliniau ei drowsus. Gwthiodd *Chwareli a Chwarelwyr*, *A Kind of Loving* a *Shipwrecks of North Wales* yn ôl i mewn i'r bag gyda'r lleill.

'*Hoy!*' gwaeddodd y ferch, dros ben John. '*Fuckin' stop it!*'

Edrychodd John dros ei ysgwydd mewn pryd i weld y bachgen yn anelu cic giaidd amdano.

Petrusodd y bachgen.

'*I mean it, Colin!*' clywodd lais y ferch yn dweud.

Gwgodd y llanc arni fel petai am ei herio: wrth gwrs, doedd yr un hogan am gael dweud wrth *hwn* beth i'w wneud, nid heb iddo'n gyntaf o leiaf ymddangos fel petai am anufuddhau. Ond daeth un o'i ffrindiau i'w achub.

'*She's right, Col, he ain't worth it.*'

Arhosodd y llanc â'i droed i fyny am eiliad neu ddau, cyn gwenu'n ddilornus i gyfeiriad John oedd ar ei liniau yn y llwch o'i flaen.

'*Yeah . . .*'

'*C'mon . . .*' meddai'r ferch arall, honno fu'n cusanu'i chariad yn gynharach. Yna, fel na phetai unrhyw beth wedi digwydd, dechreuodd y pedwar gerdded i ffwrdd. '*Coming, Ellie?*'

Ysgydwodd yr ail ferch ei phen a dychwelyd at fwydo'r gwylanod, y tro hwn gan eistedd ar ochr y cei.

Nid edrychai o gwbl ar John.

Ymsythodd yntau.

Roedd ei drwyn yn rhedeg a sychodd ef â'i hances, a gwelodd bod ei ddwylo'n dal i grynu. Edrychodd i fyny'r cei ar ôl y pedwar arall, a theimlai'r ysfa i ruthro ar eu holau a llusgo'r iob Colin hwnnw yn giaidd gerfydd ei wallt at ochr y cei a'i daflu i mewn i'r môr.

Trodd yn ôl at y ferch. Yr hogan na chymerai'r un sylw ohono rŵan, er ei fod yn sefyll reit uwch ei phen gyda'i gysgod drosti. Eisteddai yno'n gwthio ambell sglodyn i'w cheg ac yn taflu eraill i ganol y gwylanod.

Roedd hon, i bob pwrpas, wedi'i hachub. Ceisiodd ddweud rhywbeth wrthi, ond roedd ei lais wedi mynd. Ni fedrai wneud dim ond sefyll yno'n sniffian ac yn chwythu'i drwyn a sychu'i wyneb.

Dyn fel y fo yn ei oed a'i amser.

Dylai ddiolch iddi, i'r slefran fach ddi-hid a thenau hon gyda'i hysgwyddau sgyrnog a edrychai'n goch ac yn dyner gyda lliw haul.

Ond am ryw reswm, teimlai fel ei lluchio hithau, hefyd, oddi ar y cei ac i mewn i'r dŵr. Doedd hi'n fawr o beth i gyd, a go brin y buasai'n creu sblash llawer mwy na rhai ei sglodion. Bron na fedrai deimlo a chlywed ei hesgyrn yn clecian o dan ei fysedd.

Roedd ei ysgwydd, sylweddolodd, yn brifo ar ôl y pwniad a gafodd gan y llanc, a theimlai ei ddannedd yn rhydd yn ei geg. Brwsiodd rywfaint o'r llwch gwyn a'r graean mân oddi ar ei bengliniau, ailgododd ei fagiau llyfrau a cherdded i ffwrdd. Gwyddai ei fod wedi crafu ei ben-glin dde: gallai ei deimlo'n llosgi trwy ddefnydd ei drowsus a theimlai fel hogyn bach yn stelcian i ffwrdd am adref, gan obeithio na fyddai ei fam yn synhwyro fod rhywbeth wedi digwydd iddo, ac yn mynnu cael gwybod beth.

Erbyn iddo gyrraedd yr allanfa, roedd o'n igian crio.

Pan drodd ac edrych yn ei ôl, roedd y ferch wedi mynd.

* * *

Oedd, roedd o wedi crafu'i ben-glin dde – roedd yn wyrth nad oedd defnydd ei drowsus wedi rhwygo'r un pryd – ac roedd ei ysgwydd yn goch ac yn dyner. Byddai clais anferth ganddo erbyn y bore.

Safodd dan y gawod am yr ail dro'r noswaith honno. Pan gyrhaeddodd ei ystafell, y peth cyntaf a wnaeth oedd chwydu. Yna gorweddodd ar y gwely, ei gorff mewn pelen, yn igian i mewn i'r gobennydd, gan godi bob chwarter awr i gyfogi'n wag i mewn i'r toiled.

Byddai wedi rhoi'r byd am botelaid o wisgi. Ond ni fedrai feddwl am fynd i lawr i'r bar – ddim ar y foment – nac ychwaith am fynd allan a phrynu potel.

Roedd *ofn* arno. Yr hen deimlad cyfarwydd hwnnw, wedi dod yn ei ôl, ac yntau wedi dechrau meddwl ei fod wedi ei adael am byth. Ond na, dim ond gorffwys yr oedd o wedi'r cwbl, llechu o'r golwg gyda gwên faleisus ar ei wyneb creulon.

Ofnai na fedrai fyth eto fentro allan o'r ystafell fechan hon.

Roedd y byd yn llawn o bobol ifainc.

Yna, Duw a ŵyr sut, ond diolch, diolch iddo, cysgodd.

Breuddwydiodd yn ffwndrus am ferch fain, ysgafn fel blewyn, yn eistedd ar ochr cei. Yna roedd hi yn y dŵr, yn gorwedd ar ei bol a'i gwallt fel gwymon a'i hwyneb o'r golwg a'r gwylanod yn ffraeo o'i chwmpas, ac amdano'i hun yn sefyll yno'n edrych i lawr arni, yn ei gwylio'n symud yn ddiog gyda'r llanw . . .

Pan ddeffrodd, a'r ystafell yn dywyll, meddyliodd yn siŵr fod rhywun yn curo'n ysgafn wrth ei ddrws. Gwrandawodd am dros funud, ond ni ddaeth y sŵn eto. Aeth at y drws a gwrando eto. O'r diwedd, mentrodd ei gil-agor. Doedd yno neb yn sefyll.

Wisgi . . .

Ailwisgodd amdano ar ôl ei gawod, dillad glân i gyd, a gweld, wrth gau ei esgidiau, fod ei ddwylo'n dal i grynu.

Wisgi . . .

Hanner ffordd i lawr y grisiau, clywodd sŵn chwerthin yn dod o gyfeiriad y bar. Trodd yn ei ôl, a dim ond pan oedd ei allwedd yng nghlo drws ei ystafell y sylweddolodd mai chwerthin oedolion a glywodd, gallai daeru, nid gweryru iobaidd criw o bobol ifainc. Cychwynnodd eto i lawr y grisiau gan glustfeinio fwy-fwy â phob cam tawel. Yn y cyntedd, casglodd mai dim ond dau lais oedd yn chwerthin – llais dynes a llais dyn.

Wisgi . . .

Brathodd ei ben heibio i'r drws.

'Diawl, dyma fo ar y gair!' meddai Gwynfor Preis.

* * *

Rhuthrai sawl ymateb drwy'i gorff a'i feddwl ar yr un pryd: cynddaredd am fod pobol yn amlwg yn methu'n glir â *gadael ffwcin llonydd iddo*; penbleth o'i gael ei hun yn rhythu ar Gwynfor, *yma*, mewn amgylchedd cwbl wahanol i'w le arferol yn y Snowdon Arms; rhuthr annisgwyl o bleser wrth weld ei wyneb cyfarwydd a chyfeillgar – cymaint felly nes i'r dagrau lenwi'i lygaid unwaith eto a theimlodd yr ysfa i'w gofleidio a beichio crio ar ei ysgwydd. Cywilydd – ia, oherwydd y dagrau, ond hefyd am iddo deimlo'i gynddaredd gwreiddiol tuag at Gwynfor. Hwn oedd ei ffrind gorau, yn enw'r tad, ei unig ffrind.

Ond mae o *yma*, a dwi ddim isio'i weld o yma heno 'ma, nid a finna fel yr ydw i rŵan.

'Ma' dy wynab di,' meddai Gwynfor, 'yn bictiwr.'

'Be ti'n feddwl – "ar y gair"?' fe'i clywodd John ei hun yn dweud. 'Oeddach chi'ch dau yn siarad amdana i?'

Eisteddai dynes y gwesty ar stôl uchel wrth y bar, gyda gwydraid o win gwyn yn un llaw a sigarét yn mygu rhwng bysedd y llall. Eisteddai Gwynfor mewn cadair esmwyth ger y lle tân gyda chegaid neu ddwy o gwrw ar ôl yn ei wydryn peint. Roedd ei goesau ar led, a rhyngddyn nhw, ar ei eistedd gyda llaw Gwynfor yn anwesu'i wddf a'r tu ôl i'w glustiau, yr oedd y Doctor.

Llithrodd gwên Gwynfor rhyw fymryn.

'Wel . . . oeddan, achan.'

'A cha'l hwyl iawn am 'y mhen i, ia?'

Cododd dynes y gwesty a mynd y tu ôl i'r bar. Roedd yno beint yn aros amdano, meddai wrtho, diolch i Gwynfor. 'Mi gyrhaeddodd ych ffrind yn o fuan ar ôl i chi ddŵad yn ôl. Ro'n i'n gweld fod ych goriad chi wedi mynd oddi ar y rac.'

'Mi wnes i guro wrth dy ddrws di. Ca'l napan fach oeddat ti?' meddai Gwynfor.

Camodd John at y bar.

'Ga i . . . ' cychwynnodd, a chwyrnodd y Doctor arno.

'Ti'n gweld?' meddai'r ddynes wrth Gwynfor. 'Sôn yr oeddan ni fel dach chi a'r Doctor ddim wedi cymryd at ych gilydd.'

'Mi faswn inna'n chwrnu ar y bwbach blin hefyd, Mags,' meddai Gwynfor.

Mags?

'Fydd o byth yn chwrnu ar neb,' meddai 'Mags'. 'Wel – bron neb. 'Mond un person arall, erioed, sy wedi'i cha'l hi gynno fo.' Estynnodd beint John iddo. 'Sori – oeddach chi 'di dechra deud rhwbath?'

'Mynd i ofyn am wisgi ro'n i. Glenfiddich. Dwbwl, plis.'

Clywodd Gwynfor yn pesychu y tu ôl iddo. Cadwodd ei lygaid ar Mags yn estyn y botel a'i hagor a dechrau tywallt. Anwybyddodd y peint ar y bar. Gwyddai y dylai ymdrechu i droi a gwenu ar Gwynfor.

Dododd Mags y gwydryn ar y bar o'i flaen. Ceisiodd John wenu arni, yn y gobaith y buasai hynny'n ei chadw rhag sylwi fel yr oedd ei law yn crynu wrth iddo ymestyn am ei ddiod. Gwthiodd hi i mewn i'w boced a rhythu ar y gwydryn.

'John – ydach chi'n iawn?' clywodd Mags yn gofyn.

Edrychodd i fyny arni'n sydyn yna i lawr yn ôl ar y gwydryn. Roedd ei hwyneb yn llawn pryder.

Yna roedd gwres corff Gwynfor wrth ei ochr, a theimlodd ei law yn ysgafn ar ei ysgwydd.

'Be 'di'r matar, 'rhen ddyn?' gofynnodd Gwynfor yn dawel.

Dechreuodd corff John grynu trwyddo a daeth yr hen igian crio hwnnw'n ei ôl.

'Sori . . . ' meddai. 'Sori . . . '

'Ty'd, rŵan. Cymera flewyn bach o hwn, fyddi di ddim 'run un wedyn. Ty'd . . . '

Cododd Gwynfor y gwydryn a'i estyn iddo. Pesychodd John wrth i'r llwnc cyntaf losgi'i frest.

'Sori . . . '

'Ty'd.'

Yfodd ragor. Yna roedd y gwydryn yn wag. Ymddangosodd bysedd Gwynfor o dan ei drwyn, yn cymryd y gwydryn oddi arno.

'Well i ni ga'l un bach bob un eto, dwi'n meddwl, Mags. Ty'd i ista, John Griff, fedra i mo dy ddal di i fyny fel hyn drw'r nos.'

Sylweddolodd fod Gwynfor yn cydio'n dynn yn ei fraich. Gadawodd iddo ei dywys at y bwrdd lle roedd y Doctor yn ei lygadu ag amheuaeth o'r llawr.

Ni fedrai John edrych ar Mags.

'Ro'n i'n meddwl fod gin ti ddarlithoedd di-ri drw'r mis yma,' sibrydodd wrth Gwynfor.

'Ma' gin i. Ond nos fory ma' nhw'n cychwyn. Diolch, Mags.' Dododd Mags ddau beint a dau wisgi ar y bwrdd o'u blaenau. Sgrialodd John am ei hances boced. Chwythodd ei drwyn. Daliai Mags i sefyll yno uwch ei ben. Roedd ei phersawr yn llenwi'i ffroenau.

'Felly dyma fi'n deud wrth Mair, diawl, ma' gin i awydd mynd draw i Bwllheli am noson at yr hen John Griff,' meddai Gwynfor. 'Yn enwedig a ninna'n ffrindia unwaith eto.'

''Nathoch chi rioed ffraeo?' meddai Mags.

Ysgydwodd John ei ben.

'Hwn sy'n gallu bod yn rêl hen gingron blin pan mae o

isio. Paid â thrio gwadu hynny, John Griff. Mae o 'di dŵad yn reit enwog am y peth yn ddiweddar.'

'Na'th o mo fy nharo i fel un felly, ma'n rhaid i mi ddeud,' barnodd Mags.

'Rho di gyfla iddo fo. Dw't ti ddim wedi gweld llawar arno fo eto, cofia.'

'Ma' hynny'n wir, ond . . . ' Craffodd Mags ar John. 'Na, ma' gynno fo wynab rhy ffeind.'

Mentrodd John edrych i fyny ati.

'A dach chi wedi dechra ca'l ych lliw yn ôl,' meddai wrtho. Cododd ei llaw, ac am eiliad meddyliodd John ei bod am rwbio'i gorun fel pe bai'n hogyn bach, ond trodd a dychwelyd at y bar a'i gwin.

Dechreuodd estyn am ei wisgi cyn newid ei feddwl ac yfed ychydig o'i gwrw.

'Iawn, was?'

Nodiodd John. 'Sut oeddat ti'n gwbod lle'r o'n i? O'r arglwydd, wn i. Paid â deud. Gerwyn, m'wn?'

Nodiodd Gwynfor.

'Y fi wna'th 'i ffonio fo, a hefru arno fo nes iddo fo ddeud wrtha i.'

Edrychai wyneb Gwynfor yn rhyfedd o noeth wrth iddo dynnu ei sbectol a'i glanhau gyda hances boced na ddylai fod wedi gwneud ymddangosiad cyhoeddus dan unrhyw amgylchiadau. Credai John Griffiths nad oedd angen glanhau'r sbectol, a dehonglodd hyn fel arwydd mai dweud celwydd yr oedd Gwynfor. Rhythodd arno'n wyllt. Tybed ai fel arall y bu pethau mewn gwirionedd, fod Manon a Gerwyn wedi ffonio Gwynfor a gofyn iddo ddod draw yma er mwyn cadw golwg arno?

Teimlodd rywbeth tebyg iawn i anobaith yn setlo fel côt dros ei ysgwyddau. Yfodd ragor o'i wisgi, a sylweddoli'n sydyn fod Gwynfor eisoes wedi yfed mwy nag y dylai os oedd o am yrru adref wedyn.

'Be w't ti'n neud?' gofynnodd, gan bwyntio at y gwydrau ar y bwrdd.

'Dwi'n aros yma heno 'ma.' Edrychai Gwynfor ychydig yn ansicr, fel petai'n disgwyl i John ffrwydro eto. 'Yn y stafall sy drws nesa i d'un di, fel ma'n digwydd. Felly plîs paid â chwrnu, os fedri di bidio.'

Daeth sŵn o'r tu allan i'r ystafell wrth i'r drws ffrynt agor a chau a daeth cwpwl canol oed i mewn i'r bar. Llithrodd Mags oddi ar ei stôl fel *femme fatale* mewn *film noir* a mynd y tu ôl i'r bar i'w croesawu.

Gwyliodd John hwy am ychydig cyn troi'n ei ôl at Gwynfor.

'Ma'n ddrwg gin i, Gwyn. Am gynna. Dwi ddim yn gwbod be dda'th drosta i.'

Llygadodd Gwynfor ef dros ei beint.

"Sdim rhaid i chdi ddeud wrtha i rŵan, 'sti.'

'Ond dwi ddim yn *gwbod*!'

'Iawn, 'rhen ddyn.'

'Yli . . . ' Ond roedd yn amlwg fod Gwynfor yn ei adnabod yn rhy dda. Ochneidiodd John. 'Criw o ryw betha ifanc . . . i lawr wrth y marina 'na . . . ' Ysgydwodd ei ben a slochian mwy o gwrw. 'Mi wna'thon nhw . . . wel, mi drodd petha'n o hyll.'

'O, naci! John bach . . . '

Perodd ymateb Gwynfor i'r dagrau ruthro'n ôl i'w lygaid. Gwasgodd hwy ynghau, yn dynn. Cafodd fflach sydyn o'r ferch wynebgaled yn eistedd ar ochr y cei. Mor denau, mor ysgafn . . .

'A chditha wedi dechra dŵad mor dda yn ddiweddar. Y ffycars bach . . . Be oeddan nhw – petha lleol? Cymry, felly?'

'Naci. Yli – mi gei di'r hanes eto, yn llawn. Pan fedra

i . . . pan fedra i ddeud wrthat ti. A meddwl amdano fo . . . '

Gosododd ei beint i lawr ar y bwrdd. 'Dwi am fynd adra, Gwyn. Fory.'

'W't ti?'

'Ben bora. Ma'r hyn dwi'n 'i neud yma . . . mae o'n wirion bost. Fedra i ddim . . . dydi o ddim ynna i, Gwyn.'

'Wela i.'

'Be?'

'Dim byd, dim byd.'

'Rw't ti'n gweld bai arna i, yn dw't?'

'Nac 'dw i, tad . . . '

'Dwi'n gallu deud ar dy wynab di. Rhyw hen . . . jeli-ffish di-asgwrn-cefn, yn ofni dringo i fyny'n ôl ar gefn 'i feic ar ôl ca'l un codwm . . . '

'Welis i rioed jeli-ffish yn reidio beic, 'yn hun . . . '

Ond methu'n lân a wnaeth ymdrech Gwynfor i ysgafnhau pethau. Roedd John yn ysgwyd ei ben yn ôl ac ymlaen, ei lygaid wedi'u hoelio ar y bwrdd. 'Yli, doeddat ti ddim yno – reit? *Y fi* oedd yno . . . *i mi* y digwyddodd o . . . Roedd 'na bump ohonyn nhw i gyd. Basdads bach . . . pump ohonyn nhw. Ac oni bai amdani hi . . . '

'Pwy?'

' . . . 'swn i wedi leicio dy weld *di* yn . . . Mi wna'th un ohonyn nhw drio cicio fy llyfra i, i mewn i'r môr, dros ochor yr harbwr. *Fy llyfra i*! Ac roedd o am 'y nghicio inna hefyd, a finna ar 'y nglinia yn 'u codi nhw, a mi fasa fo wedi gneud tasa'r hogan 'na ddim wedi deud wrtho fo am roi'r gora iddi . . . '

'Hei!'

Roedd Gwynfor wedi gwyro tuag ato ac yn cydio'n dynn yn ei arddwrn. Sylweddolodd fod yr ystafell wedi tawelu'r tu ôl iddo.

'Ty'd rŵan, John Griff. Ne' mi fydd Mags yn deud wrthan

ni am 'i sgidadlu hi o'ma. Dydan ni ddim yn adfyrt da iawn iddi hi, yn nac 'dan? Chwara teg.'

'Sori . . . '

Caeodd ei lygaid eto. *Mor denau, mor ysgafn . . .*

Breuddwydio'r o'n i. Dyna'r cwbl oedd hi – breuddwyd.

'Sori, be ddudist ti?' meddai Gwynfor.

Sylweddolodd John ei fod wedi mwmblian yn uchel. Ysgydwodd ei ben eto.

'Wnei di ddim deud wrthyn nhw, yn na wnei? Wrth Manon, a Gerwyn.'

'Dduda i'r un gair,' atebodd Gwynfor. 'Ond dwi *yn* meddwl ella y dylat ti neud hynny. Ne' fyddan nhw ddim yn dallt pam dy fod di wedi mynd adra mor fuan.'

'Na fyddan, m'wn. Damia . . . '

Gwyrodd Gwynfor yn ei flaen a tharo pen-glin John yn ysgafn. Dechreuodd y crafiadau losgi eto mewn protest.

'Meddylia am y peth, was. Ma' be bynnag ddigwyddodd i chdi gynna . . . wel, mae o *wedi* digwydd rŵan, yn do? Ac mi rw't ti'n dal efo ni. Mi fedri di sgwennu amdano fo, yli.' Cododd ei law wrth weld John yn dechrau gwgu. 'Mi *fedri* di. Therapi da, o leia. 'I ga'l o i gyd allan o dy system.'

Gwelodd ferch yn nofio â'i hwyneb o'r golwg o dan y dŵr.

'Fedra i ddim,' sibrydodd.

Yna neidiodd mewn braw wrth i'r Doctor benderfynu ei fod am orwedd ar droed John. Chwarddodd Gwynfor yn ysgafn.

'Mae o 'di penderfynu dy fod di'n un o'r hogia wedi'r cwbwl. *A hound it was, an enormous, coal-black hound, but not such a hound as mortal eyes have ever seen,*' dyfynnodd. 'Dw't ti ddim yn meddwl fod 'i enw fo'n wych?'

'Y Doctor? Mae o'n wahanol, yndê. Pam "Doctor", Duw a ŵyr.'

'*Dwi'n* gwbod. Mi fyddi di wrth dy fodd. Doctor Fell.'

Edrychodd John arno.

'Ar fy marw. Gofynna i Mags.'

'Gofyn be?' meddai Mags o'r bar.

''Sgin y Doctor enw llawn?' holodd John.

Nodiodd Mags. 'Doctor Fell. Syniad y gŵr. Y fo oedd y person arall hwnnw ro'n i'n sôn amdano fo gynna, 'runig un arall i'r Doctor chw'rnu arno fo erioed, er pan oedd o'n ddim o beth.'

Dychwelodd at y cwpwl Saesneg ym mhen arall y bar. Edrychodd John ar Gwynfor.

'Y gŵr?'

'Mae o wedi hen gymryd y goes.' Craffodd Gwynfor arno. 'Ma' Mags fath â chdi, wedi gwirioni efo llyfra. Ma'i rhan hi o'r adeilad 'ma wedi cau efo llyfra, dim posib symud yno.'

'Sut uffarn w't ti'n gwbod hynny?'

'Y hi ddudodd wrtha i, yndê'r tebot.'

Gwyddai mai ceisio codi'i galon yr oedd Gwynfor.

Mentrodd John rwbio gwddf y ci â blaen ei esgid. Agorodd y Doctor un llygad, edrych arno, ochneidio a dychwelyd i'w gwsg.

'*I do not love thee, Dr Fell. The reason why I cannot tell. But this I know and know full well, I do not love thee, Dr Fell,*' meddai Gwynfor. Yna, yn dawel wrth weld fod John wedi dechrau crynu trwyddo eto: 'Hei . . . '

Edrychodd John arno. Y diwrnod wedyn, ar ôl mynd adref ac adrodd yr hanes wrth Mair, dywedodd Gwynfor wrthi na welodd erioed y fath ofn ar wyneb neb.

'Duw a'm helpo, Gwyn, ond dwi'n ofni 'mod i wedi gneud rhwbath uffernol gynna,' meddai John.

5

Yma y digwyddodd o, mae'n rhaid gen i, meddyliodd Gwynfor. Crafodd y graean gwyn yn feddylgar â blaen ei esgid. Roedd y llanw ar ei ffordd i mewn, a John Griffiths ar ei ffordd allan o Bwllheli ar y trên.

Pan gyrhaeddodd Gwynfor yma, roedd o wedi hanner disgwyl gweld y giatiau ar glo a heddwas yn gwgu o'u blaenau, a thâp glas a gwyn yn clecian yn yr awel o gwmpas y fan lle y safai'n awr. Roedd o wedi cerdded yn araf ar hyd ochr y cei gan graffu ar y dŵr, rhag ofn y gwelai ferch yn gorwedd yno â'i hwyneb i lawr, wedi'i dal fel sach wag rhwng y wal a chorff un o'r cychod. Ond roedd y marina'n brysur y bore hwn, gyda pherchen pob cwch, bron, yn gwneud rhywbeth-neu'i-gilydd arnyn nhw, iddyn nhw neu o'u cwmpas nhw. Hyd y gallai weld, roedd popeth yn normal ar fore heulog a chyffredin arall, a dim arwydd o gwbwl fod yr heddlu na'r gwasanaeth ambiwlans wedi bod ar gyfyl y lle.

Tynnodd ei sbectol a'i glanhau, gan feddwl: Diolch i Dduw. Ben bore heddiw, gydag arogl ffrio bacwn yn nofio i fyny'r grisiau, curodd a churodd ar ddrws John nes i hwnnw ei ateb, yn edrych yr un ffunud â Lasarus; gwthiodd heibio iddo ac i mewn i'r ystafell dywyll, ddrewllyd a thynnu'r llenni ar agor. Yna trodd a dweud celwydd noeth wrtho. Neithiwr, meddai, roedd geiriau John wedi ei gadw ar ddihun: nid oedd o wedi gallu setlo o gwbwl, a doedd dim amdani ond codi a mynd i'r marina er mwyn cael gweld drosto'i hun. Wrth gwrs, doedd yno affliw o ddim byd *i'w* weld – dim heddlu, dim ambiwlansys, dim cyrff yn bobian yn y dŵr – dim yw dim.

'Ddigwyddodd o ddim, John Griff. Y chdi oedd yn mwydro, siŵr Dduw. Thwtshist ti 'run o dy fysadd yn yr hogan 'na.'

Siaradodd â sicrwydd cryf yn ei lais – roedd John wedi gwrando arno, a gwyliodd Gwynfor ef yn ei gredu: roedd y creadur mor barod i'w gredu. Y gwir amdani oedd, cafodd Gwynfor noson ardderchog o gwsg a hawdd iawn oedd wfftio at ofnau ei gyfaill ar fore mor braf. Cyn hawsed â rhaffu celwyddau cysurus gyda thinc pendantrwydd yn ei lais, cymaint felly nes bod Gwynfor wedi'i gredu'i hun – bron.

Ond ar ôl mynd hefo John i'r orsaf a'i wylio'n gadael ar y trên, mynd draw i'r marina a wnaeth Gwynfor.

Rhag ofn.

Ac roedd y rhyddhad a deimlai yno'n llawer iawn mwy nag a ddisgwyliai. Roedd yn bosib, ymresymodd, i ddyn yng nghyflwr John fod wedi gwthio rhyw ferch i mewn i'r dŵr, a bod honno, yn hytrach na sgrechian a sblasian a'i ddiawlio, wedi taro'i phen yn erbyn un o'r cychod a boddi.

Ond oedd hi'n bosib i *John* fod wedi gwneud hynny? Wel, nag oedd, roedd yn amlwg.

'Diolch i Dduw,' meddai'n dawel. Sut, tybed, fuasai o wedi teimlo petai wedi cyrraedd yma i weld y lle'n berwi o blismyn?

Yna dechreuodd amheuon eraill, gwahanol, ei bigo. Efallai nad oedd John, erbyn y bore, mor benderfynol ag yr oedd o neithiwr o roi'r ffidil yn y to a dychwelyd adref, ond a ddylai ef, Gwynfor, fod wedi manteisio ar ei simsanrwydd gan fwy neu lai fynnu ei fod yn parhau â'i gynllun gwreiddiol? A ddylai fod wedi wfftio at ei bryderon a'i nerfusrwydd fel y gwnaeth o? A'i atgoffa fel y byddai cyrraedd yn ei ôl yn Llanrug ar ôl dim ond un noson i ffwrdd yn sicr o boeni Manon: buasai'n rhaid iddo ddweud wrthi *pam* ei fod o adref mor fuan, a buasai hynny'n ei phoeni'n fwy fyth.

Ni allai lai na theimlo ei fod, rywsut, wedi bwlio John i ddal y trên. A doedd o ddim yn deimlad braf iawn.

Dychwelodd i'r gwesty ac eistedd wrth fwrdd ger y ffenestr – yr un bwrdd ag a rannodd â John bron i ddwyawr ynghynt. Dim ond ychydig o friwsion tost oedd ar ôl ar y lliain gwyn, a symudodd o hwy yn ôl ac ymlaen â blaen ei fys, yn ôl ac ymlaen.

'A'th o, felly?'

Gosododd Mags hambwrdd o'i flaen – cwpan, soser, llefrith, siwgwr, a thebotaid o de ffres. 'On ddy hows.' Roedd wedi clymu'i gwallt i fyny a gwisgai grys siec, llewys byrion gyda'i jîns a'i sandalau, ac roedd hi'n ogleuo o sebon *Imperial Leather*, sylwodd Gwynfor.

'Do. Do, mi a'th o.'

Dychwelodd Mags i'r gegin. Deuai awel fechan a sŵn y stryd i mewn drwy'r ffenestr agored, ynghyd â chri ambell wylan a chrawc ambell frân. Eisteddodd Gwynfor yno yn yfed ei de, yn hel y briwsion at ei gilydd yn un clwstwr bach taclus cyn chwythu arnynt a'u gwasgaru eto, drosodd a throsodd.

Gorffennodd ei de a mynd i dalu am ei le. Roedd yn ei ôl adref ymhell cyn diwedd y bore. Drwy'r prynhawn, methodd yn lân â chanolbwyntio ar ei nodiadau ar gyfer ei ddarlith i Fforwm y Gymdeithas Hanes Diwydiannol y noson honno. Gyda'r nos, ac yntau wedi dod adref heb fynd am ei beint arferol efo'r hogia ar ôl y ddarlith, dywedodd Mair y drefn wrtho am beidio â dweud yr hanes wrth Manon a Gerwyn. Ond gwrthododd eu ffonio: doedd arno ddim eisiau eu poeni, meddai.

'Ond rwyt *ti*'n poeni, ma'n amlwg,' sylwodd Mair.

Aeth hi i'w gwely, ond arhosodd Gwynfor yn y gegin am oriau wedyn, gyda phaned ar ôl paned yn oeri o'i flaen. Gwrandawai ar dipian y cloc, pob tip yn gwneud iddo feddwl am garreg yn taro wyneb pwll oer, du a dwfn yng ngwaelod twll hen chwarel. Troi a throsi fu ei hanes drwy'r nos. Cododd eto i gyfeiliant corws yr wawr, a llwyddodd i aros tan saith cyn codi'r ffôn.

'Naddo, dda'th o ddim yn 'i ôl yma nithiwr,' meddai Mags.

* * *

'Dwi ddim yn dy nabod di bellach, a dwi ddim yn dy leicio di ddim mwy.'

'Ond y fi ydw i o hyd, siŵr!'

'Naci, John. Ar y gora, rw't ti'n fersiwn llawar iawn mwy annifyr ohonot ti dy hun. Yr holl yfad diddiwadd 'ma i ddechra . . . '

'Mi ro i'r gora iddi!'

'Fedri di ddim. Dwi wedi gofyn a gofyn i chdi . . . '

'Gallaf, tad! Yli – dydi o ddim yn broblam gin i . . . '

'Ddim eto, falla, ond mi fydd o, a dwi ddim yn bwriadu aros yma'n gwylio hynny'n digwydd. Mae o'n broblam *i mi*, beth bynnag.'

'A ma' 'ngada'l i am neud bob dim yn well, ydi o?'

'Yn well i mi, ydi.'

'A be amdana *i*? Yli . . . mi fedra i roi'r gora iddi os w't ti yma efo fi.'

'Paid ti â blydi meiddio!'

'Be?'

'Ti'n gwbod. Trio hynna . . . '

'*Be?*'

' . . . 'chos dydi o ddim yn mynd i withio. Tria ddallt, 'nei di? Dwi 'di ca'l digon, dwi ddim isio aros yma efo chdi. Yn sicr, dwi ddim am neud hynny am 'y mod i'n teimlo biti drostat ti.'

'Ond ti'n dal i deimlo *rhwbath* tuag ata i?'

'Paid â gneud i mi atab hynna.'

'Na, ty'd. Dwi isio gwbod. Ma'n rhaid dy fod di'n teimlo *rhwbath*, fedri di ddim jest pidio, fel'na, dros nos . . .'

'Dydi o ddim yn rhwbath sy 'di digwydd dros nos.'

'. . . fedri di ddim jest dileu dros bum mlynadd ar hugain. Ty'd – deud.'

'Dwi ddim yn gwbod *be* dwi'n 'i deimlo tuag atat ti . . .'

'Rw't ti *yn* teimlo rhwbath, felly . . .'

'. . . ond dwi'n gwbod be dwi *ddim* yn 'i deimlo, John! Yli, dwi ddim yn dy garu di, ocê? Dim mwy. Ddim ers . . . o, jest gad i mi fynd, 'nei di? Gad i mi fynd.'

Hyd yn oed cyn i Olwen fynd, ond pan oedd yr wybodaeth ei bod *am* fynd yn llenwi'r tŷ fel drewdod piso cath, arferai John eistedd yn ei gadair am oriau maith, un ai'n gwylio hen ffilmiau ar y teledu neu'n gwrando ar ei ddisgiau canu gwlad. Kristofferson, Merle Haggard, Waylon Jennings, Don Williams a Willie Nelson – dynion a edrychai fel petaent wedi byw drwy eiriau eu caneuon. Eisteddai yno gyda'u lleisiau'n setlo drosto fel siaced ddenim yn ogleuo o wisgi a hen, hen faco.

Ceisio gwadu roedd o fod hyn yn digwydd iddo fo, fod y geiriau – 'Fedra i ddim byw efo chdi ddim mwy, John. Dwi ddim *isio* byw efo chdi ddim mwy' – erioed wedi cael eu dweud ganddi. Ac wedi iddi fynd, ni allai dderbyn ei bod hi *wedi* mynd go iawn: byddai un bore yn deffro i'w chlywed yn symud o gwmpas i lawr y grisiau. Arferai, yn ystod yr eiliadau cyntaf, trwsgl rheiny rhwng cwsg ac effro, rowlio drosodd i'w hochr hi o'r gwely: y llecyn cynhesaf a mwyaf diogel ar wyneb y ddaear ar un adeg, ond bellach yn llyfn ac yn oer, a'i ddychymyg sbeitlyd yn ei bryfocio am ennyd gyda rhith ei phersawr ar y gobennydd. Hyd yn oed ar ôl i'r tŷ gael ei werthu, ac yntau wedi mudo i'r tŷ llawer iawn llai yn Llanrug efo'i lyfrau, ei ddisgiau a'i ffilmiau, codai at y ffenestr bob tro y clywai gar yn cyrraedd y tu allan, yn y gobaith y gwelai hi'n dringo allan ohono a thynnu ei bagiau o'r bŵt.

'Dwi'n sâl, dwi'n ddyn sâl. Fedri di ddim . . . jest *mynd*.'

Ond mynd a wnaeth hi, a'i adael yn syfrdan, yn ddagreuol ac yn ystyfnig o annerbyngar, yn byw allan o focsys am wythnosau nes i Manon golli'i hamynedd a mynnu ei fod yn eu dadbacio.

'Dydi Mam ddim am ddŵad yn ôl atoch chi, Dad. Ma'n rhaid i chi symud yn eich blaen.'

Symud ymlaen – at beth? Roedd Olwen yn fwy na rhan o'i fywyd: roedd yn rhan ohono fo'i hun. Doedd neb yn ei adnabod fel yr oedd hi'n ei adnabod. Ceisiodd grefu arni; ceisiodd weddïo, hyd yn oed, ond drwy'r amser teimlai ddiymadferthedd dyn yn ceisio trwsio llestr oedd wedi'i falu'n deilchion. Ni fedrai feddwl am edrych ymlaen at unrhyw beth, felly treuliodd ei ddyddiau yn edrych yn ôl.

Cofio'r pethau bach y mae rhywun. Fel yr oedd dafnau o law mân wedi setlo ar ei gwallt fel gwe pryf copyn y noson oer, laith honno yn niwedd Chwefror, y tro cyntaf iddo'i gweld. Yr hen gôt laes a wisgai, reit i lawr at ei fferau, honno a'r bag ysgwydd gwlân, amryliw yn gwneud iddi edrych ychydig bach yn hipïaidd ac, felly, yn fwy diddorol na neb arall yn y festri. Eisteddai ychydig resi y tu ôl iddo, a thrwy gydol y ddarlith sych am hanes lleol teimlai'r ysfa i droi bob hyn a hyn ac edrych arni.

A'r siom a brofodd pan, ar ddiwedd y ddarlith, y gallai droi o'r diwedd, i weld fod ei chadair yn wag.

Y plastar blêr a budur a wisgai am ei bys bach pan darodd

arni wythnosau'n ddiweddarach yn y garej yn prynu petrol, ac fel y chwarddodd yn iach ar ôl iddo wneud ffŵl ohono'i hun yn beirniadu'r darlithydd sych, ddim ond i gael ar ddeall ganddi mai ei hewythr hi oedd y creadur hwnnw.

Fel yr arferai hi gnoi gwaelod cudyn o'i gwallt pan fyddai rhywbeth yn pwyso ar ei meddwl. Fel yr oedd ei gwynt yn arogli o dda-da mint pan afaelodd ynddo a'i gusanu am y tro cyntaf; fel yr arferai ysgrifennu un rhestr ar ôl y llall, rhestr ar gyfer popeth o bethau i'w gwneud neu i beidio'u gwneud, i'w prynu, eu pacio, eu golchi, eu glanhau – ac yna'n cymryd nemor ddim sylw ohonynt, mynd allan a'u hanghofio a'u gadael o gwmpas y gegin fel dail. Fel y prynai un o'r siartiau mur anferth rheiny bob blwyddyn newydd yn hytrach na chalendr, a'i ddodi ar wal y gegin wedi'i lenwi â dyddiadau penblwyddi perthnasau pell iddi na welodd John mohonynt erioed – plant cyfnitherod a chefndryd, pob un yn cael cerdyn a rhyw anrheg fechan nad oeddynt yr un pwt yn fwy diolchgar amdani, na'u rhieni ychwaith.

Fel y symudai ei llygaid o dan ei hamrannau wrth iddi gysgu wrth ei ochr, yntau'n pwyso ar ei benelin yn syllu i lawr arni'n gwylio pethau na fedrai ef eu gweld.

Pethau bychain oedd yn denu'r dagrau bob tro, yn fwy felly na'r cerrig milltir mawrion a mwy amlwg: eu dyweddïad, dydd eu priodas a'u mis mêl yn yr Alban, diwrnod geni Manon a'i olwg cyntaf ohoni yn hongian â'i phen i lawr fel ystlum fach wichlyd, goch.

'*Ond dwi'n ddyn sâl!*'

Pam na fuasai wedi sôn wrtho am ei hanhapusrwydd ynghynt? Buasent wedi medru trafod y peth, wedi gallu dal y ddysgl cyn iddi daro'r llawr a thorri'n siwrwd.

Na fuasent, meddai Olwen.

Ond *pam*?

Methodd hi roi ateb. Gwrthododd roi ateb, a brwydrodd

yntau i fygu'r wybodaeth nad oedd arni eisiau trafod, a bod arni eisiau 'jest mynd'.

Na fedrai wynebu dyfodol gydag ef gartref drwy'r amser, wedi ymddeol a throi yn hen ddyn flynyddoedd o flaen ei amser.

Wedi iddi fynd, ceisiodd restru ei ffaeleddau. Ei hystyfnigrwydd. Ei diffyg amynedd a'i chyndynrwydd i aros am unrhyw beth, ac fel yr oedd yn rhaid gwneud hyn-a-hyn y foment honno, yn syth bìn, dim ots pa mor anghyfleus. Fel y byddai'n cofleidio rhyw ddiddordeb newydd gyda llawer gormod o frwdfrydedd, dim ond i flino arno'n hollol ddirybudd a'i osod o'r neilltu. Ei diffyg diddordeb yn y pethau oedd yn mynd â'i fryd ef, ei thuedd i godi fwy nag unwaith yn ystod ffilm er mwyn gwneud paned ac – a hyn oedd yn ei wylltio – i godi funudau cyn y diwedd unwaith yr oedd hi wedi penderfynu fod y ffilm fwy neu lai wedi gorffen.

Ond diawl, pethau bychain oedd y rheiny hefyd. Bychain iawn – ac yn ei gyfnodau llai hunanol, prin, ystyriodd yr holl bethau yr oedd hi wedi'u dioddef, a sut y dioddefodd hwy. Roedd y cof am ei llygaid mud a chlwyfus yn ei geryddu ac, weithiau, yn ei goethi ddigon iddo wthio'r gwydryn wisgi oddi wrtho gan riddfan yn uchel â hunanddirmyg.

Ond roedd yr hunandosturi wastad yno, yn gryfach na dim. Wastad yn barod i'w groesawu'n ôl, a'i gofleidio.

Dywedwyd llawer iawn o bethau brwnt a chas gan y ddau ohonynt, ond llawer mwy ganddo ef a phethau y byddai'n difaru eu dweud am weddill ei oes. A thrwy'r amser dilynai'r un cwestiwn hwy drwy'r tŷ, o un ystafell i'r llall, gan dyfu'n fwy ac yn fwy gyda phob awr: *pam ydan ni'n gwneud hyn i'n gilydd?* Hwyrach y buasai wedi gallu derbyn pethau'n well, wedi gallu *deall* yn well, petai hi wedi ei adael am rywun arall. O leiaf wedyn buasai rhywun ganddo i'w gasáu, rhyw fath o darged i'w lid, oherwydd roedd o'n benderfynol o beidio â'i chasáu hi. Hefyd rhyw lygedyn bychan o obaith, efallai, y buasai hi'n sylweddoli nad cariad newydd a deimlai o gwbl, mai dim ond chwant am ryw newid dros-dro oedd y tu ôl i'r cyfan ac, wrth gwrs, yr hynaf yn y byd y mae rhywun yn tyfu, yna'r lleiaf yn y byd y mae rhywbeth fel chwant yn parhau.

Ond doedd yna neb, er ei fod o'n methu â derbyn hynny, ychwaith, ar y dechrau. Hyd yn oed wedi i Olwen brynu'r byngalo hwnnw yng Nghricieth a byw yno ar ei phen ei hun. Aeth trwy gyfnod o'i ffonio yn hwyr yn y nos ar ôl dod adref o'r Snowdon Arms – weithiau'n ofni, weithiau'n gobeithio clywed llais dyn yn ateb, byth yn siŵr pa un fyddai waethaf, gwybod ei bod yno gyda dyn arall neu'r syniad fod yn well ganddi fyw yno ar ei phen ei hun na gydag ef. Galwadau ffôn dyn truenus a meddw, yn llawn ebychiadau ac ochneidiau a chrio sych dibwrpas, nes o'r diwedd y dysgodd Olwen dynnu'r plwg o'r wal.

Ac yn awr, roedd Indiana Jones wedi carlamu dros ei gorwel, mewn cwmwl o lwch a chyda'r haul yn belen oren y tu ôl iddo.

* * *

Ar y trên o Bwllheli, roedd John yn ymwybodol iawn nad oedd Cricieth – ac felly Olwen – ond ychydig o filltiroedd i lawr y lein, ac y byddai'r demtasiwn i adael y trên a mynd draw i'r gangen o Abbey National lle y gweithiai ei gyn-wraig yn un gref. Ond i be, wedi'r cwbl, a hithau'n gweithio? Ni fedrai hyd yn oed gynnig paned iddo (gan gymryd yn ganiataol y buasai Olwen yn teimlo fel gwneud hynny) – ar y gorau, rhyw sgwrs ffug, bum-munud dros gownter a thrwy wydr trwchus, gydag ocheneidiau diamynedd y cwsmeriaid y tu ôl iddo yn cynhesu'i war, a gaent.

Beth bynnag, roedd o'n dal i deimlo'n grynedig ar ôl ei ffrwgwd neithiwr ar y marina ac ofnai y buasai'n beichio crio unwaith eto wrth daro llygad ar Olwen. Doedd yr wybodaeth ei fod wedi gwneud tipyn o ffŵl ohono'i hun – eto fyth – yn y gwesty wedyn ddim yn helpu, ychwaith. Duw a ŵyr beth roedd Mags wedi'i feddwl. Ofnodd gwrdd â'i llygaid yn gynharach pan ddaeth â'i frecwast iddo, ond gwenu arno yr oedd hi pan fentrodd edrych arni yn llawn, er bod y cwpwl Saesneg canol-oed oedd yn y bar neithiwr yn o dawedog ac yn taflu ambell olwg nerfus i'w gyfeiriad ef a Gwynfor.

Mor denau . . . mor ysgafn . . .

Sgubodd y ferch ar y cei o'i feddwl gan ddefnyddio wfftio Gwynfor fel brwsh llawr. Doedd o ddim wedi digwydd. Roedd o wedi cerdded oddi wrthi efo'i fagiau llyfrau, a chyn gynted ag yr oedd wedi troi'i gefn arni, roedd y ferch wedi gorffen bwydo'r gwylanod, codi a rhedeg ar ôl ei ffrindiau ffiaidd.

Felly rho'r gora iddi, John Griff.

Ym Mhenychain, penderfynodd mai gwell fyddai aros tan ddiwedd y prynhawn, a galw heibio i'r byngalo. Serch hynny, roedd yn gwingo fel wimblad yn ei sedd pan ddaeth castell Cricieth i'r golwg, ac am un eiliad gwallgof meddyliodd yn siŵr fod Olwen ei hun wedi camu ymlaen o'r platfform – nes iddo sylweddoli nad oedd y ddynes yn edrych fel Olwen o gwbwl mewn gwirionedd.

Aeth oddi ar y trên ym Mhorthmadog, yn rhy aflonydd i feddwl am fynd ymhellach am ychydig. Cerddodd drwy'r Stryd Fawr brysur am yr harbwr a'r Cob, gan brynu potelaid o ddŵr a Mars Bar ar ei ffordd. Tua hanner ffordd ar hyd y Cob, eisteddodd ar y wal isel gyda'r sach deithio wrth ei ochr a'i fraich chwith wedi'i phlethu drwy'r strapiau fel petai'n gafael mewn cariad. Roedd y wal yn gynnes o dan ei ben-ôl; eisoes roedd tes pendant i'w weld o gwmpas y Cnicht a'r ddau Foelwyn y tu ôl iddo ac roedd rhywbeth cysglyd, diog ynglŷn â symudiad y llanw o'i flaen.

Tynnodd ei siaced haf, ysgafn ac yfed ychydig o ddŵr. Mi wnes i beth call, penderfynodd – dŵad yma yn hytrach na mynd oddi ar y trên yng Nghricieth; fe'i teimlai'i hun yn dechrau ymlacio trwyddo yma yn llygad yr haul fel hyn, ac roedd y cur pen a fu'n ei boeni ers i Gwynfor ei ddeffro bron iawn wedi'i adael yn llwyr.

Trodd a syllu dros y Traeth Mawr ac ar yr afon Glaslyn yn wincian arno yn yr heulwen. Ia, Gwynfor, meddyliodd. Diolch amdano, rŵan, a theimlai'n uffernol am ei ymateb neithiwr pan gyrhaeddodd y bar a'i weld yn eistedd yno. Doedd o ddim wedi meddwl am Manon a'i hymateb hi, petai o wedi mynd adref heddiw, nes i Gwynfor ei atgoffa; buasai hi'n mynnu cael gwybod pam, ac yn hwyr neu'n hwyrach buasai'r holl hanes annifyr yn cael ei adrodd.

'Sgwenna amdano fo,' oedd cyngor Gwynfor. 'Rho fo yn dy lyfr, yn y bennod gynta. Er mor uffernol oedd o i chdi, ma' rhwbath fel'na yn saff o hoelio sylw'r darllenydd.'

Ond ar y foment, roedd y syniad o ail-fyw'r profiad, hyd yn oed ddim ond ar bapur, yn gwneud iddo grynu fel deilen. Hwyrach, mewn rhyw wythnos neu ddwy . . . Ond credai mai rhai doeth oedd geiriau Gwynfor. Mae'n rhaid i bawb ohonom wynebu ein hofnau, meddyliodd – dringo'n ôl ar gefn y beic yn syth ar ôl cael codwm, fel y dywedodd ef ei hun neithiwr: dyna'r ffordd orau o'u trechu. Fe fyddai sgwennu am y digwyddiad nid yn unig yn ei helpu ef, ond byddai hefyd yn dangos i Manon ei fod wedi dod dros y cyfan: nid yn unig yr hyn a ddigwyddodd ar y marina, ond hefyd yr holl fusnes gyda'r diawl hogyn hwnnw yn yr ysgol. Ac yma, gyda'r haul yn cynhesu'i gorff, a phiod a hutanod y môr yn ddiwyd yn y mwd ar lannau afon Glaslyn, roedd yn weddol hawdd meddwl mewn termau ychydig yn or-syml fel hyn, a theimlo'n benderfynol nad oedd am adael i neithiwr ei anfon yn ôl i'r hyn y bu am flynyddoedd: cysgod o ddyn, yn ofni ei gysgod ei hun.

Daeth cwpled o waith Yeats i'w feddwl:

> *I spit into the face of Time*
> *That has transfigured me.*

Oedd o, tybed, yn ddigon dewr i boeri yn wyneb Amser? Câi weld.

Ond roedd yn hen bryd iddo drio, a rhoi'r gorau i grio a chuddio rhag gweddill y byd.

Gan gychwyn gydag Olwen.

* * *

Ddwyawr yn ddiweddarach, ar y trên yn ôl i Gricieth, roedd o'n dal i deimlo'n weddol bositif er gwaetha'r glöynnod byw a deimlai'n chwarae mig â'i gilydd yng ngwaelodion ei stumog. Roedd pedwar o bobol ifanc yn aros am yr un trên, ond ymlaciodd wrth sylweddoli eu bod yn siarad un o ieithoedd Llychlyn.

Gofalodd eistedd mewn adran wahanol o'r trên yr un fath.

Ceisiodd ladd rhywfaint o amser drwy gerdded o gwmpas y castell, gan wybod drwy'r amser y byddai'n rhaid iddo ddod yn ei ôl yma rhywbryd yn y dyfodol: fasa'n waeth i mi fod yn ista mewn tŷ golchi ddim, meddai wrtho'i hun, dwi'n cymryd dim sylw o unrhyw beth. Wedyn, wrth geisio bwyta hufen iâ Cadwalader, cafodd y syniad mai fel hyn y byddai pethau nes iddo fod yn Nyfi Jyncshiyn: unwaith y byddai wedi cael Olwen oddi ar ei feddwl (cyn belled ag y byddai hynny'n bosibl), gwyddai y deuai Marian i gymryd ei lle. Yn barod, tra oedd o ym Mhorthmadog, roedd hi wedi ceisio gwthio Olwen i'r ochr: un o genod Port oedd hi, yndê? Ynteu ai 'mond y fo oedd wedi cymryd hynny yn ganiataol, am ei bod wedi dod ymlaen ar y trên ym Mhorthmadog, y noson wyllt, wlyb honno ym 1965? Ceisiodd gofio'u sgwrs – a oeddynt wedi trafod eu cynefinoedd o gwbl? – ond roedd gormod o flynyddoedd wedi golchi drosti: ni fedrai hyd yn oed gofio beth oedd enw'r gwin yfon nhw. Roedd o wastad wedi meddwl am Marian fel hogan o'r Port, ond gallai fod o unrhyw le yn y cylch – Beddgelert, Nantgwynant, Garndolbenmaen, Penmorfa, Morfa Bychan, Borth-y-gest . . . Yn gynharach, hefyd, cawsai'r syniad ei bod efallai *ym* Mhorthmadog drwy'r amser, un ai wedi penderfynu gwneud wythnos ohoni efo'i theulu (os oedd ganddi deulu yma erbyn hyn) cyn mynd draw i Aberdyfi, neu hyd yn oed wedi bod yn byw yno ers blynyddoedd lawer, wedi rhoi'r gorau i'r actio a dychwelyd adref i fod yn wraig, yn fam ac yna'n nain, ac wedi anghofio fwy neu lai popeth am y cyw athro lletchwith hwnnw y treuliodd noson flêr yn ei gwmni yn Nyfi Jyncshiyn.

Noson y buasai'n well o beth wmbrath petai yntau wedi ei hanghofio'n llwyr. Ond fel y dywedodd hi, does yna neb byth yn anghofio'i ffwc gyntaf. Mor wir. Gwyddai John, fodd bynnag, na fuasai wedi cychwyn ar y daith wirion yma, nac ar yr holl gelwydd a chymryd arno, petai Olwen wedi aros hefo fo. A phe bai wedi meddwl am Marian o gwbl wrth i'r dyddiad agosáu, dim ond rhyw 'tybed be dda'th ohoni?' fuasai hynny.

Olwen . . .

Llwyddodd i orffen ei hufen iâ er bod ei stumog bellach yn troi. Cerddodd i fyny ac i lawr y prom (neu'r 'ffrynt', fel y dywedent yng Nghricieth), a brwydro yn erbyn yr awydd i edrych ar ei oriawr bob deng munud, bob pum munud, bob munud. O'r diwedd, ac er gwaetha'i hun, mynnodd ei goesau ei dywys i fyny at y stryd fawr. Croesodd y ffordd wrth nesáu at swyddfa Abbey National a sbecian draw wrth sleifio heibio. Dwy ferch ifanc oedd yn eistedd y tu ôl i'r cownter. Efallai mai gweithio o'r golwg yn rhywle yr oedd Olwen, yn trefnu morgeisi a benthyciadau a ballu.

Doedd dim golwg ohoni ymhen hanner awr ychwaith, pan gerddodd heibio yn ei ôl. Roedd hi bellach ychydig wedi pedwar o'r gloch: pryd oedd y llefydd yma'n cau am y dydd? Tua pump? Neu hanner awr wedi? Neu hyd yn oed ddim tan chwech?

Gwyddai na fedrai aros am bron i ddwyawr arall. Croesodd y ffordd. Y ddwy hogan ifanc oedd y tu ôl i'r cownter o hyd, ac edrychodd un ohonynt i fyny gyda gwên ychydig yn flinedig wrth iddo gerdded i mewn.

'*Can I help you?*'

Acen leol, gref.

Cymerodd John arno edrych i gyfeiriad y cefn.

'Sori . . . chwilio am Olwen ydw i. Ydi hi i mewn heddiw?' – gan ddisgwyl i'r ferch ddweud ei bod yn y cefn a pwy sy'n gofyn, plîs?

Ond yn lle hynny, ysgwyd ei phen wnaeth y ferch.

'Nac 'di, sori. Ma' hi *off* yr wsnos yma. Mi fydd hi'n 'i hôl ddydd Llun.'

'O . . . y . . . reit. Wela i.'

'Fedra i helpu?'

'Y . . . na, ma'n ol-reit, diolch. Y . . . ydi hi wedi mynd i ffwrdd i rwla, dach chi'n digwydd gwbod?'

'Dwi ddim yn meddwl . . . ' Trodd y ferch at y llall. 'Ddudodd Olwen oedd hi am fynd *off* i rwla?'

Cododd yr ail ferch ei hysgwyddau. 'Sori, dwn i'm. Dwi'm yn meddwl.'

'Iawn, ocê – diolch. Mi ddo i'n ôl eto. Wsnos nesa. Diolch.'

Damia-damia-damia-blydi hel! melltithiodd ar ôl mynd allan. Dyna ddiwrnod cyfan, fwy neu lai, wedi'i wastraffu, oriau hirion o fod ar bigau. Gallai fod wedi galw heibio i'r byngalo ben bore heddiw, meddyliodd, gan anghofio am funud fel yr oedd o wedi penderfynu *peidio* â mynd i chwilio am Olwen yn ystod y bore gan ei fod yn dal wedi'i gynhyrfu ar ôl neithiwr.

Gwyddai y dylai'n awr ei ffonio er mwyn gweld a oedd hi gartref ai peidio. Yn ei feddwl wrth gerdded i gyfeiriad y Marine, lle roedd ei byngalo, rhestrodd ei resymau dros beidio â gwneud hynny: buasai ateb y drws iddo'n syrpreis fach neis iddi (Ha! Go dda rŵan, John Griff). Nid oedd arno eisiau ei chlywed yn gwneud rhyw esgus, fel ei bod hi ar fin mynd allan i rywle.

Nid oedd arno eisiau ei chlywed yn dweud wrtho am gadw draw.

Erbyn iddo gyrraedd y ffordd bengaead lle roedd Olwen yn byw, roedd y gloÿnnod byw yn bowndian o un pared o'i stumog i'r llall. Arafodd ei gamau wrth iddo nesáu at y byngalo: hwyrach, am hanner awr wedi pedwar y prynhawn, y byddai Indiana Jones yno hefo hi – roedd y twrneiod yna'n gythreuliaid am fynd a dŵad o'u swyddfeydd yn ôl eu mympwy eu hunain. Ond ni welai gar wedi'i barcio'r tu allan. Yn wir, edrychai'r byngalo – na, *teimlai* – fel tasa 'na neb gartref: roedd rhyw lonyddwch rhyfedd o'i gwmpas, fel ci yn pendwmpian yn yr haul nes bod ei feistres yn dychwelyd adref.

Sylwodd fod y lawnt fechan o flaen y tŷ wedi'i thorri'n daclus, a bod y pridd yn y borderi blodeuog wedi'i droi. Roedd y farnis ar bren y drws ffrynt yn sgleinio yn yr haul, a doedd yr un gwelltyn na chwynnyn i'w gweld yn sbecian o'r craciau rhwng slabiau'r fflacsen a arweiniai at y tŷ.

Tŷ Olwen.

Tŷ 'ngwraig i.

Doedd John erioed wedi camu dros ei riniog. Hwyrach, y tu mewn, y gwelai ambell beth cyfarwydd – rhyw ddodrefnyn neu glustog neu ddarlun neu lyfr, neu hyd yn oed hen liain llestri o ddyddiau eu priodas (a theimlai mai hwnnw, y lliain llestri, fyddai'r un i gripio'i emosiynau). Siart mur i fyny yn y gegin, mae'n siŵr. Neu, efallai, y byddai popeth yn ddieithr iddo, fel y carpedi, y llenni, y papur wal, Olwen . . .

Clywodd rywun yn pesychu y tu ôl iddo: dyn ychydig yn hŷn nag ef, yn sefyll yn nrws y byngalo drws nesaf ac yn ei lygadu â pheth drwgdybiaeth. Dwi wedi bod yn sefyll yma fel delw am rhy hir, sylweddolodd, a chan gefnu ar y dyn canodd gloch y drws. Ni welai'r un cysgod yn symud yr ochr arall i'r ffenestr gron yng nghanol y drws. Canodd y gloch eilwaith.

'Can't you see they're out?'

Trodd John ac edrych ar y dyn. Yng nghornel waelod y ffenestr ffrynt y tu ôl iddo, roedd un o sticeri bach crwn y 'Neighbourhood Watch'. Penderfynodd John ymarfer ychydig ar ei Saesneg, gan orwneud yr acen ystrydebol.

'Not having been blessed with the ability to penetrate solid walls with my steely gaze, I fear the answer is no, I cannot see that "they" are out.'

'Well they are.'

Er mwyn tynnu arno'n fwy na dim arall, cefnodd John arno a chanu'r gloch eto.

'Are you deaf?'

'Nac 'dw, gwaetha'r modd, ne' 'swn i ddim yn gorfod gwrando ar ryw goc oen o Sais fath â chdi, cwd.'

Rhythodd y dyn arno.

'You addressed me in a language which is not mine, so I'm addressing you in one that is not yours,' ychwanegodd John.

Gwelodd hen wên watwarus yn dod i wyneb y dyn: roedd yn amlwg fod hwn yn un o'r rheiny a gredai mai estyniad hardd o Loegr oedd Cymru, a hen dro am y tacla oedd yn digwydd byw ynddi efo'u hiaith a'u traddodiadau truenus. Teimlai John ei lid yn chwyddo'r tu mewn iddo, yn rhannol oherwydd agwedd gyffredinol y brych hwn ond hefyd oherwydd credai na fuasai wedi hyd yn oed mentro allan o'i fyngalo petai criw fel Colin a'i ffrindiau iobaidd wedi martsio i fyny'r llwybr. Na, roedd o wedi gweld John drwy'i ffenestr ac wedi penderfynu mai dyma rywun y medrai ei fwlio.

Camodd yn ei flaen.

'*People like you me make me want to vomit. You come here to live, probably having infested the area while on holiday and deciding: Oh, yaas, what a quaint and pretty spot, let's retire here. But you've absolutely no respect for the local people, for their language and their culture – no doubt you're one of those who are arrogant enough to believe that we natives only revert to Welsh whenever you approach, and that we're discussing you in a disparaging manner. You probably expect every meeting you deign to attend to be held in your mongrel tongue . . .*'

'Dwi ddim yn credu, rywsut, y buasai fy nghyd-aelodau ar Bwyllgor yr Eisteddfod Genedlaethol wrth eu boddau petawn i'n mynnu bod ein cyfarfodydd yn cael eu cynnal yn yr iaith fain. Ydach chi?'

Tro John oedd hi'n awr i rythu, a gwnaeth hynny'n geg agored.

'Yn hollol,' meddai'r dyn. 'Dwi gystal Cymro â chi unrhyw ddydd, 'ngwas i. Mi fedrwn i ddeud wrthoch chi lle i gael gafael ar Mrs Griffiths, ond ar ôl y llond ceg ges i gynna, dwi am aros mor ddistaw â mudion glychau Mai.'

'O'r argol . . . ma'n ddrwg calon gin i . . .'

'Rhy hwyr, gyfaill.' Trodd y dyn am ei fyngalo.

'Williams Parry, "Clychau'r Gog".'

Trodd yn ei ôl. 'Be?'

'"Mudion glychau Mai – Mwynach na hwyrol garol, o glochdy Llandygái". Ma'n ddrwg iawn gin i. Wir. Ond dwi ddim wedi ca'l diwrnod rhy dda, a'r peth ola ro'n i 'i isio oedd . . . wel, ma'n ddrwg gen i.'

Edrychodd y dyn arno am eiliadau hirion. Teimlai John fel plentyn gerbron ei brifathro, ac roedd yn rhaid iddo frwydro'n galed rhag edrych i lawr a rhwbio blaen ei droed ar y ddaear.

'Triwch y marina,' meddai'r dyn o'r diwedd, a throi eto am y tŷ.

'Oes 'na un yma – yng Nghriciath?'

'Marina Pwllheli.'

Diflannodd y dyn i mewn i'w fyngalo a chau'r drws ar ei ôl.

* * *

Roedd John Griffiths wedi'i chael hi'n hawdd iawn i dorri'i galon dros y blynyddoedd diwethaf, i gloi'r drws a chau'r llenni a chilio i mewn i'w gadair gyda'i wisgi a'i getyn a'i feddyliau a'i ganeuon am unigrwydd a chariad coll. Bob tro yr edrychai'n ôl at y noson hon, felly, rhyfeddai'n fawr nad oedd ei galon wedi'i thorri'n llwyr pan glywodd y geiriau 'Marina Pwllheli'. Dylai fod wedi chwerthin yn sarrug dros y lle a mynd am beint a phryd o fwyd yng Nghricieth, a meddwl am ei lyfr, a derbyn fod yr hen dduwiau Celtaidd, yn eu ffordd fach chwareus eu hunain, yn edrych ar ei ôl wedi'r cwbl ac wedi dweud wrtho'n glir nad oedd o *i fod* i weld Olwen y diwrnod hwnnw. Ia, dyna be dwi'i angan, meddai wrtho'i hun, peint a rhwbath i'w fwyta, ac yna'n ôl i'r Wylan am fath hir a phoeth ac ella napan fach cyn mynd i lawr i'r bar am ddiodyn a sgwrs efo Mags; yna gwely cynnar efo llyfr Ivor Wynne Jones a noson dda o gwsg.

Ymhen yr awr, roedd o'n ei ôl yn y marina. Cerddodd i mewn rhwng y giatiau fel rhywun yn camu allan o ddiogelwch rhyw gylch hud. Disgwyliai weld Colin a'i ffrindiau'n neidio allan amdano o'r tu ôl i rywle neu rywbeth, ond hyd y gwelai doedd dim golwg ohonynt yn unman.

Dringo'n ôl ar gefn y beic, myn uffarn i.

Doedd y llanw ddim mor uchel â neithiwr; yn wir, roedd yn weddol isel, yna cofiodd ei fod yn dod i mewn awr yn hwyrach bob dydd – ac roedd yntau yma'n gynharach, hefyd, sylweddolodd. Roedd nifer o bobol ar eu cychod, rhai yn eu golchi neu eu paentio, eraill ond yn bwyta ac yfed a diogi'n gyffredinol; clywai bytiau o gerddoriaeth wahanol yn dod o bob un a chryn dipyn o chwerthin a sgwrsio'n digwydd rhwng y cychod, fel y mae cymdogion yn cyfathrebu dros gloddiau eu gerddi cefn.

Ma'r lle 'ma bron iawn yn gymuned ynddo'i hun, meddyliodd. Chlywa i'r un gair o Gymraeg, chwaith.

Mrs Griffiths.

Dyna'r oedd y prifathro drws nesa iddi wedi galw Olwen, ac roedd hyn wedi taflu John oddi ar ei echel am eiliad, fel petai'r dyn wedi cyfeirio at ddynes arall, rhyw ddynes ddieithr. Doedd o'i hun ddim wedi meddwl am Olwen fel 'Mrs Griffiths' ers ... ers pryd? Ni allai gofio. Synnai fod Olwen yn dal i ddefnyddio'r 'Mrs', nad oedd hi wedi dychwelyd at fod yn 'Miss', neu wedi dewis y 'Ms' anhysbys. Neu efallai mai un go henffasiwn oedd y prifathro.

Ond o leiaf roedd hi wedi cadw'r Griffiths.

Cerddodd o gwmpas yn edrych ar bob cwch. Lle roedd hi, tybed? Neu, yn hytrach, lle roedden *nhw*? *'Can't you see they're out?'* oedd geiriau'r prifathro. Oedd hynny'n golygu fod Indiana Jones wedi llwyddo i wneud mwy na chael ei draed dan y bwrdd, a'i fod yn byw efo Olwen yn y byngalo?

Eisteddodd ar fainc, ar ôl edrych o'i gwmpas yn ofalus rhag ofn fod Colin neu ei debyg wedi cyrraedd. Roedd cymaint o gychod yn y bali lle yma, roedd o fel un o feysydd parcio Caernarfon ar bnawn Sadwrn. Syllodd dros y dŵr at lle roedd y ffrwgwd wedi digwydd neithiwr. Dacw lle roedd yr hogan fach denau, wynebgaled honno wedi eistedd yn taflu sglodion i'r gwylanod cegog: mae'n rhaid fy mod i wedi cynhyrfu yn y modd mwya ofnadwy, i mi fwy ne' lai *gredu* 'mod i wedi cydio ynddi a'i lluchio i mewn i'r dŵr.

Ac roedd Gwynfor wedi fy nghredu inna, wedyn, pan ddudis i'r hanas wrtho fo. Ma'n rhaid 'i fod o, ne' go brin y basa hwnnw, o bawb, wedi codi o'i wely a dŵad yma yng nghanol y nos i weld drosto'i hun.

Bastads bach . . .

Roedd yr haul wedi dechrau llithro i lawr at y gorwel, ond â'i wres yn dal yn gryf. Roedd gwynder y cychod yn ei ddallu, fel yr haul yn ei lygaid a glesni caled yr awyr. Fory, dwi am brynu pâr o sbectols haul, penderfynodd John.

Roedd rhywun yn cerdded i'w gyfeiriad – dynes, roedd yn siŵr, rhyngddo ef a'r haul, yn fawr mwy na siâp amwys. Ia, dynes yn cario dau fag siopa, un ym mhob llaw, dynes mewn ffrog haf denau a chyda'i gwallt tywyll yn hongian yn rhydd dros ei hysgwyddau . . .

'*John?*'

Gwelodd ef yn craffu arni, a symudodd yn nes ato nes ei bod yn cadw'r haul o'i lygaid. Dduw mawr, roedd hi'n edrych yn dda! Coch oedd lliw ei ffrog, a chyda'i gwallt tywyll, trwchus yn fwrlwm du dros groen lliw haul ei hysgwyddau, edrychai fel Sbaenes neu Eidales.

'Olwen.'

Safodd, gan deimlo fel glaslanc clogyrnaidd. Ond gan edrych fel hen ddyn, a hen ddyn slei a llechwraidd ei olwg ar hynny: gallai ei weld ei hun yn glir yng ngwydrau trwchus sbectol haul Olwen. Ddwywaith.

Yna ochneidiodd Olwen ac edrych i ffwrdd.

'Ddylat ti fod wedi ffonio.'

'Sori?'

'Dw't ti ddim yma ar hap a damwain, yn nag w't,' meddai'n swta.

'Ro'n i'n cymryd ella y basa Manon wedi deud wrthat ti – wedi dy rybuddio di.' Ysgydwodd Olwen ei phen. 'Rw't ti'n edrach yn dda. Yn grêt . . . '

'Be w't ti isio, John?'

'Allwn i ddim bod yma heb alw ac edrach amdanat ti, yn na fedrwn? Chwara teg . . . '

'Pam?'

'Wel . . . 'sti . . . '

'Ddim *yma* dwi'n byw.'

'Naci, wn i hynny, siŵr Dduw.'

'Felly, pam yma?'

'Mi alwis i hibio i'r tŷ. Y boi drws nesa ddudodd wrtha i am drio fa'ma.'

'Grêt . . . '

Gwylltiodd John ychydig: doedd o ddim wedi meddwl y buasai Olwen yn ei groesawu â choesau agored, ond roedd o wedi gobeithio am rywfaint o gwrteisi.

'Blydi hel, 'mond galw i ddeud helô ydw i! 'Sa rhywun yn meddwl 'mod i'n wahanglwyf ne' rwbath.'

'Mi est ti i'r tŷ, ac wedyn dŵad yn ôl yma yn un swydd. Roeddat ti'n *chwilio* amdana i, felly.'

'Dwi'n *aros* yma! Wel – ym Mhwllheli, yndê. Ac ocê – iawn, o'n, ro'n i *yn* chwilio amdanat ti. Ro'n i isio dy weld di, Ols. Ma' 'na hydoedd ers i ni weld ein gilydd, a cha'l sgwrs.'

'Wel oes, wrth reswm pawb. 'Dan ni wedi ysgaru, John. Ers blynyddoedd. O, damia chdi, ddyn . . . ' Ochneidiodd Olwen eto a chodi'r bagiau i fyny ac i lawr. 'Sgiwsia fi, 'nei di? Ma'r rhain yn drwm.'

Gosododd y bagiau ar y fainc a rhwbio'i breichiau. Clywodd John dincian poteli'n dod o un o'r bagiau, a gallai weld orennau yn y llall, a thorth Ffrengig hir yn ymwthio'n bowld o'i geg.

'Neis iawn.'

'Be?'

Amneidiodd i gyfeiriad y bagiau.

'Gwin, ia? Picnic. Ar y cwch, decini? Fath â bod yn Cannes, myn uffarn i.'

'Sut fasat ti'n gwbod?'

Eisteddodd Olwen ar y fainc a chroesi'i choesau. Roedd y ffrog yn rhy gwta i ddynes o'i hoed hi, a'r gwddf hefyd yn rhy isel, ond y nefoedd! – roedd hi'n gweddu iddi. Eisteddodd John wrth ei hochr. Synhwyrodd ei phersawr a glendid ei gwallt.

Ma' hi'n ogleuo'n wahanol, meddyliodd. Taswn i'n ddall a byddar, 'swn i ddim callach mai Olwen ydi hi.

'Lle mae o, 'ta?'

Gwenodd Olwen yn dawel. Mi fasa'n dda gin i tasa hi'n tynnu'r bali sbectol 'na, meddyliodd John – dwi ddim yn gallu gweld 'i llygaid hi.

'Roedd Manon yn deud dy fod ti am sgwennu llyfr.'

'Ga i weld sut yr eith hi.'

'Mi ddylat ti drio. Rw't ti wedi darllan digonadd.'

Tynnodd Olwen baced o sigaréts a leitar allan o un o'r bagiau a thanio. Codai mwg glas o flaen y sigarét, ond llwyd oedd lliw'r mwg a saethai o'i ffroenau.

'O, John . . . ' Chwarddodd yn dawel a di-hiwmor. 'Ma'n amlwg pam dy fod di yma. Mi ddudodd Manon 'i bod hi wedi sôn wrthat ti am Mal.'

Ia, jest yr enw i ryw ffwcin Indiana Jones o foi. Mal, myn uffarn i.

'Fel y dudist ti dy hun, gynna,' cychwynnodd Olwen, 'ma' 'na hydoedd ers i ni weld ein gilydd . . . '

'Oes, a bai pwy ydi hynny?'

174

'Sori?'

'Dw't ti ddim wedi bod ar 'y nghyfyl i.'

Trodd Olwen ac edrych arno'n llawn.

'Wnest ti rioed freuddwydio y baswn i'n dŵad i'r tŷ 'na sy gin ti yng Llanrug, gobithio? Er mwyn i chdi ga'l codi'r un hen grachan?'

'Mi wnes i *freuddwydio*, do. Ond dw't ti rioed wedi ffonio, hyd yn oed.'

'Ond mi rw't *ti* wedi. Droeon. Yn hwyr yn y nos bob tro, yn chwil ulw gaib, yn crio ac yn rhegi bob yn ail.'

'Dwi ddim wedi gneud hynny ers tro, rŵan.'

'Ma'n dda gen i glywad. Ydi hynny'n golygu y galla i fentro gada'l plwg y ffôn i mewn dros nos o hyn ymlaen?'

Ni allai gofio'r tro diwethaf iddo ffonio Olwen yn y nos: rhoes y gorau iddi ar ôl dechrau amau mai tynnu'r plwg o'r wal yr oedd hi.

'Mudion glychau Mai . . .' fe'i clywodd ei hun yn dweud.

'Be?'

'Y ffôn yn canu'n fud yn nistawrwydd y tŷ, a chditha'n cysgu'n braf.' Cyffyrddodd â'i harddwrn â chefn ei fys bach, ac aeth rhywbeth drwyddo fel cyllell pan welodd hi'n symud ei llaw oddi wrtho. 'Ma'n ddrwg gin i am y galwada ffôn. Dwi'n well rŵan, Ols.'

Gwelodd ei gwefusau'n troi'n denau am eiliad, wrth iddi glywed yr 'Ols', yn union fel y gwnâi rhai Manon.

'Ma'n dda gin i glywad.'

'A dwi ddim yn bwriadu codi unrhyw hen grachan.'

Edrychodd arno eto.

'Na – dŵad yma er mwyn codi un newydd wnest ti, yndê?'

'Ty'd 'laen, ma'n naturiol i mi fod â rhywfaint o chwilfrydedd ynglŷn â'r boi 'ma sy gin ti.'

'Nac 'di, John, dyna'r peth. Dydi o ddim. Dydi o'n ddim o'th fusnas di. Pam w't ti'n mynnu gneud hyn i chdi dy hun?'

'Gneud be?'

'Arteithio dy hun fel hyn. Pa les wneith o i chdi weld Mal?'

'Dwi ddim *isio*'i weld o, diolch.' Trodd Olwen i ffwrdd yn ddiamynedd. 'Na – gwranda arna i. Wneith o ddim lles na dim drwg i mi'i weld o; dwi ddim yn poeni'r un iot os y gwela i fo ne' bidio. Isio dy weld *di* o'n i, Ols. Isio gweld sut oeddat ti, yn un peth – a ma'n rhaid i mi ddeud, rw't ti'n edrach yn wych . . . Na, *gwranda*. Plîs. Wna i ddim trio gwadu 'mod i'n meddwl amdanat ti'n amal uffernol – bob dydd, a bod yn gwbwl onast, bob nos. Mi fasa'n amhosib i mi bidio. Ond dwi hefyd wedi dechra dŵad i dderbyn y sefyllfa. Fel y dudis i gynna, dwi'n well rŵan, y dyddia yma. Dwi wedi dechra mynd allan fwy, ac yfad llai, a dwi *am* roid cynnig ar sgwennu'r llyfr 'ma. Llyfr ffeithiol fydd o, llyfr sy'n golygu fod yn rhaid i mi fynd allan yn reit amal, i neud gwaith ymchwil. A ro'n i isio dy weld di hefyd am fy mod i . . . '

Cododd yn sydyn a mynd i sefyll ar ochr y cei. *Am fy mod i'n dal i feddwl y byd ohonat ti, am fy mod i'n amal yn crio yn 'y ngwely ar d'ôl di – ia, hyd yn oed rŵan, flynyddoedd ar ôl i chdi fy ngada'l i, am fy mod i'n dal i deimlo'r poen siarp hwnnw y tu mewn i mi, fel cancr, pan fydda i'n meddwl amdanat ti.*

Gwasgodd y dagrau poeth – *blydi hel, ma'n rhaid i mi ga'l sbectol haul!* – o'i lygaid cyn troi'n ôl ati.

'Am fy mod i isio ymddiheuro i ti. Am yr holl betha cas ddudis i wrthot ti, am yr holl alwada ffôn rheiny, am bidio â gada'l llonydd i ti a jest gada'l i chdi fynd.'

Edrychodd y ddau ar ei gilydd, Olwen yn hollol lonydd.

'Sori, Ols.'

Ceisiodd wenu arni.

'Ti'n gweld? Dwi *yn* well rŵan . . . '

Yn araf, cododd Olwen ei llaw at ei hwyneb a thynnu'i sbectol haul. Roedd yr haul yn ei goleuo o'r ochr chwith fel lamp *tungsten* ddidrugaredd, yn goleuo'r crychau o gwmpas ei thrwyn a'i cheg a'r rhychau mân wrth ei llygaid. Gwelodd John yn awr fod ei gwallt yn rhy ddu i gyd-fynd yn naturiol â'i gwddf a bod y cnawd dan dopiau'i breichiau yn hongian yn llac; gwelodd hefyd y gwythiennau edafaidd dan groen ei chluniau fel tendriliau o chwyn dan wyneb llyn a bu'n rhaid iddo droi oddi wrthi eto oherwydd gwyddai nad oedd hi erioed wedi edrych cyn hardded.

'John,' meddai hi wrth ei gefn. 'John – sbia arna i.'

Trodd yn ei ôl a theimlo'i galon yn suddo. Doedd hi ddim wedi'i goelio. Gwisgai wên fach drist a ddywedai'n blaen ei bod wedi gweld trwyddo, mor hawdd, mor uffernol o hawdd, ac yn lle cynhesrwydd yr haul teimlodd John anadl oer colled a marwoldeb yn chwythu dros ei war.

'Olwen?'

Trodd y ddau yn sydyn i wynebu'r haul, yr un mor euog eu hosgo â phetai eu dwylo wedi bod yn brysur rhwng cluniau'i gilydd.

Gwelodd John ddyn tal, main yn cerdded amdano, dyn a wisgai grys gwyn di-goler yn hongian dros ei drowsus, dyn gyda gwallt golau cwta ac a edrychai flynyddoedd lawer yn iau a mwy heini nag ef. Ac oedd, roedd y bwbach yn debyg i Harrison Ford, go damia fo, a throdd ac edrych ar Olwen wrth iddi godi oddi ar y fainc dan wenu, gwên fach swil a hapus yn awr nad oedd o wedi'i gweld ar ei hwyneb er pan oedd Manon yn blentyn, a hwn – *hwn* – oedd Mal.

6

'Hwn ydi John.'

Ef, mae'n siŵr, a ddychmygodd y trymder, yr ochenaid, yn ei llais wrth i Olwen ddweud y tri gair bychan yma – nid yn hollol fel petai'r peth gwaethaf posib wedi digwydd o'r diwedd, efallai, ond yn sicr fel petai rhyw hunllef newydd ymgnawdoli o'u blaenau.

Chwarae teg iddo, yr unig beth a ddywedodd Mal oedd, 'O. John – sut w't ti?' ac ysgwyd llaw.

Yr unig dro arall yr ysgydwodd John law â thwrnai oedd yn ystod ei ysgariad ef ac Olwen, ac roedd hynny, teimlodd ar y pryd, fel ysgwyd llaw hefo letysan. Creadur bach eiddil oedd ei dwrnai yr adeg honno, ond roedd y Mal yma'n frid gwahanol, meddyliodd, yn debycach i un o'r cyfreithwyr sgwâr-eu-safnau rheiny sydd i'w gweld ar raglenni teledu Americanaidd nag i'r ddelwedd Ddickensaidd, bron, oedd gan John yn ei feddwl. Roedd ei law yn galed ac yn arw, gyda chryn gryfder yn ei wasgiad, ac er gwaethaf tôn llais Olwen, gwenodd yn naturiol. Un tebyg i Gerwyn ydoedd o ran ei gorff, tipyn o linyn trôns a dweud y gwir, ac roedd cryn dipyn mwy o wyn nag o felyn yn ei wallt, ond roedd pob blewyn i'w weld ganddo o hyd. Ac er nad oedd ei ddannedd mewn unrhyw berygl o ddallu pobol, fel rhai'r twrneiod Americanaidd rheiny, edrychent yn gwbl naturiol ac yn weddol solet yn ei geg.

Dwi wedi gweld hwn yn rhwla o'r blaen, meddyliodd John. Ond ymhle, a phryd? Edrychai'n gyfoglyd o *iach*, dyna oedd y peth gwaethaf amdano. Amhosib oedd dychmygu hwn yn pendwmpian yn ei gadair o flaen y teledu am naw o'r gloch y nos: anghyfleusterau yw pethau fel blinder a chwsg i bobol fel y fo, teimlai John. Un o'r bobol rheiny sydd â diddordeb ym mhawb a phopeth a chyda'r egni i'w mwynhau yn llawn.

Yn sicr, nid y math o ddyn a fyddai'n fodlon ar swper o'r siop tships cyn treulio gweddill y noswaith yn hel llwch mewn cornel fyglyd o'r Snowdon Arms, yn gwylio'i fol yn tyfu'n fwy gyda phob peint a theimlo'i ysgyfaint yn pydru dan gwmwl o fwg baco cetyn.

Ond dwi wedi'i weld o yn *rhwla* . . .

Ymdrechodd i beidio â meddwl amdano ef ac Olwen yn y gwely, ill dau'n dawnsio'r ddawns hynaf erioed . . .

'Reit dda, diolch, sut ma'i?' fe'i clywodd ei hun yn dweud.

'Iawn, diolch i ti. Ond ma'r tywydd yma'n helpu, dw't ti ddim yn meddwl? 'Mond gobithio y deil hi tan ddydd Sul, o leia. Mi fydda i'n ôl yn y swyddfa, at 'y nghorn gwddw mewn gwaith papur, o ddydd Llun ymlaen.'

'O. Reit. Ia'n Duw . . .' Chwiliodd John yn wyllt am rywbeth call i'w ddweud. 'Am fynd allan ar y cwch dach chi heno 'ma?'

'Doeddan ni ddim wedi meddwl mynd – yn nag oeddan, Olwen?' Doedd dim rhaid i Mal droi at Olwen: roedd hi eisoes wedi symud a safai'n awr wrth ei ochr, ei braich frown, gynnes yn rhwbio yn erbyn llawes crys Mal. 'Ond ro'n i'n siarad efo rhyw foi gynna, ac roedd o'n deud fod 'na fecryll yn berwi allan yn y bae. Ar 'i ffordd yno yr oedd o, mae o am roi caniad i mi os oedd y stori'n wir.' Curodd ei fys yn erbyn y ffôn symudol roedd ganddo ym mhoced ei grys. 'W't ti'n un am 'sgota, John?'

'Wel, dwi 'di gneud rhywfaint yn 'y nydd, yndê . . .'

'*Chdi*? Pryd?'

Rhythodd Olwen arno â'i gwên yn llydan.

'Flynyddoedd yn ôl,' meddai John yn amddiffynnol. 'Pan o'n i yn 'rysgol. Ond 'sgota'r afon o'n i, brithyll a . . . a ballu.'

Ysgydwodd Olwen ei phen a gwenu i gyfeiriad y llawr.

''Mond newydd ailddechra dw inna hefyd,' meddai Mal. 'Fel y chdi, mi wnes i gryn dipyn pan yn hogyn – wel, un o hogia Port, yndê, mi fasa'n anodd iawn pidio, 'sgota am ledod yn yr harbwr ac oddi ar y Cob pan oedd y llanw allan – ond ar ôl mynd i'r coleg dwi'm yn meddwl i mi gydiad mewn gwialan tan tua dwy flynadd yn ôl, pan ges i'r cwch 'ma. Ac erbyn rŵan . . . wel, gofyn di i Olwen, dwi allan bob cyfla ga i. Leiciat ti weld y cwch?'

Diflannodd gwên Olwen yn ddigri o chwim.

''Sgin hwn 'run affliw o ddiddordab . . . '

'Fyddan ni ddim deng munud,' meddai Mal, gan gymryd y ddau fag siopa oddi arni. ''Sgin ti amsar, John?'

Gallai deimlo llygaid Olwen, o'r tu ôl i'w sbectol haul, yn gwneud eu gorau i'w wthio ar hyd y cei ac allan drwy giatiau'r marina.

Gwenodd. 'Pam lai?'

Edrychodd Olwen i ffwrdd, dros y cychod ac allan i gyfeiriad y bae. Cnodd ei gwefus isaf: petai wedi gallu cyrraedd un, meddyliodd John, buasai hi'n cnoi cudyn o'i gwallt, dwi ddim yn ama, a hanner disgwyliai iddi roi'i throed i lawr rŵan a dweud rhywbeth fel, 'Pam lai? Mi dduda i pam lai . . . ', ond yn hytrach trodd a dechrau cerdded i ffwrdd.

Arhosodd Mal i John godi'i siaced a'r sach deithio.

'Peth handi,' meddai.

Am eiliad, meddyliodd John mai cyfeirio at Olwen yr oedd o ac edrychodd arno'n siarp, ond edrych ar y sach deithio yr oedd Mal.

'Ma' gin inna un hefyd, dwn i'm sut y baswn i'n gneud hebddi hi bellach.'

'Ca'l benthyg hon wnes i. Mi fyddan ni un ai'n ffrindia mawr ne'n elynion chwerw erbyn diwadd yr wsnos.'

Cerddodd y ddau ar ôl cefn syth, syth Olwen, Mal yn llamu yn ei flaen, a John yn symud yn fân ac yn fuan wrth ei ochr.

'Ydi hi'n bell . . . ?' gofynnodd John, yr un eiliad ag yr arhosodd Olwen, yn amlwg wedi cyrraedd y cwch. 'O . . . '

'Paid â disgwl y *Brittania*,' meddai Mal. Rhwbiodd dop braich Olwen â'i fraich ef wrth gyrraedd wrth ei hochr. Ymddiheuriad, efallai, am wahodd John? Ychydig o gysur, fel, paid â phoeni, mi fydd o wedi mynd mewn rhyw bum munud?

Neu ryw ffordd fach slei gan Mal o ddangos mai hefo fo yr oedd Olwen yn awr? Ynteu ai fel yna'r oedd y ddau yma efo'i gilydd drwy'r amser, yn llawn cyffyrddiadau bychain gyda'u llygaid yn serennu ar ei gilydd, fel pobol ifanc yn eu harddegau? Cafodd fflach sydyn o'r chwant agored a welodd neithiwr rhwng ffrind Colin a'i gariad, a sylweddolodd, na, doedd Mal ac Olwen ddim fel rhai yn eu harddegau wedi'r cwbl: nid oedd eu chwant hwy mor onest.

Roedd o'n fwy cyfoglyd o beth uffarn, meddyliodd.

Nesaodd at y cwch a siglai ychydig yn awr ar y llanw ifanc wrth i'r ddau gariad ddringo ar ei fwrdd: cwch tua chwe metr, efallai, gyda chaban bach twt lle roedd yr olwyn lywio a ballu.

Yna gwelodd yr enw, wedi'i baentio'n hy mewn paent glas ar y pen ôl llydan a gwyn.

Olwen.

Roedd Olwen y ddynes yn ciledrych arno, yn amlwg yn aros am ei ymateb. Fel ag yr oedd Mal yntau, yn ôl ei wên, a daeth iddo'r syniad fod Mal wedi ei dywys yma er mwyn rhwbio ychwaneg o halen yn ei friw ac y byddai'r ddau sadydd yma, unwaith y byddai John wedi troi ar ei sawdl a martsio i ffwrdd o'u golwg dan regi, yn cael hwyl iawn am ei ben dros eu gwin a'u ffwcin bara Ffrengig.

Wel, doedd ganddo'r un bwriad o roi'r boddhad hwnnw iddyn nhw. Ceisiodd swnio'n ddi-hid.

'O, mi welis i'r cwch yma nithiwr, yn mynd allan o'r marina. Pryd oedd hi, dudwch – tua hannar awr wedi saith?'

'O . . . reit,' meddai Mal. 'Mynd i chwilio am fecryll roeddan ni. Ddalion ni'r un, chwaith. W't ti am ddŵad i fyny?'

'Pam lai, yndê?'

Teimlodd y cwch yn siglo o dan ei draed, ond nid yn ei farn ef i'r fath raddau â bod angen llaw gadarn Mal ar ei benelin, ychwaith. Gwrthododd Olwen ag edrych arno, sylwodd: roedd yn well ganddi chwarae efo'i siopa yn y caban, tynnu bwydydd allan o'r bagiau a'u cadw mewn cwpwrdd bychan ger yr olwyn.

Neidiodd Mal allan ar y cei yn ei ôl a dechrau datod y rhaff a glymai'r cwch yn sownd wrth yr angorfa. Ymsythodd Olwen yn ddigon buan pan ymunodd Mal â hi yn y caban a thanio'r injan.

'Mal, be ti'n neud?'

Dechreuodd y cwch symud a winciodd Mal ar Olwen. Dehonglodd John y winc fel, 'Ma'n ol-reit, dwi'n gwbod be dwi'n neud.'

"Mond mynd â John am drip bach o gwmpas y marina 'ma,' gwaeddodd dros ru yr injan. 'Dydi cwch llonydd yn dda i ddim byd.'

Efallai bod Olwen wedi deall y winc, ond doedd hi ddim yn ei chredu. Trodd a gwgu ar John fel petai'r bai am hyn i gyd arno ef. Cododd ei ysgwyddau arni, a dod yn agos at gerdded wysg ei gefn yn feddw wrth i'r cwch gyflymu rhyw fymryn. Brysiodd at ddiogelwch cymharol mainc fechan a redai hyd ochr y cwch, gyda chlustogau o rwber coch arni.

Eisteddodd yn ddiolchgar gan gofleidio'i siaced a'r sach deithio.

'Wel? Be ydi dy farn di?' gwaeddodd Mal dros ei ysgwydd.

'Neis iawn!' bloeddiodd John yn ôl. Gwelodd Mal yn gwenu'n dawel. Roedd yr wg yn dal i dywyllu wyneb Olwen, fodd bynnag, wrth iddi eistedd gyferbyn â John.

'Sori,' meddai wrthi gan godi'i ysgwyddau eto. Ysgydwodd Olwen ei phen a throi i ffwrdd.

Iawn, bydd fel'na 'ta, meddyliodd. Penderfynodd fwynhau'r profiad o deimlo awel fechan yn anwesu'i gorun moel wrth i'r *Olwen* wau rhwng y cychod eraill; roedd sawl person yn codi llaw arno wrth iddo'u pasio, gan gynnwys merch mewn bicini a gododd wydryn i'w gyfeiriad. Yna roedd y cychod eraill y tu ôl iddynt wrth i Mal adael y marina am y bae. Mi fedra i roi *hyn* yn y llyfr hefyd, meddyliodd, a chofio'n syth am y *John* a ddiweddodd ei hoes ar y creigiau yn agos i Bwllheli. Ond roedd y môr yn hollol llonydd, a gwyrodd dros yr ochr i gribo'r dŵr gyda blaenau'i fysedd.

O leiaf dwi'n gwbod rŵan lle y gwelais i Mal o'r blaen, meddyliodd: neithiwr, yma ar y cwch, mae'n rhaid gen i – er bod gen i'r teimlad 'i fod o'n rhy bell i mi fod wedi gallu'i weld o'n iawn, hefyd.

A, wel . . .

Edrychodd draw at Olwen, a eisteddai'n awr yn syllu allan dros y bae, ei chorff yn ei wynebu ond â'i hwyneb mewn proffil. Dechreuodd fwynhau ffantasi fechan, gyda'r ddau ohonyn nhw ar wyliau efo'i gilydd ac wedi llogi Mal a'i gwch am awr neu ddwy. Unrhyw funud rŵan byddai'r Olwen honno'n teimlo'i lygaid arni, yn troi ac yn gwenu arno'n gariadus . . .

Roedd yr injan wedi ymdawelu ychydig yn awr, digon felly iddo fedru clywed cerddoriaeth y *William Tell Overture* yn byrlymu allan o boced crys Mal. Meddyliodd John am y ffôn a gafodd ei fenthyg gan Gerwyn, yn gorwedd yng ngwaelodion tywyll y sach deithio ac eto i'w switsio 'mlaen, heb sôn am ei ddefnyddio. Byddai'n rhaid iddo alw Manon rhyw ben, cyn iddi ddechrau poeni amdano. Dylai alw Gwynfor hefyd, a dweud wrtho ei fod yn iawn. Mi wna i ar ôl cyrraedd y gwesty, penderfynodd . . .

'Thanks, Bob – thanks a lot. On my way,' meddai Mal, a diffodd ei ffôn. Rhwbiodd gledrau ei ddwylo yn erbyn ei gilydd. 'Mecryll!'

Cododd Olwen oddi ar ei sedd.

'O, Mal – na!'

'O, ia!'

'Ond be am . . . ?'

Trodd ac edrych ar John. Edrychodd Mal arno hefyd, fel petai wedi anghofio popeth amdano.

'O . . . John, w't ti ar frys i fynd yn ôl?'

'Wel . . . '

Er nad oedd ganddo unrhyw beth yn galw, edrychodd John ar ei oriawr. Wrth iddo wneud hynny, trodd Mal yn ôl at Olwen.

'Yli, fyddan ni ddim yn hir, a dwi ddim isio colli'r cyfla yma. Ti'n gwbod fel ma'r mecryll 'ma, mi fyddan nhw wedi hen fynd os a' i'n ôl i'r marina ac yn ôl allan yma wedyn.'

'Ia, ond . . . blydi hel, Mal!'

'Plîs? Grêt – diolch,' meddai Mal, cyn i Olwen gael cyfle i ddweud rhagor. Trodd yn ei ôl at yr olwyn a chychwyn am y gogledd-orllewin.

Dychwelodd Olwen at ei sedd. Cyn eistedd, safodd uwch ben John a gwgu arno'n fwy nag erioed.

'Pam *ffwc* na fasat ti wedi ffonio!'

'Chwara teg, do'n i ddim wedi bargeinio am hyn, yn nag o'n.'

'Ond rw't ti wrth dy fodd, yn dw't? Wrth dy blydi fodd.'

'Nac 'dw!' Edrychodd John gyda pheth nerfusrwydd ar y môr agored o'i flaen. Un peth oedd llithro'n esmwyth, braf dros ddŵr llonydd y marina, ond gallai weld mai defaid Dafydd Jôs oedd y rhan fwyaf o'r tonnau allan yn y bae. 'Ti'n gwbod amdana i, dwi'n tshampion *wrth* y môr, ond yn casáu bod arno fo, ne' ynddo fo. Ac ar ben bob dim, ma' hyn yn . . . yn . . . ' Chwifiodd ei law yn amwys. "sti, hyn i gyd. Y fi yma, efo chdi, a fo . . . mae o'n blydi swreal, a deud y lleia.'

'Swreal, myn uffarn i . . . '

Dychwelodd Olwen i eistedd unwaith eto, gan dynnu gwaelod ei ffrog i lawr dros ei chluniau.

Fel yr ofnai John, doedd y môr ddim mor llonydd yma, allan yng nghanol y cesig gwynion fel hyn, yn enwedig gyda Mal yn gwibio drwyddyn nhw, a gallai John deimlo hen bwys bach annifyr yn deffro yng ngwaelodion ei stumog. Plîs na, y peth dwytha dwi isio'i neud rŵan ydi chwdu, gweddïodd, ond wrth gwrs roedd meddwl am hynny yn pryfocio'r pwys, fel rhywun yn pwnio nyth cacwn â ffon. Daliodd ei wyneb i fyny i'r gwynt ac agor ei geg yn llydan yn y gobaith ofer y buasai'r awyr iach yn setlo'i stumog, ond erbyn hyn roedd yr *Olwen* wedi troi yn un o'r bycing-broncos rheiny sydd i'w gweld yn prancio'n anhydrin, gyda rhyw greaduriaid hunanleiddiol ar eu cefnau, mewn *rodeos*. Dechreuodd ddifaru bwyta'i frecwast, y Mars bar a'r hufen iâ o Cadwalader's ac ymdrechodd i beidio â meddwl amdanynt. Ond roedd yn rhy hwyr, oherwydd gwelai law Mags yn gosod ei blât o'i flaen unwaith eto – bacwn, wyau, sosej, bara saim – a gwelai law Gwynfor yn gwasgu'r saws coch yn dew dros ei wyau ef cyn eu hollti a gadael i'r saws a'r melynwy waedu i mewn i'w gilydd . . .

Cododd ar ei draed, er y teimlai mewn gwirionedd fel rhowlio'n belen a gorwedd o dan y sedd gan riddfan. Ond camgymeriad oedd sefyll, oherwydd fe'i cafodd ei hun yn byrlymu am Olwen fel melin wynt meddw. Trodd hithau mewn pryd i'w weld yn dod amdani a chafodd gip ar y dychryn ar ei hwyneb cyn iddo lanio ar ei glin a llenwi'i geg â'i gwallt, y gwallt hwnnw oedd ag iddo flas ac arogl dieithr erbyn hyn.

Ceisiodd ei wthio'i hun yn ei ôl oddi wrthi, ond roedd bowndian yr *Olwen* yn mynnu'i daflu yn ei flaen bob gafael.

'Sori!'

'Be uffarn w't ti'n neud?'

Roedd ei wyneb, teimlai, yn wyn ac yn sgleinio â chwys oer dyn sâl, ond doedd dim trugaredd i'w gael gan Olwen. Gyda'i dwy law, rhoes sgwd hegar iddo reit yng nghanol ei stumog.

A digwyddodd yr anochel.

* * *

Eisteddodd ar y fainc â'i ben i lawr, bron rhwng ei bengluniau. Rhywle y tu ôl iddo, clywodd ddrws car Olwen yn cau â chlep uchel, yna'r injan yn tanio a'r car yn gyrru i ffwrdd. Roedd ei goesau'n wan, ei wddf yn llosgi a'i geg yn blasu fel petai newydd fod yn cnoi tail, ond roedd ei stumog wedi setlo'n wyrthiol: os rhywbeth, roedd John Griffiths yn barod am ei swper.

Llyncodd weddill y dŵr o waelod y botel a roddodd Mal iddo'n gynharach. Safai Mal ychydig droedfeddi oddi wrtho, yn syllu i gyfeiriad y maes parcio fel petai'n disgwyl gweld Olwen yn dychwelyd. 'Sgen ti ddim gobaith caneri, was, meddyliodd John, a dw't ti ddim yn 'i nabod hi cystal â hynny wedi'r cwbwl, yn nag w't, os w't ti'n gobeithio fod Olwen am newid ei meddwl.

Cliriodd ei wddf a throdd Mal ac edrych arno, ei wyneb yn ddifynegiant.

'Wir. Ma'n ddrwg calon gen i,' meddai John eto. Cododd a

chwilio am fin sbwriel, ond doedd yna'r un wrth ymyl. 'Diolch,' meddai, gan gynnig y botel wag i Mal. Cymerodd hwnnw hi oddi arno fel un mewn breuddwyd. "Sgen ti ddim ffasiwn beth â da-da mint, decini?' Ysgydwodd Mal ei ben. 'Na. Wel . . . y . . . diolch yn fawr, yndê . . .' Trodd ac estyn am ei siaced a'r sach deithio.

'Ddaw hi'n 'i hôl, dywad?'

'Sori?'

'Olwen.'

'Wel . . . do's wbod, a deud y gwir. Falla ddim heno 'ma.'

"Dan ni rioed wedi ffraeo o'r blaen, ti'n gweld. Rioed. Nac anghytuno chwaith, felly 'sgin i ddim llinyn mesur ar gyfer rhyw sefyllfa fel hon – dwi rioed wedi'i gweld hi'n gwylltio, felly dwn i'm am faint mae o'n para ganddi hi. W't ti'n meddwl y daw hi'n 'i hôl? Ar ôl iddi ga'l cawod a newid 'i ffrog, wrth reswm . . . Ne' falla y dylwn i fynd i Griciath ymhellach ymlaen?'

'Ella y basa'n syniad tasat ti'n 'i ffonio hi gynta. Gweld pa ffordd ma'r gwynt yn chwthu, felly . . .'

'Ia . . .'

Ochneidiodd Mal, ac edrych i lawr ar y botel yn ei ddwylo fel pe bai'n methu deall o ble roedd hi wedi dod.

'Ei di allan yn d'ôl rŵan?' gofynnodd John.

'Be?'

'Y mecryll . . .'

'O. Na, mi fyddan nhw wedi hen fynd erbyn rŵan.' Edrychodd Mal ar yr *Olwen*, yna'n ôl at John. 'Ma' gen i waith sgwrio i'w neud, beth bynnag.'

Petrusodd John. Y peth olaf oedd arno eisiau'i wneud oedd rhoi'r un o'i draed ar fwrdd unrhyw gwch eto am weddill ei fywyd, ond chwarae teg . . .

'Yli, mi wna i hynny. Y peth lleia fedra i'i neud.'

Nodiodd Mal.

'Dyna'r union beth oedd yn mynd trw' fy meddwl inna.'

Trodd a chamu'n ei ôl ar fwrdd yr *Olwen*, yn amlwg yn disgwyl i John ei ddilyn, ac am eiliad bu John o fewn dim o fanteisio ar ei gyfle a rhedeg fel ewig o'r marina. Ond roedd ei goesau'n dal yn wan, ac ni fedrai gofio'r tro diwethaf iddo redeg, felly doedd dim amdani ond dringo'n ei ôl ar yr *Olwen* a derbyn y brwsh sgwrio a roddodd Mal iddo. Rhythodd yn llywaeth ar y brwsh. Beth oedd o i fod i'w wneud – gwyro dros ochr y cwch a gwlychu'r brwsh yn y môr? Roedd o wedi llwyddo i wneud cryn lanast, hefyd – nid yn unig ar ffrog a gwallt Olwen, ond ar y sedd a'r bwrdd yn ogystal.

'Mi estynna i ddisinffectant rŵan, a berwi'r teciall,' meddai Mal.

'Ia, mi fasa panad yn mynd i lawr yn dda.'

'Be?'

Deallodd John. 'O. Ia, reit – ar gyfar y . . . ' Nodiodd i gyfeiriad y llanast lliwgar, a oedd eisoes yn drewi ac yn bygwth ysbrydoli ei stumog i gynhyrchu rhagor.

'Ia.'

Cyrhaeddodd y dŵr a'r diheintydd ymhen munudau, y teciall wedi'i ferwi ar stôf fach nwy, a chyda hwy, diolch i Dduw, roedd mop a chadachau. Gan anadlu drwy'i geg, bwriodd John iddi, yn teimlo drwy gydol yr amser fel hogyn drwg (am yr ail waith y diwrnod hwnnw, ond y tro hwn fel un oedd wedi taflu i fyny ar fws yr ysgol). Wrth iddo lafurio, dechreuodd hefyd deimlo cryn ddicter tuag at Mal am *wneud* iddo deimlo felly. Ia, iawn, y fo oedd wedi cynnig, a fo'i hun, chwarae teg, oedd wedi creu'r llanast yn y lle cyntaf; pe bai o'n wyliwr gwrthrychol yn sefyll ar y cei, yna buasai yntau hefyd yn barnu mai lle John Griffiths, a neb arall, oedd glanhau ei lanast ei hun ar ei ôl. Ond sibrydai rhyw ddiafol bach yn ei glust chwith y buasai dyn go iawn wedi dweud wrth y brych am lanhau'i ffwcin cwch ei hun. Tyfodd y dicllondeb hwn wrth iddo sgwrio a rhwbio a rinsio, gan chwyddo'n fwy bob tro yr edrychai i fyny o'i lafur a gweld Mal yn eistedd ar flaen y cwch, ei gefn yn erbyn ffenestr y caban ac yn syllu allan i'r bae, lle roedd yr haul erbyn hyn wedi dechrau machlud.

Gorffennodd o'r diwedd, a golchi'r bwced yn y môr. Roedd Mal erbyn hyn wedi ymuno ag ef, ac yn byseddu'r ffôn symudol drwy ddefnydd poced ei grys.

'Pryd w't ti'n meddwl y dylwn i'i ffonio hi?'

Ymsythodd John. Roedd ei gefn bellach yn brifo a'i wyneb a'i war yn llosgi'n sych ar ôl yr haul, ac roedd ei geg yn blasu'n awr o gymysgedd o chwd a'r diheintydd.

'O'r arglwydd, dwn i'm! Y chdi sy'n 'i thrin hi'r dyddia yma.'

Gwyliodd wyneb Mal yn troi'n fflamgoch, a meddyliodd John am eiliad ei fod am gael dwrn ganddo, yna sylweddolodd mai chwithigrwydd oedd yn gyfrifol am y cochi sydyn hwn.

Trodd i estyn ei siaced a'r sach deithio.

'Lle'r ei di rŵan?' gofynnodd Mal.

'Yn ôl i le dwi'n aros, i'r gawod, ac wedyn ar 'y mhen i'r dafarn agosa.'

'Gymri di wydriad o win, cyn mynd?'

Edrychodd John arno. Ond roedd Mal i'w weld o ddifrif.

'Dw't ti ddim wedi ca'l digon ohona i am un dwrnod?'

'Plîs. Leiciwn i ga'l sgwrs iawn efo chdi.'

'Am Olwen, m'wn?'

'Wel – ia, os nad oes ots gen ti.'

'Does 'na ddim byd i'w ddeud. Ma' 'na flynyddoedd ers i ni wahanu. Dwi wedi colli nabod arni hi.'

Roedd John erbyn hyn ar bigau'r drain. Os nad oedd Mal wedi cael digon arno ef, yna roedd o'n sicr wedi cael digon ar Mal. Hefyd, tua'r adeg yma neithiwr oedd hi pan ddigwyddodd y ffrwgwd hwnnw efo Colin a'i griw, ac roedd John eisoes wedi dechrau codi'i ben yn nerfus, fel aderyn gwyllt, bob tro y clywai lais uchel yn dod o gyfeiriad y marina.

'Ond dwi *yn* meddwl y dylan ni ga'l sgwrs fach, John. Ma' rŵan yn gystal cyfla ag unrhyw bryd, dw't ti ddim yn meddwl?'

'Nac 'dw. Dwi ddim yn gweld fod gynnon ni unrhyw beth i'w drafod . . .'

Yna, dros ysgwydd Mal, gwelodd griw o bobol ifanc yn dod i mewn drwy giatiau'r marina a gwyddai ym mêr ei esgyrn mai Y Nhw oedden nhw, Colin a'i ffrindiau, er eu bod nhw ar y foment yn rhy bell i ffwrdd iddo fedru gweld eu hwynebau.

Ond dod i'w gyfeiriad ef yr oeddynt. Ymhen munud neu ddau, byddent wedi ei gyrraedd. Edrychodd o'i gwmpas yn wyllt, ond doedd nunlle yma i ymguddio. Heblaw am y môr, a chafodd y syniad gwallgof o dynnu'i ddillad a neidio i mewn yn ei drôns a nofio nes bod yr *Olwen* yn ei guddio rhag y cei.

Roedd Mal yn dweud rhywbeth wrtho.

'Sori – be oedd hynna?'

'Chadwa i mohonot ti yma'n hir.'

Gallai weld rŵan mai tri bachgen a dwy ferch oeddynt, yn union fel neithiwr.

'Ma' gen i chydig o duniau o gwrw, os nad w't ti'n un am win. A photelaid o wisgi. Ne' mi gawn ni banad, os fasa hynny'n well gin ti.'

'Ia, ocê.'

'Be?' Roedd y newid meddwl sydyn hwn wedi taflu Mal oddi ar ei echel.

'Ia, panad. Grêt. Jest y peth. Mi wna i un, ia?'

Gwthiodd heibio i Mal ac ar ei ben i mewn i'r caban. Aeth

i'w gwrcwd gan ofalu bod dim ohono i'w weld ond ei gefn a hefyd bod Mal yn sefyll rhyngddo ef ac ochr y marina. Gallai glywed eu lleisiau'n awr, yn dod yn nes ac yn nes. Agorodd ddau gwpwrdd bychan a dechrau sgrialu drwy bob math o geriach morwrol fel petai'n chwilio am rywbeth pwysig.

'John?'

'Chwilio am ddŵr ar gyfar y teciall 'ma . . . ' mwmbliodd, rhag ofn i'w lais gario a thrwy ryw wyrth faleisus iddyn Nhw ei nabod o o neithiwr, er na ddywedodd fawr ddim wrthynt ar y pryd.

'Dydi o ddim yn ca'l 'i gadw yn fan'na. Mi ferwa i'r teciall, 'sdim rhaid i chdi boeni.'

Mentrodd edrych dros ei ysgwydd chwith. Cafodd gip ar bum pen yn diflannu am ochr bella'r marina.

'O. Iawn . . . sori.'

Caeodd y cypyrddau ac ymsythu. Oeddynt, roeddynt wedi mynd. Aeth ac eistedd ar ei hen sedd gyda'i law o dan ei glun rhag ofn i Mal sylwi arni hi'n crynu. Tybed faint o'i hanes yr oedd Olwen wedi'i ddweud wrtho? Craffodd ar Mal wrth iddo estyn potelaid fawr o ddŵr o gwpwrdd arall ac arllwys ychydig i mewn i'r tegell. Buasai dyn a wyddai ddim o gwbl wedi edrych arno'n rhyfedd ar ôl iddo ddeifio fel dyfrgi i mewn i'r cwpwrdd yna. Gallai ddychmygu Mal yn edrych arno ef, yna'n troi ac edrych ar y criw ifanc, ac yn deall.

Ac yna'n pitïo drosto.

Meddyliodd mwyaf sydyn am Mags yn y gwesty'r bore hwnnw. A neithiwr hefyd, hyd y gwyddai ef, ar ôl iddo gael ei dywallt i mewn i'w wely. Faint oedd Gwynfor wedi'i ddweud wrthi amdano, ac a oedd hithau hefyd yn teimlo drosto? Ceisiodd gofio a oedd rhywfaint o'r tosturi ofnadwy hwnnw i'w weld ar ei hwyneb amser brecwast ond, wrth gwrs, prin yr oedd o wedi edrych arni; roedd arno ormod o gywilydd am ei ymddygiad oriau ynghynt, fel yr oedd wedi codi'i lais o bryd i'w gilydd wrth siarad efo Gwynfor a'r dagrau a ymddangosodd o nunlle.

Daeth twrw undonog a di-alaw rhyw fath ar gerddoriaeth fodern o ben pella'r marina, ddim yn fyddarol o bell ffordd ond yn ddigon i godi'i wrychyn a thynhau'r cyhyrau yn ei stumog druan.

'Fyddwch chi'n ca'l llawar o drafftarth efo rhyw betha fel'na yma?' gofynnodd. Edrychodd Mal arno'n ymholgar. 'Yr iobs 'na a'th hibio gynna.'

'Iobs?'

Amneidiodd John yn ddiamynedd i gyfeiriad y sŵn.

'O, Duw, 'swn i ddim yn galw'r rheina'n iobs,' meddai Mal. 'Plant y boi sy bia'r cwch ydi dau ohonyn nhw, pobol digon clên.' Gwenodd. 'A fedri di ddim disgwl i bobol ifanc wrando ar Chopin, gwaetha'r modd.' Estynnodd Mal y gwin o'r cwpwrdd ac edrych ar y labeli, un coch ac un gwyn. 'Ma'r teciall yma'n cymryd oes i ferwi. Gymri di wydriad o win tra wyt ti'n disgwl? Ne' gwrw?'

Cyfyng-gyngor arall. Doedd o ond wedi derbyn y cynnig o baned er mwyn cael esgus i ymguddio hynny a allai oddi wrth y bobol ifanc rheiny ond, wrth gwrs, ni fedrai ddweud hynny wrth Mal. Tra oedd yn pendroni, estynnodd Mal gan o lager a'i gynnig iddo.

'Diolch.'

'Dydi o ddim yn oer iawn, ma'n ddrwg gen i.'

'Mi wneith yn tshampion.'

Agorodd y can a chymryd llwnc. Doedd o ddim yn ddyn lager fel arfer, ond . . .

'Roedd rhywun yn deud yn gynharach fod 'na rhyw gyffyffyl wedi digwydd yma nithiwr, hefyd,' meddai Mal, a daeth John yn agos iawn at dagu. 'Rhyw betha o Lerpwl, fel ro'n i'n dallt. Mi gafodd un hogan 'i lluchio i mewn i'r dŵr, yn ôl y sôn.'

Trodd at y tegell, a oedd bellach wedi dechrau berwi, felly collodd ei gyfle i weld wyneb oedd wedi'i losgi'n binc gan yr haul yn troi'n wyn.

'Do, hefyd?' Swniai ei lais fel crawc i John. 'Y . . . oedd hi'n iawn?'

'Am wn i. Welodd neb be ddigwyddodd.'

Mor denau, mor ysgafn . . .

Llyncodd ragor o'r lager cynnes.

'Chafodd hi mo'i lladd, felly?'

'Dwi'n meddwl y basa 'na dipyn mwy o ffŷs wedi bod tasa hynny wedi digwydd. Te, 'ta coffi?'

'Coffi . . . na, te, plîs. Ia, te.'

Ar ôl rhewi am rai eiliadau, roedd meddwl John yn awr ar wib. Efallai nad 'ei hogan o' oedd wedi cael y drochfa, efallai bod rhyw giang arall wedi dod yma'n hwyrach. Ceisiodd gofio ai acen Lerpwl oedd gan Colin a'r lleill, ond methodd: roedd yn gallu cofio'u lleisiau, a'u geiriau, ond nid eu hacenion. A hyd yn oed os mai Y Nhw oeddynt, yna efallai mai wedyn y digwyddodd y taflu i mewn i'r môr, ymhell ar ôl i John ddianc am y gwesty – rhyw chwarae'n troi'n chwerw ymysg y criw.

'Dw't ti ddim yn teimlo'n sâl eto, gobeithio?'

Roedd Mal yn edrych arno'n bryderus.

'Nac 'dw . . .' Derbyniodd y mẁg oddi arno, dŵr poeth gyda chwdyn te yn gwaedu'n frown.

''Sgen i ddim llefrith yma, ma'n ddrwg gen i.'

Eisteddodd Mal gyferbyn ag ef, gan osgoi'r man a fedyddiwyd yn gynharach gan John. Roedd gwydraid o win coch ganddo yn ei law ac edrychodd arno am rai eiliadau cyn ei godi i'w geg a chymryd sip. Yna edrychodd arno eto. Roedd o'n amlwg yn cael trafferth penderfynu lle i gychwyn siarad, ac yntau rŵan wedi llwyddo i gaethiwo ei gynulleidfa. Edrychodd ar John droeon, fel petai ar fin dweud rhywbeth, yna newid ei feddwl a throi ei sylw'n ôl at y gwin.

Ma'n siŵr fy mod inna'n edrach yr un fath, meddyliodd John. Dwi ar dân isio holi mwy am yr hogan 'na, ond dwi ddim yn meddwl bod hwn yn gwbod unrhyw beth arall am yr hyn a ddigwyddodd nithiwr.

Ond be tasa rhywun wedi fy ngweld i?

Edrychodd yn bryderus o gwmpas y marina a gweld fod cryn dipyn o bobol ar fyrddau eu cychod, yn mwynhau'r machlud ac yn sgwrsio'n dawel. Lle roedden nhw i gyd neithiwr? Roedd digon o sŵn gan Colin a'i griw pan gyrhaeddon nhw; oedd pobol y cychod i gyd wedi diflannu i mewn i'w cyrff a'u cabanau pan glywson nhw'r sŵn, fel cwningod i'w tyllau? Yn sicr, doedd neb wedi gweiddi na phrotestio pan ymosododd Colin ar John; hyd y gwyddai hefyd, ni chlywodd yntau'r un 'Hei!' wrth iddo frysio am y giatiau – ond doedd hynny ddim yn golygu fod yna neb, rŵan, yn rhywle, yn siarad ar deliffon, wedi adnabod y dyn canol oed â golwg llechwraidd arno a eisteddai'n hy ar fwrdd yr *Olwen*, yn yfed lager fel pe na bai unrhyw beth wedi digwydd.

Teimlodd yr ysfa i godi a mynd, gyda'i wyneb wedi'i droi oddi wrth y cychod a chan ymdrechu i newid rhywfaint ar ei gerddediad.

Ond falla mai'r euog yn ffoi pan fo neb yn ei erlid fasa hynny. Taswn i wedi gneud rhwbath mor ofnadwy, siawns na faswn i'n cofio? Siawns na faswn i'n gneud mwy na rhyw hanner meddwl ella 'mod i wedi'i neud o. Siawns na faswn i'n gwbod.

Mor denau, mor ysgafn . . .

'Dwi am i chdi wbod fod gen i gryn feddwl ohoni,' meddai Mal.

Edrychodd John arno'n ddryslyd.

'Mwy na chryn feddwl,' ychwanegodd. Roedd Mal wedi gwagio'i wydryn. Cododd y botel oddi ar y llawr ger ei draed ac arllwys rhagor. Yfodd, ac edrych ar John. 'Rho hi fel hyn, John. Pan gollis i Rhiannon . . . sori, w't ti'n gwbod rywfaint o'm hanas i?'

Ysgydwodd John ei ben. 'Nemor ddim.' Roedd hynny'n haws, teimlai, na sôn am y crynodeb a roes Manon iddo.

"Y ngwraig gynta fi,' esboniodd Mal. 'Tiwmor ar yr ymennydd, a'r unig fendith oedd 'i bod hi wedi ca'l mynd yn sydyn. Y peth ydi, pan gollis i hi, mi fûm i'n melltithio Duw am 'i chipio hi oddi arna i. Am flynyddoedd. Ond ers i mi ddŵad i 'nabod Olwen, dwi wedi dechra diolch iddo Fo unwaith eto. Ella fod hynna'n rhoi rhyw syniad i ti faint o feddwl sy gen i ohoni hi. Faint dwi'n 'i deimlo tuag ati hi.'

Setlodd ei lygaid ar John eto, y tro hwn yn amlwg yn disgwyl am ryw fath o ymateb – nòd fechan, efallai, neu air neu ddau. Edrychai ychydig yn siomedig wrth i John wneud dim ond codi'r tun lager i'w geg.

Llyncodd Mal ragor o'i win cyn ailgychwyn siarad.

'Ro'n i wedi bod mewn cariad o'r blaen, cyn i mi nabod Rhiannon. Neu o leia ro'n i'n *credu* 'mod i mewn cariad. Wedi gwironi'n bot yr o'n i, ar hogan oedd â'r un affliw o ddiddordab ynof i, 'mond ynddi hi'i hun. Ond roedd hynny flynyddoedd yn ôl, pan o'n i'n ifanc iawn ac ond newydd ddechra gwithio go iawn. Mi wnes i dipyn o ffŵl ohonof i fy hun drosti hi, a deud y gwir.' Gwenodd yn chwerw, yn amlwg yn gallu gweld wyneb y ferch honno o'i flaen. Ymysgydwodd. 'Yna mi dda'th Rhiannon, hogan hollol wahanol. Ac roeddan ni'n hapus iawn, John. Drw' gydol ein priodas, a byth bron yn torri'r un gair croes. Mi gawson ni dri o blant – ma'r hynaf, Bryn, yn gwithio efo fi yn y busnas, a'r ganol, Rhian, yn gyfrifydd i lawr yn Abertawe, tra bod y 'fenga, Angharad, ar 'i blwyddyn ola yn y brifysgol, yn darllan y gyfraith. A wir i chdi, oni bai amdanyn nhw . . . Wel, pan a'th Rhiannon, ro'n i'n credu fod bob dim drosodd, fod bywyd wedi mynd yn . . . yn ddibwrpas. 'Mond y plant wna'th fy nghadw i rhag drysu'n lân. Ma'n ddrwg gen i os ydi hynna'n swnio'n felodramatig, ond felly ro'n i'n teimlo.'

Ac yn ystod hyn, meddyliodd John: Argol fawr, be sy'n *bod* arna i? Ma' hwn yn amlwg wedi bod yn ymarfer 'i araith, wedi penderfynu fod yn rhaid i ni'n dau gael y sgwrs yma'n hwyr ne'n hwyrach, ond dyma fo serch hynny yn arllwys 'i galon wrth ddyn oedd tan heno 'ma yn gwbl ddiarth iddo fo. A dyma fi'n ista yma'n teimlo'n ddiamynedd, ar dân isio deud wrtho fo am neud 'i bwynt, wir Dduw, er mwyn i mi ga'l 'i ffaglu hi o'ma. Dwi ddim isio clywad am 'i briodas fach berffaith o, a'i blant bach perffaith o, ac yn sicr dwi ddim isio clywad yr hyn dwi'n gwbod sy am ddŵad nesa.

'Ac yna – wel, mi wnes i gyfarfod Olwen.'

'Ia, ocê.'

Gorffennodd John ei lager, cododd a chydio yn ei siaced a'r sach deithio.

'Be? Lle ti'n mynd?'

'Dw't ti ddim yn disgwl i mi ista yma fel llo yn gwrando arnat ti'n paldaruo am 'y ngwraig i, w't ti? Cymaint y ma' hi'n 'i olygu i ti – haleliwia, da'th haul ar fryn unwaith eto. Ma' 'na ystyr i'm bywyd i unwaith eto.'

'Ia, ond John – dydi hi ddim *yn* wraig i chdi, yn nac 'di?'

'Ddim yn ôl y gyfraith, falla – ond 'na fo, yndê, dyna'r blydi traffarth efo chi dwrneiod, y ffwcin *gyfraith* ydi'r unig beth sy'n cyfri. Dim ots am deimlada pobol, o na, cyn bellad â bod y *gyfraith* yn ca'l 'i dyledus barch. Gwranda . . . ' Gollyngodd John ei siaced a'r sach a sefyll reit uwchben Mal. 'Cyn bellad ag ydw i yn y cwestiwn, ma' hi'n dal i fod yn wraig i mi. Mi fydd hi tra bydda i fyw. Y *hi* wna'th ddewis mynd, nid y fi. Y *hi* gerddodd i ffwrdd o'r briodas, ac mi deimlis i 'i cholli hi cymaint bob tama'd ag y gwnest ti deimlo colli dy wraig gynta . . . '

Ac wrth i John ddweud hyn, sylweddolodd rywbeth.

'Dy wraig *gynta* – dyna be ddudist ti gynna, am Rhiannon. Gest ti un arall ar 'i hôl hi?'

'Be? Naddo!'

'Felly, os dwi 'di dallt yn iawn, rw't ti'n meddwl am Rhiannon fel dy wraig gynta – am dy fod di eisoes wedi dechra meddwl am Olwen fel yr ail!'

'Do!' gwaeddodd Mal yn ôl arno, a chyda fflach sydyn yn ei feddwl o'r tro cyntaf iddo weld Colin neithiwr, neidiodd John am wddf Mal a'i ddal mewn *headlock*.

Y drafferth gyda dal rhywun mewn clo pen fel hyn yw'r broblem o beth yn union i'w wneud nesaf. Roedd gan John Griffiths frith gof o hogia fel Mick McManus a Jackie Pallo yn reslo ar y teledu ar brynhawniau Sadwrn yn ystod y chwedegau, a'u bod hwy wedi rhedeg gyda'r reslars eraill ar draws y sgwâr cynfas a dobio'u pennau yn erbyn y postyn agosaf. Ond roedd bwrdd yr *Olwen* yn rhy gul i ganiatáu rhedeg o unrhyw fath, ac roedd Mal yn gwingo fel llysywen bendoll yn ei gesail. Yn fwy plentynnaidd fyth, dechreuodd John rwbio corun Mal yn galed â'i figyrnau. Bloeddiodd Mal a dechreuodd godi oddi ar ei sedd, gan godi John hefo fo, oddi ar ei draed. Syrthiodd y ddau'n flêr i'r bwrdd, gyda phen Mal yn dal yn gaeth dan gesail chwyslyd John. Bu cryn dipyn o duchan am rai eiliadau, a chicio di-ddim gan Mal, nes i'w sawdl, drwy ffliwc hollol, daro fel bwyell ddi-fin yn erbyn ffêr John. Bloeddiodd yntau a llacio'i afael, a manteisiodd Mal ar y cyfle i sgrialu ar ei draed.

'Arglwydd mawr, w't ti'n *gall*, dywad?'

Eisteddodd John yn rhwbio'i ffêr gan wgu i fyny ar Mal. Roedd wyneb Mal yn biws, bron, ac roedd dafnau gwynion o boer yng nghorneli ei geg. Rhwbiodd ei war a symud ei wddf yn ôl ac ymlaen yr un pryd.

'Dyma fi'n trio cynnal sgwrs gall efo chdi, sgwrs waraidd . . . ' Roedd ei lais, sylwodd John yn falch, wedi troi'n wichlyd. ''Swn i'n gallu dy neud di am *assault*, w't ti'n sylweddoli hynny?'

'O'r arglwydd! Cau hi, wnei di?' Cododd John i'r sedd yr oedd Mal newydd ei gadael, a chamodd Mal yn ôl oddi wrtho'n nerfus.

'Be?'

'Pwy uffarn w't ti'n meddwl w't ti? Dw't ti ddim mewn llys rŵan, 'sti, yn siarad i lawr dy drwyn efo rhyw gradur sy ddim yn ca'l atab yn ôl. 'Rarglwydd, dach chi'n rhyw betha mawreddog, blydi twrneiod. O'n i i fod i ista'n gwrando ar dy sbîtsh di, o'n i? A be wedyn, ar ôl i chdi orffan? Ysgwyd llaw, ia? A finna'n deud 'mod i'n dallt yn iawn, a phob lwc i'r ddau ohonoch chi?'

Eisteddodd Mal i lawr hefyd, y tro hwn yn y fan lle y taflodd John i fyny'n gynharach. Roeddynt ill dau yn crynu.

'Dwi ddim wedi ca'l ffeit fel'na ers pan o'n i yn yr ysgol,' meddai John, yn fwy wrtho'i hun nag wrth Mal.

'Dwi *rioed* wedi ca'l un,' meddai Mal.

Rhythodd John arno.

'Be? Rioed wedi cwffio – yn dy fywyd? Ddim hyd yn oed pan oeddat ti'n blentyn?' Ysgydwodd Mal ei ben. 'Nefoedd, ma'n rhaid ych bod chi'n rêl hen sisis bach yn Ysgol Eifionydd erstalwm.'

'Ddim felly. Roedd 'na fwy na digon o gwffio'n digwydd yno. Y fi oedd yn lwcus, dyna'r cwbwl. Ro'n i'n rhy dal, ma'n siŵr.'

Rhwbiodd Mal ei war eto. Roedd ei ddwylo'n dal i grynu – fel ag yr oedd rhai John.

'Gwranda. Ddudist ti gynna fod gen ti botal o wisgi yma?'

Edrychodd Mal arno'n gegrwth. Yna chwarddodd yn dawel gan ysgwyd ei ben.
'Do, do.'

7

Roedd yr *Olwen* yn symud, ac agorodd John ei lygaid yn sydyn gan wybod i sicrwydd ei fod unwaith eto allan yn y bae.

Na, ddim eto, plîs na, ddim eto . . .

Caeodd ei lygaid.

Teimlai ddŵr ar ei wyneb, a meddyliodd fod y cwch yn bowndian dros y tonnau'n ddigon ffyrnig i greu tonnau mwy, a bod y rheiny wedyn yn golchi dros ochrau'r *Olwen* a throsto yntau. Roedd ei stumog eisoes yn troi, ond y tro hwn roedd ei ben yn brifo hefyd, a phenderfynodd mai'r peth doethaf iddo'i wneud fyddai aros yn union fel yr oedd o, yma yn . . .

Ym mhle?

Agorodd ei lygaid eto a sylweddoli ei fod yn gorwedd mewn pelen gyda gwaelod ei gefn yn gorffwys yn boenus yn erbyn drws caban yr *Olwen* . . .

'Rw't ti hyd yn oed wedi enwi dy blydi cwch ar 'i hôl hi!'

. . . a cheisiodd symud ryw fymryn er mwyn lleddfu'r boen yma, ond 'Na!' bloeddiodd ei gur pen arno, 'Aros di lle'r w't ti!' ac ufuddhaodd gyda chnewiad fach druenus. Bu'n cysgu gyda'i ben yn gorffwys yn drwm ar ei fraich chwith, ac roedd wedi glafoerio cryn dipyn dros lawes ei grys. Sylweddolodd hefyd fod ei siaced yn gorwedd dros ei ysgwyddau fel cynfas fechan a'i fod yn cofleidio'r sach deithio fel plentyn yn gwasgu tedi bêr i'w fynwes. Er gwaethaf ei siaced, roedd yn crynu fel deilen, ac a oedd yn rhaid i'r blydi môr boeri arno mor ddidrugaredd?

Ond o leiaf roedd yr *Olwen* yn dawel ac, ar y foment, yr

unig sŵn y tu mewn i'w benglog oedd adlais ei lais ei hun yn
gweiddi ar Mal . . . Gweiddi? Cawsant ffrae arall, felly – os
nad oedd wedi cysgu gyda'r frawddeg yna yn ei ben neu ar
flaen ei dafod.

Na.

Gallai, rŵan, gofio ateb Mal. Ffliwc oedd yr enw, gyda'r
Olwen wedi'i bedyddio gan ei pherchennog gwreiddiol
flynyddoedd cyn i Mal gwrdd ag Olwen ei hun, oherwydd y
llwybr gwyn a adawai yn ei sgil wrth symud drwy'r dŵr.

'O, blydi hel . . . '

Roedd rhagor o atgofion yn bygwth ei hambygio ac roedd
hyd yn oed y cur pen a'r ofn o chwydu eto yn well na gorfod
meddwl am y rheiny rŵan, felly ymdrechodd i eistedd i fyny.
Roedd yn olau dydd, gyda hynny y gallai ei weld o fwrdd yr
Olwen yn wlyb socian. Arhosodd i'r don nesaf ffrwydro
drosto, ond ni ddaeth. Uwch ei ben yr oedd awyr lwyd, a
sylweddolodd mai glaw oedd yn ei wlychu, hen law mân
trwchus a phenderfynol, a bod yr *Olwen* yn siglo *ar* y dŵr, yn
hytrach nag ymwthio drosto neu drwyddo. Llithrodd ei
siaced i lawr oddi ar ei ysgwyddau ac ymosododd y glaw ar
ei grys – ond beth oedd yr ots? Roedd ei drowsus eisoes yn
socian.

Cododd ei arddwrn i fyny at ei lygaid a gweld ar ei watsh
ei bod bron yn bum munud ar hugain i saith. Dwi'n ddyn sâl,
meddyliodd, ac yn waeth na hynny, dwi'n bictiwr o ddyn
truenus, yn ista yma fel hyn – ia, swp o esgyrn mewn gwisg
o gnawd, roedd yr hen Di-Hêj yn llygad 'i le – yn wlyb at 'y
nghroen a 'nannedd yn llac y tu mewn i'm ceg ddrewllyd, a
dwi ddim hyd yn oed yn hidio os daw rhywun heibio a'm
gweld oherwydd does gen i mo'r nerth na'r awydd i symud,
ddim ar y foment.

Gadawodd i'w law syrthio'n llac yn ôl i lawr. Rhywsut
neu'i gilydd llwyddodd i fethu ei lin a tharodd ei law yn

erbyn rhywbeth caled. Mẁg coffi, gwelodd, yn gorwedd ar ei ochr ger ei glun – coffi oedd, rywbryd, wedi creu staen anghynnes ar ei drowsus gwyn.

Ychwanegwch goffi, felly, meddyliodd, at yr holl bethau yr ydw i eisoes yn drewi ohonynt, a rŵan roedd brith gof ganddo o Mal yn berwi'r tegell ac yn yfed un mygaid ar ôl y llall, wedi datgan ei fwriad o sobri digon i yrru draw i Gricieth; Mal, oedd ond wedi yfed ychydig o win a phrin wedi gwlychu'i wefusau â'r wisgi, fe adawodd o hwnnw i gyd i John, a rŵan roedd o yng Nghricieth, mae'n siŵr, yn gorwedd mewn gwely oedd yn llawn o Olwen a'i ben yn gorffwys ar ei bronnau bendigedig a hithau'n sibrwd, 'Maldwyn, Maldwyn . . . ' yn dyner yn ei glust.

'Chei di ddim pwt o groeso, 'sti. Ddim 'radag yma o'r nos.'

'Dwi'n mynd.'

'Dw't ti ddim yn gall yn mentro dreifio, ti'n gwbod fel ma'r copars o gwmpas y sir 'ma. A chditha'n dwrna . . . '

'Os arhosa i yma, yna mi fydda i wedi gneud rhwbath uffernol i chdi.'

'Yli – mi a' i, ma' gin i stafall mewn gwesty yn aros amdana i, wedi'i thalu amdani'n barod . . . '

Brith gof arall, o geisio sefyll ond o fethu'n lân, ac o wyneb a llais Mal yn llawn dirmyg.

'Fedri di ddim hyd yn oed sefyll ar dy draed.'

Cofiai, rŵan, am ffiwsilad o ergydion yn taro yn erbyn ei ben fel cawod o genllysg ac yntau'n gallu gwneud dim byd ond chwerthin, a Mal wedyn yn diflannu i'r nos. Cysgodd wedyn, mae'n siŵr, cyn i'r glaw gychwyn disgyn arno, a theimlai'n siŵr yn awr nad 'Olwen' oedd yr enw a sibrydodd wrtho'i hun wrth i'w lygaid gau.

* * *

Yn y gwesty, meddai Mags wrtho: 'A lle w't ti wedi bod?'

Roedd o wedi gobeithio medru sleifio i mewn ac i fyny i'w ystafell heb iddi hi ei weld, ond roedd y Doctor yn aros fel ceidwad y porth wrth waelod y grisiau. Rhoes un cyfarthiad cyn dod ato a synhwyro'i drowsus â diddordeb mawr, ac ymddangosodd Mags o'r gegin cyn bod John wedi gallu ffoi am ei ystafell.

'Ma' Gwynfor wedi bod yn holi amdanat ti. Ella y basa'n syniad tasat ti'n 'i ffonio fo'n syth bìn rŵan.'

Teimlodd bigiad sydyn yn ei fol: roedd clywed enw Gwynfor wedi goglais rhyw atgof o rywbeth a gafodd ei ddweud neithiwr, ond roedd ei feddwl yn rhy gymylog ar hyn o bryd iddo fedru'i gofio'n glir.

'Mi wna i.'

'Roedd o'n swnio'n reit bryderus, ac yn sôn am ddŵad yma'n 'i ôl os nad oeddat ti wedi ymddangos erbyn diwadd y pnawn.'

'Ol-reit, mi wna i rŵan. Diolch. A . . . wel, ma'n ddrwg gin i.'

Nid oedd golwg rhy hapus ar wyneb Mags pan ddaeth allan i'r cyntedd, a chafodd John yr argraff y byddai'n well ganddi petai o'n talu'i fil a mynd. Doedd hi ddim wedi edrych arno'n llawn, gan siarad ato yn hytrach na hefo fo.

'Cyfarfod hen ffrind wnes i,' esboniodd yn llipa. 'Mi a'th yn dipyn o noson, ac erbyn i mi sylweddoli faint o'r gloch oedd hi . . . '

Eto fyth, teimlai fel hogyn bach drwg yn cael row. Tybed a oedd rhyw grych yn ei gymeriad a ysbrydolai pawb i'w drin fel hyn yn ddiweddar? Doedd lle'r aeth o neithiwr yn ddim o fusnes Mags, wedi'r cwbl.

Yna, wrth estyn ei allwedd iddo, edrychodd Mags arno am y tro cyntaf a bron y gallai John weld y rhew yn toddi oddi arni.

'O, John . . . w't ti'n iawn?'

Nac 'dw, meddyliodd, dwi'n bell o fod yn iawn: ma' fy mhen i'n bowndian a dwi'n brifo drostaf i gyd a dwi o fewn dim o ddechra crio eto, felly plîs gad i mi fynd i fyny'r grisia 'ma, Mags, plîs . . .

Nodiodd.

'Bath cynnas a chwpwl o oria o gwsg, a fydda i ddim 'run un.'

'Gymri di rwbath i'w fyta? Ma'r brecwast wedi hen orffan, ond fydda i ddim chwinciad yn hwylio rhwbath . . .'

'Na – wir. Dwi'n tshampion, diolch.' Gwenodd yn llipa. 'Ma'r hen fol yma braidd yn simsan . . .'

Nodiodd Mags, ond roedd y pryder yn dal yn ei llygaid.

'Well i ti godi'r ffôn ar Gwynfor.'

Dyna fo'r hen bigiad hwnnw eto. *Mor denau, mor ysgafn . . .*

Ysgydwodd ei ben, er bod hynny'n peri poen iddo. *Dwi ddim isio dechra cofio, ddim rŵan, yma . . .*

Gwyliodd Mags ef yn esgyn y grisiau fel petai arni ofn ei weld yn syrthio'n bendramwnwgl yn ei ôl, ac roedd o *yn* crio, go damia fo, wrth agor drws ei ystafell a gweld ei lyfrau yno ar y cwpwrdd wrth ochr ei wely, ond pam bod taro llygad ar y rheiny wedi denu'r dagrau, Duw a ŵyr. Gan osgoi edrych yn y drych, tynnodd amdano wrth i'r bath lenwi a stwffio'i ddillad budron i mewn i fag Tesco oedd ganddo ar gyfer pethau felly. Llyncodd ddwy dabled Paracetamol cyn dringo i mewn i'r bath ag ochenaid uchel. Gorweddodd yno'n gwylio'r stêm yn niwlo'r drych a theimlo'r chwys yn sugno'r wisgi ohono.

Caeodd ei lygaid.

Roedd yn gythral am gysgu yn y bath fel arfer – ni fedrai gofio faint o weithiau y deffrodd gyda'r dŵr yn oer a blaenau'i fysedd wedi crebachu'n wyn, a'i geg fwy nag unwaith yn llawn o ddŵr sebon – ond heddiw, ac yntau'n gweddïo am gwsg, ni fedrai hyd yn oed bendwmpian. Roedd y pigyn wedi dychwelyd i'w stumog ac yn ei bigo drosodd a throsodd erbyn hyn, yn mynnu cael sylw, fel hen gacwn bach piwis mewn cartŵn *Tom and Jerry*.

Ond pam bod clywed enw Gwynfor wedi'i achosi?

Ymdrechodd i ganolbwyntio . . .

. . . a gwelodd Mal yn ffidlan efo'r tegell ac yn sôn mor ddi-hid am y ferch a gafodd ei lluchio i mewn i ddŵr y marina . . . ac roedd hynny *wedi* digwydd, felly, er gwaethaf yr hyn a ddywedodd Gwynfor Preis wrtho ben bore ddoe . . .

. . . ac ia! – dyna fo. Roedd Gwynfor, credai'n ffwndrus, wedi taeru'n ddu las fod dim ffasiwn beth wedi digwydd o gwbwl, mai meddwl dryslyd John oedd wedi creu'r cyfan, a pha syndod, ac yntau ond newydd fyw drwy un o'i hunllefau . . .

Mor denau, mor ysgafn . . . ond sut ddiawl ydw i'n gwbod ei bod hi'n ysgafn?

Am ei bod yn beth fach denau, sibrydai llais rheswm wrtho.

Am dy fod wedi cydio ynddi, ei chodi a'i thaflu i mewn i'r marina, bloeddiodd ei gydwybod arno. Mae'n *rhaid* dy fod di. *Cofio* gwneud rw't ti, John Griff, nid dychmygu. Paid â gwrando ar Gwynfor Preis – synnwn i ddim os nad a'th y mwnci hwnnw ar gyfar y bali marina o gwbwl, ac erbyn meddwl, go brin 'i fod *o*, o bawb, wedi codi o'i wely yn oria mân y bora. Na, *no way José*, cofia'r hyn y ma' Mair wastad yn 'i ddeud amdano fo – unwaith ma' Gwynfor wedi setlo yn 'i wely, does 'na ddim byjio arno fo tan y bora wedyn.

Deud clwydda wrthat ti wna'th Gwynfor – cymryd mantais o dy gyflwr simsan di y peth cynta yn y bora er mwyn rhaffu clwydda.

Ond pam fasat ti'n gneud y ffasiwn beth yn y lle cyntaf? holodd llais gwan rheswm. Yr hogan fach denau honno a'th achubodd, John Griffiths. Roedd y bastard Colin hwnnw'n barod i dy gicio di'n giaidd pan ddywedodd hi wrtho am roi'r gorau iddi. Pam fasat ti'n 'i thaflu *hi* i mewn i'r marina?

Ma'r ateb yn amlwg, yn dydi, John Griff? Am dy fod yn ormod o fabi i gwffio'n ôl pan gychwynnodd Colin bigo arnat ti. Roedd un dwrn gan hwnnw wedi dy droi'n dalp o jeli – na, doedd dim angen iddo dy daro di, hyd yn oed, róeddat ti'n barod i feichio crio pan sbiodd o'n gam arnat ti. Ond roedd yn rhaid i ti wneud rhywbeth i rywun, felly dyma ti'n aros nes yr oedd y lleill wedi mynd o'r golwg cyn troi ar yr unig berson oedd yn barod i dy helpu.

Yn union fel y gwnes i efo Olwen druan, meddyliodd – troi arni hi pan oedd pethau'n ddu, a hithau ond yn trio fy helpu. Nid y hi a'm gadawodd, ond y fi a'i gorfododd hi i'm gadael, ei lluchio allan o'm bywyd fel y lluchiais yr hogan fach denau honno i mewn i'r môr.

Am fy mod yn ormod o fabi-swci i wneud unrhyw beth arall.

Mi ddylwn ei ffonio rŵan hyn, a dweud wrthi mai'r peth callaf a wnaeth hi erioed oedd fy ngadael i.

Ond ma' hi'n gwbod hynny'n barod.

Ydi – ond dydi hi rioed wedi fy nghlywed *i* yn 'i ddeud o. Mi ddylwn ei ffonio p'run bynnag – petai ond er mwyn ymddiheuro am chwydu drosti, y greadures . . . o'r arglwydd mawr, do, mi chwydis i dros fy ngwraig.

Gwasgodd ei lygaid ynghau yn dynn, ond nid oedd hynny'n helpu. Gallai weld y chwd yn tasgu drosti fel cawl llysiau cynnes, y rhan fwyaf yn ei gwallt ond hefyd gryn dipyn dros ei hysgwyddau a'i ffrog. Erbyn iddo fedru symud oddi wrthi a gwyro dros ochr y cwch, dim ond rhyw hen gyfog a phoer oedd ganddo ar ôl.

Yn rhyfedd, troi ar Mal a wnaeth hi, nid arno fo. 'Be ddiawl oedd ar dy ben di, yn mynnu llusgo hwn allan efo ni?'

Roedd fel bod y llid a deimlai tuag at John yn rhy ofnadwy iddi fedru hyd yn oed edrych arno, a dyna pam fod Mal wedi'i chael hi ganddi gymaint. Gwrthododd adael iddo gyffwrdd ynddi. Defnyddiodd y bwced i rinsio chwd John o'i gwallt gyda dŵr môr, a sawl cadach i lanhau'i ffrog, tra eisteddai John yn un swpyn llipa, llawn cywilydd.

'Mi ddo i efo chdi . . .' cychwynnodd Mal ddweud ar ôl iddynt gyrraedd yn y marina yn eu holau, ond tawodd wrth i Olwen droi arno, gyda chudynnau gwlybion ei gwallt yn gwneud iddi edrych fel Medwsa.

'Wnei di ddim!' oedd yr unig beth a ddywedodd cyn brasgamu i ffwrdd i gyfeiriad ei char.

Tybed sut groeso a gafodd Mal ganddi, oriau mân fore heddiw? Os llwyddodd i gyrraedd Cricieth heb droi'n fêl ar fysedd rhyw blismon a lechai rhywle ar y ffordd, neu heb yrru i mewn i glawdd neu ffos. Dychwelodd y ddelwedd o Mal yn gorwedd â'i ben ar fronnau Olwen, a dyna lle rhown i'r byd am gael bod rŵan, meddyliodd . . . ac agorodd ei lygaid yn sydyn pan gafodd y syniad efallai bod Olwen wedi ffonio Manon ac wedi achwyn amdano.

Plîs, na. Ddim hynny.

Gallai ddychmygu Manon yn rhoi'r ffôn i lawr yn araf cyn troi at Gerwyn gyda braw yn llenwi'i hwyneb. 'Wyddost ti be wna'th Dad nithiwr? Taflu i fyny dros Mam.' Gallai hefyd ddychmygu Gerwyn yn gegrwth ac yna'n brwydro i guddio'r wên a mygu'r floedd o chwerthin.

Gwthiodd yr holl ddelweddau hyn o'i feddwl drwy eistedd i fyny a mynd i'r afael â'r sebon. Defnyddiodd shampŵ'r gwesty i olchi'i ben, a phan ddychwelodd i'w eistedd ar ôl diflannu dan y dŵr i'w rinsio, meddyliodd am eiliad ei fod yn gweld pethau, oherwydd safai Mags yn nrws yr ystafell ymolchi – â'i chefn ato, diolch byth.

'Arglwydd mawr!'

'Sori, sori. Mi wnes i guro. Ma' 'na banad ffres iti wrth y gwely.' Symudodd Mags wysg ei hochr o'r drws. 'Ma' Gwynfor wedi bod ar y ffôn eto. Dwi wedi deud wrtho fo dy fod di'n ôl yma'n saff.'

'Mi ddudodd o glwydda wrtha i,' fe'i clywodd ei hun yn dweud.

'Sori?'

Nefoedd fawr, oedd o wedi gadael ei drôns budr – ei drôns *ysglyfaethus*, ei drôns *ffiaidd* – ar ganol y llawr ac yn wledd i'r llygad?

'Mae o yn y bag Tesco.'

'Be?'

Oedd. Efo'i grys a'i drowsus a'i sanau.

'W't ti'n siŵr dy fod ti'n iawn, John?'

'Yndw. Diolch am y banad.'

Paid â bod yn glên hefo mi, Mags. Plîs paid. Ond daeth y dagrau gan lifo dros ei wyneb. Eisteddodd yno yn y bath, ei dalcen yn gorffwys ar ei bengliniau, a'i gefn yn fwa gwyn, esgyrnog.

'John?'

Na, plîs – dos o'ma! – ond methodd â dweud y geiriau. Gwingodd pan deimlodd law feddal ar ei ysgwydd ond doedd ganddo nunlle i ffoi, allai o wneud dim ond ei wasgu'i hun yn belen dynn a gwylio lefel y dŵr yn mynd yn is ac yn is ac roedd yn rhaid bod Mags wedi tynnu'r plwg ac unrhyw eiliad rŵan byddai'n ei chlywed yn dweud wrtho am fynd, plîs, o'i gwesty hi, unwaith ac am byth, ond yn lle hynny teimlodd feddalwch tywel cynnes am ei ysgwyddau.

'Ty'd, rŵan . . . '

Cododd yn ufudd o'r bath fel hen, hen ddyn gan igian crio, y tywel amdano fel mantell a chofiodd fel yr oedd ei fam wedi ei helpu yn yr un modd pan gafodd o'r frech goch. Ond doedd o ddim am adael i Mags ei sychu fel yr oedd ei fam wedi ei sychu ond dyna'r oedd hi'n ei wneud, yn rhwbio'r tywel yn dyner dros ei gefn ac yntau'n pwyso ag un law yn erbyn y sinc ac yn falch na fedrai weld ei wep ei hun yn y drych, diolch i'r stêm. Ac yn awr roedd hi'n sychu'r tu ôl i'w goesau ac wedi gweld ei ben-ôl, mae'n siŵr, ac o rywle cafodd y nerth i sychu ei du blaen ei hun ac i ddal y tywel yno wrth iddi ei dywys i'r ystafell wely.

'Lle ma' dy byjamas di? 'Sgen ti rai?'

Ar ei wely roedd hambwrdd yn dal tebot, siwgwr, llefrith, cwpan a soser a dechreuodd grio eto wrth weld y caredigrwydd bach syml hwn.

Pwyntiodd at y gist ddroriau ac estynnodd Mags ei byjamas iddo, ei byjamas piws, a throi'i chefn a symud yr hambwrdd wrth iddo straffaglu i mewn iddynt. Dringodd i mewn i'r gwely a gorweddodd hithau wrth ei ochr, ei breichiau amdano'n dynn, a gadael iddo grio yn erbyn ei bronnau. Fel hyn yr o'n i isio gneud efo Olwen, meddyliodd, ac efallai'n wir ei fod wedi dweud hynny'n uchel, oherwydd clywodd Mags yn dweud, 'Sshh . . . ' yn dawel, drosodd a throsodd, ac roedd arogl bendigedig ar ba bowdr golchi bynnag a ddefnyddiai i olchi'i chrys-T.

* * *

Estynnodd Mags ei llaw a'i gorffwys ar y tebot.

'Ma'r banad yma wedi hen oeri. Mi a' i i nôl un arall i ni.'

I ni, meddyliodd.

Cododd yntau a golchi'i geg afiach a sgwrio'i ddannedd a'u glynu'n solet yn ôl yn eu lle.

Petrusodd uwchben y gwely. Oni fyddai dringo'n ôl i mewn, ac yntau bellach â cheg lân, ffres, yn rhoi'r argraff iddi ei fod yn disgwyl bod mwy na phanad o de ar y gweill?

Dwi ddim yn disgwl dim byd, meddai wrtho'i hun. *Dwi*

ddim isio i unrhyw beth ddigwydd, ddim rŵan a minnau'n dal yn simsan a dagreuol.

Roedd o'n dweud y gwir, hefyd. Nid oedd wedi teimlo'r un awgrym o chwant rhywiol wrth orwedd gyda Mags, nac ychwaith wedi meddwl am hynny. Teimlai'n benysgafn, os rhywbeth. Fel petai'r diwrnod diwethaf yma heb ddigwydd o gwbl.

Ond ni fedrai din-droi o gwmpas yr ystafell yn ei byjamas, a hithau'n ganol dydd. Gwisgodd amdano'n frysiog; roedd pob dilledyn yn lân, ond eto teimlai fel petai'n dal i ddrewi. Agorodd y ffenestr yn lletach a thacluso'r gwely, yna eisteddodd ar y gadair ger y ffenestr a gadael i'r awel laith chwythu dros ei wyneb.

Teimlai ychydig yn nerfus rŵan, am ryw reswm. Roedd yn amlwg bod Mags yn gwybod ychydig o'i hanes (rhaid bod Gwynfor wedi dweud rhywfaint wrthi, penderfynodd): buasai hynny'n egluro pam ei bod wedi edrych ar ei ôl fel y gwnaeth hi. Y cwestiwn oedd: *faint* oedd hi'n ei wybod? A hefyd, faint ddylai hi gael ei wybod?

Cododd ar ei draed pan glywodd ei hallwedd yn troi yn y clo a daeth Mags i mewn gyda thebot oedd yn ddigon mawr i weiddi 'chi' arno, ei thebot personol hi yn hytrach nag un o rai mwy cyffredin y gwesty. Roedd hi wedi newid o'i chrys-T, gwelodd, a gwisgai grys denim gyda'i waelodion allan dros dop ei jîns. Gwenodd o weld ei fod yntau hefyd wedi newid o'i byjamas.

'Dyna welliant.'

'Yndê, hefyd?' Cliriodd ei wddf. 'Gwranda – ma'n siŵr fod gen ti gant ar fil o betha sy'n galw . . .'

'Oes, ond dwi ddim cweit ar fy mhen fy hun, John. Ma' gen i rywun yn cadw golwg ar y dderbynfa a ballu am gwpwl o oria.'

'O. Reit. Jest – wel, paid â theimlo bod yn rhaid i ti . . . 'sti . . . '

'Tydw i ddim, tydw i ddim.' Tywalltodd ddwy baned. 'Faint o siwgwr?'

'Dwy. Plîs . . . diolch. A . . . diolch, hefyd, am gynna.'

'John – hisht.'

Estynnodd Mags ei baned iddo. Dim ond cryndod bychan oedd yn ei law wrth iddo'i chymryd oddi arni.

Gwenodd yn llipa. 'Dwi ddim fel'na drw'r amsar, dwi'n addo.'

Edrychodd Mags arno. 'Nag w't, wn i.' Eisteddodd ar erchwyn y gwely a dychwelodd John i'w gadair. Pan edrychodd yn ei ôl i fyny, roedd Mags yn dal i syllu arno.

'Mi ges i sgwrs reit hir efo Gwynfor bora ddoe, John.'

'O. Wel, ro'n i wedi rhyw ama . . . '

'Rw't ti 'di bod drw' dipyn o hen felin, yn dw't ti?'

Nodiodd. 'Dwi eto i ddŵad allan ohoni hi'n llwyr.'

'W't, decini. Ond mi ddoi di.' Tynnodd baced o sigaréts o boced ei chrys a thanio un.

''Swn i'n leicio taswn i'n gallu bod mor siŵr.' Chwifiodd Mags ei sigarét yn ddiamynedd. 'Na, wir rŵan. Dim ots be wna i, dwi fel 'swn i 'mond yn gneud petha'n waeth, rhwsut. Ma'r ddau ddwrnod dwytha 'ma . . . ' Ysgydwodd ei ben.

'Felly, rw't ti am fynd yn ôl i Lanrug, a byw yn dy gragan am weddill dy oes? Anghofio bob dim am dy lyfr?'

'O, y blydi llyfr 'na!'

Cododd Mags ei haeliau a thynnu ar ei sigarét.

'Does 'na ddim llyfr, Mags. Fydd yna'r un, chwaith. Clwydda ydi o i gyd. Esgus. A dwi'n difaru f'enaid 'mod i wedi agor 'y ngheg amdano fo – wedi *meddwl* amdano fo – yn y lle cynta.'

'Esgus dros be?'

Cododd a chwilio ym mhocedi'i siaced am ei getyn, a dod

o hyd iddo'n ddau ddarn: rhaid ei fod wedi'i dorri drwy orwedd arno neithiwr ar fwrdd yr *Olwen*.

'Damia.'

'Ynda.' Taflodd Mags ei sigaréts a'i leitar ato. 'Mi gei di brynu pacad arall i mi yn 'u lle nhw pan ei di allan i brynu cetyn newydd.'

Roedd ei law yn crynu mwy yn awr wrth iddo danio'r sigarét. Pesychodd.

'Esgus dros be, John?'

Eisteddodd i lawr yn ei ôl ac edrych allan drwy'r ffenestr. Roedd yr awyr lwyd yn dal i boeri glaw.

Trodd yn ei ôl ac edrych arni. Llygaid gwyrdd, gwelodd yn awr, ac am y tro cyntaf hefyd, sylwodd fod ei haeliau'n dywyll a thrwchus.

'Dros fynd i Ddyfi Jyncshiyn,' meddai.

* * *

Canodd y ffôn i lawr y grisiau droeon, ond nid edrychodd Mags i gyfeiriad y drws unwaith. Symudodd hi ddim ond i dywallt paned ffres a thanio neu ddiffodd ei sigaréts. Ef oedd yr un aflonydd, ac fe'i cafodd ei hun yn codi'n aml o'i gadair a cherdded yn ôl ac ymlaen o bared i bared.

Doedd hi ddim yn stori hawdd ei hadrodd, ac amhosib oedd ei dweud yn uchel heb swnio'n fwy a mwy o ffŵl gwirion gyda phob brawddeg. Stori oedd hon a fu'n ymguddio am ddeugain mlynedd, a rhaid oedd iddo'i chocsio allan ohono'i hun, fel petai pob un gair unigol yn swil ac yn gyndyn o ddod allan i'r goleuni. Ac roedd clywed ei lais ei hun yn ei dweud yn cyfrannu at ei droi yn berson anhuawdl, bron, yn sbio i bobman ond ar Mags.

Mentrodd sbecian arni o bryd i'w gilydd, bob tro yn disgwyl ei dal yn mygu gwên neu'n edrych arno'n ddilornus, neu, yn waeth na dim, gyda thosturi, ond eistedd yno'n gwrando'n astud arno yr oedd hi bob tro, weithiau'n nodio'n araf ond dyna'r cwbl, ei llygaid wedi'u hoelio ar ei wyneb.

Dywedodd y cyfan wrthi. Soniodd am ei deimladau cymysg wrth ffarwelio â'i rieni, ei anallu i ganolbwyntio ar ei lyfr ac, yn ddiweddarach, am ei bryderon ynglŷn â'r tywydd y noson honno. Yna dywedodd wrthi am y rhwystredigaeth a deimlai ar ôl cyrraedd Dyfi Jyncshiyn, ac am yr ysfa ryfedd a'i cymhellodd i droi'n ei ôl yno yn hytrach na dilyn gweddill y teithwyr i Landyfi . . . ac yna soniodd am Marian, gwir destun ei stori a'r elfen oedd yn gwneud i'r holl saga swnio fel ffantasi, fel rhywbeth a ddigwyddai yn y llythyron ffug rheiny a ymddangosai rhwng tudalennau cylchgronau pornograffig.

A phob tro yr arhosai am eiliad neu ddau i hel ei feddyliau, gallai glywed y gwynt a'r glaw yn hambygio'r ffenestr, a chofiai am hen wynt a hen law ar ffenestri a tho'r ystafell aros yn Nyfi Jyncshiyn.

Ef a ddechreuodd flino: nid edrychodd Mags ar ei horiawr unwaith.

'Dwi ddim yn meddwl am un funud y bydd hi yno,' meddai wrthi, 'ond dwi *yn* teimlo y dylwn i fynd yno, rhag ofn.'

Mentrodd edrych arni'n llawn. Roedd pantiau bychain yn ei bochau wrth iddi sugno ar ei sigarét.

'Ydw i'n gall, dywad, Mags?'

Yn hytrach na'i ateb yn blwmp ac yn blaen, meddai Mags: 'Mae o'n fwy na hynny, yn dydi, John?'

'Sori?'

'Rw't ti *isio* mynd yno fory, yn dw't ti? Dw't ti ddim jest yn teimlo y *dylat* ti fynd – rw't ti *isio* mynd.'

Dechreuodd wadu hyn, ond cododd Mags ei haeliau.

'Mi ddudist ti ar y dechra bod 'na neb ond y fi yn gwbod am hyn. Be am Gwynfor?'

'Arglwydd mawr, nac 'di!'
'Pam?'
'Faswn i ddim yn deud 'run gair wrtho fo, siŵr.'
'Ond *pam*, John?'
'Wel . . . mi 'sa fo wedi . . . '
Tawodd.
'Wedi be?'
Cododd ei ysgwyddau. 'Dwn i'm. Wedi ca'l hwyl iawn am 'y mhen i, wedi deud wrtha i am bidio â bod mor hurt . . . '
'Fasat ti wedi mynd 'run fath?'
Syllodd arni am rai eiliadau, cyn ysgwyd ei ben.
'Na 'swn. Go brin.'
'Mi fasa fo, felly, mewn ffordd, wedi dy rwystro di rhag mynd.'
'Mewn ffordd, basa.'
Nodiodd Mags a gwenu arno. Deallodd John, ac ochneidiodd.
'A fasa hynny ddim wedi gneud y tro, yn na fasa.'
'Dwi ddim yn meddwl, John, na 'sa. Ond ma'n rhaid i chdi ofyn i chdi dy hun *pam* na fasa fo.'
'Dwi wedi gneud, Mags.' Gwelodd ei bod yn disgwyl iddo ymhelaethu. 'Dwi ddim yn gwbod. Dwi wedi bod yn trio fy mherswadio fy hun mai dim ond chwilfrydedd ydi o – chwilfrydedd naturiol, isio gweld os ydi hi'n cofio, os bydd hi yno, faint ma' hi wedi newid . . . diawl, cyn bellad ag y gwn i, ella'i bod hi wedi marw ers blynyddoedd. Ac os na fydd hi yno – wel, 'na fo, mi fydda i wedi bod, wedi cadw'r oed.'
'Ac os bydd hi?'
Cododd ei ysgwyddau eto. 'Duw a ŵyr.'
'Dw't ddim yn . . . ?' Tawodd Mags rŵan. 'Na, dim byd.'
'Be?'
Edrychodd i ffwrdd oddi wrtho a sylwodd yntau fod yna wrid bychan ond pendant ar ei bochau.

'O, wela i – nac 'dw, dwi ddim yn gobithio i'r un peth ddigwydd eto. Argol fawr, dau o hen betha fatha ni, yn ein hoed a'n hamsar, ar lawr stesion . . . does 'na ddim hyd yn oed stafall aros yno rŵan, 'sti, 'mond rhyw fŷs-sheltar o beth.'

Nodiodd Mags, gan ryw giledrych arno o gornel ei llygad, a sylweddolodd John ei fod yn parablu, ac efallai'n swnio fel petai'n protestio'n ormodol.

'Ma' hyn yn egluro dy ansicrwydd di ynglŷn â bwcio'r stafall 'ma ar gyfar nos fory, beth bynnag,' meddai.

Rŵan, am y tro cyntaf, edrychodd ar ei horiawr. 'Well i mi'i symud hi, mi fydd Brenda isio mynd adra.' Cododd a diffodd ei sigarét.

Wrth ei gwylio'n gwyro dros y gwely, teimlodd John chwant yn deffro'n sydyn y tu mewn iddo a symudodd ychydig yn anghyfforddus yn ei gadair.

Ymsythodd Mags, trodd ac edrych arno.

'Sut w't ti'n teimlo rŵan?'

Fel dringo'n ôl i mewn i'r gwely 'na efo chdi, meddyliodd John cyn ateb.

'Dwi ddim yn siŵr iawn, a bod yn onast. Yn well, yn sicr. Ond chydig yn rhyfadd hefyd, fel . . . ' Ceisiodd ddod o hyd i gymhariaeth, ond yn y diwedd ni fedrai ond dweud yr hyn oedd wedi ei daro'n gynharach, wrth iddo wisgo amdano. 'Fel tasa heddiw' – pwyntiodd ati hi ac ato'i hun – 'hyn i gyd, fel tasa fo ddim wedi digwydd.'

Nodiodd Mags eto a throi am y drws. Trodd yr handlen, yna edrychodd yn ôl arno.

'I atab dy gwestiwn di. W't, rw't ti *yn* gall.'

'Ydw i?'

'W't, tad. Yn 'y marn i, beth bynnag.'

Petrusodd am ennyd, fel petai ganddi rywbeth ychwanegol i'w ddweud. Edrychodd arno fel ag y gwnaeth hi neithiwr yn y bar cyn iddo fynd allan am y siop lyfrau, gyda'i llygaid yn crwydro dros ei wyneb fel rhywun yn ei bwyso a'i fesur.

Yna gwenodd yn gynnes arno a mynd allan, a'i adael ef yn eistedd yno gyda gwên llawer iawn mwy hurt ar ei wyneb.

* * *

Eisteddodd am hir yn gwylio'r glaw a'r gwylanod swp a grwydrai dan ei drem bob hyn a hyn. Rŵan, ac yntau'n sobor, gallai gofio'r noson flaenorol yn glir, fel yr oedd Mal ac yntau wedi dechrau ar y gwin a'r wisgi, ill dau o hyd ychydig yn grynedig ar ôl eu cwffas flêr, amaturaidd.

Deallodd John yn fuan fod Olwen wedi dweud cryn dipyn o'i hanes ef wrth Mal. Gwyddai nad oedd hyn ond i'w ddisgwyl, ond eto ar yr un pryd teimlai'n flin am y peth. Cywilydd oedd o i gyd, gwelai'n awr. Cywilydd oedd wedi ei wneud yn biwis wrth iddo wrando ar Mal, oherwydd gwyddai fod pa ddarlun bynnag a baentiodd Olwen ohono yn sicr o fod yn un anghanmoliaethus.

Ond gonest. Ni allai ddychmygu bod Olwen wedi gorddweud: i'r gwrthwyneb, o'i hadnabod hi, oherwydd doedd hi ddim yn un fyddai'n ei phortreadu'i hun fel clamp o ferthyr. Serch hynny, roedd John Griffiths yn iawn i'w deimlo'i hun yn gwingo ychydig dan lygad twrneiol Mal, llygad a fethai'n lân â bod yn gwbl ddiduedd gyda phob cegaid o win, nes ei fod, yn nhyb John ar ôl ychydig mwy o'r wisgi, yn llawn cyhuddiad a chondemniad.

Ar ben popeth, ni allai beidio – er iddo ymdrechu'n ffyrnig – â dychmygu'r sgyrsiau yma'n digwydd yn y gwely, y tro hwn am ryw reswm gydag Olwen yn gorwedd â'i phen yn gorffwys ar fron esgyrnog Mal. Sgyrsiau ôl-gyfathrachol, damia nhw. Mal yn wynepgoch ac Olwen â'i thalcen yn sgleinio'n boeth a chudynnau ffrinj ei gwallt yn llaith. A llaw

Mal yn codi bob hyn a hyn er mwyn anwesu'i phen wrth iddi adrodd rhyw bennod annifyr neu'i gilydd – a Duw a ŵyr, roedd digon o'r rheiny wedi digwydd.

Felly roedd sgyrsiau o'r fath yn tueddu i ddigwydd mewn ffilmiau a dramâu teledu, beth bynnag.

'Dwi'n gwbod,' fe'i cofiai'i hun yn dweud ar un pwynt, 'dwi'n gwbod 'mod i wedi'i thrin hi'n wael iawn erbyn y diwadd. Ond mi gawson ni flynyddoedd hapus iawn efo'n gilydd – llawar iawn ohonyn nhw. Llawar iawn mwy na'r ddwy ne' dair ola. Ond ma'n siŵr na soniodd hi'r un gair am y rheiny wrthot ti.'

'Do, mi wna'th hi. Chwara teg rŵan . . . ' oedd ymateb Mal, cofiai.

'Ia, 'mond sôn amdanyn nhw, ma'n siŵr, rhyw sôn wrth fynd hibio. Dwi'n fodlon betio 'mhensiwn iddi roi disgrifiad llawar iawn manylach o'r Mr Hyde a dda'th allan ar ôl . . . ar ôl i mi orfod ymddeol o'r ysgol.'

Yna roedd Mal wedi troi'n biwis.

'Wel, do, siŵr iawn. Dw't ti ddim yn disgwl ddim byd gwahanol, gobeithio? Ond y blynyddoedd eraill rheiny – ych blynyddoedd *chi* oeddan nhw, yndê? Dydi hi ddim isio rhannu'r rheiny efo fi, wrth reswm pawb. Ac a bod yn onast, does gen inna'r un pwt o awydd clywad amdanyn nhw, chwaith.'

'Ond roeddan nhw'n flynyddoedd hapus. Ma'n bwysig dy fod yn dallt hynny,' mynnodd John.

'Dwi ddim yn ama eu bod nhw.'

A falla y basan ni wedi gallu'u ca'l nhw'n ôl eto – ond ni chredai ei fod wedi dweud y geiriau hyn yn uchel, er eu bod yn dawnsio'n ddiamynedd ar flaen ei dafod, wedi neidio yno o'i galon yn hytrach nag o'i feddwl. Sylweddolodd yn awr fod gweld a siarad efo'r Olwen newydd, yr Olwen ddieithr i bob pwrpas, wedi llwytho'r geiriau a fu bron iawn yn fantra iddo ers blynyddoedd ag anwiredd.

Oedd o'n dal i'w charu, ynteu oedd hynny wedi'i ddileu gan amser? Roedd o'n sicr wedi ffansïo'r Olwen newydd – prin yr oedd o wedi medru rhwygo'i lygaid oddi wrth ei bronnau a'i chluniau – ond rŵan, yn sobor yn ei ystafell, rhaid oedd iddo gyfaddef nad oedd wedi ei hoffi rhyw lawer.

Yr hen Olwen oedd yr un a garai, ond roedd honno wedi hen fynd: roedd o mewn cariad ag atgof, ag ysbryd.

Rywbryd, gofynnodd i Mal a oedden nhw'n byw efo'i gilydd. Ysgydwodd Mal ei ben. Roedd ei dŷ ef i fyny yn y Garth ym Mhorthmadog, heb fod ymhell o'r tŷ lle ganed Eifion Wyn, gyda golygfa ardderchog, broliodd, dros y Cob a'r Traeth Mawr hyd at fryniau Meirionnydd ac Eryri.

Cofiai John feddwl tybed a oedd rhith Rhiannon yn dal yno, fel Rebecca ym Manderley, a chafodd y teimlad ei bod hi: roedd hi yma ar y cwch gyda nhw, yn bresenoldeb pendant ac yn hofran wrth ysgwydd Mal bob tro yr agorai ei geg erbyn hyn. Oedd hi hefyd yn dilyn ei gŵr i'r byngalo yng Nghricieth? Er cymaint y pwysleisiodd Mal mai i John ac Olwen yn unig y perthynai'r blynyddoedd hapus rheiny, ymddangosai'n barod iawn i rannu ei flynyddoedd ef gyda Rhiannon.

Ond efallai nad oedd yn gwneud hynny ag Olwen, a bod digwyddiadau'r dydd, yna'r gwffas ac wedyn y gwin wedi cyfuno i lacio'i dafod a'i wneud yn fwy emosiynol nag arfer. Wedi'r cwbl, onid oedd hi'n haws, weithiau, siarad am deimladau a ballu wrth rywun dieithr?

Digon hawdd oedd bod yn deg â Mal yn awr, ond ar y pryd roedd John wedi teimlo'n ddiamynedd iawn tuag ato am baldaruo cymaint am Rhiannon. Aeth mor bell, y diawl cas iddo, â meddwl tybed a fyddai'n dal i'w charu cymaint petai'r greadures yn dal ar dir y byw, a'i fod yntau hefyd i raddau helaeth iawn mewn cariad ag ysbryd neu atgof.

'Manon soniodd wrtha i amdanat ti gynta,' cofiai ddweud, mewn ymdrech i droi'r stori oddi wrth ddynes a oedd mewn perygl o gael ei dyrchafu'n santes, o leiaf, os nad yn dduwies, unrhyw funud. 'Roeddat ti'n 'i hatgoffa hi o Indiana Jones, am ryw reswm.'

Roedd Mal wedi gwenu'n llydan.

'Harrison Ford? Wir yr?' Edrychodd Mal o'i gwmpas fel petai'n chwilio am ddrych.

'Yn rhyfadd iawn, soniodd Olwen ddim byd wrtha i amdanat ti.'

'Roedd hi *am* neud,' atebodd Mal yn amddiffynnol. 'Mi achubaist ti'r blaen arni hi heddiw, drw' landio yma'n annisgwyl.' Gwgodd ar John. 'Wa'th i ti heb, dwi'n gwbod yn iawn be w't ti'n trio'i neud, John.'

'Be ydi hynny?'

'Awgrymu nad ydw i'n golygu digon i Olwen iddi fod wedi ystyried sôn wrthat ti amdana i, fy mod i'n ddim mwy na rhyw ffling bach dros dro iddi hi.' Gwyrodd yn ei flaen a tharo pen-glin John â'i fys. 'Ddylat ti ofyn i chdi dy hun: *pam ddyla hi* fod wedi sôn 'run gair wrthat ti? Fel y dudis i gynna, dach chi wedi ysgaru ers blynyddoedd. Dydi o'n ddim o dy fusnas di erbyn hyn.'

'Ond roedd hi am ddeud wrtha i, meddat ti.'

'Oedd – yn y gobaith y basat ti'n sylweddoli nad oedd 'na unrhyw obaith i chdi, a dy fod yn rhoi'r gora i'r galwada ffôn meddw rheiny ym mherfeddion nos.'

'Aha! Dwi'n gweld rŵan.'

'Gweld be?'

'Pam ydw i yma. Wyddost ti be, dwi 'di bod yn trio dyfalu pam dy fod di wedi gneud . . . 'sti, hyn i gyd.' Damia, pam na fedra i siarad yn iawn, deud be sy ar fy meddwl i, fel ma' hwn yn gallu'i neud? Ond dyna be ydi'i job o, yndê, ca'l 'i dalu gannoedd ar gannoedd am falu cachu'n huawdl. 'Mynnu 'mod i'n dŵad ar y cwch 'ma heddiw, ac wedyn 'y nghadw i yma. Be oeddat ti'n pasa'i neud – mynd â fi allan i'r bae a bygwth 'y nhaflyd i allan nes i mi addo y baswn i'n pidio ffonio Olwen fyth eto?'

Roedd Mal wedi ysgwyd ei ben yn drist a dal ei law allan yn agored.

'Well i mi gymryd y botal 'na yn 'i hôl, dwi'n meddwl.'

'Na chei!' – a chofiai John yn awr fel yr oedd wedi hanner troi oddi wrtho gan wasgu'r botel i'w fron fel plentyn yn gwarchod ei degan, ac wedi gwneud pethau'n waeth drwy ychwanegu, 'Chei di mo'ni hi!'

Petai Mal wedi dweud, 'Fi pia hi!' yn ôl, hwyrach y buasai'r ddau wedi sylweddoli mor wirion bost yr oeddynt yn ymddwyn. Ond ysgwyd ei ben yn yr hen ffordd nawddoglyd honno a wnaeth Mal eto.

'John, John . . . ' meddai, gan ymsythu'n ei ôl. 'Ro'n i'n meddwl ei bod yn hen bryd i ni gael sgwrs gall, dyna'r cwbwl. Fel y dudis i gynna.'

Cododd a mynd i sefyll yn nhu ôl y cwch. Roedd golau'r marina ar ei wyneb, ac roedd rhywbeth ynglŷn â'i holl osgo . . . *be gythral oedd o*? A dyna pryd, gyda'r eglurder gloyw hwnnw sydd ond yn digwydd i bobol feddw, y cofiodd John pryd a lle y gwelodd o Mal o'r blaen.

'Wel, blydi hel!'

Edrychodd Mal arno, a throi i ffwrdd yn ddirmygus eto, heb sylwi bod John yn rhythu arno fel Saul ar y ffordd i Ddamascus.

'Deud i mi . . . roeddat ti'n sôn gynna am ryw hogan arall yr oeddat ti mewn cariad efo hi. Flynyddoedd yn ôl, cyn i chdi gyfarfod Rhiannon.'

Edrychodd Mal arno eto.

'Be amdani hi?'

'Pryd oedd hyn?'

''Nôl yng nghanol y chwedega. A 'mond *meddwl* 'mod i mewn cariad efo hi ro'n i. Wedi gwirioni o'n i, yn fwy na dim byd arall. Roedd hi'n gallu gweld hynny'n glir, yn fwy clir nag yr o'n i o beth dipyn . . . Pam? Be ydi o i chdi, beth bynnag?'

'Be oedd 'i henw hi?'

'Be . . . ? Yli, dydi hi ddim yn bwysig. Rhywun y gwnes i chydig o ffŵl ohonof fi'n hun drosti hi. 'Sa hi byth wedi gneud i mi, mi ddois i i weld hynny'n reit fuan. Doedd hi ddim yn . . . ddim yn ffitio, rhywsut. Ddim yn y dre, ddim yn 'i theulu, bron. Yn bendant, doedd hi ddim yn perthyn yn 'i hamsar. Roedd hi'n wahanol i'r genod eraill i gyd – ne' o leia roedd hi'n benderfynol o *fod* yn wahanol, ac yn gneud ati i fod yn wahanol. Isio sylw oedd hi, ma'n siŵr . . . '

'Ma' hi *yn* bwysig,' meddai John.

Camddeallodd Mal.

'Wel . . . yndi, ma' hi'n garrag filltir yn 'y mywyd i, yndi, fedra i ddim gwadu hynny. Ond fasan ni byth wedi para, hi a fi. Roedd hi'n rhy . . . dwn i'm, yn be 'sa Mam wedi'i galw yn hogan 'ffast'. Roedd hi'n 'i ffansïo'i hun fel actoras . . . '

Roedd John yn nodio ac yn gwenu'n llydan. 'Be dda'th ohoni hi?'

'Dwn i'm. Mi a'th i ffwrdd i Lundain, dwi'n gwbod hynny. Dda'th hi ddim yn enwog, hyd y gwn i. Welis i mohoni wedyn am flynyddoedd lawar – 'mond cip arni yn angladd 'i mam, rywbryd yn y saithdega . . . '

Dechreuodd John chwerthin, ac unwaith roedd o wedi dechrau, amhosib oedd peidio.

'*Be!*' chwyrnodd Mal, yn amlwg yn casáu bod yn destun sbort, ac wrth gwrs, gwnaeth hynny John yn waeth.

'*Join the club*, achan!' llwyddodd i'w ddweud.

Roedd Mal yn amlwg ar goll yn lân.

'Be sy'n bod efo *Maldwyn*, felly? "Mal", myn uffarn i. Ro'n i'n gwbod 'mod i wedi dy weld di o'r blaen, cyn nithiwr.'

'Dwi *yn* hogyn lleol, 'sti. Lle gwelist ti fi, felly?' Gwenodd Mal gyda'i wefus uchaf yn troi mewn dirmyg. 'Mewn llys, ella?'

Ysgydwodd John ei ben.

'Mi dduda i ddau air wrthat ti,' meddai. 'Dyfi Jyncshiyn.'

* * *

Aeth pethau'n flêr iawn wedyn, ar ôl i John egluro, gyda Mal – Maldwyn, bellach – yn cerdded i fyny ac i lawr yr *Olwen*, yn ôl ac ymlaen, fel pendil.

'Na,' meddai, gan ysgwyd ei ben. 'Na, na . . . ' – drosodd a throsodd, nes o'r diwedd trodd at John.

'*Y chdi*! Y chdi oedd o . . . '

Roedd John wedi rhoi'r gorau i'w chwerthin erbyn hyn, *ac* i'r wisgi: roedd y byd wedi dechrau troi'n lle annifyr.

'Mil naw chwe pump. Mis Medi.'

'Mis y porffor ar y bryniau . . . '

'Be?'

'Sori . . . '

'*Sori*? Ffycing hel – *y chdi*!'

'Ia.'

'Efo Marian . . . '

Nodiodd John.

'Ia, ia . . . ' Yn ddiamynedd erbyn hyn. Gwyrodd yn ei flaen, ei fysedd yn gwasgu'i bengliniau a'i dalcen yn chwys oer eto fyth. 'Dwi'm yn teimlo'n dda iawn . . . '

Dyna pryd y dechreuodd Maldwyn wneud synau ynglŷn â mynd i Gricieth, at Olwen. Roedd o wedi pwysleisio hynny, fel petai'n ceisio talu rhyw bwyth plentynnaidd yn ôl. *At Olwen* . . .

Ond nid oedd llawer o ots gan John erbyn hynny. Roedd yn crefu am gael gorwedd a chau'i lygaid yn y gobaith y byddai'r byd yn llonyddu digon iddo fedru cysgu. Mwmbliodd rywbeth ynglŷn â'r perygl o yrru i Gricieth, ond roedd Maldwyn yn benderfynol. Ceisiodd John godi, ddim ond i wneud smonach o bethau. Clywodd Maldwyn yn gwneud rhyw fygythiad neu'i gilydd, yna syrthiodd ar ei eistedd.

'Fedri di ddim hyd yn oed sefyll ar dy draed.'

'Be wnei di i mi, felly – rhoi slasan iawn i mi ar draws fy wynab, ia? 'Ta dim ond i ferchad y byddi di'n gneud hynny?'

A dechreuodd Maldwyn ei waldio â'i law agored ar draws ei ben a'i freichiau a'i ysgwyddau, a rhywbryd wedyn, ymhell ar ôl i Maldwyn fynd, sibrydodd John Griffiths yr un enw ag a sibrydodd i mewn i'w obennydd yn ei wely cul yn nhŷ Mrs Ifas yng Nghrymych am fisoedd ar ôl y noson honno yn Nyfi Jyncshiyn.

'Marian . . .'

8

'Lle dach chi wedi *bod*?' dwrdiodd Manon.

Roedd o wedi dechrau pendwmpian eto fyth pan neidiodd o'i gadair fel petai rhywun wedi gwthio procer poeth i fyny'i benôl. Dim ond ar ôl deialu rhif Manon ar ffôn yr ystafell y cofiodd am ffôn symudol Gerwyn, oedd yn dal i gysgu yng ngwaelod y sach deithio.

'Wn i, wn i. Dwi ar fai.'

'Yndach.'

Gallai ddychmygu gwefusau Manon yn denau a thyn.

'A be sy 'di digwydd i'r ffôn roddodd Gerwyn i chi?'

'Ia, anghofio'i fod o gen i wnes i.'

'Dydach chi ddim hyd yn oed wedi'i switshio fo ymlaen, yn nac'dach? Dwi wedi trio'ch ffonio chi arno fo sawl gwaith.'

'Mi ro i o ymlaen rŵan hyn.'

'I be? Wa'th i chi heb rŵan, a ninna'n siarad ar hwn.' Ochneidiodd Manon. 'Dad, dach chi ddim ffit.'

Dw't ti ddim yn gwbod 'i hannar hi, Manon fach, meddyliodd.

'Wn i. Sori . . . '

'Sut dach chi, 'ta?'

Doedd hi ddim yn swnio fel petai Olwen wedi'i ffonio hi ac achwyn amdano, o leiaf.

'Dwi'n tshampion, diolch. Yn rêl boi. Rêl twrist.'

'Dach chi 'di ca'l dipyn o syniada ar gyfar y llyfr?'

Y blydi llyfr 'na eto . . .

'O, 'sti – un ne' ddau, yndê,' meddai, gan obeithio ei fod yn swnio fel awdur go iawn pan fo rhywun yn ei holi ynglŷn â themâu ei nofel fawr nesaf. Sibrydodd weddi fechan, fud cyn dweud: 'Y . . . mi welis i dy fam ddoe.'

'Do, hefyd?'

Whiw . . .

'A'r boi 'ma sy gynni hi. Yma, yn y marina 'ma, yn poitshio efo rhyw gwch.'

'Ia, ro'n i'n deud wrthoch chi fod gynno fo gwch. Sut a'th hi, Dad?'

'Dydi o'n ddim byd tebyg i Indiana Jones, yn 'y marn i. Mae o'n ormod o linyn trôns. 'Swn i'n deud 'i fod o'n debycach i Charles Hawtrey na neb arall.'

Ochneidiodd Manon eto. 'Sut *a'th* hi?'

'Dwi'n ocê, Mans.'

'Ydach chi?'

'Yndw. Dwi ddim yn gwadu, roedd hi'n dipyn o sioc taro arnyn nhw'n annisgwyl fel'na . . . ' Dyna chdi, John Griff, meddyliodd – tro dy hun yn fwy o bechadur drw' ddeud clwydda wrth dy ferch dy hun. ' . . . ond dwi ddim yn ama ella bod hynny'n well, mewn rhyw ffordd ryfadd. Unwaith y dois i dros y sioc . . . '

'Dwi'n gweld be sy gynnoch chi.'

Ei dro ef oedd hi'n awr i ochneidio. 'Ma' hi wedi newid, Mans, yn dydi? Ma' hi'n edrach yn grêt, yndi, ond . . . dwn i'm . . . '

'Ia, wn i, Dad.'

Gallai glywed y tynerwch yn llais Manon, a theimlai'n waeth nag erioed am ei gelwydd cynharach. Addunedodd i ddweud y gwir wrthi ar ôl mynd adref, gan obeithio na fyddai Olwen wedi achub y blaen arno.

Trodd y stori drwy ddweud fel yr oedd Gwynfor Preis wedi galw i'w weld echnos, ac wedi aros dros nos yn y gwesty. Pysgota'r oedd o mewn gwirionedd, rhag ofn fod hwnnw wedi agor ei geg. Ond na. Yr unig beth a ddywedodd Manon oedd, 'Syrpreis fach neis i chi.'

'Oedd – wel, yn syrpreis, o leia.'

'Ffei, Dad! Ffei ffei ffei. A sut le ydi'r Wylan?'

Fe'i cafodd ei hun yn gwenu fel ffŵl wrth feddwl am Mags. 'Tshampion. Cyfforddus iawn. Ond ma' 'na homar o hen gi yma sy'n sbio'n reit amheus arna i bob tro y bydd o'n fy ngweld i. Fel yr *Hound of the Baskervilles*.'

Rhoes y ffôn i lawr ddeng munud yn ddiweddarach ag ochenaid ddofn o ryddhad. Petrusodd, yna deialodd rif Olwen. Canodd ei ffôn deirgwaith cyn i'r peiriant ateb dderbyn yr alwad.

'Haia, fi sy 'ma. Gwranda – isio ymddiheuro ydw i, am ddoe. Ma'n wir ddrwg gen i, Ols . . . Olwen. Ocê . . . ?' Petrusodd eto, fel petai'n disgwyl iddi ei ateb. 'Ac ynglŷn â'r hyn ddudis i – 'sti, ar y cei, cyn i betha fynd yn flêr . . . amdana i, ac fel dwi'n well rŵan? Ro'n i *yn* 'i feddwl o, 'sti. Fydd 'na ddim mwy o alwada ffôn yng nghanol y nos, dwi'n addo. A . . . wel, bob lwc i chdi, yndê. Ti'n gwbod lle i ga'l gafa'l arna i os bydd yna rwbath . . . rwbryd. Ocê? Ta-ra, rŵan . . . O! Ga i ofyn i chdi, plîs paid â sôn dim byd wrth Manon? Mi faswn i'n ddiolchgar iawn. Plîs . . . Diolch . . . '

* * *

Aeth allan cyn diwedd y prynhawn i brynu cetyn newydd a rhagor o sigaréts i Mags. Roedd y glaw wedi gwagio'r glannau a llenwi'r strydoedd, a theimlai ar brydiau fel petai'n cerdded trwy afon o gagŵls oren a glas. Serch hynny, teimlai'n ysgafn ei droed a'i ysbryd, ac yn ymwybodol iawn o'r wên fach wirion a ddeuai i'w wefusau ar yr esgus lleiaf.

Roedd llawer mwy ganddo i'w ddweud wrth Mags, ac edrychai ymlaen at y cyfle i wneud hynny. Heno, gyda lwc. Roedd wedi penderfynu'n gynharach ei fod am ddweud y cyfan wrthi, ond yn awr, wrth lenwi'i getyn newydd tra oedd yn aros am ei bryd bwyd yn y dafarn drws nesaf i'r siop lyfrau, daeth iddo'r syniad annifyr efallai na fyddai Mags *eisiau* gwybod y cyfan. Efallai ei bod yn teimlo nad oedd angen iddi fynd drwy hynny efo fo, a'i bod wedi gwneud yn hen ddigon da yn barod drwy aberthu'i phrynhawn er mwyn gwrando ar John Griffiths yn malu awyr am ryw ddynas y cwrddodd â hi ddeugain mlynedd yn ôl – pan oedd hi, Mags, yn dal yn blentyn.

Taniodd ei getyn, gweithred a lwyddai bob tro i wneud iddo deimlo'i oed. Roedd dros ddeng mlynedd bellach ers iddo roi'r gorau i sigaréts, ond cyn hynny roedd o wastad wedi teimlo bod rhywbeth hunanfodlon, os nad hunanbwysig, ynglŷn â'r bobol rheiny a ysmygai getyn – yn enwedig os oeddynt yn bobol gymharol ifanc: nid oedd cetyn yn gweddu iddynt hwy o gwbl. Smôc hen ddynion oedd cetyn, a dyna fo.

Ond mae o *yn* gweddu i chdi erbyn hyn, 'rhen ddyn, meddai wrtho'i hun: mae dy wyneb di fel petai wedi cael ei greu ar gyfer cetyn, a be w't ti'n ei wneud? Ista'n hel meddyliau am ddynes sy o leiaf ddegawd yn iau na chdi.

Teimlodd eto'r cyffro melys hwnnw wrth gofio amdani'n gwyro dros y gwely, a'r wên gynnes a roes iddo cyn mynd drwy'r drws. Am un ennyd fach chwim, teimlai fel glaslanc unwaith eto, yn ofni darllen gormod i mewn i wên gyfeillgar rhyw hogan fach ddel ond eto'n methu'n lân â gwneud unrhyw beth arall.

Doedd o ddim wedi teimlo fel hyn ers iddo gwrdd ag Olwen gyntaf, dyna oedd y gwir amdani.

Ac, wrth gwrs, roedd hynny'n beth peryglus iawn. Onid oedd o wedi gwneud digon o ffŵl ohono'i hun yr wythnos hon, heb ddechrau hel gobeithion, a fyddai, mwy na thebyg

– meddai wrtho'i hun – yn cael eu chwalu'n rhacs grybibion ymhen ychydig oriau?

Er mwyn llusgo'i feddwl oddi ar Mags, ceisiodd gynllunio yfory. Ond teimlai Dyfi Jyncshiyn yn bell, bell i ffwrdd yn awr, fel rhyw hen syniad gwirion a oedd wedi'i dwyllo am ychydig drwy edrych fel syniad da.

Yn ôl Mags . . . *Damia, dyma hi'n 'i hôl yn fy meddwl i'n barod!* . . . roedd arno *eisiau* mynd i Ddyfi Jyncshiyn, os nad angen mynd. Ac mae'n siŵr fod hynny'n ddigon gwir – tan heddiw. Roedd o wedi caniatáu i arwyddocâd y pedwerydd o Fedi chwyddo a thyfu'n afresymol dros y flwyddyn ddiwethaf, ac wedi creu clamp o gelwydd hurt bost er mwyn cadw rhyw oed ffwrdd-â-hi a wnaethpwyd yn sgil jymp a ddigwyddodd mewn oes wahanol. Mwy na hynny, roedd y cyfan wedi ei droi'n ddyn annymunol, blin – dyn a achosai bryder i'w ffrindiau a'i deulu.

Be gythral oedd yn bod arno?

Roedd Dyfi Jyncshiyn wedi troi'n obsesiwn ganddo, yn obsesiwn na fedrai ei rannu gyda neb arall.

Tan heddiw.

Cyrhaeddodd ei bryd bwyd, a chnoiodd y cyfan bron heb sylwi ar ei flas.

Gwyddai ym mêr ei esgyrn fod heddiw, a'r sgwrs a gafodd gyda Mags, wedi newid popeth. Dim ond pan glywodd ei lais ei hun yn adrodd y stori y sylweddolodd mor hurt yr oedd hi mewn gwirionedd; mor wallgof, bron, oedd ei ymddygiad. Dylai fod wedi dweud y cwbl cyn hyn, a thrwy hynny, efallai, fod wedi ei arbed ei hun – a'i deulu, a'i ffrindiau – rhag yr holl drafferth a phoen meddwl.

Ond dweud wrth bwy?

Roedd Olwen, wrth gwrs, allan o'r cwestiwn. Manon? Brenin mawr, na – ni fuasai'r un dyn yn gallu sôn am ei sgwd gyntaf wrth ei unig ferch.

Sylweddolodd y John Griffiths ynysig mai dim ond Gwynfor oedd ganddo ar ôl. Ond fel y dywedodd Mags, buasai Gwynfor, gyda bodlonrwydd dyn priod hapus, wedi wfftio at yr holl beth. Gallai'n hawdd iawn ei ddychmygu'n dweud bod gan bawb ei ffwc gyntaf, ond mai dim ond ychydig iawn, iawn ohonom sy'n mynd yn ôl ati ar ôl deugain mlynedd yn y gobaith o gael un arall. Roedd yn rhaid bod John Griff yn despret. Yn enwedig pan fo rheswm yn dweud na fyddai Marian yno, fod gan John siawns naw deg naw y cant o *beidio* â'i gweld.

Buasai, yn wir, wedi llwyddo i'w berswadio nad oedd arno eisiau mynd ar gyfyl Dyfi Jyncshiyn – neu, fwy na thebyg, y buasai'r holl wfftio a thynnu coes wedi ei anfon yno wedi'r cwbl, petai ond er mwyn sbeitio Gwynfor Preis.

Na, roedd Gwynfor allan ohoni hefyd. Doedd neb ar ôl.

A doedd Mags ddim yno iddo – tan heddiw.

Ac erbyn heddiw, ar ôl cael dweud yr holl hanes wrth Mags, doedd ganddo'r un pwt o awydd mynd i Ddyfi Jyncshiyn fory. Y geiriau pwysig yma, wrth gwrs, oedd *wrth Mags*. Y hi oedd bellach yn llenwi'i feddwl – ac roedd o wedi cicio Marian druan allan fel chwaraewr rygbi'n cicio'r bêl yn galed nes iddi ddiflannu i ganol y dorf.

O nunlle, cofiodd John am ddwy hogan nad oedd o wedi hyd yn oed meddwl amdanynt er 1956: Glenys Jones ac Eirian Owen. Roedd y John pedair ar ddeg oed, am gyfnod, wedi mopio'i ben efo Glenys Jones, geneth oedd yn ei ddosbarth cofrestru, a dilynai hi i bobman gyda llygaid ci bach nes o'r diwedd iddi hi, hyd yn oed, sylwi, a dechrau gwenu'n swil i'w gyfeiriad. Yna, un prynhawn, cafodd John ei gadw ar ôl yn yr ysgol am iddo dorri ffenestr wrth chwarae ffwtbol ar y buarth. Ei unig gyd-garcharor y diwrnod hwnnw oedd Eirian Owen, geneth nad oedd o wedi sylwi rhyw lawer arni o'r blaen, ond wrth rannu sedd bws gyda hi ar y ffordd adref llwyddodd Eirian, yn ddiarwybod iddi'i hun, i gicio Glenys Jones allan o feddwl a chalon John Griffiths, y glöyn byw chwit-chwat hwnnw a symudai o flodyn i flodyn mor ddifeddwl. Y tro nesaf y gwenodd Glenys arno'n swil, sylwodd o ddim ei bod hi yno, hyd yn oed. Roedd y llygaid ci bach bellach yn ddall i bawb ond Eirian Owen. Nid bod gan Eirian unrhyw ddiddordeb ynddo, a deallodd hynny pan gafodd ei gweld gan rai o'r hogia'n cusanu Meic Parri, llwdwn os bu un erioed, yn sedd gefn y Majestic yng Nghaernarfon. Ar ôl diwrnod neu ddau o bwdu ac ochneidio, cofiodd John yn sydyn am Glenys Jones. Gwenodd arni yn y coridor, ddim ond i Glenys gerdded heibio iddo â'i hwyneb fel talp o rew.

Gwenodd i mewn i'w beint. Lle'r oedden nhw rŵan, tybed, Glenys ac Eirian? Ill dwy yn neiniau, mae'n siŵr. Ond ai Mags oedd yr Eirian nesaf yn ei fywyd? Hwyrach yn wir nad oedd ganddi unrhyw ddiddordeb . . . wel, nid rhamantus, efallai . . . cyffrous, dyna'r gair . . . ynddo o gwbl, ac mai dim ond rhyw ddifyrrwch ar brynhawn gwlyb a thawel fyddai John Griffiths iddi am weddill ei hoes, rhyw greadur oedd wedi haeddu ychydig o'i hamser, briwsionyn bychan o'i chwmni a mymryn o gydymdeimlad a thosturi. Rhywbeth i'w nodi o'i phlaid yn y Llyfr Mawr rhyw ddydd.

Ac erbyn nos Sul, ac yntau'n ôl gartref yn Llanrug, a fyddai rhith ceryddol Marian yn aros yno amdano, yn barod i aflonyddu arno eto am doedd wybod faint o amser, oherwydd bod yn well ganddo aros ym Mhwllheli yn adrodd hanes ei fywyd truenus diweddar wrth ddynes a oedd wedi cael hen lond bol arno – tra oedd y Farian gnawdol, efallai, yn aros ac yn aros amdano ar blatfform oer Dyfi Jyncshiyn?

Dwi ddim isio mynd yno, meddai wrtho'i hun, a phetai Mags yn crefu arno i beidio â mynd, buasai'n fwy na hapus i aros ym mhen arall lein arfordir y Cambrian. Ond pam dylai hi wneud y fath beth? sibrydodd rhyw lais bychan yn ei glust: byddai Mags, mae'n debyg, yn falch iawn o'i weld yn mynd i ffwrdd am ddiwrnod cyfan.

Mi ga i weld sut yr aiff petha heno 'ma, meddyliodd, gan deimlo ar yr un pryd yn ymwybodol iawn ei fod, yn ddistaw bach, yn gobeithio'n fawr y byddai pethau'n mynd fel ag yr oedd o'n breuddwydio y bydden nhw.

* * *

Clywodd y sŵn wrth iddo gyrraedd drws gwesty'r Wylan. Sŵn llawer o leisiau, i gyd yn siarad ar yr un pryd, a chryn dipyn o chwerthin hefyd. Sŵn nifer o bobol yn mwynhau'u hunain.

A'r sŵn diwethaf un roedd arno eisiau'i glywed.

Gorweddai'r Doctor ar ei fol wrth droed y grisiau a syllodd ar John gyda llygaid clwyfus. Gwyrodd John a'i grafu'r tu ôl i'w glustiau ac ochneidiodd y Doctor yn ddwfn.

'Be gythral sy'n digwydd yma, 'rhen foi?'

Ymsythodd a brathu'i ben i mewn i'r bar. Eisteddai pedwar o hen bobol wrth bob un wan o'r byrddau, i gyd mewn siwmperi trwchus a throwsusau melfaréd, a phob un, swniai i John, yn siarad pymtheg-y-dwsin ar draws ei gilydd. Y tu ôl i'r bar roedd Mags, wrthi ffwl sbîd yn paratoi gwahanol ddiodydd ac yn rhy brysur i hyd yn oed edrych i fyny i'w gyfeiriad.

Ond nid felly'r cwsmeriaid. Wrth i John gamu i mewn trwy'r drws, troesant i gyd ac edrych arno cyn rhoddi bloedd uchel o groeso brwd a churo'u dwylo'n hapus, fel petaen nhw i gyd wedi dod yma'n un swydd er mwyn gweld John Griffiths, a bod eu holl ddymuniadau wedi'u gwireddu wrth iddo ymddangos yn y bar. Edrychodd Mags i fyny hefyd gan chwythu cudyn o'i gwallt oddi ar ei thalcen, ei hwyneb yn fflamgoch, a dechreuodd John wenu.

'Sgiws mi, sgiws mi!' cyfarthodd llais diamynedd y tu ôl iddo. Neidiodd John a throi i weld dynes ganol-oed, llond ei chroen a chwyslyd ei golwg, yn gwgu arno. Roedd ganddi ddau blatiad anferth o frechdanau yn ei dwylo. Hon, casglodd John, oedd Brenda, a'i hymddangosiad hi – neu'n hytrach ei brechdanau – a oedd yn cael y croeso.

Symudodd er mwyn caniatáu iddi wthio heibio iddo i mewn i'r bar. Dododd Brenda un plât ar un bwrdd a'r llall ar fwrdd arall cyn troi a hwylio fel llong fawreddog allan yn ei hôl trwy'r drws, ar ei ffordd i nôl chwaneg o frechdanau, mae'n siŵr. Ymosododd y bobol wrth y ddau fwrdd ar y brechdanau fel haig o bysgod piranha ar lympiau o gig amrwd.

Pwy oedd aelodau'r fintai haerllug, ddi-droi'n-ôl yma? Cerddwyr o ryw fath, yn ôl eu dillad, ac o edrych arnynt yn iawn sylweddolodd John eu bod i gyd tua'r un oed ag ef ei hun – nid hen bobol mohonynt o bell ffordd, meddyliodd yn awr. Symudodd at y bar, ddim ond i neidio eto wrth glywed bloedd arall y tu ôl iddo: Brenda a'i brechdanau eto.

Agorodd ei geg i holi Mags, ond cyn iddo gael cyfle i ddweud yr un gair, meddai hi wrtho: 'Cer â'r diodydd 'ma i'r bwrdd acw, 'nei di?'

Roedd dau beint a dau hanner o lager ar hambwrdd ar y bar.

'O . . . reit-o. Pa fwrdd?'

'Hacw, wrth y ffenast.'

Roedd y bobol wrth y bwrdd yn stwffio brechdanau i mewn i'w cegau fel petaent ar lwgu.

'*Eh oop*,' meddai un dyn wrth i John wau'i ffordd tuag ato gyda'r diodydd. Roedd wyneb y bwrdd bychan yn llawn gyda'r plât brechdanau a phedwar gwydryn gwag, a safai John yno'n llywaeth yn disgwyl i un o'r pedwar – dau gwpwl, yn ôl eu golwg – dacluso'r bwrdd. Ond roeddynt yn rhy brysur yn bwyta.

'*Not much of a waiter, are you, lad?*' meddai Eh-Oop wrtho. '*Thing to do is clear table first, then bring drinks over.*'

Dechreuodd un o'r merched symud y gwydrau gweigion a gosododd John yr hambwrdd i lawr yn ofalus.

'*And 'e's spilled some,*' sylwodd y dyn arall. '*There's a good 'alf-pint sloppin' about in tray.*'

Pam ydw i wedi cochi at fy nghlustia'? meddyliodd John. Fel taswn i *yn* rhyw was bach lletchwith o gwmpas y lle 'ma. Mor braf fuasai medru dweud wrth y dyn am godi oddi ar ei din tew a nôl ei ddiodydd ei hun y tro nesa. Mwy na hynny, hoffai petai'r hawl ganddo i gicio'r cwbl lot ohonyn nhw allan.

Rhaid oedd iddo fodloni'i hun drwy ddweud, '*Aye, and there's trooble oop at mill, 'nall,*' dan ei wynt wrth ddychwelyd at y bar.

'O ble da'th y rhein?' gofynnodd.

'O'r nefoedd, fel manna,' atebodd Mags, yn brysur yn paratoi llond hambwrdd arall o ddiodydd. 'Wnest ti ddim sylwi mor ddistaw oedd hi yma dros y dyddia dwytha? A hitha'n wsnos Gŵyl y Banc hefyd.'

'Do, erbyn meddwl. Ond ro'n i wedi cymryd . . . 'sti, a hitha'n ddiwadd y gwylia . . . '

'Fel'na ma' hi wedi bod drw'r ha', fwy ne' lai. Felly pan landiodd y rhein yn 'u mini-bỳs, newydd i chdi fynd allan, ac isio aros am ddwy noson . . . Rhyw glwb ramblo ydyn nhw. Roedd yn rhaid i mi grefu ar Brenda i ddŵad yn ôl i mewn i neud brechdana iddyn nhw, doeddan nhw ddim isio pryd mawr allan yn rhwla.' Cyffyrddodd yn ysgafn â chefn ei law. 'Sori, ei di â'r diodydd 'ma draw i fan'cw?' Nodiodd at y bwrdd lle cynt yr eisteddai ef a Gwynfor. 'Tra dwi'n codi peint i chdi.'

Ramblyrs gachu iâr ydyn nhw os na fedran nhw gerddad o'u byrdda at y bar, meddyliodd John wrth ufuddhau. Ond roedd ei biwisrwydd gwreiddiol wedi dechrau pallu erbyn hyn. Pobol fel y rhain oedd bara menyn Mags, chwarae teg, ac er cymaint yr oedd o wedi gobeithio cael noson fach dawel yma gyda hi, sylweddolodd ei fod yn ddigon hapus cael bod yma gyda hi o gwbl. Pan gyffyrddodd â'i law, roedd o wedi teimlo'r cynhesrwydd yn llifo i mewn iddo, yna trwyddo, ac yn awr roedd rhywfaint yn llifo allan ohono yn ei ôl. Roedd ei beint yn aros amdano ar y bar, ac eisteddodd ar un o'r stoliau uchel i'w sipian a gwylio Mags yn symud o fwrdd i fwrdd yn sgwrsio. Gwisgai ei ffrog haf unwaith eto ac roedd ei gwallt yn sgleinio. Tarodd winc slei arno dros ei hysgwydd cyn troi a siarad rŵan hefo Eh-Oop a'i ffrindiau, a'r rheiny wedyn yn edrych i'w gyfeiriad ac yn nodio: cafodd saliwt bychan gan Eh-Oop ei hun a thair gwên gan y lleill. Saliwtiodd a gwenu'n ôl arnynt, yn teimlo'n afresymol o glên mwyaf sydyn tuag at y llond ystafell y bu ond funudau yn ôl yn eu casáu â châs perffaith.

Daeth Brenda, â'i hwyneb yn sgleinio, i'r tu ôl i'r bar a llyncu gwydraid o ddŵr.

'Sut dach chi heno 'ma?' meddai wrthi, a rhythodd hithau arno am eiliad, yn amlwg ddim wedi disgwyl iddo'i chyfarch yn Gymraeg. Yna fe'i gwelodd hi'n sylweddoli pwy oedd o.

'O – chi ydi'r awdur, ia?'

Teimlodd John ei wên yn llithro fymryn.

'Mags oedd yn deud ych bod chi wrthi'n sgwennu llyfr.'

'Wel . . . rhyw hel syniada ydw i ar y fomant,' meddai.

'Dach chi wedi ca'l dipyn?'

'Y . . . do, un ne' ddau.'

'Roedd Mags wedi gwirioni. Ma' hi 'di mopio efo llyfra, ychi.'

'Yndi, felly ro'n i'n dallt. Ydach chi'n un am ddarllan?'

'Ddim felly, nac 'dw. Amball i Gatherine Cookson ne' Iris Gower o'r llyfrgell withia. Dwi'm yn meddwl i mi ddarllan llyfr Cymraeg er pan oedd y plant yn fach. Ond mi fydda i'n siŵr o ddarllan ych un chi pan ddaw o allan,' ychwanegodd yn frysiog.

Gwenodd John wên fach ddiymhongar, gobeithiai.

'Doeddach chi ddim wedi bargeinio am hyn, felly?' meddai, gan nodio i gyfeiriad y cerddwyr.

'Nag oeddan ni, wir. Ond cofiwch, ma'n dda 'u ca'l nhw. Dydi hi ddim wedi bod yn hawdd ar Mags yn ddiweddar, rhwng bob dim.'

'O . . .'

Cochodd Brenda at ei chlustiau, yn amlwg yn teimlo iddi ddweud gormod wrth ddyn dieithr.

'Reit – well i mi fynd i glirio'r gegin 'na. Sgiwsiwch fi . . .'

'Neis ych cyfarfod chi.'

Hwyliodd allan o'r ystafell gan adael John yn ceisio cofio'n union yr hyn a ddywedodd Gwynfor echnos am Mags – bod ei gŵr wedi hen fynd, a hi ei hun a ddywedodd mai fo a fedyddiodd y Doctor. Ond roedd 'rhwng bob dim' Brenda yn lled awgrymu mai rhywbeth cymharol ddiweddar oedd ymadawiad y gŵr – os nad oedd hi'n cyfeirio at rywbeth hollol wahanol, wrth gwrs. At y busnes, er enghraifft; doedd Mags ei hun ond newydd fod yn cwyno am yr haf tawel.

Ond roedd y 'rhwng bob dim', a'r ffaith fod Brenda wedi cochi, *yn* awgrymu rhywbeth ychydig mwy personol.

Dwi'n nabod dim ar y ddynes hyfryd hon, sylweddolodd. Ma' hi'n gwybod llawer iawn mwy amdana i, ma' hynny'n sicr – 'rargian, dwi ddim hyd yn oed yn gwbod be ydi'i chyfenw hi. Dydan ni ddim wedi sgwrsio, fel y cyfryw: y fi sy wedi siarad – a siarad, a siarad – tra bod Mags wedi eistedd yno'n ddistaw, yn gwrando arna i.

A fory, dwi'n mynd i chwilio am ddynas ddiarth arall. O'r

tair sy wedi llenwi fy meddwl yr wythnos yma, dim ond un sy wedi f'adnabod i go iawn – a dydi honno erbyn hyn ddim isio fy nabod o gwbl.

Ydi hynny'n dweud rhywbeth amdana i?

'Argol, gwena, 'neno'r tad!'

Roedd Mags wrth ei ochr gyda hambwrdd yn llawn gwydrau budron.

'Frank Sinatra,' meddai wrtho. '*No One Cares*.'

'Sori?'

'Gwitshia am funud . . . '

Aeth i'r tu ôl i'r bar a chwilota drwy bentwr o grynoddisgiau.

'Dwi'm yn meddwl fod neb erioed wedi fy nghymharu i efo Sinatra o'r blaen . . . ' dechreuodd John ddweud, a sodrodd Mags ddisg ar y bar o'i flaen. Dangosai'r clawr yr hen Frank yn eistedd wrth far ar ei ben ei hun, yn ei het a'i gôt wen, yn syllu i mewn i wydryn tra yn y cefndir roedd criw o bobol smart yn mwynhau'u hunain, neb ohonynt yn cymryd yr un tamaid o sylw o Frank druan.

'Ah . . . ia, dwi'n gweld. Sori.'

Ymsythodd a gwenu. Roedd Mags yn syllu arno â'r llygaid gwyrdd llonydd rheiny.

'W't ti'n iawn?'

'Yndw, yndw. Yndw – wir i chdi. Ro'n i'n bell i ffwrdd yn rhwla.' Fe'i daliodd ei hun yn gobeithio y buasai'n cyffwrdd eto â'i law, hyd yn oed yn gorffwys ei llaw hi arni. 'Dwi ddim yn adfyrt da i chdi, yn nac 'dw?' meddai, yn ymwybodol ei fod yn adleisio geiriau Gwynfor o echnos. 'Yli – mi ro i glec i hwn a mynd o dy ffordd di, ma' gen ti ddigon i'w neud . . . '

'Na wnei, tad, wnei di ddim ffasiwn beth. Ond os w't ti 'di ca'l digon ar ista yma'n hel llwch . . . '

'Ia?'

'Dwi 'di manteisio gormod ar Brenda druan fel ma' hi. Fasa ots gen ti hel gwydra i mi?'

'Iesgob, na 'sa.' Cododd a thynnu'i siaced. 'Ma'r rhei 'cw eisoes wedi cymryd 'mod i'n gwithio yma, beth bynnag,' meddai, gan amneidio i gyfeiriad bwrdd Eh-Oop.

'Dwi wedi'u rhoi nhw ar ben ffordd,' gwenodd Mags. 'Diolch i ti, John, dwi'n teimlo'n reit annifyr am ofyn.'

'Hogan dda, rŵan . . . '

* * *

Ddwyawr yn ddiweddarach, roedd o allan yn y glaw unwaith eto, ond y tro hwn yn teimlo'n hapusach o beth myrdd na phan ddeffrodd yn un swpyn gwlyb y bore hwnnw ar fwrdd yr *Olwen*. A hynny er gwaetha'r ffaith ei fod yn cael ei lusgo y tu ôl i'r Doctor fel sgïwr-dŵr anobeithiol y tu ôl i gwch modur.

Roedd y glaw mân bellach wedi troi'n law trwm, ac ar wahân i ambell gar gyda'i olwynion yn hisian fel nadroedd wrth yrru heibio, roedd y strydoedd yn wag. Nid oedd y glaw yn poeni'r un iot ar y Doctor. Yn hytrach na'u golchi i ffwrdd, meddyliodd John, ymddangosai fod y glaw wedi cryfhau'r arogleuon difyr a godai o bob twll a chornel, a chredai'r Doctor ei bod yn ddyletswydd arno i synhwyro pob un wan jac ohonynt, a hynny'n drwyadl, cyn iddo un ai godi ei goes a gadael ei arogl ei hun arnynt neu symud yn ei flaen at yr un nesaf.

Teimlai corun John fel carreg foel wrth droed rhaeadr, ond doedd dim ots ganddo o gwbl. Daliai ei wyneb i fyny droeon gan fwynhau'r teimlad o gael golchi'i wyneb, a phetai het ac ymbarél ganddo yn hytrach na chi a thennyn, ofnai y buasai'n cael ei demtio i geisio ail-greu dawns enwog Gene Kelly yma ar balmentydd a chwteri Pwllheli.

O leiaf roedd ei gorff yn weddol sych. Gwisgai gôt law laes

yr oedd Mags wedi'i hestyn iddo o ystafell fechan, gul yng nghefn y gegin. Côt a oedd yn amlwg yn rhy fawr iddi hi, ac yn debyg i un o'r cotiau *duster* rheiny a wisgid gan y dynion drwg – Henry Fonda a'i griw – yn y ffilm wych honno, *Once Upon a Time In the West*, gyda'i gwaelodion bron iawn yn crafu wyneb y palmant. Un o hen gotiau ei gŵr, tybed? Neu, yn hytrach, ei chyn-ŵr? Nid oedd unrhyw gliw y tu mewn i'r pocedi, gwaetha'r modd, dim ond hen daflen yn hysbysebu amgueddfa Lloyd George yn Llanystumdwy a stwmpyn hen, hen baced o Polo Mints. Ffitiai'r gôt John yn weddol gyffordus, felly nid oedd ei chyn-berchen yn ddyn mawr nac yn ddyn bychan.

Nid oedd Mags wedi cyfeirio ati o gwbl wrth ei hestyn i John, dim ond gofyn: 'W't ti'n siŵr?'

'Yndw, yndw,' oedd ei ateb dewr. Swniai'r glaw yn drymach o gryn dipyn yma yn nrws y gegin, ac fe'i cysurodd ei hun gyda'r syniad fod yna do sinc y tu allan i'r drws cefn yn chwyddo'r twrw.

Ond roedd o *yn* siŵr. Ef a gynigiodd fynd â'r Doctor am dro. Roedd y cerddwyr wedi dechrau noswylio o gwmpas deg o'r gloch, ac erbyn hanner awr wedi deg roedd y bar wedi gwagio. Helpodd John Mags i glirio'r byrddau a golchi'r gwydrau (roedd Brenda wedi hen ffoi erbyn hyn), ac yna daeth Mags trwodd o'r gegin gyda'i chôt amdani.

'Lle goblyn w't ti yn 'i chychwyn hi rŵan?'

'Ma'n rhaid i'r Doctor ga'l mynd i neud 'i fusnas.'

Edrychodd John arni. Roedd ei hwyneb yn wyn gan flinder.

'A' i â fo i chdi.'

'Na wnei di, tad.'

'Pam lai?'

'Ma' hi'n stido bwrw glaw . . .'

'A ma' pob un diferyn am dy osgoi di, ydyn nhw?'

'Yli, rw't ti 'di bod yn grêt heno 'ma, yn helpu. Fedra i ddim gofyn i chdi . . . '

'Wnest ti ddim gofyn, yn naddo? Y fi gynigiodd. Mags, rw't ti wedi ymlâdd. Ac mi faswn i'n gallu gneud efo chydig o awyr iach. Jest deud wrtha i lle i fynd.'

Doedd dim rhaid iddi ddweud gair – roedd y Doctor yn hen gyfarwydd â'i lwybrau arferol a thynnodd John drwy un stryd ar ôl y llall a sawl stryd gefn, gan adael ei lwyth yn barchus ger hen sgip a sefyll yn amyneddgar wrth i John – gyda'i feddwl ar unrhyw beth ond y dasg mewn llaw, fel petai – wyro a chodi'r slwj poeth i mewn i fag plastig a roes Mags iddo yn y gwesty. Petrusodd ger y sgip, gan ddal y bag uwch ei ben fel rhywun yn dal ceiniog dros geg ffynnon ddymuno, ond ofnai glywed rhyw 'Hoi!' yn taranu ato o'r nos, felly penderfynodd aros nes iddo ddod o hyd i fin ysbwriel cyfleus cyn gollwng y bag i mewn.

Arweiniodd y Doctor ef drwy ragor o strydoedd cefn nes iddynt gyrraedd y stryd lle'r oedd yr Wylan, ond o gyfeiriad gwahanol. Wrth iddynt nesáu at y gwesty, gwelodd John fod Mags yn eistedd wrth y bwrdd yn y ffenestr yn syllu allan i'r nos, ei meddwl ymhell ac yn edrych i ffwrdd oddi wrtho ef a'r Doctor.

'Aros am funud,' meddai John yn dawel wrth y Doctor.

Lle'r oedd ei meddwl, tybed? Safodd John yno yn y glaw, ei lygaid ar y ffrâm felen, olau o'i flaen a'r ddynes a eisteddai ynddi gyda'r llwch yn tyfu ar flaen ei sigarét a'r mwg yn nofio'n ddiog i fyny tua'r nenfwd ac allan o'r ffrâm. Edrychai fel petai hi'n dilyn llwybrau'r dafnau glaw i lawr y ffenestr – ac a oedd hi'n meddwl am rywun? Oedd hi'n ddall i ddagrau'r glaw, ac ond yn gweld rhyw wyneb na wyddai John amdano, a chlywed llais o'r gorffennol yn galw'i henw?

Edrychai fel rhywun mewn darlun gan Edward Hopper, a

gwyddai John ei fod am gadw'r darlun hwn yn ei feddwl am weddill ei oes.

Yna ymysgydwodd Mags pan syrthiodd y llwch oddi ar flaen ei sigarét. Gosododd ei llaw yn erbyn ochr y bwrdd a chwythu'n ysgafn, a hedfanodd gwên fechan dros ei hwyneb wrth i'r sosej lwch lanio'n ddiogel yn ei chledr. Cododd a symud o'r ffenestr; tro John oedd hi'n awr i ymysgwyd, a gorffennodd ef a'r Doctor eu taith i mewn i'r gwesty.

Roedd Mags yn aros amdanynt yn y bar gyda thywel anferth ar gyfer y Doctor. Aeth i'w chwrcwd a dechrau rhwbio, a throdd John ei gefn arni wrth dynnu'i gôt rhag ofn iddi'i ddal yn serennu i lawr ar dopiau ei bronnau.

Ond cafodd ei ddal ganddi'n gwenu wrth iddi godi ar ei thraed.

'Be sy?'

'Dim byd. 'Mond meddwl – rw't ti'n dipyn o giamstar efo'r tyweli heddiw 'ma.'

Gwridodd Mags fymryn wrth blygu tywel y Doctor, oedd wedi ymwthio allan heibio i John a diflannu i mewn i'r swyddfa fechan oedd rhwng y bar a'r gegin.

'Yna ma'i fasgiad o,' eglurodd Mags.

'Rw't ti'n dal i edrach wedi blino'n lân.'

'Yndw, m'wn. Cawod sydyn a gwely amdani.'

Siaradai'r ddau mewn hanner sibrwd, ac roedd hynny'n cryfhau'r teimlad o agosrwydd oedd wedi hen flodeuo rhyngddynt. Arhosai'r gwrid bychan ar wyneb Mags wrth iddi ddod at John a dechrau cymryd ei gôt wlyb oddi arno. Gallai synhwyro'i phersawr.

'W't ti isio panad ne' rwbath?' gofynnodd.

Yr hyn dwi'i isio ydi gafa'l ynot ti a dy wasgu'n dynn, dynn, meddyliodd. Roedd y trydan a ruthrai drwy'i gorff yn gwneud ei orau i godi ei freichiau, eu gwthio allan a'u cau amdani.

'Na, dwi'n ol-reit, diolch,' atebodd.

Methai'r ddau ag edrych yn llawn i lygaid ei gilydd.

'Mags, cer am y gawod 'na ac i dy wely,' meddai. 'Mi fydd angan i chdi godi ben bora er mwyn porthi'r pum mil.'

'Ben bora, bydd. Ma' nhw am gerddad o gwmpas Pen Llŷn fory.'

Roedd ei bysedd yn dal i afael yn y gôt wlyb, ac roedd yntau'n gyndyn o'i gollwng.

'A ma' gen titha ddwrnod mawr fory, hefyd.' Cododd ei llygaid i gwrdd â'i rai ef.

O, Dduw mawr, dwi ddim isio mynd! Plîs darllena hynna yn fy llygid i!

'Oes . . . '

'Oes.'

Camodd yn sydyn oddi wrtho a gollyngodd John ei afael ar y gôt.

'Well i mi fynd â hon i ga'l 'i hongian ne' mi fydd y carpad yma'n socian.'

Aeth heibio iddo am y drws. Trodd yntau i'w gwylio. Arhosodd Mags, ac meddai heb droi: 'John . . . '

'Ia?'

'Diolch i chdi am heno 'ma. Am dy help.'

'Croeso, tad. Diolch i chdi, yndê. Am . . . am bob dim, heddiw.'

'Croeso, tad.'

Aeth Mags allan yn cario'r gôt. Sgleiniai'r gwydrau glân yn llonyddwch y bar.

* * *

Ceisiodd ei orau glas i beidio â meddwl amdani'n cael cawod.

Roedd ei ystafell yn rhy dawel: nid oedd arno eisiau gorwedd yno'n gwrando ar y glaw.

Ymolchodd, glanhaodd ei ddannedd a gwnaeth baned iddo'i hun. Ar ôl i'r tegell ferwi, gallai glywed ambell besychiad mewn acen Swydd Efrog yn dod drwy'r pared.

A'r glaw ar y to a'r ffenestr.

Aeth ac eistedd ar ei wely, yna yn ei gadair, yna'n ôl ar ei wely eto. Drwy ddrws agored yr ystafell ymolchi gallai weld ei gawod. Brwydrodd yn erbyn dychmygu ei siâp hi drwy'r gwydr.

Chwythai'r gwynt y glaw yn erbyn y ffenestr.

Switsiodd y teledu ymlaen. Jonathan Ross yn rhegi ar un sianel, Graham Norton yn bod yn ysglyfaethus o awgrymog ar sianel arall. Neidiodd drwyddynt i gyd nes dod ar draws ffilm yr oedd wedi'i gweld droeon yn barod – *Predator*. Setlodd i wylio Arnold Schwarzenegger yn ymguddio mewn mwd rhag y Predator. Gorffennodd ei banad a chodi a gwneud un arall, a'r tro hwn bwytaodd un o'r bisgedi Digestive. Yna glanhaodd ei ddannedd eto.

Siawns ei bod wedi cael ei chawod bellach, meddyliodd.

Gwyliodd y Predator yn cael ei chwythu'n ddarnau mân, ac Arnold mewn hofrennydd yn canu'n iach i'r jyngl. Snwcer yn awr, ar ôl y ffilm.

Newidiodd i'w byjamas. Ar ben un o'i bentyrrau llyfrau roedd *A Kind of Loving*. Cododd ef, a'i osod i lawr yn ei ôl.

Yfory.

Dringodd i mewn i'w wely a diffodd ei olau.

Gwrandawodd ar y glaw.

Welodd Maldwyn mohona *i*, meddyliodd. Y fi a'i gwelodd *o*. Drwy'r ffenestr. 'Mond cip, ond roedd hynny'n ddigon. Mi welais i'r slap, ond mi gymris arnaf, pan ddaeth hi'n ôl i mewn, nad o'n i wedi gweld unrhyw beth. Roedd rhwbath yn deud wrtha i na fasa hi'n hapus tasa hi'n meddwl fy mod i wedi gweld y slap.

Go brin, felly, fod Maldwyn am sôn unrhyw beth wrth

Olwen am Ddyfi Jyncshiyn, nac am Marian ychwaith. Soniais i ddim byd wrthi, ar hyd y blynyddoedd, a chymryd arnaf mai fy nhro cyntaf hefo hi – Olwen – oedd fy nhro cyntaf erioed. Fel ag yr oedd iddi hi. Roedd yn haws smalio.

Tybad fydd hi'n bwrw fel hyn fory? Dwi'n cofio, ar fy ffordd yma efo Manon a Gerwyn, hanner gobeithio am law . . .

Cysgodd.

'Doeddat ti ddim wedi cloi dy ddrws,' sibrydodd yn ei glust.

Gwelodd ei siâp rhwng y gwely a golau oren y stryd a ddeuai i mewn drwy'r llenni.

'Nag o'n.'

Yna roedd hi yn ei wely, yn closio ato ac yn ffitio'n fendigedig dan ei gesail, neilon ei choban yn erbyn ei law a chynhesrwydd ei chlun yn erbyn ei goes, ac arogl sebon a shampŵ yn cosi'i ffroenau. Cusanodd ei thalcen, a gorweddodd y ddau felly am funudau hirion, yn gyfforddus ac yn gwrando ar y glaw. Roedd ychydig o'i gwallt yn cosi'i ên ond doedd o ddim am symud, nag oedd o wir.

Yna cododd ei hwyneb a chusanu'i fron, yna'i wddf, ei ên a'i geg. Roedd o'n galed yn erbyn ei chlun. Ochneidiodd wrth i'w ddwylo gyffwrdd, anwesu a chau am ei bronnau, ac ochneidiodd yntau wrth i'w bysedd gau amdano.

'O . . .' meddai, a dringo arno. Tynnodd ei choban dros ei phen cyn cydio ynddo a'i roi y tu mewn iddi. Gwyddai na fedrai ddal am hir, ond gwyddai hefyd nad oedd ots, ni fuasai ots gan Mags.

'Mags . . .' meddai.

Gwyrodd drosto a'i gusanu eto, a daethant ill dau fwy neu lai yr un pryd. Gorweddodd arno ymhell ar ôl iddo gilio y tu mewn iddi, cyn symud a dychwelyd i'w gesail.

'Wel . . . ' meddai John ymhen hir a hwyr. 'Dwi'n bendant ddim isio mynd fory rŵan.'

Cododd ei phen o'i gesail a rhythu arno.

'John, ma'n rhaid i chdi.'

Rhythodd yn ôl arni.

'Dw't ti ddim o ddifri?'

'Yndw, tad. Meddylia sut y byddi di'n teimlo ddydd Sul os nad ei di.'

Ma'n dibynnu'n union lle bydda i ddydd Sul, meddyliodd.

'I be, Mags? Dwi ddim yn meddwl am funud y bydd hi yno.'

'A hwyrach 'i bod hi rŵan, yn rhywla, yn meddwl yr un peth yn union amdanat titha. Ma'n rhaid i chdi fynd, John. A'i ga'l o i gyd allan o dy system. Wedyn, mi fedri di sgwennu dy lyfr o'i gwmpas o.'

Ochneidiodd John. Cafodd bwniad yn ei ystlys.

'Hoi!'

'Be . . . ?'

'Rw't ti *am* sgwennu'r llyfr 'na, dallta.'

'Mags, dwi ddim wedi trio sgwennu unrhyw beth mwy na thraethawd er pan o'n i yn y coleg.'

'Wel? Roedd Mary Wesley yn 'i saithdega pan ddechreuodd *hi* sgwennu.'

'Oedd hi?'

'Ma'n rhaid i chdi'i sgwennu o rŵan, beth bynnag, dwi wedi sôn wrth Brenda amdano fo. A dw't ti ddim isio pechu yn erbyn Brenda, creda di fi.' Tarodd gusan sydyn ar ei geg. 'Mi faswn i'n cynnig dŵad efo chdi, ond ma' hyn yn rhwbath y dylat ti'i neud ar dy ben dy hun. Mi fydda i at 'y nghorn gwddw mewn ramblyrs tan ddydd Sul, beth bynnag. Ond dwi am ofyn un peth – os na fyddi di'n dŵad yn ôl ar y trên ola, rho ganiad i mi, 'nei di? Go brin y medra i ddiodda dwy noson hwyr ar ôl 'i gilydd.'

'Dwi am ga'l dŵad yn ôl, felly?' gofynnodd, yn ymwybodol ei fod yn gofyn rhywbeth llawer iawn mwy.

'W't, tad. Dw't ti ddim wedi talu dy fil eto.' Pwniodd ei ystlys eilwaith. 'Reit, dyna hynna wedi'i setlo. Rŵan, dwi isio clywad oddi wrthat ti be ddigwyddodd ar y marina 'na'r noson o'r blaen.'

'A . . . wel . . . '

Pwniad arall. Gwenodd yn yr hanner gwyll, a dechreuodd siarad. Dyna pryd y sylweddolodd na fedrai egluro am Colin a'i griw heb yn gyntaf sôn am JJ.

9

Jason Jarvis oedd ei enw llawn, ac ym meddwl John roedd o'n dal i fod yn un ar bymtheg oed. Amhosib, wrth gwrs, oedd peidio â meddwl amdano: nid yw gwyddoniaeth eto wedi creu rhyw dabled neu hylif a fyddai'n ein galluogi i ddileu ein hatgofion mwyaf annifyr o'n heneidiau, fel hen raglenni teledu oddi ar dâp fideo.

Felly, galwai JJ i edrych amdano yn reit aml, a doedd dim modd gwybod pryd y cyrhaeddai. Ei hoff adeg oedd oriau mân y bore, gan brancio'n watwarus wrth droed y gwely – hogyn a edrychai'n allanol fel ystrydeb o 'hogyn capal parchus', ei wallt yn dwt a'i wisg ysgol wastad yn lân: ni feiddiai'r un ploryn anghynnes ymgartrefu ar wyneb hwn. Droeon eraill, safai'n llonydd rhwng y ffenestr a throed y gwely, yn crechwenu i lawr ar ei hen athro Cymraeg, yr un hen grechwen slei honno a edrychai fel gwên radlon, addfwyn i bron bawb arall.

Nid oedd angen noson yn y Snowdon Arms i ddenu JJ: nid oedd yr un affliw o bwys ganddo os oedd John yn feddw neu'n sobor. Galwai heibio weithiau amser brecwast, weithiau yng nghanol y prynhawn, ac roedd y gallu ganddo hefyd i ymddangos ym mhob man – yn y llyfrgell, yn y dafarn, hyd yn oed yn y capel ar yr adegau prin y byddai John yn tywyllu'r lle. Gwelai ei wyneb yng nghanol torf o siopwyr ar strydoedd Bangor a Chaernarfon a chlywai ei lais bob tro y byddai criw o bobol ifanc yn croesi'i lwybr. Bu droeon yn dyst i ddagrau Mr Griffiths, a gwyliodd gyda mwynhad ei briodas a'i fywyd yn fflawio fesul dipyn, fel dyn eira'n toddi dan grechwen gynnes yr heulwen.

Roedd yno yn sbecian dros ysgwydd Olwen ac yn gwenu fel giât wrth weld ei dagrau hithau, ac wedyn yn sefyll ar y rhiniog yn codi'i law arni pan adawodd, cyn troi at John a dweud, "Mond y ni'n dau rŵan, *syr*'.

Ac roedd o yma, yn hanner gwyll yr ystafell westy ym Mhwllheli, wrth i John sôn wrth Mags amdano.

* * *

Hwyrach, meddai John wrth Mags, y buasai wedi bod yn well petai wedi cychwyn ei yrfa gyda bedydd tân, ond roedd y ffaith mai Cymraeg oedd ei bwnc wedi ei helpu i osgoi hynny i raddau helaeth. Gwyddai ei fod yn cyffredinoli'n ofnadwy, ond roedd yn argyhoeddedig fod nifer fawr o ysgolion Cymru yn 'haws' na'r rhai dros neu o gwmpas y ffin, a bod 'plant Cymraeg' yn haws eu trin ac yn fwy disgybledig na phlant di-Gymraeg neu Saeson.

'Argol, w't, rw't ti *yn* cyffredinoli,' meddai Mags. 'Be am ysgolion gwledig Lloegr? Ne'r ysgolion bonedd?'

'Wn i, wn i. A dydi o ddim mor wir y dyddia yma, o bell ffordd. Cofia 'mod i'n sôn am y dyddia cyn i ddisgyblaeth fynd yn ffliwt.'

Tawodd am ychydig, a gallai Mags – a oedd yn gorwedd gyda'i phen yn gorffwys ar ei frest – deimlo'i gorff yn tynhau a chlywed ei galon yn cyflymu. Roedd o'n amlwg yn hel atgofion go annifyr, ac arhosodd Mags yn dawel gan ei deimlo'n ymdrechu i wthio'r rheiny o'r neilltu am y tro ac ymlacio rhywfaint.

Dechreuodd siarad unwaith eto – ei lais fel murmur, a'i wynt yn anwesu'i gwallt.

'Y peth ydi, dw't ti ddim yn dechra dysgu sut ma' dysgu nes i ti ddechra dysgu go iawn,' meddai. 'Ar ôl gorffan dy radd, ma' gen ti flwyddyn o hyfforddiant dysgu. Ond dydi hi ddim yn flwyddyn lawn o bell ffordd, yn nac 'di? Ar ôl i chdi dynnu gwylia'r coleg i ffwrdd, faint sy gen ti ar ôl? Rhyw wyth mis. Ac yn 'y marn i, ma' hynny wyth mis yn ormod. Dydi'r holl stwff 'na ma' rhywun yn 'i ddysgu am bobol fel Piaget a Rousseau a Margaret Mead yn dda i affliw o ddim pan w't ti'n sefyll o flaen dosbarth, efo tua thri deg o wyneba'n rhythu'n ôl arnat ti. Na – 'mond tri pheth rw't ti'i angan. Gwybodaeth o dy bwnc, y gallu i drosglwyddo'r wybodaeth honno . . . a disgyblaeth.'

Yn sicr roedd y cyntaf o'r tri yna ganddo, meddai. Hoffai feddwl bod rhywfaint o'r ail ganddo, hefyd.

Ond y trydydd . . .

Doedd y ddau arall yn dda i ddim byd heb y trydydd. Gall rhywun fod yn athrylith, gyda huodledd Lloyd George, ond os nad yw'n gallu cadw rheolaeth dros ei ddosbarth, yna waeth iddo roi'r gorau iddi ddim.

Ac mae llond dosbarth o angylion yn gallu troi'n anhydrin os mai rhywun gwan sy'n sefyll o'u blaenau.

'Roedd gen i frwdfrydedd anhygoel, pan gychwynnis i,' meddai. 'Dros y pwnc, ia – rw't ti'n gwbod fel dwi wedi mopio efo llenyddia'th a llyfra – ac ro'n i'n ysu am ga'l rhannu'r holl wyboda'th oedd gen i. Ond yn anffodus roedd gen i ryw syniad dwl yn 'y mhen o fod fel rhyw fersiwn Gymraeg o Mr Chips. Roeddan ni'n dipyn o ffrindia efo'n hathrawon pan oeddan ni yn y chwechad dosbarth, ac felly o'n i'n fy ngweld fy hun – gan anghofio bod ein hathrawon ninna hefyd wedi edrach fel rêl hen ddiawliaid blin pan o'n i yn y dosbarthiada iau.'

Ei gamgymeriad mwyaf oedd bod yn rhy glên ac, wrth gwrs, manteisiodd y plant ar hynny'n syth bìn. Gwendid mawr ydoedd, rhywbeth i neidio arno a'i ecsbloetio. Fel y ffaith bod ei acen mor wahanol i'w hacenion hwy, rhywbeth nad oedd yn beth mawr ynddo'i hun – Cymraeg yw Cymraeg, a dim ond gwisg denau yw acen, wedi'r cwbl – ond yn rhywbeth arall a ddefnyddiwyd gan y plant fel arf yn ei erbyn drwy gymryd arnynt nad oeddynt yn ei ddeall o gwbl.

Ni fu'n hir iawn cyn cael trafferthion yn ei wersi: dechreuodd rhai o'i gyd-athrawon, yn enwedig y rhai hŷn, yr hen stejars rheiny a wisgai eu gynau coleg duon drwy'r adeg nes eu bod yn edrych fel cyfuniad o Batman a Dracula, gwyno nad oeddynt yn gallu dysgu oherwydd y sŵn a ddeuai o ystafell ddosbarth Mr Griffiths. Roedd ganddynt bethau gwell i'w gwneud na gadael eu gwersi hwy er mwyn tawelu ei ddosbarthiadau ef.

'Ma'n rhaid i ti fod yn hen ddiawl 'da nhw,' cynghorodd ei bennaeth adran ef. 'Ti sydd i fod i reoli'r dosbarth yna, nage nhw.'

Ond roedd John wedi ei gadael yn rhy hwyr. Brwydrodd i ymddangos fel 'hen ddiawl' ond roedd ei ddosbarthiadau'n gallu gweld trwyddo'n rhwydd, a theimlai fel actor gwael gerbron cynulleidfa a oedd yn barod i'w bledu gyda thomatos ac wyau unrhyw funud.

'Roedd hyd yn oed y plant *da* yn camfyhafio i mi,' meddai.

Daeth yn agos at dorri'i galon a rhoi'r ffidil yn y to. Yr unig beth a'i cadwodd rhag digalonni'n llwyr oedd sgwrs a gafodd gyda'r prifathro. Roedd Glanfor Hughes wedi dechrau eistedd yn nosbarthiadau John ac, wrth gwrs, doedd ond eisiau iddo ymddangos yn y drws i droi llond ystafell o fleiddiaid rheibus yn ddefaid addfwyn a thawel.

''Chi'n athro da, chi'n 'bod,' meddai wrtho. 'Ro'dd y plant 'na 'eddi, er gwaetha'u hunain, yn *joio*'ch gwers. Ma' ffordd dda 'da chi o 'weud petha, chi'n gallu mynd miwn i'w byd nhw a siarad 'da nhw fel unigolion. Ond o'dd hynny oherwydd fy mod i yno 'da chi. Sai'n gallu gweld unrhyw fai ar ych gwaith paratoi chi, nac ar ych gwaith marcio chi. Ond John bach, ma'n rhaid i'ch disgybleth chi wella.'

Cafodd estyniad ar ei flwyddyn brawf – rhywbeth a wyddai nad oedd erioed wedi digwydd yn yr ysgol fechan hawdd, gartrefol hon o'r blaen. Trafferth arall oedd bod y pennaeth adran yn naturiol wedi cadw'r dosbarthiadau gorau iddo'i hun: roedd mwy na hanner dosbarthiadau John yn blant a fyddai'n ymadael â'r ysgol cyn gynted ag y gallent, a heb yr un tamaid o ddiddordeb mewn iaith a llenyddiaeth. Ond cytunodd y pennaeth adran i gymryd rhai o'r dosbarthiadau hynny ei hun o'r ail fis Medi ymlaen, yn y gobaith y byddai hynny'n help i John gael ei draed oddi tano.

'Mi weithiodd hynny, diolch i Dduw. Mi basis i fy mlwyddyn-a-chwartar brawf y Dolig hwnnw, ac mi ddechreuis i edrach ymlaen at fynd i mewn i fy ngwaith bob dydd. Mi wna'th yr hen stejars ailddechrau siarad efo fi yn y stafall athrawon, hyd yn oed.

'Yn syml iawn, Mags, mi ddysgis i sut i actio – actio rhan hen gingron blin a llym nes i mi ddechra magu rhywfaint o awdurdod, o ddisgyblaeth, naturiol. Ond do'n i ddim yn teimlo'n hapus yno. Ro'n i fel adyn ar gyfeiliorn, chwedl T. H., ac wrth gwrs do'n i rioed o'r blaen wedi profi pa mor sur ydi methiant. Felly mi ddechreuis i drio am swyddi 'nôl yn y Gogladd – llechan lân a ballu. A thrw' lwc, mi ges i'r un yr o'n i 'i hisio.

'Mi ddois i adra.'

* * *

Deallodd yn awr yr hyn oedd gan Maldwyn dan sylw, pan gyfeiriodd at gyndynrwydd dynion i rannu'r blynyddoedd hapus a dreuliasant ag un ddynes, gyda'i holynydd. Teimlai hefyd – gyda pheth cyfiawnhad – na fuasai gan Mags fawr o ddiddordeb ynddyn nhw, felly ni roes fawr fwy na sgets gyffredinol iawn o'i hanes ef ac Olwen a Manon; cywasgodd ddeng mlynedd ar hugain o briodas a bod yn rhiant i ryw hanner dwsin o frawddegau herciog. Hefyd, ac yntau bellach yn benderfynol o ddweud hanes ei gwymp wrthi, sylweddolodd ei fod ar frys i gael gwneud hynny, fel petai ei holl enaid yn ei wrjio i chwydu'r gwenwyn allan o'i gorff.

Ar ôl cael ei benodi'n bennaeth adran, meddai, nid oedd yr awydd ganddo i ddringo'n uwch; cyn bod yn brifathro, rhaid yn gyntaf oedd bod yn ddirprwy brifathro, a doedd ganddo mo'r amynedd i dreulio dyddiau hirion yn paratoi amserlenni ac yn y blaen. P'run bynnag, nid oedd y cyfrifoldeb o fod yn brifathro yn apelio ato, hyd yn oed os oedd y cyflog.

'Na, ro'n i wedi cyrra'dd stad yr o'n i'n meddwl ar un adag na faswn i fyth yn 'i chyrra'dd – sef o fod hapusa yn y dosbarth, yn dysgu. O sbio'n ôl, dwi'n gweld rŵan ella y dylwn i fod wedi gneud MA a cha'l swydd ddarlithio: go brin wedyn y basa'r hyn a ddigwyddodd i mi wedi digwydd. Ond ro'n i'n hapus braf, heb yr un syniad o gwbwl o'r hyn oedd am ddŵad, fel y gwydda' rheiny yng ngherdd Williams Parry, yn pori'n ddi-hid yn y cae drws nesa i'r lladd-dy.'

Tawodd eto, a bron y gallai Mags ei glywed yn hel ei feddyliau. Teimlai John fel dyn oedd ar fin neidio allan o awyren heb y sicrwydd fod ei barashiwt yn mynd i weithio.

'Jason Jarvis,' meddai.

Saib arall, a'i gorff i gyd bellach mor dynn â thant telyn. Closiodd Mags yn nes fyth ato, a'i wasgu.

'Prin y sylwis i ar y diawl bach yn ystod 'i flynyddoedd cynta acw. Nid y fi oedd yn 'i ddysgu o, felly ddois i ddim ar 'i draws o nes 'i fod o yn cychwyn ar 'i flynyddoedd TGAU.

'Y peth oedd, doedd o ddim yn edrach fel hogyn drwg, ddim byd tebyg i'r syniad sy gan rhywun yn 'i ben am "iob".

Roedd o wastad yn lân ac yn daclus a doedd o byth bron yn camfihafio. Dim ond un waith dwi'n meddwl i mi orfod deud y drefn wrtho fo, a fedra i yn fy myw gofio am be, dim ond cofio'i wynab o'n troi'n fflamgoch, fel bitrwt. Roedd hynny reit ar gychwyn 'i bedwaredd flwyddyn o, a dwi ddim yn credu i mi ga'l yr un siw na miw allan ohono fo am flwyddyn arall wedyn.

'Duw a ŵyr be oedd o, ond mi ddigwyddodd *rhwbath* iddo fo yn ystod yr ha' hwnnw. Roedd o fel tasa fo wedi dŵad i ryw benderfyniad uffernol neu'i gilydd. Y draffarth oedd, 'mond y fi oedd yn gallu gweld hynny. I bawb arall o'i athrawon, doedd 'na ddim byd gwahanol ynddo fo – roedd o yr un mor weithgar, yr un mor gwrtais. 'Mond y fi gafodd ambell gip ar y diafol oedd yn llechu dan wisg yr angel.'

Cododd Mags ei phen ac edrych i'w wyneb. Ni fedrai ei weld yn glir yn hanner tywyllwch yr ystafell, dim ond ei siâp ar y gobennydd, ond teimlai'n sicr serch hynny ei fod yn syllu reit trwyddi, ac nad oedd o hyd yn oed yn ymwybodol ei bod wedi symud ei phen o gwbl.

'Hei . . . ' meddai, ac yna'n fwy siarp: 'Hei!'

Gwelodd ei ben yn symud rhyw fymryn ar y gobennydd, a bron y gallai deimlo ei lygaid yn ffocysu arni.

'Dwi am roi'r gola ymlaen am funud, John. Dwi isio smôc.'

'Sori. Dwi'n dy fyddaru di, yn dydw?'

Yn hytrach na'i ateb, estynnodd Mags drosto a chynnau'r lamp fechan oedd ar y cwpwrdd wrth ochr y gwely, gyda blaenau ei bronnau'n crafu yn erbyn ei frest wrth iddi symud yn ei hôl. Yna llithrodd yn noeth o'r gwely. Rhaid ei bod wedi dod â'i sigaréts gyda hi: roedd y paced yn gorwedd ar glawr *A Kind of Loving*. Taniodd un, a chwythu mwg tua'r nenfwd cyn edrych i lawr arno.

'Nag w't, dw't ti ddim yn fy myddaru i o gwbl,' meddai. 'Y

peth ydi, doeddat ti ddim yn siarad efo fi, yn nag oeddat? Ddim go iawn, ddim *efo* fi.'

'Be . . . ?'

'Adrodd oeddat ti, John.'

Chwiliodd am flwch llwch, yna eisteddodd ar y gwely, yn hollol gyfforddus yn ei noethni.

'Rw't ti fel tasat ti wedi bod yn practeisio.' Gorffwysodd ei llaw rydd yn ysgafn ar ei frest a gwenu arno.

Meddyliodd John am hyn, yna nodiodd yn araf.

'Mi ydw i. Ers blynyddoedd. Er 'mod i rioed wedi meddwl o ddifri y basa heddiw'n dŵad. Y baswn i'n gallu deud yr hanas,' eglurodd. 'Practeisio deud fy leins . . .'

Gwenodd yn gam.

'Ond w't ti'n dallt be sy gen i, John?'

Roedd gwallt Mags dros y lle i gyd, a chododd John ei law a'i smwddio'n ei ôl i lawr. Duw a ŵyr sut olwg oedd ar ei gudynnau prin ef, meddyliodd.

'Yndw, dwi'n meddwl.'

'Dwi isio clywad,' meddai. 'Ond 'i glywad o'n dŵad o fa'ma . . . ' Curodd ei bysedd yn ysgafn ar ei fron.

'Ac nid o fa'ma.' Tarodd yntau ei dalcen.

Gwyrodd Mags ymlaen a'i gusanu'n ysgafn cyn diffodd ei sigarét.

'Fydda i ddim chwinciad.'

Gallai ei chlywed yn yr ystafell ymolchi. Rydan ni bobol yn betha rhyfadd, meddyliodd. Dyma ni newydd fwynhau'r weithred fwyaf preifat bosib rhwng dau berson, ac eto dwi'n teimlo ychydig bach yn ansicr os ydan ni eto'n ddigon agos i mi fedru gwrando'n ddi-hid arni'n piso. Dydi Mags ddim i'w chlywed yn poeni rhyw lawer am y peth, ond dwi'n gwbod y baswn i'n pesychu'n uchel ac yn anelu at ochr y pan toiled.

A dwi'n amlwg ddim yn ca'l llawar o hwyl ar ddeud yr hanas yma wrthi. Ro'n i'n meddwl fy mod i'n gneud yn tshampion, ond dwi'n dallt be sy ganddi hi ynglŷn â swnio fel taswn i'n adrodd rhwbath.

Yna sŵn y dŵr yn cael ei dynnu, a'r tap yn rhedeg. Chwythai'r gwynt ychydig o law yn erbyn y ffenestr: swniai fel ewinedd yn crafu.

Daeth Mags o'r ystafell ymolchi. Gwelodd ei noethni'n llawn am y tro cyntaf, ei bronnau llawn, y tywyllwch blewog, trwchus rhwng ei chluniau gwynion.

'Mi helpais fy hun i chydig o dy *Listerine* di,' meddai wrth swatio'n ôl ato yn y gwely.

'*Mi casa es tu casa* . . .'

Chwarddodd Mags, ychydig yn ansicr, a sylweddolodd John eu bod ill dau'n lled-feddwl yr un peth, sef mai ei lle hi oedd dweud hynny gan eu bod dan ei tho hi, ond ei bod yn rhy fuan o lawer iddi hyd yn oed feddwl am ddweud y ffasiwn beth.

'W't ti am i mi gario mlaen?' gofynnodd iddi.

'Yndw, tad. Ond . . .'

'Wn i, wn i. Dim adrodd. Ond doedd neb yn 'y *nghoelio* i, Mags,' meddai, gan barhau o'r union fan y gorffennodd er gwaethaf ei addewid. 'Bob tro ro'n i'n crybwyll y peth wrth rywun, roeddan nhw'n sbio arna i fel taswn i'n drysu.'

'Be'n union oedd yr hogyn yna'n 'i neud, felly?' gofynnodd Mags.

'Dim llawar, i ddechra arni – dyna'r peth, ti'n gweld, doedd o'n gneud dim byd y gallwn i roi 'mys arno fo, 'mond 'i agwedd o tuag ata i. Rhyw hen laswen slei ar 'i wep o bob tro roedd o'n sbio arna i. Yna, un dwrnod, mi faswn i wedi taeru'i fod o wedi 'ngalw i'n . . . wedi rhegi arna i.'

Y wers ddwbl olaf ar brynhawn Gwener oedd hi, prynhawn anghyffredin o gynnes yn niwedd Medi. Efallai bod pawb yn swrth a diamynedd, ac roedd yr awr yn llusgo, hyd yn oed i John. Fe'i daliodd ei hun, fwy nag unwaith, yn meddwl am gerdd D. H. Lawrence: *'When will the bell ring and end this weariness . . . '*

Tua deng munud cyn y gloch, casglodd John waith cartref y plant a byseddu drwy ambell lyfr, yn ôl ei arfer, wrth eu casglu. Gwelodd nad oedd Jason Jarvis wedi ysgrifennu mwy na'r teitl, a phetai hwnnw ond wedi cynnig rhyw esgus neu'i gilydd, efallai y buasai popeth wedi bod yn iawn.

Ond efallai na fuasai.

'Mi ges i'r teimlad fod y diawl wedi bod yn disgwl am hyn, 'i fod o'n fwriadol wedi pidio â gneud 'i waith er mwyn tynnu arna i a chreu gwrthdaro.'

Eisteddai JJ yn ôl yn ei gadair gyda'i freichiau wedi'u plethu. O edrych yn ôl, cafodd John y teimlad yn ogystal fod ei ffrindiau – yr hanner dwsin a eisteddai o'i gwmpas – hefyd wedi bod yn aros am hyn.

'Be 'di hyn, Jason?'

'Be, syr?'

Dangosodd John y dudalen iddo.

'Dwi ddim wedi'i neud o.'

'Naddo, mi fedra i weld hynny. Pam?'

Cododd JJ ei ysgwyddau.

'Be ma' hynna i fod i feddwl?' harthiodd John.

'Be, syr?'

'Y codi sgwydda 'na.'

'Dim byd.'

'Pam dw't ti ddim wedi gneud dy waith cartra?'

Cododd JJ ei ysgwyddau eilwaith. Clywodd John rywun yn piffian chwerthin y tu ôl iddo.

'Dwi ddim isio gorfod gofyn eto . . . '

'Paid 'ta.'

'*Be?*'

Ochneidiodd JJ fel rhywun oedd yn brysur yn cyrraedd pen ei dennyn gyda phlentyn anhydrin.

'Doedd gen i'm mynadd, ocê?'

Rhythodd John arno. Gyda'i holl enaid yn sgrechian arno i roi slasan galed i'r cythral bach coci ar draws ei wep, gwnaeth ymdrech arwrol i geisio siarad yn gall hefo fo.

'A bod yn onast, 'sgen i ddim mynadd gneud hannar y petha dwi'n gorfod 'u gneud yn y lle 'ma', meddai. "Sgen i ddim awydd, er enghraifft, treulio'r hyn sy, meddan nhw, am fod yn benwsnos fendigedig yn marcio'r rhein i gyd . . . ' Cododd y pentwr llyfrau oedd ganddo yn ei freichiau.

'Ma' gen ti un yn llai rŵan, yn does?' meddai JJ.

'Felly ma'n edrach,' meddai John. 'Ond pam, Jason? Dydi hyn ddim fel y chdi.'

Am y trydydd tro, cododd JJ ei ysgwyddau gan freuo fwyfwy ar amynedd John.

'O, wel – os na fedri di gynnig rheswm dilys dros beidio â gneud dy waith cartra, fel pawb arall . . . ' Gollyngodd y llyfr ar ddesg JJ. 'Dwi isio hwn wedi'i neud erbyn ben bora Llun. Ty'd â fo ata i yn y stafall athrawon.'

Nid oedd yr hogyn wedi edrych i ffwrdd oddi wrth John drwy gydol y sgwrs hon, dim ond eistedd yno efo'i freichiau wedi'u plethu a rhyw hanner gwên ar ei wyneb drwy'r amser.

Trodd John oddi wrtho.

'Cer i ffwcio dy nain, y cont,' clywodd.

Rhewodd.

Nid oedd yr un smic i'w glywed yn yr ystafell ddosbarth. Bron y gallai John glywed ei stumog ei hun yn troi, a'r chwys oer yn sboncio allan o'i gnawd.

Trodd yn araf.

Nid oedd JJ wedi symud yr un fodfedd. Syllai'n ôl ar John a'i wyneb yn awr yn llawn diniweidrwydd.

'Be ddudist ti?'

'Sori . . . ?'

'*Be ddudist ti?*'

Roedd JJ wedi gwgu arno fel un ar goll yn llwyr. Gwnaeth sioe fawr rŵan o edrych fel petai'n deall o'r diwedd.

'O . . . Jest deud 'mod i i fod i edrach am Nain dros y penwsnos. Ma' hi'n byw yn Bont,' meddai, gan gyfeirio at Bontnewydd. 'Syr . . . ' ychwanegodd.

Daeth y piffian chwerthin eto o'r tu ôl i John.

'Naci'n tad. Mi glywis i be ddudist ti.'

Dychwelodd yr wg o benbleth i wyneb JJ.

'Sori . . . ?'

Brwydrodd John i'w reoli'i hun.

'Reit – dwi isio gair efo chdi pan eith y gloch 'na . . . '

Canodd y gloch wrth iddo ddweud hyn a dechreuodd pawb symud, gan gynnwys JJ.

'Glywist ti be ddudis i? Aros di lle'r w't ti.'

Roedd JJ wedi sefyll a dechrau hel ei bethau.

'Dwi'm yn meddwl.'

'Be?' meddai John yn llywaeth.

'Dwi ddim yn meddwl . . . syr.'

Unwaith eto, y chwerthin. 'Mond rhyw un neu ddau oedd wedi mynd allan o'r ystafell: roedd y gweddill, damia nhw, yn loetran, yn mwynhau'r sioe.

'Allan â chi, y gweddill o'noch chi,' gorchmynnodd John.

Nid oedd yr hanner gwên ar wep JJ wedi llithro'r un mymryn, tra oedd wyneb John erbyn hyn yn goch. Dechreuodd JJ ymuno â'r ecsodus am y drws.

'Dw't ti ddim yn mynd i nunlla, washi!'

'Ac rw't ti am fy rhwystro i, w't ti?' meddai JJ. 'Sut? Chei di ddim twtshiad pen dy fys yna' i.'

'Mi dwtshia i fwy na phen 'y mys . . . !'

Cododd JJ ei aeliau, yna cerddodd heibio i John ac allan drwy'r drws. O'r coridor clywai John sawl bloedd o chwerthin a chymeradwyo uchel.

Safodd John lle roedd o ymhell ar ôl i'r sŵn ballu, ymhell ar ôl i'r adeilad ddistewi o'i gwmpas, ac ymhell ar ôl i'r llonyddwch unigryw hwnnw a ddaw i ysgol ar ddiwedd prynhawn setlo drosto fel llwch sialc wrth droed hen fwrdd du.

* * *

Cafodd ormod o amser i hel meddyliau dros y penwythnos: tair noson a dau ddiwrnod hir cythreulig.

Ef oedd yr olaf i fynd adref y prynhawn Gwener hwnnw. Daeth ato'i hun pan glywodd leisiau'r glanhawyr yn y coridor y tu allan i'w ystafell ddosbarth – wedi symud, rywbryd, rywsut, i eistedd wrth ei ddesg, y pentwr llyfrau gwaith yr oedd wedi dechrau eu casglu o hyd yn ei ddwylo a chadeiriau'r disgyblion yn flêr ac igam-ogam o gwmpas y desgiau gwag. Eu gwaith nhw oedd gosod eu cadeiriau ar ben eu desgiau cyn ymadael, ond y fo a'u twtiodd y prynhawn hwnnw, a hynny'n frysiog cyn i'r glanhawyr neu'r gofalwr ddod i mewn a'i weld yn gwneud.

Gyda'i waith marcio mewn bagiau Tesco, aeth allan i'r heulwen lle'r arhosai ei gar yn unig amdano. Sylwodd, wrth droi'r allwedd, fod ei law yn crynu ychydig. Meddyliodd yn siŵr y buasai Olwen wedi gallu gweld rhyw arwydd ar ei wyneb, neu wedi synhwyro fod rhywbeth wedi digwydd, ond na.

'Wnest ti ddim sôn wrthi hi, John?' gofynnodd Mags.
'Pam?'
'Dwn i'm. Ddim isio gorfod ail-fyw'r peth, ella, er 'y mod i 'di gneud dim byd trw'r penwsnos *ond* 'i ail-fyw o, yn fy meddwl. A ddim isio gorfod cyfadda 'mod i wedi gada'l iddo fo ddigwydd o gwbwl. Blydi hel, Mags, ro'n i'n bennaeth adran – doedd petha fel'na ddim i fod i ddigwydd i mi.'

Ac erbyn nos Sul, roedd ganddo hen deimlad cyfarwydd

yng ngwaelod ei fol, teimlad oedd wedi gadael llonydd iddo fwy neu lai ers ei flwyddyn gyntaf o ddysgu: y teimlad o arswydo wrth weld bore Llun yn cyrraedd, wedi neidio i fyny gyda bloedd o, 'Haia! W't ti'n fy nghofio i, John Griff?'

Un o'r pethau cyntaf a wnaeth fore Llun oedd cael gair gyda'r prifathro. Amser cinio, gofynnodd y prifathro am gael ei weld ef: roedd Luned Jones, pennaeth blwyddyn JJ, yno hefyd. Roedden nhw ill dau wedi cael sgwrs efo Jason Jarvis, meddent, ac yn barod i gredu mai camddealltwriaeth oedd y cwbl.

'Ond mi glywis i o'n rhegi,' taerodd John.

Nid yn ôl JJ. Dweud ei fod wedi gorfod mynd i weld ei nain yn y Bontnewydd yr oedd o, a dyna pam na chafodd gyfle i wneud ei waith cartref. Efallai y buasai John yn fodlon derbyn ei fod wedi cam-glywed?

'Does 'na ddim byd yn bod ar 'y nghlyw i,' meddai John.

Roedd y ddau arall wedi edrych ar ei gilydd.

'Does 'na neb arall wedi cwyno amdano fo o gwbwl,' meddai Luned Jones. 'I'r gwrthwynab, fel ma'n digwydd.'

'Ylwch – dwi'n gwbod yn iawn be ddudodd o. Be am weddill y dosbarth? Roeddan nhw i gyd yno'n gwrando. Ydach chi wedi holi rhei ohonyn nhw o gwbwl?'

'Rhyw hanner dwsin, do,' oedd yr ateb. 'Maen nhw i gyd yn gwadu fod Jason wedi rhegi.'

'Ydyn, m'wn . . . '

'Ma'r hogyn 'ma wedi deud 'i fod o'n fwy na pharod i wneud y gwaith cartref, John,' meddai'r prifathro.

'Doeddach chi ddim yno. Tasach chi wedi'i glywad o, wedi gweld sut yr oedd o . . . '

'Ond dw't ti rioed wedi ca'l unrhyw draffarth efo fo o'r blaen?'

'Wel . . . naddo. Ond . . . '

'Na neb arall chwaith,' meddai Luned eto, gan edrych ar John fel petai'r bai i gyd arno fo.

Roedd gwers Gymraeg arall gan JJ y prynhawn hwnnw. Ar ddechrau'r wers, meddai wrth John:

'Sori am y camddealltwriaeth, syr.'

Roedd y laswen slei honno ar ei wyneb eto, ac roedd y gair 'camddealltwriaeth' yn swnio fel petai rhwng dyfynodau.

'Rw't ti a fi'n gwbod nad dyna be oedd o,' meddai John, 'ond dwi'n fodlon 'i gada'l hi yn fan'na os w't ti.'

Dechreuodd y galwadau ffôn cyn diwedd yr wythnos. Seibiau hirion o dawelwch, yna'r ffôn yn cael ei roi i lawr y pen arall. *'The caller withheld their number,'* meddai'r llais robotaidd bob tro y deialai John 1471.

'W't ti'n gweld dynas arall ar y slei ne' rwbath?' pryfociodd Olwen ef, ond oes fer oedd i'r pryfocio: daeth i ben ar ôl i Olwen ateb y ffôn sawl gwaith a chlywed llais benywaidd un ai'n ochneidio'n ddiamynedd neu'n twt-twtian a rhoi'r ffôn i lawr wrth glywed llais Olwen.

Droeon eraill, canai'r ffôn ym mherfeddion nos, weithiau gyda dim ond sŵn cerddoriaeth tecno uchel yn bytheirio i lawr y lein. Nid oedd dewis gan John yn awr a dywedodd wrth Olwen am ei helynt gyda Jason Jarvis. Y drafferth oedd, roedd JJ fel oen yn ei wersi, heblaw am ei wenu slei a dilornus, ac yn gwneud ei waith cartref yn ddi-ffael – a'i wneud o'n dda iawn hefyd.

'Ond be wnest ti i'r hogyn, John?'

'Dim byd!'

'Does bosib mai fo sy wrthi. W't ti wedi tynnu rhywun arall i dy ben yn yr ysgol 'na?'

'Ols, dwi'n *gwbod* mai fo sy tu ôl i hyn. Dwi'n medru deud arno fo – does ond isio sbio arno fo, ar 'i hen wep sbeitlyd o bob tro mae o'n sbio arna i . . . '

Roedd Olwen wedi edrych arno gyda pheth braw, a

sylweddolodd yntau fod ei lais wedi codi'n annaturiol wrth iddo siarad.

Llwyddodd John i gael Jason Jarvis ar ei ben ei hun yn y dosbarth un diwrnod.

'Dwn i'm be dwi wedi'i neud i chdi, ond dwi isio i'r lol yma stopio.'

Edrychai JJ ar goll yn lân.

'Isio i be stopio, syr?'

'Ti'n gwbod yn iawn! Y blydi galwada ffôn 'ma drw'r amsar, a . . . a . . . a ballu . . . '

'Pa alwada ffôn, syr?'

Roedd hyd yn oed ei ddefnydd o 'syr' yn swnio fel gorddefnydd pryfoclyd.

'Dydi o ddim jest yn effeithio arna i, Jason. Mae o'n effeithio ar 'y ngwraig i, hefyd.'

'Sori, dwi ddim yn dallt, syr. Ga i fynd rŵan, plîs?'

Wrth iddo agor y drws, meddai John: 'Jason. Dwi wedi gofyn, ocê? A gofyn yn neis, o waelod calon. Plîs . . . '

Aeth JJ o'r ystafell yn ysgwyd ei ben fel un oedd mewn penbleth llwyr.

Ddiwedd y prynhawn, aeth John at ei gar a gweld fod teiar fflat ganddo. Digwyddodd yr un peth ddeuddydd yn ddiweddarach, ond gyda dau deiar fflat y tro hwn. Wythnos wedyn, tri theiar. Yna un teiar eto, ond y tro hwn roedd wedi'i rwygo â chyllell.

Ac, wrth gwrs, welodd neb affliw o ddim.

Rhaid oedd galw'r heddlu, wrth gwrs, ond yn nhyb John buasai galw'r ysgol feithrin leol wedi bod llawn cystal

'Ond does gen ti ddim prawf o gwbwl mai fo sy'n gyfrifol,' meddai'r prifathro. 'Dwi wedi siarad efo Jason, ac mae Luned wedi'i holi o'n dwll. A rhaid i mi ddeud, roedd o'n ymddangos yn hollol ddidwyll i mi, John. Ddylet ti ddim cyhuddo rhywun os nad wyt ti'n hollol saff o'th stori . . . '

'Ond dwi'n *gwbod*!'

'Nag wyt, dwyt ti ddim.' Roedd hynny o gydymdeimlad oedd gan y prifathro tuag at John yn prysur ddiflannu. 'Dim ond amau'r wyt ti. A 'sgen ti'r un tamaid o sail i dy amheuon.'

'Be sy?' gofynnodd John, mewn tymer. 'Ydach chi'n chwara golff efo'i dad o, ne' rwbath?'

A phob nos erbyn hyn, y galwadau ffôn. Mynnodd Olwen eu bod yn datgysylltu'r ffôn cyn mynd i'r gwely – adlais o'r dyfodol, meddyliai John yn aml a chwerw wedyn.

'Jest sortia fo, John, wnei di,' meddai ei chefn wrtho.

Gwnaeth ei orau glas. Siaradodd efo Luned Jones, efo'r prifathro eto fyth ac efo pob un o'i gyd-athrawon oedd yn dysgu Jason Jarvis.

Ond i ddim diben. Roedd yr hogyn yn rhy gall i wneud unrhyw beth yn erbyn John y tu mewn i'r ysgol (roedd ei gar yn cael llonydd erbyn hyn), ac i bawb arall o'i athrawon roedd o'n ffinio ar fod yn angel.

'Doedd 'na neb yn 'y nghoelio i, Mags. Ro'n i'n dechra teimlo fel rhywun mewn ffilm Hitchcock, ne' rhywun mewn stori gan Kafka. Ond ro'n i'n *gwbod*. Bob tro ro'n i'n troi rownd yn y gwersi, dyna lle roedd o efo'r hen wên sinachlyd honno ar 'i wep. Gwên y gwir grefftwr, os leici di, wrth ei fodd efo'r ffordd yr oedd ei brosiect diweddaraf yn datblygu.

'Mi ddechreuodd yr ysgol dderbyn cwynion amdana i, oddi wrth rieni rhai o'r plant eraill. Roedd hon yn flwyddyn bwysig iddyn nhw, blwyddyn TGAU, a do'n i ddim yn 'u dysgu nhw'n iawn. Ro'n i'n nyrfys rec; bob tro ro'n i'n gweld yr hogyn, ne'n clywad 'i enw fo, ro'n i'n teimlo'n swp sâl. Ro'n i wedi dechra pigo arno fo yn y gwersi, yn y gobaith o'i wthio fo i neud ne' ddeud rhwbath fasa'n dŵad â'r cwbwl i'r wynab – ond roedd o'n rhy gall i ymatab, dim ond cymryd, cymryd, cymryd gen i drw'r amsar.'

Yna cafodd John alwad arall i weld y prifathro. Unwaith

eto, roedd Luned Jones yn bresennol hefyd. Roedd Jason Jarvis wedi dod â chŵyn yn erbyn John – ei fod yn pigo arno drwy'r amser, ym mhob un wers, bron. Roedd ei rieni wedi bod yn gweld y prifathro ynglŷn â'r peth ac wedi mynnu bod rhywbeth yn cael ei wneud. Bwli oedd John, meddent. Am ryw reswm, roedd o wedi cymryd yn erbyn eu mab ac yn ei fwlio'n ddidrugaredd bob cyfle – a hynny o flaen y dosbarth cyfan.

Ac, fel y gwyddai John yn iawn, nid Mr a Mrs Jarvis oedd yr unig rieni oedd yn cwyno. Roedd nifer o'r plant wedi sôn gartref fod arogl y ddiod ar wynt John.

'O'n, ro'n i wedi dechra yfad yn o hegar erbyn hynny, Mags. Ro'n i'n cyrra'dd adra ar ddiwedd pob un pnawn yn crynu fel deilan, a'r unig ffordd o lonyddu'r crynu dros dro oedd drw' lyncu gwydryn ne' ddau o wisgi.

'Ro'n i wedi rhyw led feddwl y basa'r diawl yn blino'n hwyr ne'n hwyrach ac yn gadal llonydd i mi. Y baswn i'n gallu diodda tan hynny – ne', os oedd rhaid, tan ddiwadd y flwyddyn, pan fydda fo'n ymadal â'r ysgol. Ond doedd hi ddim yn Ddolig eto. O fewn deufis, roedd o wedi fy nhroi i'n berson oedd ddim yn ffit i ddysgu neb. Do'n i ddim yn gallu *meddwl* am yr ysgol, unwaith ro'n i adra. Do'n i ddim yn gallu meddwl am farcio gyda'r nos na pharatoi ar gyfar y diwrnod nesa. Dim ond ista yn 'y nghadar efo'r gwydryn yn fy llaw, yn gwatshiad do's wbod be ar y teledu.

'A gneud 'y ngora i yfad digon i mi allu cysgu ar ôl mynd i'r gwely.'

* * *

Tawodd am rai eiliadau. Yna teimlodd Mags ef yn symud oddi tani.

'Esgusoda fi am funud . . .'

Symudodd Mags a'i wylio'n codi o'r gwely a gwisgo'i drowsus.

'W't ti'n iawn, John?'

'Yndw. 'Mond isio mynd i'r lle chwech.'

Gofalodd gau'r drws yn dynn y tu ôl iddo.

Craffodd Mags ar wyneb yr wats-strap-lledr oedd ar y cwpwrdd gwely. Ychydig wedi dau. Dylwn i fod wedi blino'n lân, meddyliodd, ac ella fy mod i, ond dwi ddim yn teimlo felly.

Cododd ac ysgwyd y tegell gwag. Ni chlywai'r un smic o'r ystafell ymolchi nes i ddŵr y toiled gael ei dynnu.

Gwenodd iddi'i hun. Dwi'n fodlon betio'i fod o wedi gofalu piso yn erbyn ochr y pan, meddyliodd.

Lledodd llygaid John pan ddaeth yn ei ôl i'r ystafell a'i gweld yn sefyll yno'n noeth gyda'r tegell yn ei llaw.

'Panad?'

'Argol, ia. Ma' ngheg i'n reit sych.' Safodd gyda'i ddwylo yn ei bocedi, yn ratlo'i newid mân.

Aeth Mags trwodd i'r ystafell ymolchi a llenwi'r tegell dan dap y sinc. Daliodd ef yn ei llygadu wrth iddi gerdded allan yn ei hôl.

'Be?'

'Dim byd, dim byd.' Chwarddodd yn ansicr. "Mond – wel, ti'n dipyn o ddynas, Mags, os ga i ddeud.'

Edrychodd Mags i lawr dros ei chorff a thynnu ystumiau.

'Mwy na "'mond dipyn", gwaetha'r modd.'

'Na, na – rw't ti'n edrach fel ma' dynas i fod i edrach. Yn 'y marn i, yndê. Ma'r rhan fwya o ferchad ifanc y dyddia yma yn debycach i wialenni pysgota na dim byd arall.'

Rhoddodd y plwg ym mhen-ôl y tegell a gwasgu'r switsh.

'Dwi ddim yn ifanc, John.' Edrychodd arno dros ei hysgwydd. 'Pum deg dau.'

'Un mlynadd ar ddeg yn iau na fi. Rw't ti'n ifanc, felly.'

'Ha!' Chwarddodd – gigl fach annisgwyl. Yna sobrodd. 'Dwi'n teimlo'n gyfforddus efo chdi, John. Rhag ofn i chdi feddwl mai rhyw hen hipi ydw i, yn dinoethi drw'r amsar.' Taniodd sigarét arall. 'A dwi ddim wedi bod efo neb ers i Ray fynd, ocê?'

Nodiodd John.

'Wnes i'm meddwl . . . '

'Fel dwi'n deud, dwi'n teimlo'n gyfforddus efo chdi.'

'Dw inna ddim chwaith,' meddai'n frysiog. 'Neb – ers Olwen.'

Pesychodd Mags. 'Blydi hel, John! Roedd hynny . . . faint yn ôl?'

'Dros bum mlynadd. Ers iddi fynd. A chyn hynny . . . dwn i'm . . . ' Cododd ei ysgwyddau.

'Ro'n i'n meddwl fod dwy flynadd yn amsar hir uffernol.' Trodd at y tegell, a oedd yn berwi erbyn hyn. 'Ella y basa shampên yn fwy addas.'

'Mi fasa fo'n ca'l 'i wastio arna i. Codi sychad arna i fydd o bob gafa'l. Nes y bydda i jest â marw isio panad dda.'

Chwarddodd Mags eto wrth wthio'r cwdyn te i mewn ac allan o'r cwpanau. Daeth pesychiad arall drwy'r pared.

'Wps . . . ' Trodd tuag ato. Roedd o'n dal i sefyll efo'i ddwylo yn ei bocedi, yn janglan ei arian. 'Tynna'r trowsus 'na, wnei di?'

'O. Reit . . . '

'Chei di ddim panad nes i chdi neud.'

'O, ma' hi'n ddynas galad . . . '

Ufuddhaodd, ei gellwair yn cuddio'i swildod.

'Dyna welliant,' meddai Mags.

'Arglwydd – ti'n meddwl?'

Daeth â'i baned iddo. 'John, dydi dau o hen betha fel y ni ddim yn mynd i edrach fel Brad Pitt ac Angelina Jolie, yn nac 'dan?'

'Falla ddim. Ond rw't ti'n nes ati hi nag ydw i ato fo.'

Cusanodd Mags ef, eu paneidiau'n cyffwrdd ei gilydd. Ar ôl eiliad, cusanodd yntau hi'n ôl.

'Dw't ti ddim wedi gorffan dy stori eto, yn naddo?'

'Ddim cweit. Ond os w't ti wedi blino . . . '

'Mi dduda i wrthat ti pan fydda i. Ty'd.'

Yn ôl, felly, i mewn i'r gwely efo'u te, a'i yfed yn dawel tra oedd Mags yn gorffen ei sigarét. Yna ailgychwynnodd John, ychydig yn frysiog y tro hwn, fel petai ar frys i gael gorffen.

'Roedd adran ddrama'r ysgol wedi bod yn paratoi sioe lwyfan ar gyfar diwadd y tymor, addasiad Cymraeg o *West Side Story*. Roedd o, Jason Jarvis, yn un o'r Jets, felly roedd o'n cael colli rhai o'i wersi gan eu bod nhw'n ymarfar, rhwbath oedd yn digwydd yn fwy a mwy amal wrth i ddyddiada'r perffformiada nesáu. Roedd y sioea 'ma yn betha blynyddol, bron, ac roeddan ni i gyd yn gorfod helpu mewn rhyw ffordd neu'i gilydd. Fel arfar, y fi oedd y rheolwr llwyfan.

'Y flwyddyn honno, mi ofynnon nhw i mi fod yn gyfrifol am y parcio.'

Am ryw reswm, roedd hyn wedi'i frifo yn fwy na dim – yn fwy na'r cwynion amdano oddi wrth rieni, hyd yn oed, ac yn fwy na'r wybodaeth fod ei gyd-weithwyr i gyd yn amau ei fod wedi dechrau colli'i afael ar bethau, os nad wedi dechrau colli arno'n gyfan gwbl. Diolchodd fod Mags eto'n gorwedd gyda'i phen ar ei fron ac yn methu gweld fod ei lygaid yn llosgi'n wlyb.

'Mi faswn i wedi gneud ymdrach, 'sti, Mags. Faswn i ddim wedi codi cywilydd arnyn nhw drw' fod yn feddw yn y perfformiada; mi faswn i wedi gneud fy ngora. Ond ches i mo'r cyfla. Allan yr o'n i, felly, yn fferru.'

Ac yn falch o'r fflasg fechan ym mhoced ei gôt, ac yn llechu yn yr ystafell athrawon gyda'i getyn a'r tegell tan tua deng munud cyn diwedd pob perfformiad, ac allan yn ei ôl wedyn i'r oerni, efo alawon Bernstein yn llenwi'i ben ac yn ei fyddaru.

'Leicis i rioed mo'r blydi sioe yna, beth bynnag. Na'r ffilm chwaith.'

Penderfynodd nad oedd o am fynd i'r parti traddodiadol ar ôl y perfformiad olaf: teimlai na fedrai rannu yn yr holl longyfarch, na chyfrannu ato. Gwyddai na fyddai'n rhaid iddo sleifio i ffwrdd, hyd yn oed: go brin y byddai neb yn gweld ei golli.

Roedd ar fin dringo i mewn i'w gar pan glywodd dwrw criw o bobol ifanc yn nesáu. Yn eu plith, gwelodd yn syth, ei lygaid wedi'u tynnu ato, roedd Jason Jarvis. Roeddynt yn fwy swnllyd nag arfer, a phrin yr oedd dau ohonynt yn gallu cerdded yn syth.

Safodd rhyngddynt a'r drysau.

"Swn i ddim yn mynd i mewn yn y cyflwr yna, 'swn i chi,' meddai wrthynt.

'Be?'

'Yn enwedig y ddau yma,' meddai.

'Dach chi isio diod, syr?'

Gwthiodd un ohonynt ryw hylif lliwgar dan ei drwyn.

'Ffwcin hel, paid â'i ddangos o i hwn!' clywodd un arall yn dweud.

Chwerthin uchel.

'Ocê, 'na ddigon rŵan. Os ydach chi'n gall, mi ewch chi i gyd o'ma. Ma' Mr Lloyd yn dal yma, dalltwch,' meddai, gan gyfeirio at y prifathro.

Nid oedd JJ wedi agor ei geg hyd yma, dim ond sefyll yno'n gwenu. Ceisiodd un ohonynt wthio heibio i John, a gwthiodd yntau ei fraich allan a'i rwystro.

'Glywist ti be ddudis i, was?'

Yna camodd JJ ymlaen. Gwnaeth sioe fawr o synhwyro'r gwynt.

'Ma' 'na rywun arall wedi bod yn yfad hefyd, 'swn i'n deud. Syr,' ychwanegodd. 'W't ti'n meddwl y dylat ti, o bawb, bregethu wrthon ni am yfad?'

'Wwwww!' brefodd y criw.

Hwn, meddyliodd John, hwn sy'n gyfrifol am bob dim sy 'di digwydd i mi o fewn cyn lleiad o amser. Llond dwrn o fisoedd, dyna'r cwbl. Teimlodd ei ddyrnau'n cau, a gwthiodd hwy i mewn i'w bocedi.

Unwaith eto, ceisiodd y bachgen arall wthio heibio i John, hogyn cymharol fyr a thenau.

Gwthiodd John ef yn ôl, a baglodd y bachgen dros ei draed. Buasai wedi mynd i lawr ar ei gefn petai JJ ddim wedi ei atal.

Ymsythodd y bachgen.

'Paid ti â ffwcin twtshiad yna' i!' gwaeddodd ar John.

Distawrwydd y tro hwn, pawb yn ddisgwylgar, eu llygaid ar John. Teimlai flinder llwyr yn llifo drosto fel dŵr golchi llestri budur; doedd dim amynedd ganddo mwyach, a'r unig beth oedd arno ei eisiau oedd ei wely.

'O, jest cer adra, 'nei di, was?' ochneidiodd.

Gwenodd y bachgen yn araf. Edrychodd o'i gwmpas, er mwyn gwneud yn saff bod ei gynulleidfa ganddo.

'Cer i ffwcio dy nain, y cont,' meddai'n glir.

Yna gwenodd o glust i glust.

Ond y wên ar wyneb JJ oedd yn dweud y cyfan, eu bod i gyd yn rhan o'r ymgyrch ofnadwy, yr ymgyrch uffernol, anfad hon, yn erbyn John, pawb o'r diawliaid bach yma, pob un ohonynt i mewn ar y peth reit o'r cychwyn cyntaf a phob un ohonynt rŵan yn brefu chwerthin ac yn ei wawdio ar dopiau'u lleisiau, a'r bastard bach tenau hwn yn gwenu fel giât ac yna'i drwyn yn sydyn yn blodeuo'n goch, fel rhosyn yn deffro mewn cartŵn Disney, ac yn rowlio ar y llawr wrth draed John, ac yntau'n sefyll uwch ei ben yn edrych yn hurt ar ei ddwrn.

Distawrwydd o'i gwmpas rŵan, heblaw am ebychiadau gwlyb a gwaedlyd yr hogyn bach ar y llawr.

Ac yna, gan dorri ar draws y distawrwydd, llais Jason Jarvis yn dweud, 'Syr – na! O, syr – *pam*? 'Naethon ni ddim byd i chi!'

A murmur lleisiau'n awr yn dod o'r tu ôl iddo, a dwylo'n cydio ynddo gerfydd ei ysgwyddau, a phobol, rŵan, nid plant, yn ymwthio heibio iddo ac yn gwyro dros y bachgen ar y llawr ac yn ei helpu i'w draed a hwnnw'n beichio crio, dagrau a sneips a gwaed yn gymysg ar ei wyneb ac yn llifo i mewn i'w geg, a'r prifathro gyda'i wyneb yn wyn fel y galchen a llu o wynebau eraill y tu ôl iddo i gyd yn rhythu ar John Griffiths yn sefyll yno'n llywaeth gyda'i fyd yn deilchion mân o gwmpas ei draed.

10

Glaw mân, ond prin y sylwai arno wrth gerdded am yr orsaf.

Nid fel dyn yn mynd i'w grogi, er nad oedd arno'r un gronyn o awydd cychwyn ar y siwrnai arbennig hon. Nid heddiw. Ond mynnai ei draed fynd ag ef yn fân ac yn fuan, ei dywys yn sionc drwy'r heidiau piwis oedd yn tin-droi ar y palmentydd llithrig.

Prin y sylwai arnynt hwythau, ychwaith, dim ond fel clystyrau o liwiau gwlybion, a chyrhaeddodd yr orsaf a'i drên gyda'i feddwl o hyd yng ngwesty'r Wylan.

Dewisodd sedd yng nghefn y cerbyd, yn agos at y toiled a'r drysau, ac eisteddodd efo'r sach deithio ar y llawr rhwng ei goesau, yn teimlo'r trên yn dechrau llenwi o'i gwmpas.

Teimlodd ei wyneb. Doedd o ddim wedi shafio ers dyddiau, ers iddo gyrraedd Pwllheli. Nid peth newydd mo hyn yn ei hanes diweddar, fodd bynnag: roedd Manon wastad yn swnian arno un ai i shafio neu dyfu locsyn; doedd ei flewiach pigog ddim yn un peth na'r llall ac yn gwneud iddo edrych fel hen ddyn budur, ym mhob ystyr y term. Dim amynedd gwneud oedd yr esgus gan amlaf: methai'n lân â gweld fawr o bwrpas, rŵan, mewn shafio'n rheolaidd bob bore.

Wel, dyna un peth fyddai'n sicr o newid o hyn ymlaen, penderfynodd. Dylai fod wedi gwneud heddiw, cyn cychwyn, ond anghofiodd gan ei fod mewn gormod o frys i gael cawod, gwisgo amdano a mynd i lawr y grisiau.

Edrychodd i lawr arno'i hun. Roedd hyd yn oed yr hen ddyn budur wedi sylweddoli na fedrai wisgo'i drowsus budur, a doedd dim amdani ond gwisgo'r jîns a brynodd fisoedd yn ôl. Dwi wedi mynd yn rhy hen i wisgo rhyw betha fel hyn, ochneidiodd yn awr; roedd y jîns yn teimlo'n galed ac ychydig yn llac amdano, gyda'u coesau'n rhwbio'n swnllyd yn erbyn ei gilydd wrth iddo gerdded gan wneud iddo swnio fel rhywun yn ysgwyd bocs matsys. Roedd ei siaced, hefyd, yn rhy ddiolwg – roedd y greadures wedi cael tridiau go hegar, rhwng bob dim – a daeth Mags o hyd i hen anorac neilon a adawyd ar ôl gan rhyw westai y llynedd. Yn wir, meddyliodd, ei grys siec glas a gwyn oedd yr unig beth parchus a wisgai.

Dim ots, dim ots: nid oedd yn bwriadu gwneud llawer iawn mwy nag eistedd ar ei ben-ôl mewn trenau. Efallai yr âi cyn belled ag Aberystwyth, a chan nad oedd yn bosib osgoi Dyfi Jyncshiyn, yna byddai wedi cadw'r oed o leiaf ddwy waith cyn dychwelyd i Bwllheli.

Ond gyda phwy?

Gyda neb, gobeithio.

A hithau wedi bod yn flaenllaw yn ei feddwl ddydd a nos ers misoedd os nad mwy, gweddïai yn awr na fyddai Marian yn aros amdano ar blatfform Dyfi Jyncshiyn. Doedd arno ddim eisiau disgyn yn gyndyn oddi ar y trên a threulio doedd wybod faint o amser yng nghwmni dynes ddieithr. Ofnai, gwyddai, na fyddai'n gallu cuddio ei ddiffyg amynedd gyda hi nac ychwaith oddi wrthi, ei ddiffyg diddordeb yn ei bywyd dros y pedwar degawd diwethaf, ei awydd i neidio ar y trên nesaf yn ôl i Bwllheli, i'r Wylan.

Dwi ddim yn gwbod be fydd yn digwydd fory, felly dwi ddim isio gorfod gwastraffu heno.

'Nefi – dos, wnei di? Wela i di heno.'

Aeth, felly, mewn dillad dieithr: pensiynwr yn teimlo ansicrwydd ffwndrus y glaslanc, nid ynglŷn â beth bynnag oedd efallai'n aros amdano, ond am yr hyn a adawai ar ei ôl

– wedi teimlo, rhwng y gegin gefn a'r drws ffrynt, fod Mags ychydig yn fyr ei hamynedd efo fo.

Roedd wedi codi o'i wely gan wenu, wedi deffro efo'r teimlad anghyfarwydd nad oedd o'n unig er ei fod yn gorwedd yno ar ei ben ei hun. Duw a ŵyr pryd cysgon nhw neithiwr, gyda Mags yn gorwedd ar ei hochr â'i chefn ato ond wedi'i phlygu i mewn iddo, ac yntau gyda'i freichiau wedi'u lapio'n dynn amdani a'i wyneb yn ei gwallt. Chlywodd o mohoni'n codi wedyn.

Oedd hi'n difaru unrhyw beth – popeth? Pysgotai am sicrhad yn ei sgwrs brysur. Ar ôl codi o wely John, meddai, ni chafodd ond digon o amser i gael cawod sydyn iawn cyn bod Brenda'n cyrraedd i'w helpu gyda pharatoi brecwast ar gyfer Eh-Oop a'i griw. Byddai'n brysur drwy weddill y bore yn glanhau'r ystafelloedd i gyd. Efallai y câi gyfle i orwedd am ryw awran rhywbryd yn ystod y prynhawn.

Ai'r awran honno, tybed, fyddai ei chyfle i feddwl yn ôl, ac efallai i ddechrau difaru? Teimlai John yn siŵr ei fod wedi'i byddaru neithiwr, a'i bod ond wedi aros yn effro rhag ofn iddo ddechrau beichio crio drosti unwaith eto.

'Dwi'n teimlo'n gyfforddus efo chdi, John.'

Cofiodd ei geiriau. Cofiodd hefyd am y wên ar ei hwyneb pan gurodd ef yn swil ar ddrws y gegin, a'r ffordd yr oedd wedi dod ato a'i gusanu. Doedd hi ddim wedi cilio rhagddo o gwbl.

Gwenodd.

Roedd yn eitha peth ei fod ar y trenau heddiw. Gwyddai, petai wedi aros ym Mhwllheli, na fuasai'n fodlon heb fod yn ei chwmni hi drwy'r amser; y byddai wedi ei dilyn fel cysgod o un ystafell i'r llall nes iddo fynd ar ei nerfau'n llwyr. 'O'r arglwydd, ydi hwn am fod fel hyn drw'r amsar?' fuasai'r geiriau yn ei meddwl.

Buasai wedi ei llygadu â llygaid ci bach. Ond dyna ni, fel

yna bûm i erioed, meddyliodd, gan gofio fel yr ymgodymodd â'r un syniadau negyddol wrth ganlyn ag Olwen, yn ofni ei fod wedi gwirioni gormod ac y byddai Olwen un diwrnod yn troi ato ac yn dweud efallai y dylen nhw orffen: roedd John yn amlwg yn rhy seriws, ac wedi dechrau mynd ar ei nerfau. Ymlaciodd o ddim nes yr oeddynt wedi priodi.

Yna fe'i tarodd fod Mags i bob pwrpas wedi mynnu ei fod yn mynd heddiw i gwrdd â dynes arall. Ol-reit, mwy na thebyg na fyddai Marian yno, ond wedyn . . . Petai Mags wedi dweud ei bod yn mynd heddiw i gwrdd â rhyw ddyn y treuliodd noson danbaid ag ef ddeugain mlynedd yn ôl, ofnai y buasai ef un ai'n llyncu homar o ful neu'n strancio yn erbyn y peth yn y modd mwyaf ofnadwy.

'O'r arglwydd . . . ' meddai'n uchel wrth i'r trên gychwyn o Bwllheli.

* * *

Yng Nghricieth, meddyliodd am Olwen. Tybed a oedd hi wedi gwrando ar ei neges ffôn, a thybed hefyd a oedd hi am ystyried ei weddi a pheidio â sôn wrth Manon am yr hyn a ddigwyddodd ar y cwch?

Erbyn heddiw, rywsut, doedd hynny ddim mor bwysig.

* * *

O Borthmadog ymlaen, meddyliodd am y ferch dal y cafodd gip arni'n dringo i fyny o'r glaw yn ôl ym 1965. Meddyliodd hefyd am y gŵr ifanc diniwed gyda'i frechdanau letys ac wy a'i nofel Stan Barstow (a oedd heddiw'n ddiogel yn y gwesty, wedi'i hanghofio ynghyd â'r weithred o shafio): roedd gan hwnnw lond pen o wallt trwchus a thywyll. Roedd ganddo hefyd ei wyryfdod, ei obeithion, ei gynlluniau a'i freuddwydion.

Faswn i'n ei nabod o rŵan, tybad? meddyliodd.

Fasa fo'n fy nabod i?

A thybad, hefyd, tasa fo rywsut wedi cael cip i mewn i ddrych i'r dyfodol, fasa fo wedi newid unrhyw beth?

Yn Harlech, penderfynodd ymadael â'r trên a mynd i chwilio am baned yn rhywle: roedd yn ddiwrnod clòs a theimlai'r trên yn fyglyd a chlawstroffobig, er nad oedd yn llawn o bell ffordd.

Cerddodd i fyny o'r orsaf am y castell. Ychydig iawn a wyddai amdano, sylweddolodd, dim ond rhyw syniad amwys bod Glyndŵr wedi ymosod ar y lle ar un adeg. Dylai brynu arweinlyfr: os oedd o am sgwennu ei lyfr, yna ni fedrai anwybyddu un o brif adeiladau Longshanks, er cymaint yn well oedd ganddo feddwl am Harlech y Mabinogi. Talodd £3.50 am lyfr yn y siop fechan ger mynedfa'r castell ond ysgydwodd ei ben pan ofynnodd ceidwad y cownter a oedd angen tocyn mynediad arno: nid oedd yn ffansïo llithro a thorri'i goes neu'i gefn neu'i wddf ar y grisiau cerrig llithrig a sgleiniai'n llwyd yn y glaw mân.

Aeth yn ei flaen i fyny'r allt ac i'r stryd fawr. Roedd y caffi cyntaf a welodd yn llawn dop ond daeth o hyd i fwrdd gwag y tu mewn i'r un nesaf. Gofynnodd am frechdan bacwn a mygiad o de. Ond newydd setlo wrth ei fwrdd yr oedd o pan gyrhaeddodd ei frechdan, dwy sleisen drwchus o fara gwyn gyda slentan denau o gig wedi'i fygu rhyngddynt, a hwnnw'n amlwg wedi'i ail-neu-drydydd-gynhesu yn y meicrodon. Gan nad oedd John Griffiths, fodd bynnag, erioed yn ei fywyd wedi cwyno'n ddewr am ei fwyd mewn unrhyw gaffi (Olwen oedd yr un am bethau felly, tra eisteddai ef yn domen goch o chwys gyferbyn â hi), penderfynodd fwynhau pob briwsionyn o'i frechdan anobeithiol.

Ond roedd ei banad yn ardderchog, ac yfodd hi'n araf a chyda mwynhad wrth edrych o'i gwmpas. Prin y gallai weld allan drwy'r ffenestri oherwydd y cynhesrwydd clòs y tu mewn a'r glaw y tu allan, a oedd erbyn hyn wedi dechrau syrthio'n drymach. Roedd tâp o ganeuon o'r chwedegau'n chwarae yn y cefndir – Herman's Hermits, cofiodd John – ac ar y mur yr oedd darlun lliw anferth o'r castell: yn wir, dyna *oedd* y mur i bob pwrpas. Fel pe na bai hwnnw'n ddigon, roedd dau neu dri o luniau eraill o'r castell ar y mur gyferbyn, wedi'u paentio gan ryw arlunydd lleol a lwyddodd, rywsut, i wneud i'r castell edrych mor ddigymeriad â thŷ semi cyffredin mewn stad fodern.

O dan un o'r rhain, yn wynebu John ac â'i chefn at y drws, eisteddai merch ifanc ar ei phen ei hun. Edrychai fel petai hi wedi agor ei drws ffrynt, gweld ei bod yn bwrw ac wedi cipio'r dillad cyntaf a welodd yn hongian wrth y drws – sef côt a het a berthynai i'w nain, y gôt yn werdd a chyda choler ffwr du, a'r het yn felyn a chyda'i hochrau wedi'u plygu'i lawr i fframio'i hwyneb. Roedd paned o goffi ganddi o'i blaen ac eisteddai yn syllu'n ddall i mewn i'w chwpan a'i meddwl ymhell.

Gwenodd John. Roedd llun o'i nain ganddo mewn hen albwm gartref, yn gwisgo côt a het yn union fel y rhai a wisgai'r ferch. Rhaid bod hon wedi bod ar dipyn o frys i fynd allan o'r tŷ yn y fath ddillad, meddyliodd – efallai yn sgil ffrae go hegar â rhywun neu'i gilydd – oherwydd edrychai'n ddigalon, fel petai hi un ai'n difaru dweud rhywbeth yn ei thymer neu wedi'i brifo'n ddwys gan eiriau cas a ddywedwyd wrthi. Yn rhyfedd iawn, hefyd, a hithau'n bell o fod yn oer y tu allan, gwisgai'r hogan faneg am ei llaw chwith.

Rydan ni'n gweld y petha rhyfedda pan fyddan ni'n trafferthu i sbio o'n cwmpas go iawn, meddyliodd John. Gorffennodd ei de a mynd at y cownter i dalu. Wrth aros am ei newid, meddyliodd am eiliad fod rhywun yn anadlu'n oer ar ei war. Trodd. Doedd neb yn sefyll y tu ôl iddo, ond sylwodd fod y ferch yn gwisgo dillad ei nain wedi gadael.

Drafft wrth iddi hi agor y drws a deimlodd ar ei war, mae'n siŵr, er na chlywodd sŵn y drws yn agor a chau. Ar ei ffordd allan gwelodd fod y ferch wedi gadael maneg ar y bwrdd.

Fydd Nain ddim yn hapus, meddyliodd, wrth gamu allan i'r glaw. Petrusodd y tu allan i siop winoedd ychydig i fyny'r stryd – rhyw be-wna i, be-wna i o betruso. Roedd o'n dal ar goll ynglŷn ag enw'r gwin a yfwyd ddeugain mlynedd yn ôl yn Nyfi Jyncshiyn, ac wedi llwyr anghofio gofyn i Mags adrodd gwahanol enwau yn y gobaith y byddai'n cael ei atgoffa. Yn y diwedd, penderfynodd adael prynu'r gwin tan ymhellach ymlaen: nid oedd arno eisiau cario dwy botel yn ei fag am weddill y diwrnod.

Roedd dros awr ganddo i aros tan ei drên nesaf. Treuliodd ei hanner cyntaf mewn siop lyfrau a'r ail hanner mewn caffi arall cyn cychwyn yn ei ôl am yr orsaf, yn falch o'i anorac erbyn hyn ond gyda choesau ei jîns yn wlyb ac yn teimlo'n annifyr. Cyrhaeddodd y trên, ac wrth gamu ymlaen arno cerddodd heibio i ŵr ifanc a eisteddai arno'n barod, person go dal gyda'i ben wedi'i shafio'n foel fel wy. Roedd ei goesau hirion yn yr eil, a symudodd hwy'n gwrtais er mwyn i John fedru mynd heibio iddo. Nodiodd John yn ddiolchgar, ond edrychodd y dyn ifanc i ffwrdd yn frysiog wrth i lygaid John gwrdd â'i rai ef.

Eisteddodd John bedair sedd y tu ôl iddo. Roedd rhywbeth cyfarwydd ynglŷn â'r dyn ifanc hwn, teimlai, cyn rhyw led gredu mai ei atgoffa o Yul Brynner yr oedd o.

Yna, wrth i'r trên fynd trwy Ddyffryn Ardudwy, trodd y dyn ei ben ac edrych allan drwy'r ffenestr, gydag ochr ei wyneb i'w weld yn glir.

A sylweddolodd John ei fod yn edrych ar Jason Jarvis.

* * *

Roedd yn wyrth nad oedd JJ wedi troi, nad oedd o wedi

teimlo John yn rhythu arno, bob cam o Ddyffryn Ardudwy i'r Bermo. Yn ddall i bopeth ond y pen moel oedd ychydig droedfeddi oddi wrtho, ni chlywai John ddim ychwaith heblaw am ddau lais yn dadlau: *Naci, nid y fo ydi o! Ia – fo ydi o!*

Ond y cadarnhaol oedd piau hi: edrychodd JJ allan drwy'r ffenestr un waith eto wrth i'r trên gyrraedd y Bermo; fo oedd o, yn bendant, a rhoddwyd taw ar y ddadl y tu mewn i ben John Griffiths.

Cododd JJ o'i sedd wrth i'r trên arafu. Safai'n hollol syth ger y drws, yn or-syth fel y saif rywun sydd yn ymwybodol o lygadrythiad rhywun arall, yn syllu'n benderfynol o'i flaen gan frwydro i gadw'i lygaid rhag crwydro dros ei ysgwydd chwith i gyfeiriad ei hen athro.

Agorodd y drws a chamu allan ar y platfform. Y peth nesaf a wyddai John, roedd ei goesau wedi'i lusgo yntau hefyd allan o'r trên, mewn pryd iddo weld JJ yn diflannu allan o'r orsaf.

Brysiodd ar ei ôl. Gallai glywed ei galon ei hun yn dyrnu yn ei frest.

Ceisiodd ei feddwl ymresymu ag ef. *Be gythral w't ti'n 'i neud, John Griff? Be w't ti'n pasa'i neud rŵan? Sbia arno fo, mae o'n ddyn ifanc mawr a 'tebol. Pam ddiawl na fasat ti wedi aros ar y trên 'na? Ma'n amlwg fod yr hogyn wedi penderfynu mai gwell fydda gada'l i betha fod, a fo sy gallaf, rw't ti'n gwbod hynny, felly be w't ti'n 'i neud, ddyn?*

Croesodd JJ y ffordd am y stryd fawr.

Dilynodd John ef.

Dylai alw arno, gwyddai, 'Hei, Jason!' – ond be wedyn? Be gythral wedyn? Lle a sut oedd dechrau, ar ôl yr holl flynyddoedd o gofio, a'r holl nosweithiau meddw o ffantasïo am waldio'r hogyn hwn nes ei fod o'n dalp o gnawd gwaedlyd ar y llawr wrth ei draed?

Ni edrychodd JJ yn ei ôl. Roedd o fel petai'n *benderfynol* o beidio â gwneud hynny, meddyliodd John, fel petai'n gwybod yn iawn fod John yn ei ddilyn.

Neu fod y diawl mor llawn ohono'i hun fel nad oes yr un affliw o ots ganddo, fel petawn i'n neb.

Trodd JJ i fyny stryd gefn ac, er ei waethaf, teimlodd John ei gamau yn arafu. Cyrhaeddodd at geg y stryd gefn a'i ddal ei hun yn sbecian heibio'r gornel. Ia, yn sbecian – yn llechwraidd, yn nerfus, yn ofnus, ac yn hanner disgwyl gweld JJ yn sefyll yno'n aros amdano gyda'r un hen wên fach sbeitlyd honno ar ei wyneb.

Ond cerdded yn ei flaen a wnâi JJ, bron â chyrraedd pen pellaf y stryd gefn erbyn hyn. Trodd i'w dde ac o'r golwg, a brysiodd John ar ei ôl.

Stryd gefn arall – cefn rhes o dai teras gyda giatiau pren uchel a thomenni bychain o faw cŵn a chathod yma ac acw yn y chwyn a'r blodau dant-y-llew, yn slwjlyd yn y glaw. Arhosodd JJ wrth un o'r giatiau a'i hagor. Diflannodd trwyddi, ac unwaith eto brysiodd John ar ei ôl.

Arhosodd y tu allan i'r giât. Roedd y giât wedi gweld dyddiau gwell, ei phaent glas wedi dechrau plicio ac ambell grac i'w gweld yn y pren.

A thrwy un o'r craciau hyn gallai weld anorac las JJ, yn hollol lonydd.

Mae o'n gwbod fy mod i yma.

Safai'r ddau fel hyn am funudau hirion, un bob ochr i'r giât bren a'r wal frics uchel, gyda'r glaw yn syrthio arnynt ac yn llifo drostynt.

'Doswch adra, Mr Griffiths,' meddai Jason.

Yn lle hynny, cododd John ei law at y glicied rydlyd. Teimlai'n oer ac yn wlyb dan ei fysedd wrth iddo'i gwasgu i lawr. Yr ochr arall i'r giât, clywodd JJ yn ochneidio.

Gwthiodd y giât yn agored.

'Plîs, Mr Griffiths. Doswch adra. Plîs.'

Iard gul oedd gardd gefn Jason Jarvis, heb flodyn na phridd yn unman, dim ond pentyrrau blêr o friciau a cherrig a hen ddarnau o bren. Yn erbyn y wal yr oedd hen dŷ bach, gyda dau feic plentyn wedi'u gwthio i mewn ar ben caead pren y sedd. Roedd ffenestr cegin y tu ôl i Jason, ac wrth i John sylwi arni ymddangosodd dynes ifanc ynddi, gyda phlentyn ifanc yn ei breichiau.

'Be dach chi isio, Mr Griffiths?'

'*Be ydw i isio?*'

Ysgydwodd John ei ben.

'W't ti'n sylweddoli . . . ?' cychwynnodd. "Sgen ti unrhyw syniad . . . ?' – ond methai'n lân â dweud rhagor. Yn wallgof, yr unig beth ar ei feddwl oedd: pam ar wyneb y ddaear yr oedd Jason Jarvis wedi dechrau ei alw'n *chi*, ac yntau wedi defnyddio'r *ti* hy hwnnw yn yr ysgol?

Ysgydwodd ei ben eto.

'Ylwch,' meddai Jason. 'Ma'n ddrwg gin i – ocê? Sori. Am . . . am bob dim, yn dê.'

'Be – ?'

'Sori.' Ceisiodd wenu. 'Dwi 'di bod isio deud sori erstalwm . . . '

'Roeddat ti'n gwbod, felly? Be wnest ti . . . i mi? Bob dim ddigwyddodd i mi?'

Nodiodd Jason. Tynnodd hances o'i boced a sychu'r glaw oddi ar ei wyneb.

'Doedd hynny ddim i fod i ddigwydd.'

'Be?'

'Ylwch – a'th petha'n flêr, ocê? Sori.'

'Dwi'm yn dallt . . . '

Curodd y ddynes ifanc ar wydr y ffenestr, ei hwyneb yn un cwestiwn mawr. Trodd JJ a chodi'i fawd arni, i ddangos fod popeth yn iawn.

'Y wraig,' meddai wrth John. 'A'r fenga. Ma' gin i dri. Dwy hogan, a Siôn yn fan'na.'

Ond nid oedd unrhyw ddiddordeb gan John yn ei epil.

'Nag oes, does gen ti ddim syniad,' meddai. 'Be wnest ti i mi . . .'

'Y chi wna'th y rhan fwya ohono fo.'

'*Be!*'

'Y chi'ch hun.'

Rhythodd John arno. 'Arglwydd mawr!'

'Dwi isio i chi fynd rŵan, plîs . . .'

'Na wna i, a' i ddim i nunlla! Ddim tan . . .'

'Be ffwc dach chi'n disgwl i mi neud, Mr Griffiths? Dwi 'di deud sori . . .'

'Dwi isio gwbod *pam*!'

Ia, dyna fo, wrth gwrs, dyna be ydw i 'i isio, meddyliodd. Dwi isio gwbod pam.

Ochneidiodd JJ eto.

'Y chi'ch hun wna'th y rhan fwya ohono fo, ocê? Ylwch – sori am regi arnoch chi, ond dyna'r cwbwl wnes i . . . Wna'th neb ych gorfodi chi i ddechra yfad, i ddŵad i'r ysgol yn drewi o wisgi . . .'

'Be am 'y nghar i? Y teiars . . .'

'Y lleill wna'th hynny.'

'Pa leill?'

''Wy' chi – y *lleill*, yndê? 'Yn mêts i. A'th petha dros ben llestri, ocê? Yn flêr.'

'A'th be dros ben llestri?'

Meddyliodd John fod Jason am godi'i ysgwyddau, ond yn lle hynny ochneidiodd eto ac edrych i ffwrdd am eiliad, yn meddwl.

''Mond jôc oedd o i fod.'

Sylweddolodd John ei fod yn dal ei sach gysgu i fyny yn

erbyn ei frest, fel tarian. Gwnaeth ymdrech i'w gostwng a'i dal yn ei law dde. Syllodd ar y beiciau y tu mewn i'r tŷ bach.

Jôc, meddyliodd.

'Wel, ddim *jôc*, ond . . . Ylwch, dwn i'm pam, ocê? – ond mi wna'thon ni benderfynu y basan ni'n pigo ar athrawon gwahanol, 'mond er mwyn gweld be fasa'n digwydd. Am laff.' Sychodd JJ ei wyneb eto â'r hances. 'Shyfflo darna o bapur efo'ch enwa chi arnyn nhw, a darna erill efo'n henwa ni arnyn nhw. Fatha *draw* yr FA Cup. Mi dda'th ych enw chi allan yn gynta. A f'un i wedyn.'

'Am laff . . . '

'Dyna'r cwbwl oedd o i fod. Ro'n i am ada'l llonydd i betha wedyn, ar ôl rhegi arnoch chi, ond . . . ' Gwenodd JJ eto. 'Wel, mi wna'thoch chi roi dwrn i'r boi iawn, o leia. Kevin Owen, dach chi'n cofio?'

Oedd o'n cofio?

'Y fo wna'th ych teiars chi, ac roedd o'n deud 'i fod o wedi'ch ffonio chi hefyd. Lot o withia.' Nodiodd John yn fud. 'Doedd o ddim yn ych leicio chi, Mr Griffiths, medda fo, rioed wedi. Un fel'na oedd o, yn cymryd yn erbyn pobol am ddim rheswm. Mae o 'di marw rŵan, oeddach chi'n gwbod? Damwain car . . . '

'A be amdana i?'

'Sori . . . ?'

'Am laff . . . ' meddai John eto. 'Am laff . . . '

Nodiodd Jason, yna roedd John wedi rhuthro amdano. Clywodd sgrech yn dod o'r tu mewn i'r gegin ond roedd ei ddwylo'n slapio Jason Jarvis, o'r diwedd, ar ôl yr holl flynyddoedd, yn ei slapio drosodd a throsodd fel roedd Mal wedi'i slapio fo ar y cwch.

Ond nid oedd JJ am ddioddef hyn yn hir. Teimlodd John ddwrn yn taro yn erbyn ei lygad chwith, ac wrth iddo faglu'n ei ôl, teimlodd un arall yn ffrwydro yn erbyn ei drwyn.

Syrthiodd ar ei hyd dros y sach deithio, ac wrth geisio troi crafodd ei ben-glin yn erbyn y llawr. Gorweddai ar ei gefn yn edrych i fyny ar Jason Jarvis, a hefyd, erbyn hyn, ar y ddynes ifanc o'r gegin a oedd bellach yn rhwbio braich ei gŵr fel petai o, yn hytrach na John, yn gorwedd yn y glaw efo'i drwyn yn pistyllo gwaed.

A'r peth pwysicaf ar feddwl John ar y foment oedd y ffaith ei fod wedi rhwygo pen-glin ei jîns: gallai deimlo'r glaw yn gwlychu cnawd ei goes.

'Sori, Mr Griffiths,' meddai Jason eto, ac i John edrychai fel ei bod yn wir ddrwg ganddo, a'i fod ar fin crio. 'Dowch . . . '

Gwyrodd i geisio helpu ei hen athro i'w draed, ond gwingodd John oddi wrtho.

'Na, dwi'n ol-reit,' meddai'n dawel. Swniai ei lais ei hun yn rhyfedd o gryf iddo, fel petai'n gwrthod paned o de. 'Jest gadwch lonydd i mi, jest am funud. Plîs?'

Caeodd ei lygaid, a phan agorodd nhw eto roedd Jason a'i wraig ifanc wedi mynd. Clywodd sŵn drws y gegin yn cau.

Gorweddodd yno a gadael i'r glaw olchi'r gwaed oddi ar ei wyneb. Yna cododd ar ei draed. Cafodd gip ar ddau wyneb yn syllu arno drwy ffenestr y gegin. Sychodd ei wyneb â'i hances boced cyn cydio yn ei sach deithio a cherdded allan o'r iard gefn a chau'r giât yn dawel ar ei ôl.

* * *

Aeth yn ei flaen i Fachynlleth, bron heb feddwl.

Roedd yn rhaid iddo brynu gwin. Dwy botel. Roedd o wedi addo.

Disgwyliai am y rhyddhad y dylai ei deimlo'n golchi drosto yn sgil ei fedydd o waed ar lawr budur gardd gefn flêr yn y glaw. Onid oedd y cythraul, o'r diwedd, wedi'i fwrw allan? Cofiodd yn ôl at ei fedydd yn y capel pan oedd yn ddeunaw oed, yn sefyll ar ei ben ei hun mewn crys a throwsus gwyn mewn sedd wrth ochr y pulpud – y condemniedig yn disgwyl am ei ddienyddiad; yna'n dringo'r grisiau i'r pulpud gyda'r gynulleidfa'n canu 'Dilyn Iesu' mewn lleisiau crynedig; y gweinidog yn aros amdano yn y pwll mewn casog ddu ac esgidiau pysgota uchel, yntau'n camu i mewn i'r dŵr rhynllyd, a'r gweinidog yn cydio ynddo gerfydd coler ei grys a thop ei drowsus a'i dynnu i lawr, i mewn ac yna allan o'r dŵr. A'i dad, ar eu ffordd adref, yn gofyn a oedd o'n teimlo'n wahanol.

Nag oedd, oedd ei ateb.

A theimlai o ddim gwahanol rŵan, ychwaith.

Ar wahân i'r blinder llethol a gynyddai wrth iddo nesáu am Ddyfi Jyncshiyn.

* * *

Ond doedd hi ddim yno.

Doedd yno'r un ddynes yn eistedd yno ar ei phen ei hun, yn aros am rywun â'i llygaid yn dawnsio'n ôl ac ymlaen rhwng drysau a ffenestri'r trên.

Ddim eto, beth bynnag.

Eisteddodd yn ôl yn ei sedd gyda'i galon yn dechrau arafu ychydig.

Ddaw hi ddim, siŵr, meddai un llais yn ei ben. *Dyna chdi, rw't ti wedi cadw dy air. Rw't ti wedi cadw'r oed gwirion, gwallgof hwnnw. Cer adra rŵan, i ddechra byw dy fywyd o'r diwedd.*

Ond meddai llais arall: *Na, dal dy ddŵr, John Griff. Nid hwn ydi'r trên ola. Ma' 'na un arall eto i ddŵad, ac mi fydd o'n dy bigo'n boenus os na fyddi di o leia wedi gweld a fydd hi yma ai peidio.*

Dechreuodd y trên symud. Am Fachynlleth.

O leia dwi ddim yn crynu, meddyliodd. *Dwi'n well rŵan.*

Ol-reit, hwyrach nad ydi o wedi dechra effeithio arna i eto, hwyrach y daw o'n annisgwyl unrhyw funud rŵan a'm troi yn dalp o nerfau crynedig a dagreuol, ond ma' 'na rywbeth bach yn deud wrtha i fy mod i *yn* well, a fy mod i am wella fwy a mwy o hyn ymlaen.

Ac felly y daeth i Fachynlleth. Daeth o hyd i archfarchnad lle treuliodd funudau hirion yn craffu ar y myrdd poteli gwahanol ar y silffoedd, nes iddo sylweddoli bod rhai o'r cwsmeriaid eraill, y ferch wrth y til a'r bwbach tew a alwai ei hun yn ddyn seciwriti, yn ei lygadu gyda chryn nerfusrwydd. Cipiodd ddwy botel o win coch, talu amdanynt a cherdded allan o'r siop i'r glaw, efo'r poteli'n taro'n gerddorol yn erbyn ei gilydd y tu mewn i'w sach deithio.

Gwelodd ar ôl mynd allan fod yr awyr wedi tywyllu a'r strydoedd wedi gwagio'n rhyfeddol. Roedd haid o wylanod yn cadw sŵn yn rhywle, eu twrw'n swnio fel petaent yn gweiddi 'glaw-glaw-glaw'. Ac oedd, roedd hi'n dal i fwrw, gydag ambell ddiferyn trymach na'r lleill yn taro'i drwyn yn boenus. Cerddodd yn ei flaen yn ddibwrpas gan deimlo fel petai'n cerdded drwy set ffilm; petai'n trafferthu i edrych y tu ôl i'r siopau caeedig o'i gwmpas, byddai'n gweld nad oedd cefnau iddynt o gwbl a dim ond planciau cryfion yn eu dal i fyny ar eu sefyll. Swniai slap-slap gwlyb ei draed ar y palmant yn uchel iawn iddo, fel y gwnâi tincian ei boteli gwin y tu mewn i'r sach deithio, a phan arhosodd am eiliad neu ddau er mwyn teimlo'r tawelwch fel niwl o'i gwmpas, gallai daeru iddo glywed llais dynes yn gweiddi 'Dad', rywle yn y pellter, ond penderfynodd mai dim ond sŵn y gwylanod a glywai.

Gyda'i gorff a'i feddwl wedi blino y tu hwnt i bob rheswm, cerddodd drwy'r strydoedd gweigion, heibio i'r ffenestri deillion a'r drysau digroeso, o dan y gwylanod a waeddai uwch ei ben, am yr orsaf a'r trên a fyddai, ymhen hir a hwyr, yn mynd ag ef i Ddyfi Jyncshiyn am y tro olaf.

. . . ac mae dilyniant ar y ffordd
(*Dyfi Jyncshiyn – y ddynes yn yr haul*)
– gwyliwch y wasg am fanylion!